KB235047

19번째 아내

The 19th Wife: A Novel

Copyright © 2008 by David Ebershoff
Korean Translation Copyright © 2009 by Liber Books

This translation published by arrangement with Random House
An imprint of Random House Publishing Group, a division of Random House, Inc.
Through Duran Kim Agency.

이 책의 한국어판 저작권은 듀란킴 에이전시를 통한 Random House와의 독점계약으로 리베르에 있습니다.
저작권법에 의하여 한국 내에서 보호를 받는 저작물이므로 무단전재와 무단복제를 금합니다.

19 번째 아내

The 19th Wife

데이비드 에버쇼프 지음 | 노태복 옮김

리베르

지은이 🐦 데이비드 에버쇼프 David Ebershoff

데이비드 에버쇼프는 『덴마크 여인Danish Girl』과 『파사데나Pasadena』, 그리고 단편소설 모음집인 『장미 도시The Rose City』의 저자이다. 그의 소설은 미국 아카데미 오브 아츠 앤 레터스로부터 로젠탈 재단 상과 람바다 문학상을 받았으며, 10개국 언어로 번역되었다. 특히 세계적인 베스트셀러 『19번째 아내』는 영화화가 추진 중이며, 『덴마크 여인Danish Girl』은 영화화가 결정됐다. 그는 콜럼비아 대학의 글쓰기 대학원 과정에서 강의하며 랜덤 하우스의 프리랜서 편집자이기도 하다. 현재 뉴욕 시에 살고 있다.

19번째 아내

1판 1쇄 발행 2009년 8월 31일

지은이 | 데이비드 에버쇼프
옮긴이 | 노태복
펴낸이 | 박찬영
기획편집 | 김혜경, 한미정
교정 | 송인환
마케팅 | 이진규, 장민영

발행처 | 리베르
주소 | 서울시 용산구 용산동5가 24번지 용산파크타워 103동 505호
등록번호 | 제2003-43호
전화 | 02-790-0587, 0588
팩스 | 02-790-0589
홈페이지 | www.liberbooks.co.kr

커뮤니티 | blog.naver.com/liber_book(블로그)
          cafe.naver.com/talkinbook(카페)

e-mail | skyblue7410@hanmail.net

ISBN | 978-89-91759-65-7 (04810)
       978-89-91759-64-0 (전2권)

리베르(LIBER)는 디오니소스 신에 해당하며 책과 전원의 신을 의미합니다.
또한 liberty(자유), library(도서관)의 어원으로서 자유와 지성을 상징합니다.

나의 부모님
데이브 에버쇼프와 베키 에버쇼프에게

또한
데이비드 브라운스타인에게게도

1875년, 미국에서 노예해방 선언이 발표된 지 이미 십여 년도 더 지난 그해에, 앤 엘리자 영(Ann Eliza Young)이라는 한 여인이 미국에서 일부다처제를 영원히 종식시키기 위한 고난의 투쟁을 시작한다. 그녀는 몰몬교의 제2대 교주인 브리검 영(Brigham Young)의 19번째 아내이자 모태신앙으로 믿어온 그 종교의 배교자였다. 한편 그로부터 130여 년이 지난 현대의 미국 유타 주에서 한 여인이 자신의 남편을 빅 보이 매그넘 권총으로 살해했다는 기사가 보도된다. 앤 엘리자 영과 마찬가지로, 이 여인도 자기 남편의 19번째 아내이다.

이렇게 시작되는 이 책 『19번째 아내』는 미국의 주목 받는 신예 작가인 데이비드 에버쇼프(David Ebershoeff)가 쓴 소설로, 크게 두 부분으로 이루어져 있다. 하나는 19세기의 역사적 사실을 바탕으로 구성된 과거 부분이고, 다른 하나는 살인 사건의 비밀을 파헤치는 추리소설 형태로 구성된 현대 부분이다.

과거 부분에서는 앤 엘리자 영을 둘러싼 가족사와 일부다처제 사회의 풍경이 입체적이고 다채롭게 그려져 있다. 특히, 한 명이 아니라 여러 명의 화자話者가 등장해 각자 자신의 관점에서 개인의 삶과 이웃 및 사회의 모습을 풀어내는 서술 방식은 인간과 사회를 보는 안목을 한층 더 풍요롭고 깊게 만들어준다. 몰몬교 사회의 일부다처제에 대해서 우리는 피상적으로만 알고 있는 경우가 많다. 하지만 역사적 사실을 바탕으로 재구성된 이 부분을 통해 하나님의 뜻이라는 미명하에 암울하고 처절한 삶을 살아야 했던 미국 유타 주의 여인들의 생생한 현실과 만나게 된다. 이 여인들의 모습은 단지 미국의 특정 주에 살았던 이들만의 초상이 아니라 우리나라를 비롯한 어느 시대 어느 나라에서나 존재했고, 탐욕과 권력 아래에서 억압받았던 모든 약한 이들의 절절한 삶의 기록이기도 하다.

한편 이 소설의 현대 부분은 놀랍게도 지금 이 시대까지도 일부다처제를 고수하고 있는 근본주의 말일성도 사회를 배경으로 하고 있다. 몰몬교에서 일부다처제는 19세기 말에 공식적으로 금지되었지만, 근본주의 분파가 일부 잔존하여 지금도 과거의 유산을 답습하고 있다. 현대 부분의 주인공인 조던 스콧은 이 사회에서 태어나 하나님의 뜻이라는 미명하에 부모에게 버려진 인물이다. 스콧이 아버지를 죽인 혐의를 받게 된 어머니를 구하기 위해 살인 사건의 비밀을 파헤치는 과정에서, 지금도 지구 곳곳에서 자행되고 있는 불합리와 모순, 그리고 탐욕과 억압의 실체에 직면하게 된다.

하지만 이 작품은 특정한 종교에 대한 단순한 비판이 아닐 뿐 아니라, 제도적인 종교의 교리적인 진리에 대한 의미 탐구의 기록과도 거리가 멀다. 비록 특정 종교가 거론되고는 있지만, 이야기의 심장부에는 늘 '인간에게 신앙은 무엇인가?' 그리고 '참된 사랑과 구원은 어떻게 가능한가?'와 같은 질문이 샘솟고 있기 때문이다.

역사와 허구가 함께 맞물리면서 진행되는 이 위대한 이야기의 바다 속에는 온갖 흥미진진한 사건과 일화, 기사, 전기 그리고 긴장감과 전율이 마치 거대한 물줄기처럼 과거와 현재 사이를 흐르고 있다. 이 도도한 흐름을 따라가는 독자들은 흥미롭고 긴장감 넘치는 구성 속에서 사랑과 신앙의 깊고 깊은 비밀과 의미에 흠뻑 젖어들 것이다.

노태복

차례 _______

The 19th Wife

신앙은 보이지 않는 것을 믿는 일이다.
믿는 것은 보이게 된다. 이것이 신앙이 주는 보답이다.

† 성 아퀴나스

The 19th Wife

1 두 아내

19번째 아내

일부다처제와 그 비극에 관한
어느 여인의 이야기

유타 주의 종교 지도자이자
모르몬교회의 선지자인 브리검 영의
19번째 아내이자 배교자인 앤 엘리자 영의
개인 체험을 담은 연대기

그녀가 직접 쓴 글

서문
해리엇 비처 스토
판금(板金) 삽화 포함

뉴욕 주
이스턴 출판사
1875년

제1판의 서문

나는 모르몬신앙을 거부하고 미국 전역에 일부다처제의 실상을 고발하기 시작했다. 그렇게 한 지 일 년이 지나자, 많은 이들은 내가 왜 그런 결혼을 순순히 받아들였는지 궁금하게 여겼다. 농부든 광부든 철도 종사자든 교수든 성직자든 또는 엄숙한 표정의 정치인이든, 특히 그런 결혼생활을 하는 여인들조차도, 만나는 사람마다 알고 싶은 것은 오직 한 가지뿐이었다. 즉, 어찌해서 내가 비참한 노예생활이나 다름없는 그런 결혼제도를 거부하지 않았냐는 것이었다. 내 아버지는 다섯 명의 아내가 있고 나 또한 일부다처제가 하나님의 뜻이라고 믿으며 자랐다고 하면, 사람들은 진지한 표정으로 나에게 이렇게 묻곤 했다. "세상에! 어떻게 그런 주장을 곧이곧대로 믿을 수 있단 말입니까?"

내 대답은 이랬다. "신앙은 불가사의하고 알기 어려우며 결코 쉽게 설명할 수 없는 것이다."

이제 이 자서전이 출간되면 나의 적들은 분명 내가 품고 있던 동기를 수상히 여길 것이다. 하지만 내 삶 전체와 인격에 대한 도전을 이겨낸 나는 이러한 공격에 눈도 꿈쩍하지 않을 것이다. 내 기억을 이 자서전에 담는 까닭은 명예를 위해서가 아니며, 재산을 모으려는 뜻은 더더욱 아니다. 비록 내가 집 한 채도 없이 두 명의 자식을 키워야 하는 처지이긴 하지만. 이전에 그곳에서 먹었던 죽 한 그릇이 아쉬워 다시 돌아갈 마음은 조금도 없다. 그러지 않을 수 있다는 것만으로 행복할 따름이다. 간단히 말해서, 나는 일부다처제하에 놓인 여인들의 참혹한 실상을 폭로하고자 한다. 노예제조차 이미 십여 년 전에 폐지된 마당에, 미국 전역에서 이제는 눈을 씻고도 찾아볼 수 없는 속박의 한가운데 살고 있는 여인들의 삶을 들추어낼 것이다. 아울러 그 여인들만큼이나 피폐하게 살고 있는 아이들의 한탄스러운 처지도 드러내고자 한다.

비록 지나간 삶을 들춤으로써 참혹한 고통의 기억이 다시 떠오르게 되더라도, 나는 있는 그대로 모든 이야기를 터놓고자 한다. 이것만은 친애하는 독자 여러분께 약속하는 바이다. 이 자서전에는 내 어머니에 대한 이야기가 나온다. 종교적 의무를 따라 남편에게 네 명의 아내를 흔쾌히 허락할 수밖에 없었던 내 어머니의 일생이. 더군다나 그 네 명 중 하나는 어머니보다 무려 수십 년 젊은 여자였다. 이런 여자들과 더불어 한 남편을 나누어 가져야 했던 내 어머니의 삶을 독자 여러분은 만나게 되리라. 그리고 너무나 많은 아내를 둔 신사 양반 한 명도 소개한다. 이 남자는 자기 아내 중 한 명이 다가와 아는 체를 해도 "부인, 저를 아시는지요?"라고 대답할 정도였다.

이제 정말로 이야기를 시작할 용기도 생겼고 결심도 굳혔다.

도대체 어떤 배경에서 그런 무법천지가 지속되고 있단 말인가? 훌륭한 곳이긴 하지만, 유타 특별구(Territory. 미국의 행정구역 단위로서 주로 승격되기 이전의 상태를 말함. 준주準州라고도 한다. 옮긴이)는 지형적으로 뾰족하게 솟은 화강암과 불그스레한 벽옥 바위, 메아리가 윙윙대는 깎아지른 협곡과 계곡, 널리 펼쳐진 볼품없는 강 언저리와 구불구불 흘러가는 냇가로 이루어진 지역이다. 또한 휘몰아치는 눈과 모래의 땅이자 쇠, 구리 그리고 위대한 소금 바다의 땅이기도 하다. 불그스레한 황금빛으로 빛나는 빼어난 자연경관을 자랑하는 근사한 곳임에 틀림없다. 신의 손으로 직접 빚은 걸작 중의 걸작인 유타 특별구는, 하지만, 우리가 소중해 마지않는 민주주의의 국경 안에 자리 잡은 신정정치의 도도한 보루이기도 하다. 유타는 미합중국 안에 들어선 또 하나의 국가인 셈이다.

나는 자극적인 오락거리가 아니라 진실을 밝히기 위해 이 책을 썼다. 판단은 선량한 여러 독자들의 양식에 맡긴다. 이 책은 내 자신만의 이야기가 아니다. 여전히 지금도 나보다 더 비참한 속박을 받으며 살고 있는 숱한 이들이 있다. 아마 내 자신에 관한 이야기는 그들에 비하면 가벼울 것이다. 나는 목숨을 무릅쓰긴 했지만 어쨌든 일부다처제의 사슬에서 벗어나지 않았던가. 이야기를 시작하면서 먼저 이것부터 밝히고자 한다. 내 남편은 모르몬교의 선지자이자 지도자인 브리검 영이고 나는 그의 19번째이자 마지막 아내다.

감사의 마음을 전하며

1874년 여름

앤 엘리자 영

^{현재} 사막의 불가사의

조던 스콧

프롤로그
빅 보이 권총을 쥐고 있던 어머니

〈세인트조지 레지스터〉지에 따르면, 6월 30일 밤 11시와 11시 30분 사이 내 어머니는 어딘가로 살금살금 걸어가고 있었다. 장소는 내가 어렸을 때 살던 집의 지하실이었고 어머니의 손에는 빅 보이 44 매그넘 권총이 들려 있었다. 계단을 내려온 어머니는 아버지의 밀실에 노크했다. 안에서 "누구요?"라고 묻자 어머니는 짧게 답했다. "저예요, 베키린." 아버지는 들어오라고 말했다. 분명 그랬을 것이다. 그 다음에 무슨 일이 벌어졌을까? 유타 남서부에선 지나가는 누구에게 물어봐도 그 답을 안다. 그도 그럴 것이, 어머니가 총알을 멋지게 한 방 날려서 아버지 가슴에 큼지막한 구멍을 내버렸으니까. 위의 신문에 따르면 아버지는 당시 컴퓨터 앞에 앉아 있었다. 피가 벽에 튄 흔적으로 볼 때 아버지는 총에 맞는 순간 분명 세 바퀴나 돌면서 쓰러졌다.

죽음이 코앞에 다가와 있던 그 시점에, 아버지는 온라인으로 텍사스 홀덤 게임을 하면서 몇 명과 채팅 중이었다. 그 중 한 사람이 '사막아가씨'였다. 다음은 마지막 순간에 아버지가 그녀와 나누던 대화다.

집안의가장2004: 잠시만.

사막아가씨: 전화?

집안의가장2004: 아니, 내 마누라.

사막아가씨: 몇 번째 마누라?

집안의가장2004: 19번째.

얼마 후, 몇 초 후인지 몇 분 후인지 몰라도 사막아가씨는 이렇게 썼다. '어디 가셨나요?'

조금 있다 다시 이렇게 적었다. '계세요?'

그러다 마침내 대화창을 닫았다. 채팅이 늘 그렇듯이.

어머니가 방아쇠를 당겼을 때 마침 아버지는 5 세 장, 2 두 장, 즉 풀하우스를 쥐고 있었다. 아버지는 돈을 모두 걸었다. 다행히 아버지가 7천 달러를 따 저승길의 노잣돈으로 삼았노라고 신문 기사는 전한다.

사람은 살던 방식대로 죽음을 맞이한다는 말을 언젠가 텔레비전에서 들은 적이 있다. 지당하신 말씀! 총을 맞은 아버지의 건스앤아모(Guns & Ammo. 미국의 총기 전문 잡지 제목. 옮긴이) 티셔츠에는 흥건히 배어나온 피로 온통 얼룩져 있었다. 예순일곱 나이의 얼굴에는 울긋불긋한 기운이 가득했다. 평생 햇빛에 거슬려 살아온 삶이라 온통 거칠고 푸석푸석한 모습뿐이었다. 어렸을 때 나는 아버지가 카우보이였으면 싶었다. 아버지가 흰 장화를 신고 회갈색 말 위에 올라타 불한당들을 쫓으며 질주하는 모습을 상상하곤 했다. 안타깝게도 아버지는 의로운 일을 위해 말을 달리는 사람이 아니었다. 그 대신 종교 사기꾼이자 거짓이 판치는 교회의 우두머리였다. 하나님은 한 남자에게 많은 여자와 자식을 갖도록 허락했으며, 이들은 얼마나 순종하느냐에 따라 심판을 받는다고 떠벌리던 위인이 내 아버지였다. 세상에, 요즘 사람들은 누구도 입에 담지 않는 그런 소리를! 하지만 내 고향에선 아버지를 비롯한 많은 남자들이 죄다 그런 식이었다. 말이 고향이지 사막 한가운데의 시궁창이나 마찬가지다. 여러분도 우리가 누군지 들어보았을지 모른다. 바로 근본주의 말일성도다. 대부분의 사람들은 우리를 근본주의 모르몬교도라고 알고 있다. 하지만 우리는 모르몬교인들과 다르다는 점을 밝혀두어야겠다(모르몬교는 공식 명칭이 말일성도(LDS. Latter-Day Saints) 교회이다. 미국에서 모르몬교가 일부다처제를 포기한 이후 불법적으로 일부다처제를 고수하는 모르몬교의 분파가 20세기 초에 생겼는데, 이들이 근본주의 말일성도들(FLDS. First Later-Day Saints)임. 옮긴이). 우리는 전혀 다른 어떤 종족이다. 즉 컬트이자 제정일치제(祭政一致制)의 옹호자로서, 사우디아라비아와 미합중국을 반반 섞은 나라의 국민인 셈이다. 우리를 지칭하는 이름은 무수히 많다. 6년 전에 떠난 곳이어서 내가 아는 것은 이 정도뿐이다. 내 아버지를 마지막으로 본 것도 그때였다. 물론 어머니도. 어머니는 아버지의 19번째 아내였다.

아버지의 첫 번째 아내는 스스럼없이 내 어머니를 범인으로 몰아세웠다. 첫 번째 아내 리타 자매(자매sister는 원래 뜻 외에 근본주의 모르몬교에서 한 남자에게 결혼한 여러 아내를 가리키는 호칭으로도 쓰임. 옮긴이)가 〈레지스터)지에 모든 내용을 일러바쳤다. 마치 외부인들에게 알리려고 미리 준비라도 해두었다는 듯이. "저는 스타킹을 모아둔 방에 있었습니다."라며 그녀는 재잘거리기 시작했다. "그러던 중에 19번째 여편네가 계단을 오르는 모습을 보았습니다. 마치 끔찍한 장면이라도 본 것처럼 벌겋게 달아오른 얼굴이 온통 일그러져 있었습니다. 우스울 정도로 찌그러진 얼굴이었습니다. 무슨 일일까 물어보려다 그만두었습니다. 왠지 묻기가 꺼려졌습니다. 그리고서 이십 분쯤 지나 아래로 내려갔더니 남편이 죽어 있었습니다. 그 여편네를 보자마자 내려갔어야 했는데⋯. 하지만 어떻게 그런 일을 짐작이라도 했겠습니까? 보니까 남편은 의자에 앉은 채 머리는 고꾸라져 가슴팍에 축 늘어져 있었습니다. 그리고 세상에나 남편 옷이 온통 핏빛이었습니다. 정말 피범벅 그 자체라고밖에는⋯. 저는 고함을 지르기 시작했습니다. 누구라도 와서 도와달라고요. 그러자 사람들이 뛰어내려왔습니다. 모두 다 내려왔죠. 즉, 남편의 여러 아내와 자식들이 전부 다 몰려왔습니다. 너무 많은 이들이 계단을 뛰어오는 바람에 집이 흔들릴 정도였다니까요. 제 생각에 제일 먼저 온 사람은 세리 자매였습니다. 무슨 일이 생겼는지 알려주자 세리 자매는 직접 자기 눈으로 보더니 외마디 비명과 함께 울음을 터뜨렸습니다. 다른 자매들도 누구 할 것 없이 차례차례 비명을 지르며 울기 시작했습니다. 그처럼 처절한 울음소리는 일찍이 들어본 적이 없습니다. 마치 불길이 번지듯 울음소리가 앞사람에서 뒷사람으로 이어지더니 급기야 온 집안이 통곡의 불바다로 활활 타올랐습니다. 무슨 뜻인지 아시겠죠? 우리는 너나 할 것 없이 모두 남편을 사랑했답니다."

다음 날 아침 링컨 카운티의 보안관이 내 어머니의 손목에 수갑을 채

왔다. "부인, 함께 가주셔야겠습니다."라는 말과 함께. 여간해선 메사데 일에 오는 법이 없던 보안관에게 누가 신고를 했는지는 모른다. 아무튼 보안관은 어머니를 경찰차 뒷좌석에 태웠다. 맥이 빠진 어머니는 머리를 뒤로 기댔다. 땋은 머리 한 묶음은 납작하게 눌려 있었다. 신문에 따르면 어머니는 순순히 잡혀갔다고 한다. 나한테도 그 따위 소리를 한 번 해보시지. 아버지가 어머니의 열다섯 살짜리 조카와 결혼하겠다고 하는데도 어머니는 입도 뻥긋 못했던 사람이다. 더군다나 선지자가 나를 내다버리라고 했을 때도 고분고분 따랐다. "굳이 소란을 피워봤자 소용없잖니."라고 늘 말하던 사람이 내 어머니다. 수십 년 동안 어머니는 오직 복종하는 삶을 살며 그것이 구원의 길이라 믿었다. 그러던 어머니가 어느 날 드디어 스스로 폭발해버리기라도 했단 말인가. 이런 일들은 늘 결론이 그런 쪽으로 흘러가는 법이다. 한 가지 다른 점이 있다면, 자신을 괴롭히는 사람을 어머니가 직접 지옥으로 보내버린 것이다.

어머니를 범인이라고 주장한 사람이 리타 자매였을까? 사실 범인이 누군지는 채팅 대화창에 나와 있었다. 〈레지스터〉지는 다음 사실을 가리키며 호들갑을 떨었다. 즉, 어머니가 방아쇠를 당기기 전에 희생자는 범인의 이름을 불렀다는 것이다. 하지만 정확히 말해, 아버지는 어머니의 이름을 부른 것이 아니라 자기 아내의 번호를 채팅 상대방에게 알렸을 뿐이다. 그러니 굳이 리타 자매의 진술이 필요하지도 않았다. 보안관은 확실한 증거를 잡았던 것이다. 이튿날 경찰은 어머니를 살인죄로 입건했다. 어머니의 사진도 〈레지스터〉 홈페이지에 실렸다. 머리카락이 심하게 헝클어진 채 경찰차에 오르는 모습이었다.

그 사진이 우연히도 내 눈에 띄었다. 마침 친구 롤랜드와 도서관에 있을 때였다. 아무 생각 없이 이리저리 인터넷을 둘러보고 있는데 느닷없이 어머니를 다룬 다음의 기사와 마주쳤던 것이다.

19번째 아내가 남편을 살해하다!

어느 종교 집단에서 드러난 참혹한 실상?

사진을 보니 어머니는 손목에 수갑이 채워져 있었다. 이마는 하얗게 반들거렸다. 새벽에 카메라 플래시를 터뜨리자 빛이 반사되었던 모양이다. 눈을 보니 무언가 할 말이 있어 보였다. 어떻게 설명하면 좋을까? 어머니의 눈이 어둡게 젖어 있다고 해야 할까? 마치 주둥이가 작은 어느 짐승의 눈처럼 말이다. 아니면, 살인을 저지른 벌로 평생을 철창에서 보내야 할 어느 여인의 겁에 질린 눈빛이라고 하면 다들 이해하시겠는가?

The 19th Wife

2 현재 · · ·

사막의 붉은 기운

끔찍한
유타 주에 오심을
환영하며

이야기를 더 자세히 진행하기 전에 몇 가지 알려드릴 것이 있다. 나는 스물여섯이지만 많은 이들에게서 나이보다 어려 보인다는 말을 듣는다. 지난 6년간 나는 유타와 LA 사이의 이곳저곳을 떠돌며 살았는데, 그중 다섯 해 동안은 엘렉트라와 함께 지냈다. 2년 동안은 좌우로 수국이 그려진 어느 꽃 배달 밴에서 기거하며 라스베이거스 안팎을 떠돌았다. 그 밴을 지금도 타고 다니지만 지금 나는 엘렉트라와 함께 파사데나에 산다. 아래층에 차고가 있는 원룸형 아파트가 내 집이다.

엘렉트라를 잠시 소개해야겠다. 빠듯한 형편에 그런 집을 얻은 까닭도 전부 엘렉트라 때문이니 말이다. 엘렉트라는 치렁치렁한 갈색 머리카락을 늘어뜨리고 있다. 햇빛이 스미면 밝은 진홍색으로 반짝이는 머릿결이다. 눈은 황금빛인데 흡사 전등을 켜놓은 듯하다. 누가 보아도 눈 속에 전구가 들어있다고 여길 정도다. 다리는 늘씬하게 빠졌다. 지나가는 사람들은 누구라도 뒤를 돌아보며 감탄해 마지않는다. 내 친구 롤랜드는 엘렉트라의 다리가 슈퍼모델감이라고 곧잘 말한다. 아무 다리나 보고 그런 소리를 하는 친구이긴 하지만. 엘렉트라를 처음 만난 곳은 집에서 쫓겨난 지 약 일 년 후 어느 공장지대 외곽의 주차장에서였다. 엘렉트라의 코는 타코 벨(미국 캘리포니아 주에 기반을 둔 식당 체인점. 종 모양의 로고로 유명함. 옮긴이) 음식 봉지를 뒤지고 있었다. 물론 나도 당시엔 자주 그러고 다녔다. 지금도 엘렉트라가 정확히 어떤 종인지는 모른다. 일반 사냥개와 새잡이 사냥개의 잡종 같아 보이는데 몇 군데 반점이 있다. 어떤 이들은 그 반점을 보고 순종이라고 여기지만 나는 그런 것에는 관심이 없다. 엘렉트라가 내 곁에 있기만 하면 그만이다. 엘렉트라의 왼쪽 귀 아랫부분에는 다음과 같은 문구가 문신으로 새겨져 있었다.

엘렉트라

나를 물어!

내 외모가 궁금하다면 한 손님이 언젠가 내게 했던 말이 도움이 될 것이다. '너는 얼굴이 마치 섹스 보조 인형처럼 생겼군.'이라는 말을 그 늙은이는 불쑥 내뱉었다. 내게 50달러를 지불할 때였는데, '볼이 발그스레한 장밋빛이군. 마음에 드는데.'라는 말도 덤으로 건넸다. 장밋빛 볼 외에도 나는 아주 계집애 같은 목소리를 갖고 있다. 한때는 목소리가 굵었으면 하고 바랐지만 지금은 더 이상 신경 쓰지 않는다. 어느 성직자를 찾아간 적이 있는데 (나의 실수였음.) 그는 내 눈을 보면 자신이 어렸을 때 뉴저지 연안에서 본 푸르디푸른 바다가 생각난다고 했다. 내 눈을 지그시 들여다볼 것만 같아 슬쩍 자리를 피했다. 아내와 쌍둥이 아이를 둔 어떤 인생낙오자는 내 눈이 자그마한 사파이어 같다고 말했다. 슬쩍 내 팔을 끌어당겨 자신의 은밀한 곳을 더듬으라고 하면서…. 지금은 절대 그런 짓을 하지 않는다. 어수룩하던 어린 시절 이야기일 뿐이다. 지금은 건설 일을 하며 살고 있다. 나는 그쪽 일에 꽤 소질이 있다. 그 점에 대해서만큼은 선지자에게 고마움을 느낀다. 특히 건물의 뼈대 세우기와 지붕 씌우기가 전문인지라 주로 실외에서 일한다. 롤랜드는 걸핏하면 "조조야, 땡볕에서 일 년만 더 일하면 폭삭 늙어버릴 거야."라며 놀려댄다. 이 친구만 유독 나를 조조라고 부른다. 왜 그러는지 알 길이 없다. 내 이름은 조던이다. 조던 스콧.

이렇게 주절대는 까닭은 사람들이 늘 나를 삐딱하게 바라보기 때문이다. 나를 두고서 몸 파는 놈이라느니 섹시 미소년이라느니 온갖 입방아들을 찧고 다닌다. 하지만 나는 보석도 아니고 섹스 보조 인형도 아니다. 단지 열네 살 때 인생이 뒤틀려 하마터면 감방신세를 지거나 길에서 객사할 뻔했다가 지금은 용케 그럭저럭 살고 있는 사람일 뿐이다. 이만하면 다들 내가 어떤 사람인지 감이 잡히실 듯.

아, 한 가지만 더. 언젠가 도서관에서 하나님에 관한 역사책을 뒤적이고 있을 때 어떤 손가락이 내 어깨를 톡톡 치면서 이렇게 말했다. "그런 책을 만지작대는 그쪽은 도대체 어떤 사람?" 롤랜드와 나는 그렇게 처음 만났다. 우리는 도서관에서 얼쩡대는 것 말고는 딱히 통하는 점이 없는 사이다. 파사데나 퍼블릭은 멋진 도서관이었다. 그곳 사서들은 딱히 오갈 데 없는 이들이 들락거려도 신경 쓰지 않았다. 언젠가 수(Sue)

라는 사서는 엘렉트라도 어린이 실에 들어와서 아이들과 함께 놀게 해 주었다. 사실 그녀도 엘렉트라를 좋아했다. 하지만 지금부터 할 이야기 는 수에 관한 것도, 롤랜드나 엘렉트라에 관한 것도 아니고 더욱이 내 자신에 관한 것도 아니다. 내 어머니에 관한 이야기다. 아버지 이야기 도 조금 나오고 또한 염병할 선지자 이야기도 나온다. 하나님과 직접 대화를 나누는 사람이라고 내가 한때 믿었던 작자다. 말도 안 되는 소 리지만, 안타깝게도 전부 실제로 있었던 일이다.

나는 바로 그 도서관에서 〈레지스터〉 홈페이지에 실린 어머니의 사진 과 마주쳤다. "롤랜드! 세상에, 내 어머니야." 하지만 패션잡지 〈보그〉 의 지난 호 기사를 탐독하고 있던 롤랜드는 내 말을 듣는 둥 마는 둥 했 다. 나는 관심을 끌어볼 셈으로 발길질까지 해대며 다그쳤다. "롤랜드, 여길 봐. 내 어머니라고."

"누구? 뭐?" 드디어 롤랜드도 사진을 들여다봤다. "세상에! 네 어머 니라니? 정말? 네 어머니가 어떤 일로 여기 홈페이지를 장식한 거야?"

"어머니가 내 아버지를 죽였다는데."

"어머나, 뭐?" 화면으로 고개를 숙여 뚫어져라 바라보던 롤랜드의 눈 썹이 휘둥그레졌다. "아, 이런, 그곳이 형편없는 데라는 말을 들은 적은 있었지만 사람들이 저처럼 머리를 풀어헤치고 산다고 말하진 않았잖 아." 그는 텔레비전 프로그램 〈초원의 집〉에 나오는 옷차림을 어머니가 하고 있다고 조잘댔다. 하지만 더 이상 듣고 싶지 않았다. 그 사진은 도 저히 설명할 길도 없고 그렇다고 외면해버릴 수도 없었다.

"조조… 조던? 괜찮아?"

“어머니를 어디로 데려간 것 같니?”

“글쎄, 한번 찾아볼게.” 롤랜드는 잽싸게 구글 검색을 시작했다.

“그곳이 유타 주의 어느 카운티야?”

“링컨 카운티. 거긴 왜?”

“링컨 카운티… 유타 주… 교도소….” 그는 부드럽게 타이핑을 했다. 마치 매니큐어를 방금 칠한 여자처럼. “아휴, 여기 같은데… 됐어 조조, 어머니를 찾을 수 있을 듯해. 조금만 기다려봐.” 그러더니 마우스를 클릭했다. “맞아, 바로 여기야. 수감자 조회 페이지가 뜨는데. 어머니 이름은?”

“베키린(BeckyLin), B 대문자, L 대문자, 전부 이어서.”

롤랜드는 이상한 이름이라는 듯 입술을 삐죽거렸다. “자, 무슨 내용이 나오나 보자. 대문자 B라…” 클릭 클릭 클릭, “대문자 L. 그리고 성은 스콧(Scott). 스카티 미용티슈랑 비슷하네. 됐어. 어디보자, 여기 나오네!”

그러자 사진이 아니라 수감자 명단 중에 어머니의 이름이 떴다.

입건 번호	수감자 ID	성	이름
066001825	207334	스콧	베키린

어머니의 입건 번호를 클릭하자 모래시계가 화면에 생겼다. 조금 후에 베키린 스콧의 수감 정보가 화면에 나타났다. “조던, 누구라도 상반신만 찍으면 사진이 잘 나오지 않는 법이야. 내가 직접 경험해서 알아낸 사실이지.” 날 위한답시고 롤랜드가 한 말이었다.

맞는 말이다. 어머니는 노란 겨자색 수감복을 입은 채 흰 판지를 들고 있었다. 판지엔 어머니의 키가 인치 단위(62)와 센티미터 단위(157)로 적혀 있었다. 얼굴은 파리하고 어두웠다. 퀭한 눈에선 애원하는 빛이 가득했다. "내 어머니가 맞아."

"그럼 어머니의 옆얼굴을 한번 보자." 롤랜드는 화면을 클릭했다. 목에는 힘줄이 드러나 있었고 왼쪽 귀는 조개껍질마냥 조그마했다. 하지만 난 금세 알아보았다. 마지막으로 보았을 때의 어머니 모습 그대로였으니까. 어머니는 무언가에 얼이 빠진 듯한 표정이었다.

롤랜드는 불쑥 이렇게 말했다. "내 말 오해하진 마. 모자간에 닮은 점이 있긴 하네."

살다보면 자주는 아니지만 가끔씩은, 앞으로 어떻게 해야 할지 분명한 답이 나올 때가 있다. 비록 왜 그런지 설명할 수는 없지만 말이다. 마치 라디오 채널을 이리저리 돌려 맞추다 정확하게 원하는 곡이 나올 때처럼.

"유타에 갈 거야."라고 나는 짧게 말했다.

"유타에 간단 말야, 지금?" 롤랜드는 어안이 벙벙하다는 표정이었다.

"내 어머니니까."

"거긴 다시는 돌아가지 않겠다고 말했던 것 같은데."

"어머니를 만나봐야겠어."

"어머니가 네게 그런 심한 짓을 했는데도?"

〈레지스터〉의 메인 페이지를 보기 직전에 우리는 어느 웹사이트에서 '나중이 아니라 바로 지금!'이란 문구를 만났다. 이 문구는 다이어트 웹사이트 한 구석에 번쩍이고 있던 배너에 쓰인 표현이었다. 구닥다리 표현이지만 그 구절이 머릿속을 맴돌고 있었다. 주일 오후였지만 조금 전에 수금도 마쳤다. 월요일에 화장대를 설치하는 시시한 일거리는 뒤로 미룰 수 있다. 엘렉트라도 길을 떠난다면 언제나 대환영이다. "나중이 아니라 바로 지금." 머릿속을 맴돌던 이 문구가 입 밖으로 튀어나왔다.

"아, 제발, 나중은 나중인 거야. 게다가 네 생일 파티를 할 생각이었다고."

"내년에 해줘."

"조조, 도대체 왜 이래?"

"어머니를 봐, 눈을 한 번 보라고. 만나봐야겠어. 딱 하루만, 길어도 이틀 안에는 돌아올게."

"자기야, 차를 몰고 유타로 가기 전에 이 상황에 꼭 어울리는 두 가지 사소한 사실을 알려줘도 되겠니? 물론 너한테서 들은 이야기지. 첫째, 이런 식으로 말해서 미안하지만, 네 어머니는 네가, 언제였더라?, 그래, 열네 살 때 한밤중에 너를 도로 한복판에 내다버렸어. 결코 떳떳한 일이 아니라고. 둘째, 어머니는 네 아버지를 저 세상으로 보내버렸어. 하필 이런 식으로 굳이 가족 상봉을 할 생각이야?"

"몰라, 어쨌든 가야겠어."라고 말한 뒤, "너도 함께 갈래?"라고 물었다.

"자기야, 난 됐어. 난 말이지, 지옥에는 죽고 난 다음에나 갈 테야. 서둘러서 갈 게 뭐람."

바스토(Barstaw. 캘리포니아 주의 한 도시. 옮긴이)를 벗어난 후 감옥에 전화를 걸었다. 24시간 대기 규정이 있어서 다음 날 오후가 지나야 어머니를 볼 수 있다고 한다. 담당 교도관에게 내일 아침에 찾아가도 되나고 부탁했지만 그녀는 "절대 그렇게는 안 됩니다. 아시겠어요?"라며 단호하게 내 말을 잘랐다. 이어서 면회 수칙을 알려주었다. 다른 수감자와 절대 이런저런 말을 섞어서는 안 됨. 옷 말고는 어떤 것도 감옥 안으로 가져갈 수 없음. 이 두 가지였다. "그러니까 보석, 귀걸이를 비롯한 어떤 식의 장신구도 안 됩니다. 태어날 때부터 몸에 붙어 있던 것만 가져오세요."

"제 개는요?"

불쑥 그 말이 왜 튀어나왔는지 모르지만, 아주 잘한 일이었다. 우연히도 그녀가 개를 좋아하는 사람이었으니까. 무슨 개냐고 묻기에 엘렉트라라고 대답했더니, "이름만 들어봐도 예쁜 개 같네요."라며 좋아했다. 그러고는 자기가 키우는 코기 견 한 쌍이 어떻게 생겼는지 줄줄 늘어놓았다. "궁금한 점이 있으면 다시 전화 주세요. 제 직통 전화번호를 알려주겠습니다. 하지만 아셔야 할 것이 있습니다. 어머니는 면회를 거부할 권리가 있고 게다가 아무 이유를 대지 않아도 됩니다. 어머니가 면회를 원하지 않는다면 전화로 알려드리죠."

15번 국도를 따라 동쪽으로 계속 달렸다. 운전 내내 휴대전화기를 힐끔거렸다. 혹시나 불통지역에 있을 때 전화를 걸진 않을까 싶어서였다. 라스베이거스를 지난 어느 지점에서 엘렉트라가 몸을 부들부들 떨며 내 귀에 대고 깽깽댔다. 차를 세우고 바깥에서 오줌을 누게 했더니 누지 않았다. 엘렉트라는 나 자신보다 더 나의 감정 변화를 읽어내는 데 뛰어나다. 내 무릎 위로 폴딱 올라앉더니 자기 머리를 내 어깨에 살며시 기댔다. 한 손으로는 운전대를 잡은 채 남은 손으로는 엘렉트라를 쓰다듬었다. 살짝 겁이 났다.

유타 여행 안내소에 다다랐을 때, 전화기를 보니 문자 메시지가 들어와 있었다. 커닝햄 교도관이 보낸 메시지 즉, 어머니가 면회를 거부한다는 내용일까 싶어 걱정이 되었다. 다행히도 롤랜드가 보낸 것이었다. "자기야, 그곳 형편이 여의치 않으면 집으로 돌아온다고 약속해줘, 알았지?"

이튿날 링컨 카운티 교도소에서 나는 신분증을 커닝햄 교도관에게 건넸다. "엘렉트라는 어디 있나요?"

이곳에서의 엘렉트라 이야기를 짧게 하면 이렇다. 근처 인터넷 카페에 괴기스러운 고스 스타일의 여자가 한 명 있었다(고스goth 스타일이란 '중세의', '괴기스러운'의 뜻을 갖고 있는 고딕gothic에서 나온 음악, 패션 등의 스타일로서, 괴기스러우며 어둡고 음산한 느낌이 특징임. 옮긴이). 그 여자에게 부탁했더니 개를 봐주기로 했다. 아마 바로 그때는 카우치에 앉아 과자를 먹고 있었을 것이다. 커닝햄 교도관은 내가 낯선 사람에게 개를 맡긴 것이 못마땅한 눈치였다. 하지만 바깥은 온도가 무려 섭씨 46도인데다 눈을 씻고 둘러봐도 그늘이라곤 한군데도 없었다.

커닝햄 교도관은 나더러 금속 탐지기를 지나가라고 했다. 그리고선 손에 쥔 단말기에 무슨 내용을 쿡쿡 눌러 입력했다. 이맛살을 한 번 찌푸리더니 한 번 더 입력을 했다. "됐습니다. 면회 수칙은 이렇습니다. 당신 어머니는 보안 감시하에 면회를 받아야 합니다. 기분 좋을 수는 없겠죠. 문을 지나 왼쪽으로 곧장 가면 끝에 작은 칸막이 방이 나옵니다. 그곳에서 케인 교도관이 어머니를 금방 데리고 나올 겁니다."

칸막이 방들은 앉아서 전화를 거는 공중전화 부스를 일렬로 늘어놓은 모습이다. 붉은색의 둥근 플라스틱 안장이 얹혀 있는 작은 스툴이 세워져 있었다. 노란색 전화 수화기가 의자 왼쪽에 걸려 있었다. 매우 비좁은 방에 여러 명의 여자들이 고무젖꼭지와 짹짹 소리 나는 아기 장난감을 흔들어 대고 있었다. 아기들이 울음을 터뜨리지 못하도록 안간힘을 쓰고 있었던 것이다. 면회인은 두 명으로 제한되어 있었지만 만한 살 아래의 아기는 상관하지 않았다. 너나 할 것 없이 아기를 원하는 수만큼 데려왔나 싶을 정도였다. 벽에는 이런 경고 문구가 붙어 있었다. '아기 어머니께: 아기를 잘 통제할 것.'

어림없는 소리!

나는 스툴에 앉은 채 앞에 있는 두꺼운 유리판을 물끄러미 바라보았다. 유리판에 내 뺨의 발그레한 홍조가 비쳤다. 내 눈은 작고 어두웠다. 예전에 어머니의 눈도 이랬다. 누가 봐도 우린 서로 닮아 있었다.

집에서 쫓겨난 후 (그곳 사람들은 '소통 종료'라고 불렀음. 그러거나 말거나), 난 솔직히 어머니를 다시는 못 볼 줄 알았다. 그래도 전혀 상관없다고 여기긴 했지만. 나는 첫 번째론 하나님에게, 두 번째론 선지자에게 단단히 뿔이 나 있었다. 어머니는 그 다음이었다. 지금도 그분 즉, 하나님이라면 분통이 터진다. 어머니가 그분의 뜻이라며 새벽 두 시에 나를 길바닥에 내다버렸으니까. 내 말이 혼란스럽게 들리더라도 믿어주기 바란다. 나는 엉엉 우는 대신에 다시는 그곳에서 겪은 일을 생각하지 않기로 결심했다. 비록 열네 살 어린 나이였는데도 말이다. 그전에 한 번도 메사데일 밖으로 가본 적이 없었다. 당연히 세상이 어떤 곳인지 알 턱이 없었다. 가방에는 스웨터 한 벌, 영험한 속옷 한 벌 (자세히 묻지는 마시길) 그리고 단돈 17달러뿐이었다. 주머니에는 아무엇도 없었다. 솔직히 어머니는 위험을 감수하면서 내게 그 돈이라도 찔러 넣으셨다. 하지만 그땐 고맙단 생각이 전혀 들지 않았다. 그래도 반시간 만에 이불을 운반하는 트럭 운전사를 만나서 다행이었다. 나에게 음흉한 짓을 할 수도 있는 상황이었지만 그 운전사는 자기 아내 이야기만 줄곧 늘어놓았다. 아내가 얼마 전에 불에 타 죽은 터라 답답한 심경을 아무에게나 털어놓았던 것이다. 그 사람과 함께 세인트조지로 갔다. 우리는 함께 차창 밖의 일출을 바라보았다. 유타 사막 너머로 해가 떠는 모습을 본 적이 있는가? 지옥의 불길이 구름 속에서 활활 타오르는 모습을 떠올리면 된다. 그 운전사는 불쑥 이렇게 말했다. "세상에, 저걸 봐. 온 하늘에 거대한 불덩이가 솟구치는 것 같군."

유리판 건너편에서는 교도관 한 명이 내 어머니를 데려와 스툴에 앉혔다. 어머니의 눈과 내 눈이 서로 마주쳤다. 마치 거울에 비친 자기 눈을 따라가듯 두 눈이 함께 움직였다. 내가 어디를 보든 어머니의 눈도 따라왔다. 스툴에, 벽시계에, 전화 수화기에.

어머니는 별반 달라진 게 없었다. 뭉툭한 턱이며 조그만 코도 여전했다. 하지만 머리카락은 마구잡이로 자란 잡초처럼 어지러웠다. 그런 머리 모양을 예진에는 본 적이 없다. 이런 내 시선을 눈치를 챘는지 어머니는 머리를 살짝 만졌다. 마치 가발을 쓰고 있다가 슬며시 벗으려는 동작 같았다. 어머니에 관해 무슨 이야기를 더할 수 있을까? 어머니는 아버지와 결혼할 때 열네 살이었다. 그러니까 지금은 서른다섯인 셈. 목소리는 작고 앳되다. 내 목소리랑 닮았다. 어머니도 볼에 발그레한 홍조가 있다. 또 뭐가 있을까? 공식적으로 밝히자면 어머니는 내 아버지의 조카이면서 동시에 이종사촌 중 제일 맏이다. 촌수가 도무지….
궁금하다면 직접 따져보시길.

"조던? 내 말 들리니?"

"네."

"세상에, 네가 벌써… 어른이 다 되었구나."

"아버지 얘기 들었어요."

"끔찍한 사고였지."

"혼란스러운 일이기도 하고요."

"네가 날 찾아올 줄 알았다. 간절히 기도했단다."

나는 잠시 숨을 고르고 울분을 가라앉혔다. "어머니. 자꾸 옆길로 새
지 마세요. 그런 소리나 듣자고 온 게 아니라고요."

"그래, 조던. 알았다." 어머니는 유리판에 바짝 가까이 기댔다. 감정
이 격해져 붉으락푸르락한 얼굴을 한 채로.

"어머니, 어떻게 된 건지 알려주실 수 있나요?"

그러자 어머니는 물러나 앉았다. 금세 울긋불긋한 기운이 얼굴에서
사라지며 "난 아무것도 몰라."라고 내뱉었다.

옆 칸막이에선 아기가 눈물 콧물을 흘리며 칭얼댔다. 아기 엄마인지
숙모인지 아무튼 옆 칸막이의 여자는 "괜찮아."란 말만 계속했다. 모든
것이 괜찮아질 것이라고. 전혀 그렇지 않아 보이는데 말이다.

"리타 자매가 털어놓은 내용이 사실이에요?"

"뭐라고, 뭐라던데?"

리타 자매의 진술 내용을 들려주자 어머니는 눈에 눈물이 글썽했다.

"그렇지 않아. 절대 아니다."

"그렇다면 실제로는 어떤 일이 벌어진 거죠?"

어머니는 망설였다. 기억을 더듬는 듯했다. "넌 그처럼 많은 피를 본 적이 없을 거다. 들것에 실려 나오는 네 아버지를 봤어. 그때 알 수 있었지…." 하지만 흐느낌이 심해져서 말을 맺지 못했다. "조던, 넌 온갖 어려움을 겪었을 테지. 우린 그렇게 헤어지고 말았으니까. 그런데 지금 나를 이렇게 찾아와 주다니! 이렇게 만나게 될 줄은 몰랐다. 나는 늘 생각했단다. 아니, 단지 생각만이라도…." 어머니는 목소리가 잠긴 채 손으로 눈물을 훔쳤다.

잠시 마음을 가라앉힌 후 어머니는 다시 말을 이었다. "그동안 어떻게 지냈니? 여태껏 어디서 살았고, 지금은 어디서 살아? 결혼은 했고? 혹시 벌써 애 아빠가 된 거니? 내가 기도한 대로 네 인생이 잘 풀렸는지도 알고 싶구나."

미친 녀석이란 소릴 들어도 이 말만은 해야겠다. 만약 당신이 사기꾼 종교 지도자 말만 듣고 외아들을 길바닥에 내다버렸다 치자. 그렇다면 당신은 내가 보기에 그 다음 일에 대해선 물어볼 자격조차 없다. 하지만 난 순순히 질문에 대답했다. "사연이야 길죠. 지금은 캘리포니아에 살고요. 아무 탈 없이 잘 지냅니다."

"혼자 지내니?"

엘렉트라와 함께 산다고 했더니 어머니 표정이 환해 보였다. "하지만 어머니, 제 이야길 하러 여기 온 게 아니에요. 무슨 일이 있었는지 알려 주세요."

"내가 아는 거라곤 오늘 아침에 들은 이야기뿐이다. 몇 분도 채 못 들었지. 허버 씨란 사람에게서."

"허버 씨가 누구예요?"

"내 변호사로 지정된 사람. 나는 판사와 이야기하고 싶다고 그에게 말했지만, 시기가 적절치 않다고 했어. 판사한테 내 이름만 알려줬다더라. 둘은 보석에 관해 이야기를 나누었는데 판사는 반대의사를 표했지만 허버 씨가 공정치 못하다고 항의해서 보석을 허락받았어. 하지만 그런들 뭐해. 무슨 수로 백만 달러를 마련한담? 그래서 결국 날 여기로 데려온 거지."

"적어도 메사데일은 벗어나셨잖아요."

어머니는 수화기를 왼쪽 귀에서 오른쪽 귀로 옮겼다. "어제가 네 생일이었지. 어젠 종일 그 생각만 했단다. 하나님의 섭리가 참으로 놀랍지 않니? 난 널 생각하고 있었고 너도 날 생각하고 있었다는 것이."

이만하면 상황 파악이 된다. 여기로 오면 안 된다던 롤랜드가 옳았다. 나중은 나중으로 남겨두는 편이 좋았을지도. 나중에 뭘 어쩐다는 생각 자체를 하지 말았어야 했다. 그때 바로 자리를 떴으면 한밤중이 되기 전에 파사데나로 돌아갈 수 있었다. 롤랜드와 만나서 윈첼 도넛을 곁들여 커피 한 잔 마실 수 있었다.

"너는 생일 파티를 좋아했었잖니."라며 어머니는 말을 이었다.

"네가 아주 꼬마였을 때 모습이 생생하구나. 넌 케이크 한 조각을 받을 때도 종이 접시를 들고 얌전히 줄 서 있었지. 조던, 넌 언제나 착한 애였어. 늘 차분하고 착했고말고."

"어머니, 아주 솔직히 말해서, 그때의 기억이 내 인생 최악이었어요."

"뭐라고? 왜?"

"그 파티는 선지자를 위한 거였잖아요."

"맞아, 하지만 그 때문에 아주 재밌었던 거야."

"재미라고요? 어머니, 우리 생일인데 축하는 자기들이 받았다고요. 말도 안 되는 짓인지 아직도 모르고 계세요?"

"모르겠다. 난 좋았어. 모두들 그처럼 함께 축하를 하는 거잖니."

나는 울컥하는 마음을 다잡았다. "알았어요, 어머니. 이제 그만해요."

"뭘 그만하자는 거니?"

"지난날에 관한 이야기요."

어머닌 잠시 멈췄다. "미안하다. 네 속을 뒤집으려고 그런 건 아니다."

"어머니, 떠나기 전에 무언가 해드리고 싶어요."

"떠난다고?"

"집까지 가려면 한참 달려야 해요."

"조던, 가면 안 돼. 날 도와다오."

"어떤 식으로 도와드릴까요?"

"허버 씨에게 가서 이야기를 나눠보렴."

"무슨 이야기요?"

"언제 내가 여기서 나갈 수 있는지를 물어보렴."

"그건 직접 물어보세요."

"나도 물어봤어. 하지만 그 변호사는 말할 수 없다고 했어. 도저히 납득이 안 되는 소리야."

만약 여러분이 오랫동안 어머니와 떨어져 지내며 그리워하고 있었다고 치자. 그런데 만나자마자 어머니가 여러분을 돌아버리게 만들면 기분이 어떻겠는가? 그 기분에다 백을 곱하면 딱 내 심정이다.

"어머니, 한 가지 물어봐도 될까요? 왜 하필 지금이죠?"

"왜 지금이라니, 무슨 뜻이냐?"

"그 옛날은 꿋꿋이 다 견디고 왜 지금에서냐고요? 무슨 일이 있었던 게 분명하네요. 어머닌 늘 확신에 차 있었잖아요. 그날 밤 저를 버릴 때도 어머닌 하나님이 명한 일이라면 무엇이든 한다고 하셨어요."

"맞아. 물론 나도 널 그렇게 보내긴 싫었다. 그때도 말했잖니. 하지만 하나님의 시험이라고 여겼다. 선지자께서도 그러셨어. '베키린, 이것은 시험이니라, 하나님이 행하시는 시험 말이다'라고. 널 사랑하지 않아서가 아니다. 하나님께서 너와 네가 그렇게 하길 원하셨단다. 너도 이해할 줄 알았다."

"제가 이해할 줄 아셨다고요. 제기랄! 그 동네라면 모든 것이 역겨워요. 하나님부터 선지자, 그리고 아버지까지 모조리요. 그러다 아버지에게 생긴 일, 즉 어머니가 벌인 일을 다룬 기사를 읽었어요. 어머니가 마침내 어둠의 눈을 뜨신 줄 알고, 처음으로 하나님이 고마울 정도였는데…."

"내가 뭔 짓을 했다고? 잠깐만…. 설마 내가 진짜로 네 아버지를 죽였다고 믿는 거니? 아, 조던, 말도 안 돼. 아냐 아냐 아냐 아니라고. 어떻게 그런 말을 믿을 수 있니?"

"어떻게 제가 그런 말을 믿을 수 있냐고요? 어머니, 어머니가 지금 여기 감옥에 잡혀와 있잖아요."

"경찰에서 오해를 한 것은 이해한다. 하지만 너마저 어떻게?"

"리타 자매가 자세하게 상황을 진술했어요."

"리타 자매?" 어머니는 주먹을 꽉 쥐었다. "그 여자 말만 듣고 내가 죽였다고? 나는 절대 네 아버지를 안 죽였어. 네 아버진 내 남편이야.

난 그의 아내이고. 도대체 내가 남편을 왜 죽이겠니?"

나는 오만 가지 이유가 다 떠올랐다. 솔직히 말해서 어머니가 결백하다는 생각은 전혀 들지 않았다.

"하나님의 사도로서 난 결코 네 아버지를 죽이지 않았다."

조금 이상하게 들리겠지만 나는 어머니가 혐의를 부인하는 것이 실망스러웠다. 그리고 나는 단 일 초도 어머니를 믿지 않았다. "그럼 누가 그랬나요?"

"몰라. 네 아버지 마누라들 중 하나겠지. 하지만 난 아니다."

"변호사는 뭐라고 하던데요?"

"변호사도 날 믿지 않는 것 같아. 많은 증거들을 살펴본 다음에야 전략을 세울 수 있을 거라고 말했어. 난 내가 한 짓이 아니라고 분명히 말했어. 전략은 알아서 세우라고 했지. 지금 분명 내가 꿈을 꾸고 있는 거야." 어머니는 다시 한 번 말했다. "분명 꿈이야." 어머니는 고개를 숙여 이마를 손바닥으로 감쌌다. 그렇게 잠시 몸을 지탱하고 있더니 고개를 들었다. "아, 조던, 놀랍지 않니? 네가 여기 와서 우리가 함께 있다는 것이."

"어쩌면요."

"이건 기적이야."

"어머니."

"아버지 하나님께 너를 데려와 달라고 기도했다. 내 기도를 들어주셨어."

또 그 소리다. "전 절대 안 믿어요."

"조던, 왜 모르니? 널 떠나보내라 하나님이 내게 시킨 것은 다 까닭이 있어서란다. 그래서 내가 어려울 때 네가 지금처럼 돌아온 거 아니 겠니. 그땐 몰랐지만 이제 와보니 훤히 알겠구나. 잘 들어보렴. 넌 캘리 포니아에서 정말 바쁘게 살고 있었어. 그런데 마침 우연히 나에 대한 글을 어디선가 읽은 거야. 그게 웹사이트니 아니면 인터넷이니? 다들 두 가지 이름으로 부르던데."

"둘 다 맞아요. 명칭은 안 중요해요."

"그래, 웹사이트가 맞구나. 분명 어떤 섭리로 인해 넌 날 도우러 여기 로 온 거야. 아직 모르겠니? 네가 아직도 메사데일에 살고 있었다면 날 도우러 여기 올 순 없었을 거야. 모두 하나님의 계획이었어. 그 깊으신 뜻을 내가 어찌 알 수 있겠니."

"계획이니 뜻이니 나하곤 아무 상관없어요."

"그럼 대답해보렴. 왜 하필 많은 날 중 바로 어제 그 지역 신문을 살 펴보았니?"

"몰라요. 전 가끔씩 인터넷에서 그런 기사를 읽곤 해요. 세상이 어떻 게 돌아가나 보려고요. 뭐 볼 때마다 한심스러운 내용뿐이지만."

"그것 보렴!" 어머니는 갑자기 손가락을 유리판에 갖다 댔다. 손끝이 눌려 하얗게 변했다. "하나님이 어제 신문을 보라고 시키신 거야. 하나 님이 나서지 않으셨다면…."

"세상에, 어머니, 하나님 타령 좀 그만하세요. 하나님 때문에 인터넷 을 한 게 아니에요. 전 하루 중 절반을 인터넷에서 산다고요. 도대체 언 제까지 이런 어처구니없는 소릴 하실 참이에요?"

"조던, 내게 그런 심한 말은 말아다오."

"죄송해요, 어머니. 하지만 전 절대 믿지 않아요." 나는 목이 콱 잠겼다. "더 이상은 안 믿는다고요." 나는 수화기를 내려놓고 눈물을 훔쳤다. 제기랄, 결코 약해지지 않기로 했는데…. 몇 해 전 그날 밤, 트럭에서 내리면서 눈물은 가슴 속에만 묻어두기로 다짐했었다. 그 후로 여태껏 단 한 번도 울지 않았다. 그랬건만, 눈물이 쏟아지는데 닦을 휴지도 없었다. 휴지고 뭐고 아무것도 집을 게 없었다. 단지 빨간 플라스틱 의자와 노란 플라스틱 수화기, 두꺼운 유리판 그리고 주변에 칭얼대는 아기들 열댓 명뿐. 염병할!

"가야 돼요."

"조던, 안 돼. 제발 날 도와다오."

잠시 어떻게 어머니를 도울지 생각해보았다. "변호사와 면담 약속을 잡을 수 있는지 알아볼게요." 그러고는 수화기를 내려놓았다. 유리판 너머 어머니의 입술은 '하나만 더'라고 말하고 있었다. 수화기를 다시 들고 "예?"라고 물었다.

"너한테 그랬던 건 정말 미안하다. 난 어쩔 수가 없었어. 언젠가 이해해주길 바랐을 뿐이다."

"더 이상 그런 얘긴 꺼내지도 마세요."

"언젠가 이해하겠지라는 마음뿐이었다. 알겠니?"

"어머니, 전 멀쩡해요. 벌써 다 지나간 이야기잖아요."

"너도 언젠가 내 기도를 들을 수 있으리라 생각했어. 이것만은 진심이란다. 넌 더 이상 그때 이야기는 듣고 싶지도 않겠지만 말이다. 내가 밤에 잠이 들 수 있었던 까닭은 오로지 나의 기도를 네가 들을 수 있다고 믿었기 때문이란다." 어머니는 파리한 입술을 오므리더니 수화기를 내려놓고 울먹이기 시작했다. 뒤에 서 있던 교도관이 휴지를 건넸다.

어머니가 고맙다고 하자 교도관은 천만에요, 진정하세요라고 다독였다. 어머니는 뚱뚱해서 죄수복이 허벅지에 꽉 끼었다. 시장터에서 불쑥 인사를 건네는 비대한 노인만큼이나 위압감을 주는 몸매다.

어머니는 수화기를 다시 들었다. "도와줄 거지, 응? 날 도와주리라 믿는다."

어떻게 할지 알아보겠다고 대답했다. 어머니는 고개를 끄덕였다. 그리고서 우린 함께 수화기를 내려놓았다. 잠시 동안 나는 꼼짝 않고 앉아 있었다. 어머니도 움직이지 않았다. 단지 유리판에 닿은 어머니의 두 손만이 파르르 떨렸다. 손을 거두고 나자 유리판에 작고 하얀 손자국이 남았다. 마치 주인을 잃은 한 켤레의 조그만 장갑처럼.

유타 여인들의 노예 같은 상태를 처음 들었을 땐, 여느 미국인들과 같이 나도 그 이야기가 설마 사실이랴 싶었다. 너무나 불경스러운 내용, 온갖 학대와 멸시의 기록들, 그리고 자신들의 교회와 지도자의 추악한 실상을 발가벗기는 배교자들의 분노는 억지처럼 보였다. 적어도 순순히 받아들이기는 어려운 내용이었다. 오랫동안 나도 말일성도, 즉 모르몬신도들을 여러 명 만나기도 하고 서신도 교환했다. 이들 대부분은 사람을 노예처럼 부리는 것에 결단코 반대했다. 모르몬 친구들은 솔직하고 진실하며 합리적이고 학식이 있었다. 배움과 근면함을 종교적인 의무만큼이나 소중히 여겼기에 나는 무척 좋은 인상을 받았다. 내가 보기에 그들은 자유로움 속에서 신앙생활을 추구하려는 간절한 소망을 품고 있었다. 타락한 결혼생활에 관한 이야기는 내가 알고 지내던 말일성도들과는 어울리지 않았다. 그들의 선량한 얼굴이며 주고받은 편지를 보아서도 그랬다. 내 생각에, 많은 사람들이 모르몬교인에게 품고 있는 반감은 그들의 관습에 대한 무지와 비밀스런 종교의식에 대한 두려움 때문이다. 미국인의 한 사람으로서 예전부터 나는 모르몬신도들이 평화롭게 신앙생활을 하도록 내버려두어야 한다고 여겼다.

하지만 이 사막 지역에서는 요즘 들어, 광포한 시로코 열풍(사하라 사막에서 지중해 방면으로 부는 열풍. 옮긴이)이 불듯, 한 남편을 섬기는 여러 여인들이 하나둘씩 진실을 폭로하고 있다. 여러 명의 남성도 가세했다. 이들의 이야기를 들을 때마다 사막의 여인들이 결혼생활에서 겪는 억압이 생생히 전해진다. 이전부터 들리던 소문이 진실이라는 생각이 한층 강해진다. 이러한 이야기가 정말로 진실일까?

나는 올해, 즉 1874년 2월에 브리검 영의 아내였던 앤 엘리자 부인을 처음 만났다. 그녀가 보스턴의 트레몬트 템플에서 강연하고 있을 때였다. 단순명쾌한 설명과 진솔한 태도를 접하고 보니 확신이 들었다. 일부다처제의 실상을 솔직히 밝혀도 그녀가 얻을 이득은 없고 고통만 더 겪고 있음이 분명했다. 분명 그녀는 아들과 함께 조용히 사는 쪽을 더 원했을 것이다. 굳이 진실을 알리는 폭로자가 되어 지금 이 자서전을 쓰기로 한 것보다는 말이다. 일부다처제 사회에서 딸로 태어나 그 사회의 아내가 될 수밖에 없었기에 온갖 잔혹한 제도의 희생양이 되어야 했던 이 여인. 그런 경험 때문에 진실을 있는 그대로 알리자는 소명감을 갖게 된 것이리라. 내가 보기에 그녀는 이 문제에 대해 달리 선택의 여지가 없다. 일부다처제 반대는 이제 그녀의 새로운 신앙이 되었다. 그 제도의 폐지야말로 이 여인에게는 구원의 길일 터이다.

우리의 첫 만남에서 느낀 결론도 그렇고 이 회고록을 지금 읽어보니, 나도 일부다처제 폐지를 확신하게 되었다. 십 년 전에 노예제가 철폐된 것과 똑같은 운명을 맞이해야 한다. 둘 다 야만성의 유물일 뿐이다. 오랫동안 노예제가 남부의 문제라고 불렸듯이 많은 이들은 이 사안을 모르몬교의 문제라고 부른다. 하지만 사실 이것은 우리, 즉 미국과 미국인 전체의 문제다. 유타 여성과 어린이의 도덕적, 정신적 노예상태를 어떻게 대처할지가 우리의 미래를 결정할 것이기 때문이다. 일부다처제 사회의 여인과 아이들이 처한 참혹한 현실에 조금이라도 관심이 있는 분들 모두에게 이 회고록의 일독을 권한다.

하트포드에서

1874년 9월

해리엇 비처 스토

교회, 아버지, 집
그리고
아버지의 아내들

피부과와 다리 질환 전문 클리닉 사이에 허버 변호사의 사무실이 있었다. 안으로 들어서니 양치식물에 물을 주느라 정신이 없는 푸르스름한 옷차림의 직원이 나를 맞았다. "조던 씨 맞죠? 전 모린이에요. 변호사님은 오늘 오후에 할 일이 쌓여 있습니다. 그분께서 법정에서 변론을 맡는 오후면 우리가 얼마나 바쁜지 짐작도 못하실 거예요. 하지만 조던 씨가 전화를 주셔서 변호사님께선 아주 기뻐하셨답니다." 그러더니 흠칫 말을 멈추었다. "잠깐만요! 이건, 무엇, 인가요?"

"엘렉트라입니다. 신경 안 쓰셔도 됩니다. 밴에 남겨두기엔 너무 더워서요."

"맞아요." 그녀는 체조선수마냥 몸을 웅크리더니 엘렉트라의 코에 입을 맞추었다.

모린 씨를 처음 보았을 때는 모르몬 아줌마란 느낌이 들었다. 그다지

정감 있게 보이지 않았다는 뜻이다. 실은 내가 모르몬교인들을 무조건 싫어하는 것이 아니라 그들이 나를 유독 싫어한다. 모린 씨는 키가 크고 튼실했다. 뼈가 굵은 여자 장사의 용모였다. 머리는 풍성한 느낌이 들게 말아올렸다. 일주일에 한 번씩 미용실을 찾는 여자의 매무새다. 옷차림은 온통 감청색 패션이었다. 블라우스가 느슨한 바지에 잘 어울렸고 망토 스웨터는 목 앞에서 단추가 채워져 있었다.

"변호사님은 곧 오실 겁니다. 변론이 거의 끝나가거든요. 법원에서 출발하자마자 알려드릴게요." 말을 마친 후 그녀는 자기 책상으로 잽싸게 돌아갔다. 나는 잡지 〈엔사인〉(Ensign. 모르몬교의 공식 잡지. 옮긴이)을 뒤적였다. 책장을 넘기자마자 동성에게서 날아드는 유혹의 눈길을 피하는 방법을 다룬 기사와 마주쳤다. 독자 여러분은 눈길을 돌려주시길. 읽던 잡지를 〈유에스 위클리〉로 바꾸었다. 내가 헐리우드 관련 기사들을 읽고 있을 때 모린 씨는 5통의 이메일을 보내고 7건의 전화연락을 받았으며 쪼그려 앉아 파일 보관함 아랫부분을 뒤졌다. 다소 힘겨운 듯 "휴!" 하며 한숨을 내뱉었다. 바로 그때 전화기에 신호가 들어오자 그녀는 다시 일어섰다. "앗, 변호사님이 일을 마치셨어요. 어서 갑시다. 다시 볼 일 보러 나가시기 전에 먼저 도착해야 돼요."

복도를 따라 안내를 해주던 그녀에게 머릿결이 곱다고 말해주었다. "고마워요! 오늘 아침에 머리를 했답니다." 얼굴에 환한 미소가 번지는 걸 보니, 누군가에게서 칭찬을 받은 지 오래되었음을 알 수 있었다. 모든 여자에겐 평생 동안 게이 같은 남자가 필요하다면서 롤랜드는 이렇게 말했다. "자기야, 파마가 바뀌어도 우리끼리 말고 누가 알아주겠어?"

복도 끝에서 모린 씨는 사무실 문을 살며시 열었다. "여기예요."

심한 말인 것은 알지만 허버 변호사의 첫 인상은 '모르몬 양아치'였다. 아마 나에 대한 그의 첫 인상은 '구제불능'이었을 테니 서로 비긴 셈이다. 나이는 대략 칠십다섯쯤. 너저분하게 보이는 하얗게 샌 머리와 전혀 믿음이 가지 않는 게슴츠레한 눈빛. 게다가 사무실 벽에는 전 세계 골프장을 다니며 티샷을 하는 사진이 걸려 있었다.

"조던 스콧 씨, 반갑습니다. 전화를 주셨을 때 얼마나 기뻤는지 모릅니다. 물론 놀라기도 했지만 어쨌든 기뻤습니다." 나는 엘렉트라를 사무실에 데려와 죄송하다고 했다. "차에 남겨두기엔 날씨가 너무 덥긴 하죠. 물론 이해합니다. 제 집사람도 우리 요키를 차 속에 단 5분도 놓아두려 하지 않는답니다. 자, 조던 씨, 우선 어머니에 관한 일은 정말 유감스럽게 생각합니다. 그리고 조던 씨 아버지에 대해서도요. 모든 상황이 전부 안타깝기만 하군요. 저에게서 도움 받고 싶은 것이 있으면 뭐든 말씀하시기 바랍니다." 이 대화를 잠시 미루고 여러분께 내 속마음을 알리진 않겠지만, 내가 이 사람을 점점 더 내켜하지 않음은 다들 짐작하실 것이다.

"제 어머니가 어떻게 될지 알려주실 수 있나요?"라고 대뜸 운을 뗐다.

"이런, 벌써 본론으로 들어가다니 역시 짐작했던 대로군요. 알았습니다. 자리에 앉으시죠. 아하, 지금 막 교도소에서 면회를 하고 돌아오셨군요. 그래, 어머니는 어떻던가요?"

"아주 많이 화가 나 있었어요. 물론 혼란스러워 하시고요. 어떻게 된 일인지 스스로도 이해가 안 되는 것 같았습니다."

"저도 진상을 파악하려고 최선을 다하고 있습니다."

"신문 기사 내용이 사실인가요?"

"제 생각에는 그렇습니다. 여길 보세요. 방금 입수한 겁니다." 그는 서류를 흔들어 보였다. "탄흔 보고서입니다. 어머니의 지문이 권총에서 발견되었습니다. 다른 사람 지문도 있긴 하지만 대부분 어머니 것입니다."

"달리 말해서, 제 어머니는 이제 꼼짝달싹 못할 처지군요."

"저는 그렇게 까진 말하고 싶진 않지만, 맞는 말입니다." 그는 책상에서 일어서더니 내 가까이 다가와 앉았다. "메사데일은 문제가 아주 많은 곳이죠, 그렇지 않나요?"

"이 보세요, 변호사님. 그쪽 이야기라면 생각하기도 싫습니다. 어머니가 어떻게 될지만 말씀해주세요. 에둘러 좋은 쪽으로 말하시지 않아도 됩니다. 어머니와 전 그리 친한 사이가 아니니까요."

"저도 그런 느낌을 받았습니다. 오래전에 집을 떠났다고 들었습니다. 버려진 아이처럼요. 사실입니까?"

그렇게 불리는 것이 싫다. 하지만 다들 그렇게 부른다. 선지자가 내쫓은 아이라고. "뭐, 그런 셈이죠."

"지난 몇 년간은 살기가 힘들었지 싶군요. 그렇죠?"

"네, 뭐, 시궁창을 기어다녔다고 해야죠. 하지만 지금은 잘 지냅니다."

"어떻게 된 일인지 말해주실 수 있나요? 소통 단절 즉, 쫓겨났을 때의 상황을요."

"제 어머니가 감옥에 있는 것과 그때 일이 무슨 상관이 있는지 도무지 모르겠군요."

"말을 꺼내기 어렵다는 점은 이해합니다."

"어렵긴요, 제가 여기 온 용건과는 동떨어진 말씀을 하시니 그렇죠."

허버 변호사는 내 무릎을 꽉 쥐면서 말했다. "조던 씨, 우리는 같은 편입니다, 알겠어요? 서로를 믿어야 합니다. 언젠가 이런 일이 생길 겁니다. 즉, 검사가 조던 씨에게 물을 겁니다. '어린 꼬마였던 당신을 그런 식으로 내다버린 걸 보니, 어머닌 당신 아버지도 죽일 수 있을 것 같군요.'라고 말입니다."

"그때 일은 그렇게 단순하지가 않아요."

"아마 그렇겠죠."

허버 변호사가 이런 식으로 유도하는 바람에 그때 이야기를 꺼내고 말았다. 잠자고 있는 나를 어머니가 침대에서 끌어내려 차에 태우고 가더니 어느 도로가에 세운 후 밖으로 나가라고 했던 상황을 순순히 털어놓았던 것이다. "선지자가 그렇게 하라고 어머니께 시켰습니다."

"아버지는 가만히 보고만 있었습니까?"

"제 아버지요? 아마 지하실에서 얼큰하게 취해 있었겠죠."

"쫓겨나게 된 이유가 있습니까?"

"어처구니없지만 이런 일이 있었습니다." 허버 변호사에게 털어놓다니 스스로도 믿을 수가 없었지만, 어쨌든 거의 아무에게도 밝히지 않았던 사연을 죄다 늘어놓았다. "배다른 여동생 한 명과 손을 잡고 있었습니다. 퀴니란 애였죠. 실제 이름은 달랐지만 저는 그렇게 불렀습니다. 우리는 아무 짓도 하지 않았습니다. 하지만 그곳에선 꼬마 애들이라도 남녀는 서로 어울려 다니질 않았습니다. 어느 날 서로 이야기를 하고 있었는데, 제가 덥석 그 애의 손을 잡았습니다. 왜 그랬는지 저도 잘 모르겠습니다. 마침 아버지가 우리를 보고는 선지자에게 일러바쳤습니다. 그래서 제가 험한 꼴을 당한 것입니다. 즉, 어머니가 저를 내다버렸죠. 사실입니다. 메사데일에서는 선지자가 원하는 대로 하지 않으면 지옥에 떨어진다고 합니다. 모두들 그렇게 믿죠. 물론 제 어머니도요. 제기랄, 앗 너무 심하게 말했군요. 젠장, 저도 그렇다고 믿었습니다. 그런 사연으로 어느 날 밤, 덜커덕 어머니가 저를 도로가에 내던졌습니다. 6년이 흘러 지금 제가 여기 있게 된 것이고요."

허버 변호사와 모린 씨는 가만히 입을 다물고 있었다. 누구라도 그런 이야기를 듣고 나면 무슨 말을 해야 할지 모를 것이다. 조금 후 둘 다 "정말 가슴 아프네요."라고 말해주긴 했지만. 사람들한테서 늘 듣던 소리가 아닌가. '세상에, 정말 안타깝네요.' 이런 말은 정말 싫다. 변호사와 모린 씨의 눈을 보니, 내가 제일 싫어하는 것으로 촉촉이 젖어 있었다. 넋두리를 늘어놓고 동정이나 받고 있는 내 꼬락서니하고는!

"이런 울고불고하는 얘기는 일부다처제 집안에선 발에 차일 정도죠."라고 나는 말했다.

사람들은 대부분 내가 게이여서 쫓겨난 줄 안다. 하지만 난 겨우 열네 살인데다 늦게 피는 꽃 같았다. 게이가 무언지도 몰랐다. 롤랜드는 여성 잡지의 칼럼을 즐겨 읽는다. 이 친구의 말에 따르면, 내가 퀴니의 손을 잡은 것은 전도된 심리학적 이유 때문이라나 뭐라나. 말도 안 되는 소리. 난 단지 심심하던 차에 친구라고 여겨 손을 잡았을 뿐이다.

"변호사님, 제가 여기 온 까닭은 제 어머니가 어떻게 될지 알기 위해서일 뿐이에요. 어머니는 아무도 도와줄 사람이 없기에 누군가 진실을 말해줄 사람이 있어야 해요. 그러니 어머니가 무슨 기대를 할 수 있을지 말해주세요. 사람의 생사가 걸린 문제예요. 안 그런가요? 혹시 가석방은 어려운가요?"

허버 변호사는 아무 말도 하지 않았다.

"네. 가석방은 안 됩니다."

여전히 묵묵부답이다.

"그렇더라도 뭔 말씀이라도 해주세요. 무슨 말씀을 해도 전 괜찮아요. 지금도 별로 충격을 받지 않았다고요. 제 어머니지만 받을 벌은 받아야겠죠."

"전 조던 씨가 마음에 듭니다. 솔직한데다 사실을 사실대로 인정할 줄도 아는군요. 또한 정말로 진실을 알고 싶어 하는군요. 알다시피 누구나 그렇지는 않습니다. 다들 말로는 그렇다고 해놓고 막상 닥치면 피해버립니다. 그래서 조던 씨에게는 내가 아는 것을 전부 말하겠습니다. 어머니는 막다른 골목에 갇혀 있는 셈입니다. 유죄 선고를 받을 우려가 매우 큽니다." 이 말 후에 잠시 머뭇거리더니, "사형을 당할지도 모릅니다."라고 말했다.

"사형이라고요?"

"좀 더 좋은 쪽으로 말하고 싶습니다만, 제 직업상 사실대로 말할 수밖에 없네요."

"확실한가요?"

"아직 확실치는 않습니다." 허버 변호사는 책상의 반대편으로 다시 돌아갔다. "어머니의 재판을 가급적이면 오래 끌고 싶습니다. 그곳에서 무슨 일이 있었는지 알아낼 시간을 벌 수 있게끔 말입니다. 어머니는 아무런 배경 상황도 없이 남편을 죽인 게 아닙니다. 그것만큼은 확실하죠. 이번 사건은 단순한 가정불화가 아닙니다. 저는 이 범죄를 어떤 넓은 맥락에 포함시키고 싶습니다. 언젠가는 연방수사관도 뒷짐만 지지 않고 선지자란 작자에 대해 무슨 행동을 취할 겁니다. 제가 보건데, 법정에는 조던 씨 어머니가 아니라 그 미치광이가 서야 합니다. 이런 생각을 하고 있었기에 조던 씨가 전화를 했을 때 기뻤던 겁니다. 조던 씨의 도움이 중요합니다."

"제가요?"

"메사테일에 관해 알고 있는 것은 전부 말해주시면 좋겠습니다. 그곳이 어떤 데인지, 조던 씨가 어떻게 지냈는지 그리고 선지자, 교회, 아버지, 집, 아버지의 여러 아내들을 비롯해 그곳에 관한 모든 것을 낱낱이 알려주세요."

"그곳을 나온 지 6년이 지났습니다."

"그래도 저보다는 많이 아시겠죠."

맞는 말이긴 하다. 그렇게 하면, 유리판 뒤로 어머니를 두고 나올 때 느꼈던 유죄판결의 불안감을 조금이나마 들어낼 수 있을지 모른다. "좋습니다. 그런데 무엇을 알고 싶으신가요?"

"중요하다 싶은 것이면 뭐든지 좋습니다. 하지만 지금이 아니라 다음에 말해주시죠."

"지금은 안 된다고요?"

"저는 조심스럽게 진행하고 싶습니다. 차분히 모든 경우를 검토해서 확실한 방안을 마련해야 합니다. 모린 씨의 안내에 따라 잠시 기다리고 있으면 진짜로 이야기를 시작할 때를 알려줄게요." 그는 보관함에서 금도금한 골프 티를 집어올리더니 손바닥에 놓고 굴리기 시작했다.

"지금 농담하십니까?" 엘렉트라가 일어나 귀를 흔들어댔다. 오줌이 마려운 것이다.

"오늘 시간이 더 많으면 좋았을 텐데요. 하지만 삼십 분 전까지만 해도 전 조던 씨가 여기 온 줄도 몰랐습니다. 모린 씨, 이분을 데리고 나가 스케줄을 잡아주세요. 아셨죠? 가급적 빨리 조던 씨를 다시 모셔 오세요."

눈 깜짝할 사이에 모린 씨가 일어났다. "자 그럼, 낡은 달력을 한 번 살펴봅시다."

"잠깐만요. 저는 세인트조지에서 허구한 날 죽치고 있어도 되는 팔자가 아닙니다. 캘리포니아에 일자리가 있습니다. 좋은 일자리죠. 아파트도 한 채 있고요(거짓말임). 예전에는 엘렉트라랑 밴에서 함께 살았지만요."

엘렉트라가 하품을 했다. 전에도 들었다는 듯이. 모린 씨는 문을 열고 서 있었다. 허버 변호사는 법률 문서들을 뒤적이고 있었다. 이번 만남은 끝이 났다. "조던 씨, 우리는 둘 다 바라는 것이 같습니다. 절 믿으셔야 합니다."

딱 한 가지 문제가 있다면, 내가 사람을 믿어서 잘된 역사가 없었다는 것.

지옥에는 분노가 없다

솔트 레이크의 하렘에 관한 소식은 우리의 관심을 늘 끌던 이야기다. 마침내 브리검 영의 아내, 정확히 말해서 그중 한 아내가 자기 남편에게 이제는 더 못 참겠다는 선언을 했다. 순서로만 보면 19번째 아내인 이 여인은 위대한 지도자인 선지자를 비롯해 말일성도 여러 명을 고소했다. 우리가 보기에도 때가 무르익었다. 남편과 아내가 고소와 맞고소로 서로 올가미를 씌우려는 이 와중에, 우리도 이 소동에 두 가지 관찰 결과를 보태고 싶다. 첫째로, 브리검 영 씨는 서부의 위대한 눈속임 전통을 따르는 사기꾼이다. 하늘에서 내려온 말씀이 그에게 19명의 아내를 가지라고 명했다? 하늘에서 우리에게 내려온 말씀은, 더 좋은 집을 갖고 돈을 더 많이 벌고 적어도 일 년에 한 번씩은 이 소중한 말씀에 구애받지 않고 살라는 것이다. 하지만 이런 사소한 축복조차도 우리에겐 쉬 일어나지 않는다. 둘째, 브리검 영의 19번째 부인에게는 진심으로 이렇게 묻고 싶다. 무엇을 바라고서 그런 폭로를 했느냐고. 도살장 입구에 서면 꽥꽥내던 돼지도 자신의 운명을 직감하는 법이다. 그녀는 피의 보복이 뒤따를 것을 예감하지 못하는가? 하늘의 뜻에 따라, 운명이 고귀한 이 두 사람을 결혼생활과 전쟁 상황 중 어느 한 쪽으로 몰아가는 듯하다. 두 가지가 서로 다르다면 말이다. 전쟁이 시작되면, 우리는 냉철한 가슴을 안고 망루에 올라 이 처절한 난투극을 지켜볼 것이다.

큰
집

그날 밤에는 잠을 이룰 수가 없었다. 엘렉트라도 마찬가지여서 이불을 자꾸 뒤적이며 여행 안내 센터에서 무슨 소리만 들리면 으르렁댔다. 끊임없이 들려오는 차 문 여닫는 소리, 오토바이 소리 그리고 대형트럭에서는 들려오는 코 고는 소리들. 한번은 티볼 야구팀이 미니밴에서 쏟아져 나와 남자 화장실로 달려갔는데, 아주 어린 녀석들이 서로 이 새끼 저 새끼라고 불러댔다. 이런 상황에서 어떻게 제대로 눈을 붙일 수 있었겠는가. 새벽 네 시 무렵 나는 차를 몰기 시작했다. 엘렉트라는 조수석에서 잔뜩 긴장한 채 앉아 있었다. 눈썹 부분에 난 털이 아래로 축 처져 있었다. 마치 자기도 우리가 어디로 가고 있는지 그리고 그것이 좋은 생각이 아님을 안다는 듯한 눈치였다.

세인트조지 외곽에 있는 메탐페타민(투명한 색상의 각성제. 옮긴이) 소굴을 지나자 어디로 뻗어 있는지 모를 긴 시골 도로가 나왔다. 길은 차츰 오르막을 이루며 텅 빈 사막 고원 지대를 지났다. 붉은 바위 언덕과 돌 투성이 산 그리고 우뚝 선 잣나무들이 저 멀리 보였다. 주유소와 간이 식당 한군데 그리고 사고다발 지역을 알리는 표지판 외에는 80킬로나 달렸는데도 도로에 아무것도 없었다. 계속 달리면 언젠가는 메사데일로 접어드는 길이 나올 것이다. 이론상으로 보면 이 도로는 카나브로 이어져 그랜드캐넌으로 향하지만 이 두 곳으로 가는 더 좋은 길도 있다. 만약 길을 잃고 헤매고 싶거나 메사데일로 갈 생각이 아니라면 이 도로를 택할 이유가 전혀 없다. 이 도로는 미국에서 가장 외로운 길이다. 이곳 어디쯤에선가 그날 밤 어머니가 나를 버렸다. 죽은 미루나무가 한 그루가 서 있던 그 근처가 아직도 기억난다. 죽은 나무에다 대고, 언젠가 다시 살아나 무성한 가지로 나를 품어달라고 빌었던 기억도 떠오른다.

메사데일 16킬로미터 앞에 차를 세웠다. 엔진을 끄자 사방이 고요하다. 다만 일찍 잠이 깬 새 몇 마리가 산쑥 덤불 속에서 바스락댄다. 15분 동안 가만히 앉아 있는데 대형 화물트럭 한 대가 다가왔다. 눈에 보이기도 전에 소리부터 먼저 들린다. 질주하는 트럭의 굉음이 온 사막을 뒤흔든다. 트럭이 지나갈 때 내 밴이 흔들렸고 엘렉트라가 짖어댔다. 거대한 소음이 잦아들고 조금 시간이 흐르자 세상은 다시 고요해졌다. 트럭의 후미등 불빛은 어둠 속으로 사라졌다.

마침내 동쪽 하늘에 불그레한 빛이 감돌자 나는 오줌을 누게 엘렉트라를 밖으로 보냈다. 엘렉트라는 사막 속으로 스무 걸음 정도 달리더니 비터브러시 덤불에다 대고 짖기 시작했다. 아마 산토끼나 길라몬스터 도마뱀을 보았으리라. 돌아오라고 불렀지만 엘렉트라는 들은 척도 안 했다. 강제로 끌고 올 수밖에 없었다.

메사데일까지 얼마나 걸릴지 알려주는 표지판이 보이기에 차를 세웠지만, 사냥용 총알 자국이 어지럽게 나 있어 글을 읽을 수가 없었다. 이 표지판을 지나칠 때마다 선지자는 신도를 한 명 보내서 총을 쏘게 했다. 내 아버지도 총을 쏜 적이 한 번 있다. 아버지가 아침 식탁에서 그것을 자랑하던 모습이 기억난다. "사탄의 표시를 날려버렸어." 아버지는 구운 햄을 입에 쑤셔 넣으며 그렇게 말했다.

근본주의 말일성도가 모르몬교인이 아니라는 점을 분명하게 밝혀두어야겠다. 모르몬교인들이 텔레비전에 가끔 나오는 장면을 보면, 회당에서 노래 부르거나 BYU(브리검 영 대학) 학과별 대항전을 응원하거나 길거리에서 지나가는 사람들에게 열띤 선교를 펼치고 있다. 모르몬 교회를 이끄는 사람들, 즉 솔트 레이크에서 낡은 안경을 쓰고 다니는 노인들은 나만큼이나 선지자를 미워한다. 이들은 그를 두고 이단아이자 신성모독자라고 부른다. 또한 강간범, 아동성학대자 그리고 세금포탈자 등의 이름을 들이대며 온갖 비난을 퍼부어댄다. 아마 알고 계시겠지만, 처음에 근본주의 말일성도와 모르몬교는 둘 다 일부다처제였다. 모르몬교가 1890년에 이 제도를 포기하자 선지자는 모르몬신도들이 배신을 했다고 말했다. 그때 근본주의 말일성도가 갈라져 나온 것이다. 그런 까닭에 선지자, 즉 우리 선지자는 주일 예배 때면 이렇게 말했다. "형제자매들이여, 여러분은 근본이자 참된 성도들입니다. 여러분은 조셉과 브리검의 후손입니다. 사람들이 구원을 바라는 부활의 날이 오면 여러분은 제일 앞자리에 서 있을 것입니다."

여러분도 짐작하겠지만, 모르몬교인들은 이 문제에 관해 의견이 다르다. 『균열』이란 책을 아는가? 하나님의 역사에 관한 이 책을 보면 그런 분열은 늘 있었다고 한다. 유대교와 기독교, 가톨릭과 개신교, 모르몬교와 근본주의 말일성도. 이런 분열은 앞으로도 영원히 지속될 것이다. 다만 한 가지 확실한 것은 그런 분열 때문에 많은 사람들이 큰 혼란과 고통을 겪게 되리라는 점이다.

언덕에 올라서자 메사데일에 새벽이 밝아오고 있었다. 아래를 내려다보니 집집마다 하얗고 노란 불빛들이 옹기종기 모여 빛나고 있었다. 그 불빛 하나하나에 어떤 사연이 있는지 나는 훤히 알고 있었다. DVD를 백 번이나 반복해서 감상한 사람처럼 잘 알고 있었다. 한 아내는 스탠드를 켜고 머리를 빗질한다. 또 다른 아내는 성냥을 그어 스토브에 불을 붙인다. 그 다음 아내는 식품창고의 전구에 달린 줄을 당겨 불을 키고는 큰 옥수수 죽 상자를 꺼낸다. 집에는 열, 열다섯, 스무 개 이상의 불빛이 켜진다. 불빛이 하나씩 켜질 때마다 아내들이 하나씩 고된 집안일을 시작하러 일어난다.

그리고 아이들도 있다. 지금쯤이면 아이들이 눈에 묻은 모래를 털어내며 잠자리에서 나와 위층으로 올라갈 시간이다. 모두들 싱크대 앞에서 줄지어 세수를 한다. 남자 아이들은 자기 옷을 찾으려고 옷상자를 뒤질 것이다. 여자 아이들은 서로 머리에 핀을 꽂아주고 있을 것이다. 그럴 땐 서로 말도 많이 하지 않는다. 옷을 빨리 입고 부엌으로 달려가야지만 턱석 퍼주는 옥수수 죽을 제 시간에 먹을 수 있다. 가끔씩 토스트와 통조림 복숭아가 나올 때도 있었지만, 자주는 아니었다. 어떤 음식이 나오든 결코 넉넉하지가 않았다. 밥을 먹으러 가기 전에 오줌을 누느라 시간을 허비하는 아이들은 바보천치 소리를 들었다.

가까이 다가가서 보니 메사데일은 전보다 마을이 커졌다. 집이 수백 채에다 칠십다섯 집 단위로 큰 창고가 설치되어 있었다. 그곳에 전부 몇 명이 사는지는 아무도 모르지만 내 짐작에 12,000명 아니면 15,000명 정도 살 것 같았다. 정확한 계산하기는 너무 복잡하다. 사람 수도 메사데일의 비밀 중 하나다. 이미 알려진 정보가 없으니 자세히 파악하기가 더 어려워진다.

메사데일로 접어드는 좁은 길은 큰 미루나무에 가려져 있다. 마른 바닥을 드러낸 개천처럼 생긴 길인지라 어디 있는지 찾으려 해도 발견하기가 어렵다. 메사데일은 지나다가 우연히 들를 수 있는 곳이 아니다. 바로 이 점이 중요하다. 롤랜드는 근본주의 말일성도를 일컬어 컬트 계의 그레타 가르보(Greta Garbo. 1920-30년대의 유명한 미국 여배우로서 특히 사람들과 어울리기 싫어한 것으로 유명함. 옮긴이)라고 불렀다. "자기야, 그곳의 선지자는 단지 혼자 있고 싶은 거야."

아스팔트 길을 벗어나자 밴이 덜컹거리기 시작했다. 엘렉트라는 몸을 세우고서 으르렁거렸다. 아무리 천천히 차를 몰아도 길에 붉은 먼지 구름이 가득 피어올랐다. 마을 전체가 붉은 먼지 속에 잠겨 있는 셈이다. 어쩌다가 이곳을 염탐하러 온 언론인들은 자기들이 나타나면 선지자의 사도들이 비상감시에 들어감을 알아차리지 못한다. 나는 지금 진지하게 말하고 있다. 여러분도 곧 알게 될 것이다.

비탈길을 절반쯤 올라가자 마을에서 나오는 픽업트럭 한 대와 지나쳤다. 다섯 명의 여자가 비좁게 타고 있었다. 넷이 엇갈려 앉아 있었고 한 명은 누군가의 무릎 위에 어설프게 걸터 앉았다. 이들은 늙어서 아마도 아이를 가질 수 없는 여자들이었을 것이다. 그래서 선지자는 이들을 마을 밖으로 나가도록 한 것이다. 그는 젊은 여자들이라면 절대 내보내지 않지만, 이처럼 늙은 여자들은 전혀 신경 쓰지 않는다. 여인들은 앞만 바라보고 있었고 눈은 공허했다. 이들은 십중팔구 나의 숙모, 이종사촌 아니면 의붓누이일 수도 있고 어쩌면 이 세 가지 모두일 수도 있다. 엘렉트라는 차창 밖으로 머리를 쑥 내밀어 여인들을 향해 짖어댔다. 그런데도 여인들은 아무런 표정이 없었다. 내가 보이지 않는 것 같았다. 어쩌면 나와 그 여인들은 다른 차원의 두 세계를 서로 스쳐 지나는 중이었을지도 모르겠다.

길을 따라 약 3킬로미터를 더 올라가니 처음으로 집이 몇 채 나타났다. 넓이는 각각 이삼백 평 안팎이었다. 종종 두세 집이 한 구역 안에 나란히 늘어서 있었다. 이 집들은 큰 저택이 아니라 판잣집이나 헛간 같은 건물이다. 합판, 플라스틱 판, 타르 종이, 알루미늄 및 석고보드 등으로 만들어졌다. 많은 집들이 짓다 만 듯했다. 옆 벽은 헐어 있고 양옆 부속건물의 지붕은 플라스틱으로 덮어놓았으며 대문은 압착 나무로 만들었다. 어렸을 때 내 아버지는 양쪽 벽을 제대로 갖출 형편이 안 된다고 말했다. 그 말을 들으니 아버지가 안돼 보였다. 아버지의 목소리에서 부끄러운 마음을 읽었던 것이다. 하지만 진짜 이유는 그게 아니었다. 법의 허점을 이용해 재산세 납부를 피하기 위해서였다. 왜 그래야만 하는지는 이해할 수 없었지만.

내가 떠난 뒤 그곳에 바뀐 것이 한 가지 있었다. 벽에 둘러싸인 집이 많아졌다. 아니면 벽 대신에 대형 트럭 여러 대를 원형으로 배치해 집을 감싸고 있었다. 마치 서부 개척시대의 마차들처럼. 내 생각에 선지자는 더욱 더 미쳐가고 있었다. 도대체 왜 그런 걸까? 정부가 백 년이라는 세월 동안 이런 곳을 가만히 놓아두고 있다니!

육군 비행장 근처에서 차를 돌려 길을 절반쯤 내려오니 내가 살았던 곳이 나왔다. 쓸모없는 잡초만 무성한 5에이커의 땅에 달랑 집 세 채와 한 쌍의 딴채가 자리하고 있었다. 길에서 그곳을 보기로는 전혀 바뀐 것이 없었다. 아주 차가운 날 외에는 언제나 아이들이 밥을 먹던 12개의 야외용 식탁. 조그만 셔츠들이 바람에 나부끼는 빨랫줄. 채소밭, 헛간 그리고 옥수수밭. 모든 풍경이 메마르고 안타까워 보였다. 그곳 뒤로는 나무덤불이 있었다. 내가 어렸을 때 아버지가 무서워지면 숨던 곳이었다. 정확히는 아버지가 무슨 짓을 내게 할지 몰라서 숨던 곳이었다. 주 건물은 짙은 녹색의 합판으로 된 큰 사각형 모양이었다. 침실이 스무 개, 기름통 크기의 솥이 달린 커다란 부엌이 하나 그리고 내 아버지의 지하실이 있었다. 아이들은 지하실 출입이 허용되지 않았고 오직 아내들만 한 명씩 차례대로 드나들 수 있었다. 갑자기 묘한 느낌이 들었다. 일주일 전만 해도 아버지는 지금쯤 지하실에 틀어박혀 컴퓨터로 고약한 짓을 하고 있었을 테니까.

여기에선 내 형제자매가 몇 명인지 나 스스로도 모른다. 헤아릴 마땅한 방법이 없다. 친 형제자매도 있고 배다른 형제자매도 있고 데려와서 키우는 아이도 있다. 누구를 넣고 누구를 뺄 것인가? 나도 누구든 가리지 않고 애정을 쏟고 싶었지만 도저히 그럴 수가 없었다. 더군다나 얼굴 한 번 보지 못한 아이들, 즉 어떤 여자가 키우고 있다가 내 아버지와 결혼하기 위해 이전 남편한테 두고 온 아이들은 어떻게 대해야 하는가? 여러분이라면 이런 아이들도 가족에 포함시킬 것인가? 또한, 시집을 갔기 때문에 남녀가 유별하다며 남동생과 말을 섞는 것도 허용되지 않는 누이도 가족에 포함시켜야 하는가? 이곳의 형제자매들은 다 이렇게 산다. 한 가지 더. 나는 6년 전에 쫓겨났다. 선지자는 모든 이들에게 내가 저주받은 불모의 땅으로 추방당했다고 말했다. 사람들이 나를 가족으로 여길까? 그럴 리가 없다. 대충 짐작해보면 내 형제자매는 대략 백 명 어쩌면 백열 명 정도다. 내 계산으로는 대략 그쯤이다. 아버지는 늘 이런 말씀을 하셨다. 밤에 잠자리에 들 때마다 자식들을 많이 허락하신 하나님께 감사의 기도를 올린다고 말이다. 분통이 터지는 것은 그땐 내가 아버지를 믿었다는 사실이다. 그것도 곧이곧대로.

말이 나온 김에 한마디만 더하고 싶다. 우리는 3층 침대에서 잤는데 한 침상에 다섯 명이 빼곡히 누웠다. 아니면 카우치에서 아이 네 명이 방석 세 개를 서로 끌어당기며 잤다. 이도 아니면 거실바닥에서 담요나 베개 위에 스무 명의 아이들이 마치 타일처럼 다닥다닥 붙어서 잤다. 플라스틱 쓰레기통에 담긴 셔츠와 스웨터에는 크기 별로 꼬리표가 붙어 있었다. 큰 애가 신던 양말을 작은 애가 신었다. 테니스공과 축구공은 아이들끼리 서로 훔쳐 썼다. 그 집에서 유일하게 내 것이어서 나눠 쓰지 않아도 되는 물건은 옷장 속에 든 서랍이었다. 폭이 30센티미터 높이가 40센티미터였는데, 나는 그 치수를 백만 번이나 쟀었다. 면적을 계산하면 1,200제곱센티미터였다. 정말로 그 속에 넣을 게 아무것도 없던 내게는 너무나 큰 서랍이었다.

토요일은 목욕하는 날이었다. 두 명의 아내가 양철통에 찬물을 가득 채우고는 한 번에 두 명씩 아이들을 집어던졌다. 솔이나 나무작대기로 등을 슥슥 민 다음 밖으로 내던졌다. 아이 열 명마다 물을 한 번 갈아주었다. 이렇게 해도 아침 내내 걸렸다. 하지만 남자는 그나마 나았다. 여자들은 정해진 일정에 따라 화장실을 이용했다. 엉터리 시설을 그나마 잘 활용하기 위해 정해놓은 일정이었다. 주일마다 여자들은 특별한 세

면대에서 머리를 감았다. 여자들의 머리를 자르지 못하게 했다. 천국에 가면 남편의 발을 씻어주기 위해 머리카락을 길러두어야 한다고 선지자가 말했으니까. 머리카락의 무게 때문에 코피를 흘리는 여자들도 있었다. 몇몇은 긴 머리카락 때문에 등이 아프거나 두통이 생긴다고 불평했지만 대부분은 아무 말도 하지 않았다. 적어도 내게는. 여자들이 머리를 감을 때는 물통에 마대자루를 빠는 듯한 소리가 났다. 배수관은 찌꺼기로 막혀 있었다. 머리카락을 말리는 데 몇 시간이나 걸렸다. 여자들은 야외 식탁에 드러누워 머리카락을 온통 펼쳐놓고 말렸다. 나는 어머니의 방에서 창밖으로 그런 모습을 곧잘 지켜보았다. 천사의 날개처럼 나풀거리던 여인들의 머리카락은 너무나 아름다웠다.

롤랜드는 이렇게 물은 적이 있다. 메사데일에서 자라면서 그래도 좋은 추억이 한 가지라도 있는지. 내 대답은 이랬다. "한 가지는 확실히 있지. 결코 혼자 있을 때는 없다는 것."

나는 집 밖에 서서 어머니 방의 창을 올려다보았다. 창 가리개가 반쯤 내려져 있었지만 어머니가 창턱에 심어둔 알로에를 볼 수는 있었다. 어머니는 알로에 잎을 떼면 나오는 투명한 즙을 손과 목에 바르곤 했었다. 가끔씩 나는 침대에서 어머니와 마주 앉아 학교에서 생긴 일을 이야기했다. 또 어떨 때는 어머니가 알로에 잎을 뗀 다음 즙을 짜내 내 손바닥에 떨어뜨려주기도 했다. 즙이 마를 때까지는 어머니와 함께 있던 시간이었다.

어머니의 창에 누군가가 보였다. 어슴푸레한 형체가 나타나 가리개를 전부 내렸다. 집에는 내 형제자매 그리고 아버지의 모든 아내들이 있었지만 난 누구 하나 날 반겨 주리라곤 기대하지 않았다. 그런데 버지니아가 헛간에서 뛰쳐나오더니 곧잘 내게 달려와 내 발 아래서 뒹굴었다. 이 가냘픈 꼬마 애는 두꺼운 옷 때문에 땀을 흘리고 있었다. 배를 쓰다듬어 주자 좋다며 깔깔거렸다.

바로 그때 "원하는 게 뭐냐?"라는 소리가 들렸다.

올려다보니 리타 자매였다. "절 기억하실 줄은 몰랐네요."

"기억하고말고. 넌 여기 오면 안 된다."

정말 솔직히 말해 나는 결코 리타를 좋아하지 않았다. 그녀는 첫 번째 아내의 지위를 이용해 우두머리 행세를 했다. 이곳에선 첫 번째 아내의 허락이 없으면 다른 여자와 결혼할 수 없다. 그래서 내 아버지는 싱싱한 새색시를 원할 때면 리타에게 온갖 비굴한 짓을 다했다. 허락을 받아내기 위해 구체적으로 어떤 짓을 했는지는 다시 떠올리기도 싫다.

"어머니의 방을 보고 싶어요."

"안 돼."

"제발 부탁이에요. 잠깐이면 됩니다."

"안 돼. 하나님은 널 내치셨다. 선지자께서도 하나님의 뜻이라고 하셨다. 그분의 뜻을 거스를 수는 없다."

이 여인이 정말 진심으로 하는 말인지 여러분도 믿기 어려울 것이다. 하지만 만약 여러분이 아무것도 모르고 오직 선지자의 말만 믿고 산다면, 주일 날 교회에서 일곱 시간이나 지내면서 하나님과 직접 소통한다고 주장하는 사람의 말만 듣는다면, 또한 이 사람을 여러분의 부모가 선지자라고 맹세한다면, 그리고 여러분의 형제자매나 선생, 친구를 비롯한 모든 이들까지 그 사람의 말이 하나님의 말씀이라고 확신한다면,

마지막으로 그 사람의 저주를 받으면 영원히 지옥불에 떨어진다고 한다면 여러분이 아마 믿지 않을 수 없을 것이다. 선지자가 온갖 헛소리를 늘어놓아도 우리는 믿었다. 무슨 말을 들어도 마음 깊이 새겼다.

언젠가 그는 유럽이 선과 악의 전쟁으로 이미 멸망했다고 말해주었다. 그래서 더 이상 유럽이 존재하지 않는다고 했다. 프랑스도 더 이상 지도에서 사라졌다고 했다. 그는 파리의 대화재, 세느 강에 둥둥 떠다니는 시체들, 잿더미로 변한 성당들, 늑대가 우글대는 샹젤리제 거리에 대해 설명했다. 나에겐 그 말을 의심할 까닭도 능력도 없었다. 내 주변의 모든 이들이 그 말을 진실이라고 여겼다. 우리에겐 텔레비전도 없었고 내가 어렸을 땐 인터넷도 없었다. 모든 지식은 선지자에게서 나왔다. 이후 라스베이거스에서 프랑스 사람을 처음 만났을 때는 정말 큰 충격을 받았다. 실제로 나는 이렇게 말했다. "어떻게 살아남았습니까?" 내가 그 정도로 대단한 세뇌를 받았다니! 롤랜드에게 이런 이야기를 낱낱이 털어놓자, "아, 자기야, 농담이지? 진짜라면 〈오프라 윈프리 쇼〉 같은 데 나가야 될 내용이네."라고 말했다. 지금 내가 하고 있는 말은 분명 농담이 아니다.

"아버지가 그렇게 된 것은 정말 가슴 아파요. 무척 힘드시다는 거 저도 알아요."

"그만 가거라. 선지자께선 널 원치 않으신다. 널 보면 아이들이 무서워할 거다. 냉큼 떠나거라." 유리창엔 여러 얼굴들이 나타나기 시작했다. 열 명 가량의 애들이 마당에 있는 낯선 사람을 내려다보고 있었다. 날 알아보는 애가 있었을까? 한 명이라도 그곳의 삶이 거짓투성이임을 의심하고 있었을까? 한 명, 적어도 단 한 명이라도 "나도 데려가줘요."

라고 내게 말해주기를 바랐다. 유리창을 두드리는 조그만 손이 단 하나라도 있었더라면.

리타 자매는 이제 내려와 내 앞에 섰다. 그녀가 내쉬는 숨에는 여름 복숭아 향기가 배어 있었다. 예의 바르게 대하고 싶었지만 그녀는 시골 여인 옷차림에다 머리 모양도 너저분해 전혀 여자 같아 보이지가 않았다. 살결은 칙칙한 짐승가죽 마냥 자글자글 주름이 졌고 입술 선은, 젠장, 지난 50년 동안 한 번도 웃은 적이 없을 정도로 우울해 보였다.

"조던, 나는 이곳 아이들을 지켜야 한다. 너도 알고 있겠지? 이제 그만 가거라."

"도대체 무엇으로부터 아이들을 지킨다는 말인가요?"

"부탁이다. 자꾸 이러면 경찰을 부르겠다." 이어서 "미안하다."라고 말을 맺었다.

메사데일 경찰이라면 누구라도 마주치기 싫을 것이다. 나는 리타 자매와 버지니아에게 작별 인사를 하고는 밴으로 돌아왔다. 차에 타기 전에 다시 한 번 집을 둘러보았다. 창문마다 아이들이 두 명씩 있었다. 코를 대고 있어서 창에 허연 김이 서러 있었다. 육군 비행장으로 내려올 때 아이들이 다시 생각났다. 그 애들은 누구였을까? 리타 자매는 아이들 이름을 알고 있기는 했을까? 내 형제자매들의 운명에 대해 생각하기 시작했다. 제이미는 열여덟 살일 테니 아마 쫓겨났을 것이다. 샬롯은 열일곱이니 십중팔구 시집갔을 것이다. 그리고 보니 퀴니는 스무 살일 것이다. 아직까지 그 집에서 살지는 않을 것이다. 지금쯤이면 자기 밑에 다른 아내들이 몇 명 더 생겼는지가 중요한 문제일 것이다. 그렇다면 더 어린애들은? 그 애들과는 가까이 어울리지 않았다. 내게 그 애

들은 대부분 남이나 다름없었다. 열댓 명의 남자애와 여자애들과 실내
에서 마주치곤 했는데 모두들 금발에다 주근깨투성이였고 몸은 가냘팠
다. 백 명의 아이들이 사는 집에 있으면 나이가 많은 아이들을 더 바라
보게 된다. 조금이라도 애정을 쏟아주니까. 하지만 어린아이들은 싫어
지게 마련이다. 그만큼 방이 비좁아지니 말이다.

이름도 모르는 아이들을 일일이 떠올려보는 데 정신이 팔려 순찰차
가 내 꽁무니를 쫓는지도 몰랐다. 갑자기 백미러에 나타난 경찰관은 검
은 선글라스를 쓴 채 희죽거리고 있었다. '산 채로 널 잡아먹겠다'는 표
정이었다. 왼쪽 손바닥이 운전대 위에 얹혀 있었고 오른팔은 운전석 뒤
로 늘어뜨린 상태였다. 옆길로 들어서자 그도 날 따라왔다. 다시 차를
틀자 역시 그쪽도 틀었다. 우리는 농가 앞 작은 밭에서 일하던 여자 세
명을 지나쳐 달렸다. 손에 호미를 든 채 바라보는 세 여자의 얼굴은 땀
으로 범벅이 되어 있었다.

우체국에 들르고 싶었지만 그리 좋은 생각이 아닌 것 같았다. 이곳의
경찰은 더러운 녀석들이다. 메사데일 경찰서에 근무하는 이들은 모조
리 일부다처제 신봉자다. 언젠가 내 의붓누이 한 명이 경찰서에 들어가
서 내 아버지가 자기를 안으려 한다고 일러바쳤다(이곳 여자애들은 아
버지한테서 안고 싶다는 말을 들으면 강간당할 마음의 준비를 해야 한
다). 앞 책상에 있던 경찰은 노트에 몇 자 적더니 내 아버지에게 전화를
걸었다. "아주 재미있네요. 지금 따님이 여기 와 있는데, 얼굴이 참 반
반하군요." 그 경찰이 의붓누이를 집으로 데려왔다. 아버지는 그 애를
지하실로 데려가 한 시간 동안 같이 있었다. 나는 한 시간 동안 위층에
서 기다렸다. 올라왔을 때 보니 의붓누이는 눈알을 빼버리고 안경만 쓰

고 있는 사람처럼 공허한 눈빛이었다.

사람들은 말한다. 아 저런, 그렇게나 나쁜 짓이 다 있다니!

실제로는, 생각했던 것보다 훨씬 더 나쁜 짓이다.

사람들은 또 이렇게 말한다. 왜 당국이 개입해서 무슨 조치를 취하지 않는가?

낸들 그 이유를 알겠는가. 당국에 직접 물어보시길. 하지만 몇 가지 가설이 떠돌고 있다. 첫 번째 가설에 따르면, 모르몬교인들은 유타 특별구와 어느 정도는 인연이 있기 때문에 근본주의 말일성도를 곤혹스럽게 여긴다. 둘로 갈라지기 전에는 한 종교였기 때문이다. 그래서 근본주의 말일성도들이 아무도 찾을 수 없는 사막 한 구석에 갇혀 지내는 편을 더 선호한다. 내 생각에도 모르몬교인들은 일부다처제 이야기만 나오면 지금도 매우 예민해진다. 두 번째로, 모르몬교인들은 언젠가는 은밀히 일부다처제로 돌아가길 원하기 때문에 어떤 식으로든 이 제도가 지속되길 바란다고 설명하는 가설도 있다. 이에 대해서는 잘 모르겠다. 또 이런 설명도 있다. 이것은 종교적 자유의 문제다. 누구든 자기가 원하는 바를 믿을 권리가 있고 당국은 이 권리를 침해하지 않도록 조심해야 한다는 것이다. 이렇게 볼 수도 있다. 마지막으로 아주 그럴듯한 설명이 하나 있다. 일부다처인지 여부를 법정에서 가리기가 실제로는 어렵다는 것이다. 한 번 생각해보라. 한 남자가 여러 명의 여자와 단지 함께 사는 것은 불법이 아니다. 그리고 만약 국가가 나서서 일부다처 결혼인지 밝혀내지 못하면, 법을 어긴 것이라고 할 수 없지 않는가?

메사데일에서 이런 관행이 오랫동안 내려온 까닭에 대해 내 나름대로 이론을 세워 보았다. 아무도 관심 없는 주제이긴 하겠지만. 그곳에서는 대부분의 사람들이 가까운 통신 시설에서 한참이나 멀리 떨어져 있다. 우스운 이야기지만, 그곳 사람들은 우리를 쫓아내면서 미아라고 불렀다. 하지만 사실 우리는 태어나는 순간부터 미아였다. 그곳에서 사는 동안, 내 어머니 말고 누구 한 사람이라도 내가 존재한다는 사실을 의식하고 있기나 한지 궁금할 때가 종종 있었다.

내 차는 다시 아스팔트 도로가 있는 쪽으로 방향을 틀었다. 순찰차는 내 차에서 나는 먼지를 바로 받지 않을 만큼 멀찍이 떨어진 채 뒤따라왔다. 순찰차는 붉은 먼지구름을 피워 올리며 야트막한 내리막길을 따라 계속 내 차를 따라왔다. 한 번은 무전기를 들더니 누군가에게 연락을 취했다. 만약 이것이 경찰 영화라면 카메라는 순찰차의 내부를 찍었을 것이다. 하지만 경찰 영화가 아닌 까닭에 교신내용이 무엇인지는 알 수 없다. 대충 이런 대화라고 짐작할 뿐. 이상 없나? 그 녀석은 떠났나? 그 녀석인가?

아스팔트 도로에 이르자 밴에서 달그락 소리가 멎었다. 뒤따르던 순찰차는 아스팔트 도로 입구에서 멈추었다. 마치 들어가기에는 너무나 깊은 강 앞에 이른 듯이. 경찰은 내가 정말로 떠나는지 확인하려고 물끄러미 바라보고 있었다. 백미러에 비치는 경찰의 모습이 점점 더 작아지더니 마침내 차의 방향을 270도 꺾어 마을로 향하는 긴 길로 다시 되돌아갔다. 하루가 저물 때쯤 그는 보고서를 작성하고 무기를 보관함에 넣고는 집으로 갈 것이다. 마카로니 저녁상과 열두 명의 외로운 아내가 기다리고 있는 곳으로.

3

초창기의 역사

개종

──── 모르몬교를 버린 후로 내가 많이 받았던 질문 가운데 가장 혼란스럽고 어리둥절했던 것은 내가 왜 애당초 말일성도에 참여했냐는 물음이었다. 모르몬교에 대한 미국인들의 인상은 이렇다. 모르몬 전도사들이 열심히 거리 전도에 나서고, 젊은이가 집집마다 찾아다니며 굳게 잠긴 문을 두드리며, 눈이 오나 비가 오나 복음을 전하러 온갖 고생을 마다하지 않는 모습. 내가 알기로, 많은 사람들은 내가 최근에 전도를 받아 개종했다고 여기면서 사리분별이 있는 여인이 어째서 그런 설득에 넘어갔는지 의아해했다. 언젠가 덴버에서 강연하는 자리에서 목사의 아내라는 어떤 여자가 이렇게 날 꾸짖었다. "부인이 잘못한 겁니다. 모르몬 전도사들에게 문을 열어주지 말았어야죠!"

사실 나는 태어날 때부터 모르몬교도였다. 부모는 초기에 개종한 독실한 말일성도로서, 모르몬경 및 모르몬교의 탄생을 기록한 대서사시의 가르침에 따라 나를 길렀다. 다른 부모였다면 구약성경의 말씀에 따라 딸을 길렀으리라. 나는 가브리엘 천사보다 모로니 천사를 먼저 알았고, 요한복음보다 니파이 2서를 먼저 알았다. 어린아이였을 때, 나우부에서 시온으로 탈출하는 대열에 함께 끼어 있었다(시온은 구약성경에 나오는 이스라엘 민족의 성지인데 이 책에서는 모르몬교도들이 세우려고 했던 성지를 가리킴. 최종적으로 그레이트 솔트 레이크 시를 성지로 삼게 됨. 옮긴이). 나는 그 사건이 이스라엘 민족의 위대한 이집트 탈출보다 더 큰 기적이라고 늘 알고 있었다.

그런데도 호기심 많은 대중들은 길거리 전도사들을 오랫동안 삐딱한 시선으로 바라보면서 내 부모의 신앙, 즉 나의 신앙의 기원에 대해 의문을 종종 품는다. 이처럼 일반인들이 갑작스러운 개종에 대희 의구심을 당혹스러울 정도로 갖기 때문에, 내 어머니와 아버지가 모르몬교에 어떻게 입문했는지 설명할 필요가 있다. 또한 두 분이 처음에 어떻게 하늘이 내린 결혼 즉, 일부다처제에 따른 결혼을 접하게 되었는지도 설명하겠다.

내 어머니 엘리자베스 처칠은 1817년 뉴욕 주의 카유가 카운티에서 태어났다. 어머니의 이름을 언급할 필요가 있을 때는, 설명의 편의상 어머니의 성은 빼고 이름인 엘리자베스로 부르겠다. 어머니가 네 살 때, 원죄에 대한 확신이 깊지 않았던 감리교도였던 어머니의 어머니, 즉 내 외할머니는 콜레라로 세상을 떠났다. 둘은 남루한 방 한 칸짜리 오두막에서 살았다. 집 안의 유일한 장식품이라곤 벽에 걸려 있는 세인트루이스 바이올린 한 대뿐이었다. 발작은 자정 무렵에 일어났다. 외할머니는 침대에 앉아 있다가 "주여"라고 단 한 번 울부짖었다. 그 후 20시간이 지나서 돌아가셨다. 겨우 네 살인데도 어머니는 이해했다고 한다. 자기 어머니가 죽음의 순간에 하나님의 자비를 구했지만 끝내 구원을 얻지 못했음을.

그녀의 아버지, 즉 내 외할아버지는 빈털터리 계몽운동가의 아들이자 독학으로 터득한 음악가이면서 천성적으로 의심이 많은 사람이었다. 당연히 자기 딸을 돌볼 능력이 없었다. 아내가 죽은 지 이틀 후에 외할아버지는 자기 딸을 브라운 씨 내외가 소유하고 있는 집의 철 대문 앞에 놓아두었다. 하지만 아이가 없었던 이 부부는 사실은 인정이 없는 사람들이어서 내 어머니를 헛간 치우는 아이로 받아들였다. 외할아버지는 형편이 되는대로 최대한 빨리 돌아오겠다고 약속했다. 어머니는 열여섯 살이 될 때까지 그 약속을 철석같이 믿었다.

12년이 지난 후 어머니는 브라운 씨 부부를 떠났다. 왠지 모르지만 세인트루이스로 가고 싶은 마음이 굴뚝같았다. 그 충동이 어떻게 생기게 되었는지 스스로도 잘 몰랐다. 사실은 그곳은 외할아버지에게서 들었던 유일한 도시 이름이었기 때문이다. 하지만 그곳에 가면 어머니의 아버지를 찾을 수 있다고 믿을 만큼 순진하지는 않았다. 감히 말하자면, 어머니의 속마음은 성지순례 비슷한 것이었다. 물론 겟세마네 동산에서 예수를 만나자는 것은 아니었겠지만 오랫동안 예루살렘에 가고 싶어했다.

서쪽으로 여행하는 가족의 도움을 받아 피츠버그까지 간 후, 돈 한 푼 없던 어머니로서는 젊은 여자의 유일한 재산에 의존했다. 기차의 차표 검사원이 칸막이 좌석에서 커튼을 친 후 어머니와 맺은 잠간의 인연에 대한 보답으로 오하이오까지 가는 표를 끊어주었던 것이다. 그 남자는 배 꼭지 부분처럼 옴폭 들어간 턱을 지닌 멋쟁이 신사였다. 오하이오에 이르자 미리 약속했던 대로 다시 세인트루이스까지 표를 연장해주었다. 둘은 계산을 끝낸 점원과 손님처럼 헤어졌다.

세인트루이스에서 맞이한 그 해 겨울, 어머니는 어느 가톨릭 수녀원에서 아이를 하나 낳았다. 아직 덜 익은 과일 꼭지 부분처럼 생긴 턱을 가진 아이를. "이곳 자매들과 난 이 애를 하나님의 품에 안기고 싶어."라고 아이 보던 여자가 호들갑을 떨었다. 어머니는 그런 생각도 조금 있었지만 가냘프고 발그레한 길버트 오빠를 한 번 안아보자 차마 아이를 떠나보낼 수가 없었다. 이튿날 어머니는 모자에 달린 하얀 리본 끈을 턱 밑에 조여 매고 세인트루이스 거리로 나섰다. 품에는 옹알거리는 자신의 아기를 안은 채로. 그때 어머니의 나이가 열일곱이었다.

누가 보아도 그런 상황에서 어린 여자가 할 일거리가 거의 없을 것이 뻔했다. 어머니는 자신의 유일한 기회를 재빨리 알아차렸다. 거실에 흑단 피아노가 놓여 있는 화려한 저택인 하모니 부인의 집에 들어갔다. 어머니의 역할은 8번째 여자라고 하면 제일 적절할 것이다.

이렇게 해서 어머니는 주커 선장을 만났다. 말끔한 슬라브 사람인 그 선장은 황살색 콧수염 끝을 밀랍으로 붙이고 다녔다. 선장은 재빨리 어머니를 하모니 부인의 유곽에서 가장 마음에 드는 여자로 점찍었다. 자신의 외륜 증기선인 루시를 타고 세인트루이스에 들를 때마다 내 어머니를 찾았다. 그러던 어느 날 마침내 이렇게 프러포즈를 했다. "엘리자베스, 나의 여신이여, 힘겨운 이곳 생활을 접고 나와 함께 가지 않겠소?" 바로 그날 어머니는 하모니 부인 집을 떠났다. 주커 선장은 엘리자베스와 길버트 오빠를 위해 자신의 배 루시 안에 특별 객실을 꾸렸다. 벽은 벨벳 천으로 둘러싸여 있었고 중국 도자기로 만든 화분 속에는 야자수 한 그루가 서 있었다. 일찍이 누리지 못했던 호사스런 생활이었다.

배에서 지내는 동안 어머니는 품위 있는 여인으로 대접받았다. 선원들은 지나칠 때마다 모자를 벗어 예를 표했다. 마치 내 어머니를 배의 여주인으로 대하는 것 같았다. 음악가들은 길버트 오빠에게 번쩍이는 나팔을 곧잘 보여주었다. 주커 선장도 길버트 오빠에게 옷감으로 만든 공, 짚 인형 그리고 반짝이는 붉은색 꼭지가 달린 고리 등 새로운 인형을 매일 선물해주었다. 주커 선장은 엘리자베스에게도 터키 공단으로 만든 반장화와 작약꽃으로 테두리를 두른 양산 등 비싼 선물들로 호사를 누리게 해주었다. 양산은 이후 어머니가 내게 물려준 유품이 되었다.

이런 친절에 예외였던 인물은 배 안의 성직자였던 라이스 목사였다. 그가 속했던 침례교는 사람들에게 잘 알려지지 않은 종파였으며 지금도 이어지고 있는지도 불확실하다. 인사라고는 고작 "부인"이라는 무뚝뚝한 말 한마디뿐이었다. 또한 길버트 오빠도 인정하지 않아서 주커 선장이 아기에게 세례를 해달라는 부탁을 거절했다. "저 염병할 목사는 하나님에 대해 쥐꼬리만큼도 알지 못할 거야."라며 선장은 투덜거리곤 했다. 목사를 배에서 쫓아낸다는 이야기를 종종 했지만 감히 그러질 못했다. 그렇다 보니 어머니는 여러 가지 면에서 낙담했다. 특히 신앙 문제에 관해 낙담이 가장 컸다. 믿음의 기질을 타고 난 젊은 여자이다 보니 그럴 수밖에.

마침내 주커 선장은 라이스 목사에게 넉넉한 십일조를 바쳐 길버트 오빠에게 세례를 해주겠다는 약속을 받아냈다. 세례 받기 일주일 전에, 당시는 1834년 7월이었다, 배는 미주리 주의 하니발을 거슬러 올라가고 있었다. 주커 선장은 내 어머니를 마을에 잠시 보냈다. 어머니는 양 지키는 개가 문을 지키고 있는 한 가게에서 길버트 오빠의 세례복에 쓸 수놓은 면화와 단추 네 개를 샀다. 물건과 아기를 품에 안은 어머니가 개를 지나 햇빛 속으로 몇 발자국 거닐자, 아주 새롭고 마음이 툭 트이는 듯한 기쁨이 밀려왔다.

배는 밤이 오기 전까지는 출항하지 않을 것이다. 미시시피 강변에 호기심을 느낀 어머니는 벼랑과 강 사이의 평평한 길을 따라 걸었다. 여름 풀밭은 촉촉하게 젖어 있었고 해는 아이 이마에 따갑게 내리쬐었다. 몇 킬로미터를 그렇게 걷고 있는데, 스무 명에서 스물다섯 명 정도의 사람들이 미루나무 그늘에 모여 있는 모습이 우연히 눈에 띄었다. 서른 살쯤 되어 보이는 남자 한 명이 짐 운반용 나무상자 위에 올라서서 연설을 하고 있었다. 마치 2백 명 어쩌면 2천 명의 청중들 앞에서 연설하는 듯한 열기를 뿜고 있었다. 이전에도 상자 위에서 고함치는 남자를 만난 적이 여러 번 있었지만, 그는 사람들을 불러모으는 바람잡이일 뿐이고 실제 예언자 겸 설교자들은 곰처럼 숲 뒤쪽에서 어슬렁거렸다. 하지만 이 남자는 진혀 딜랐다. 어머니는 천 번이나 내게 그렇게 말했다. "여러분 모두 가까이 오십시오. 들려줄 이야기가 있습니다."라고 그는 말했다.

어머니의 마음을 단번에 사로잡은 것은 우선 종소리처럼 선명한 그 남자의 목소리였다. 아울러 커다란 눈이나 힘차게 떨리는 목이 없이도 뿜어져 나오는 카리스마가 너무나 인상적이었다. "제가 할 이야기를 여러분은 믿지 않을 겁니다. 여러분이 지혜나 지식이 부족해서가 아니라 너무나 믿기 어려운 내용이기 때문입니다. 하지만 이 이야기를 믿는다면 여러분은 세상의 모든 진리를 알게 되며 앞으로의 삶은 든든한 반석 위에 오를 것입니다."

당시에는 조셉 스미스나 말일성도 교회에 대해 들어본 사람이 거의 없었다. 생긴 지 겨우 4년밖에 안 된 종파였기 때문이다. 어머니나 그곳에 모인 사람들이 보기에 그 남자는 명성도 조직도 없는 이방인이었다. 설교를 위한 도구라고 해봤자 자신의 인격과 하나님이 인간을 위해 마련한 계획이 담긴 공상 같은 이야기뿐이었다. 하지만 나는 조셉이 그날 오후 나무상자 위에서 보여주었던 분위기와 태도는 꼭 전하고 싶다. 그는 보통 사람들보다 머리통 하나만큼 키가 컸고 장군이나 군사령관과 같은 카리스마를 휘날리고 있었다. 가끔씩 나는 그의 모습이 조지 워싱턴 장군과 똑같지 않았을까 궁금했다. 둘 다 키가 180센티가 훌쩍 넘었고 체구도 단단했다. 조각가가 성경 속의 위대한 남자들의 동상을 만들 때 표현한 얼굴이 바로 그의 모습일 것이라고 나는 종종 생각했다.

"저는 농부의 아들입니다."라고 조셉은 말문을 열었다. "버몬트 출신이지만 지금은 뉴욕 주의 팔미라에 터전을 잡았습니다. 그곳에 가본 적이 있는 분은 알 것입니다. 인구 4천 명의 부산한 그 마을 주변으로 한가로운 시골 풍경이 펼쳐져 있고 농장과 냇가가 많으며 멀리 빙하 퇴적 언덕들이 즐비하다는 것을 말입니다. 하지만 제가 어렸을 때나 지금이나 그 마을에는 평화가 없었습니다. 그 마을의 교차로는 제가 매일 지나치던 길인데, 교회 네 군데가 서로 경쟁하듯이 자기들만이 진정한 하나님의 뜻을 따른다고 우겨댔습니다. 저는 여러모로 보나 평범한 아이여서 그다지 머리가 좋지 않았습니다. 그리고 제 외모도, 음 글쎄요, 여러분의 판단에 맡기겠습니다. 하여튼 저 조셉 스미스 주니어는 백 에이커의 사탕수수밭과 어머니께서 운영하시던 생강 빵과 맥주를 파는 빵집을 물려받은 사람으로서, 어느 날 갑자기 하나님의 사도가 될 까닭이라곤 전혀 없었습니다.

하지만 전 호기심이 많고 이것저것 질문이 많은 아이였습니다. 특히 서로 다투는 많은 교회 중에 어느 교회가 내게 가장 좋을지 늘 궁금했습니다. 가톨릭, 침례교, 감리교, 셰이커교, 감독파 중에 어느 종파를 택해야 할까? 내가 모르는 다른 종파는 없을까? 스스로 늘 이런 질문을 던졌습니다. 열네 살의 나이였지만, 설교자 열 명이 자신이야말로 하나님의 참된 대변인이라고 주장해도 적어도 아홉은 거짓이라는 사실을 저는 알 정도의 머리는 갖고 있었습니다.

이런 질문에 시달리며 그 나이 때는 찾기 어려운 답을 간절히 갈구하던 중 어느 날, 이른 봄이었습니다, 숲으로 들어가서 무릎을 꿇었습니다. 하늘에 계신 아버지께 참된 교회로 절 인도해달라고 기도했습니다. 참된 신앙을 갖고 싶었기 때문입니다. 그날은 날씨가 맑은데다 햇빛이 숲속으로 환히 비치자 나무 꼭대기의 막 피어난 잎사귀들은 황금조각처럼 반짝였습니다. 해답을 얻으려고 한참 동안 기도를 하고 있었는데, 너무나 놀랍게도, 아니 사실은 온 몸이 파르르 떨릴 정도로 두렵게도, 찬란한 빛이 제 앞에 나타났습니다. 일찍이 본 적이 없는 빛이었습니다. 처음에는 나무 사이를 뚫고 들어온 빛이라고 여겼습니다. 하지만 그것은 긴 빛줄기가 아니라 둥근 빛의 덩어리였습니다. 빛 속에는 두 명이 들어 있었습니다. 제 눈엔 분명 두 명, 즉 하나님 아버지와 아들인 예수 그리스도였습니다.

친애하는 벗들이여, 지금쯤, 여러분이 무슨 생각을 하고 있는지 압니다. 여러분의 눈을 보면 알 수 있습니다. 마음속으로 '젠장, 뭐하자는 거야! 완전 소설을 쓰고 있군.'이라고 외치고들 계실 겁니다. 바로 여러분의 눈썹에서 그런 생각을 읽을 수 있습니다. 여러분은 절 믿지 않지만, 그래도 괜찮습니다. 여러분은 제가 바로 그날 느꼈던 것과 똑같은 의문을 품고 있기 때문입니다. 분명 제 앞에 서 있는 데도 도저히 믿을 수가 없었습니다. 내가 꿈을 꾸고 있거나 햇빛이 장난을 치고 있다고 여겼습니다. 저는 납득할 만한 설명을 들으면 믿을 준비가 되어 있었지만, 그 형상은 진리 그 자체였습니다. 하나님 아버지와 그분의 아드님, 하나님과 예수 그리스도가 복음을 전하러 하늘에서 직접 내려왔던 것입니다. 두 분은 이렇게 말씀하셨습니다. '어느 교파에도 참여하지 마라. 어떤 교파도 하나님의 참된 교회가 아니기 때문이니라. 그리스도 이후로 주님의 참된 대변인이라고 주장한 모든 사람들, 즉 사도들, 신부들, 교황들, 목사들, 신학자들 이 모두는 예수 그리스도의 참된 말씀과 행동에서 벗어난 길로 세상을 끌고 갔느니라. 조셉아, 너는 거대한 변절의 시대에 살고 있다. 지구상의 모든 인간은 진리를 잃고 방황하고 있느니라. 하지만 부활의 시대가 왔으니 네가 그 전령이 되리라.'

이 말씀을 마치고 하나님 아버지와 예수 그리스도는 저를 이 험난한 세상에 그대로 두고 떠났습니다. 도대체 어린아이한테 그런 소식을 전해서 어쩌시려는 것인가? 내가 어떻게 선지자의 길을 배울 수 있단 말인가? 친애하는 벗들이여, 제가 직접 눈으로 보고 귀로 들은 내용을 모조리 잊기 위해 무진장 애를 썼음을 밝히는 바입니다. 지금 보시다시피 저는 오늘 여기 모인 여러분들과 똑같은 사람입니다. 저도 제가 이해할 수 없는 것은 절대 믿지 않는 성격입니다. 하지만 이런 점도 곰곰이 생각해봐야 합니다. 만약 여러분이 어떤 것을 이해할 수 없다고 해서 그것이 옳지 않다는 뜻이 됩니까? 여기 프랑스어 하시는 분 있습니까? 아니면 러시아어? 아마 여기엔 없을 겁니다. 하지만 어떤 사람이 프랑스어나 러시아어로 하늘이 파랗고 태양은 뜨겁다고 말했다고 할 때 그 말이 진실이 아니라고 할 수 있습니까?

그 사건 후 삼 년이 지났습니다. 바야흐로 저는 열일곱 살이 되었습니다. 저는 여전히 삼 년 전에 숲속으로 들어갔을 때 품고 있던 질문을 골똘히 생각하고 있었습니다. 하지만 저는 하나님이 이미 제게 알려준 소식은 완전히 무시하고 있었습니다. 그런데 어느 날 밤, 11년 전 어느 날인데 지금과 같은 달인 9월에 두 번째 기적이 일어났습니다. 내 방에 모로니란 이름의 천사가 나타나더니 제 침대 곁에 섰습니다. 그 천사는 자기가 팔미라 외곽의 어느 언덕에 한 묶음의 황금판을 묻어두었다고 말했습니다. 네, 여러 개의 판자라고 했습니다. 그 황금판에 어떤 고대 언어로 무언가가 쓰여 있는데, 한 묶음을 모으면 책이 된다고 했습니다. 천사는 제가 언젠가 그 언덕에 가서 돌로 만든 상자 안에 든 황금판을 찾을 것이라고 말했습니다. 이 책을 사람들에게 알리는 것이 저의 의무라고 천사는 말했습니다.

제가 어떻게 했을까요? 여러분이라면 어떻게 했겠습니까? 네, 당연합니다. 이번에도 저는 그 말을 믿지 않았습니다. 어쩌면 믿고 싶지 않았다고 해야겠습니다. 분명히 그 천사를 눈으로 보고 이야기도 나누면서 진짜 천사임을 확인했습니다. 하지만 제가 선지자이며 모든 사람들에게 하나님의 말씀을 전하는 이가 된다는 말을 믿고 싶지 않았습니다. 저는 기다렸습니다. 일 년 후에 그 천사가 다시 와서 똑같은 말을 했습니다. 그렇게 4년 동안 매년 천사가 찾아온 후에야 저는 황금판을 캐러 나섰습니다. 사랑하는 아내 엠마와 함께 저는 쿠모라 언덕으로 가서 천사가 가르쳐준 바로 그 자리를 팠습니다. 그 아래, 돌로 만든 상자 속에 한 묶음의 황금판이 들어 있었습니다. 그 옆에 커다란 안경처럼 생긴 번역 도구도 함께 있었습니다. 제 마음속의 모든 의혹은 그 물건들을 보는 순간 햇살에 봄눈 녹듯이 사라졌습니다. 저는 황금판을 손에 들었습니다. 저는 그 황금판이 존재함을 이미 알고 있었습니다. 지금 여러분이 제 앞에 존재하는 것처럼 말입니다. 그리고 지금 보다시피 저도 존재하고 있습니다. 설령 그렇지 않더라도 제가 진실로 존재한다고 믿고는 싶습니다. 조심스레 저는 그 판을 집으로 옮겨와서 번역 작업에 들어갔습니다. 기적과도 같은 그 책을 모든 사람이 읽을 수 있도록 온갖 정성을 다했습니다. 그리고 지금 여기 모르몬경이 있습니다. 이름을 그렇게 붙인 까닭은 모르몬의 아들인 모로니 천사가 그 책을 저와 여러분께 전해주었기 때문입니다. 바로 이것입니다. 바로 이것." 조셉은 모르몬경을 꺼내 가슴에 갖다 대더니 눈을 지그시 감았다.

바로 지금이 모든 선지자들, 즉 예수에서부터 마호메트 그리고 조셉 스미스에 이르기까지 모든 종교 지도자들의 공통적인 특징을 말하기 적절한 순간이다. 바로 이들이 모두 끌리지 않는 외모로는 나타나지 않았다는 것. 선지자는 대개 마음씨도 어질지만 무엇보다도 외모가 수려하다. 조셉의 세련된 용모와 훤칠한 키는 천부적으로 타고난 가장 막강한 자질이다. 이것을 부정하는 것은 인간, 즉 남자와 여자를 막론하고 우리의 마음이 작동하는 원리를 부정하는 것이리라. 나는 선지자 조셉의 업적이나 그가 설파하는 복음의 중요성을 폄하할 뜻은 없다. 하지만 친애하는 독자 여러분, 스스로에게 한 번 물어보라. 여러분이라면, 머리 위로 파리가 윙윙대는 뜨거운 들판에 앉아 별로 탐탐치 않는 외모를 지닌 남자의 말에 몇 시간씩 귀를 기울이겠는가? 물론 인간의 동물적인 속성을 드러내는 것이긴 하지만, 진실인 이상 기록으로 남길 가치는 충분하다. 나는 이 특별한 주제에 관해 이미 충분히 언급해왔다.

"제가 세상에 나가서," 조셉은 미루나무 아래에 모인 청중들 앞에서 다시 말을 이었다. "이 새로운 복음을 퍼뜨리고 있을 때 저는 종종 이런 질문을 받았습니다. '조셉 형제여, 당신의 복음이란 어떤 것입니까? 진실로 나의 복음이란 어떤 것인가? 우리의 새로운 교회의 복음은 어떤 것인가? 다른 이들은 모두 잊어버렸지만 내가 다시 회복하려는 그것은 무엇인가? 친애하는 벗들이여, 내 복음은 분명합니다. 하나님에게서 직접 나왔기 때문입니다. 우리 모두가 여기 이 세상에 살고 있는 이유는 오직 하나입니다. 그것은 바로 사랑입니다. 그리스도의 복음이 무엇이었습니까? '서로 사랑하라'입니다. 진리는 단순합니다. 언제나 이처럼 단순합니다. 마지막 날을 살고 있는 모든 사람에게 이 복음을 다시 알리기 위해 저는 여기 섰습니다.

지금 여러분이 내 이야기를 못 믿으시거나 이 책을 읽을 마음이 전혀 없더라도, 내 벗들이여, 평화와 건강이 여러분과 함께하길 기원합니다. 하지만 오늘의 만남에서 단 한 가지는 가져가기 바랍니다. 나의 사랑을 가져가 앞으로 살면서 만나게 될 모든 이들과 함께 나누어 가지십시오."

조셉은 청중들과 인사를 나누러 나무상자에서 뛰어내렸다. 몰려드는 사람들로 그야말로 야단법석이었다. 모두들 손을 뻗어 그의 옷자락이라도 잡으려고 난리였다. 황홀경에 사로잡힌 채 어머니는 옆에 있는 사람에게 부탁해 그 기적의 책을 사달라고 했다. 주커 선장에게 받은 돈을 그 책에 썼다. 드디어 조셉이 어머니에게 다가와서 이렇게 말했다.

"자매님, 어디로 가시는 길입니까?"

"강을 오르내리고 있습니다."

"어디 정해둔 목적지도 없이?"

"저는 외륜 증기선에서 삽니다."

"그렇다면 우리와 함께 가시지 않겠습니까? 우리는 형제들을 돕느라 캔자스 주의 인디펜던스에서 오는 길입니다. 이제는 고향인 커틀랜드로 갈 때입니다. 오하이오 주까지는 먼 길이지만 그곳에 가면 선량한 사람들을 만나실 겁니다. 제가 약속드리죠."

"그런데 제 아들은?"

"우리와 함께 가시겠다면 아드님도 물론 대환영입니다."

물론 그때 어머니는 조셉과 그의 시온 캠프가 미주리 주에 새로운 시온을 세우려다 실패하고 도망가고 있다는 사실을 알 턱이 없었다. 조셉, 브리검, 허버 킴볼과 그를 따르는 사도들은 얼마 전에 혹독한 시험을 받았었다. 이동 중에 열네 명이 콜레라로 목숨을 잃었지만, 신앙만큼은 고향으로 돌아가는 머나먼 행진 중에 더욱 확고해졌다. 7월 그 무더운 날에 어머니는 무성한 여름풀을 헤치고 그들을 따라갔다. 역사의 순간에 동참했던 것이다. 친애하는 독자 여러분도 한 번 상상해보시길.

미루나무 그늘 아래 어떤 낯선 남자가 약속한 영원한 사랑에 대해! 그 약속이 메마른 가슴에 얼마나 뜨거운 불길을 지폈을지를!

어머니는 그 후로 배로 다시는 돌아가지 않았다. 조셉은 어머니에게 브리검 영을 소개시켰다. 먼 미래에 내 남편이 될 이 남자는 당시에 버몬트 출신의 가난한 목수였으며 당시 나이는 겨우 서른셋이었다. "이 여인이 우리와 함께할걸세. 이 여인과 아들을 잘 돌봐주게."라고 조셉은 말했다. 브리검 영은 이 명령을 받들어 커틀랜드로 가는 무려 천 킬로미터가 넘는 여정에 늘 내 어머니와 길버트 오빠를 눈에서 떼지 않았다. 알다시피, 지금 브리검은 조셉의 후계자로서 부와 권력을 거머쥐고 있다. 하지만 당시에는 목수 일이나 창틀에 유리를 끼는 일도 하고 가구도 만들던 사람이었다. 굳은살이 박인 손을 보면 그의 인생역정을 알 수 있다.

브리검은 길을 가는 내내 길버트 오빠를 데리고 다녔는데, 어느 날 자신이 어머니의 소중한 친구가 되고 싶다고 말했다. 그 다음 날 셋은 어느 물가 근처에 멈춰 섰다. 그는 길버트를 나뭇가지로 만든 침대 위에 올려놓고서 이끼로 덮인 바위를 건너 어머니를 물가로 데려갔다. 물이 어머니의 가슴까지 차올랐다. 그는 어머니의 머리를 물속으로 가볍게 담그고 축복을 내렸다. 머리를 들어올린 후부터 그녀도 말일성도가 되었고 평생 신앙을 지키며 살았다.

몇 달을 걸어 마침내 어느 깊은 숲속에 다다랐다. 그 속으로 들어가니 강 옆으로 툭 트인 넓은 구릉지가 나왔다. 그곳이 바로 말일성도의 새 보금자리인 오하이오 주의 커틀랜드였다. 브리검은 자신의 새 신부인 매리 앤 앤겔과 작은 집에서 살림을 꾸렸다. 신부는 뉴욕 출신으로 최근에 개종했다. 그는 내 어머니에게도 그 집의 방 한 칸을 주어 살도록 했다. "몸을 추스르며 쉬도록 하십시오."라며 입을 열었다. "당신도 지쳤고 아이도 잠이 필요합니다. 제 아내가 채소를 키우도록 땅을 줄 겁니다. 아내의 부엌에서 빵도 굽게 해줄 겁니다. 아내의 헛간을 함께 이용하셔도 좋습니다. 우리 돼지를 키우셔도 되고요. 돼지를 잡으면 고기를 나눠 드리겠습니다. 이제부터는 일을 좀 해야 합니다. 생활의 기반을 잡고난 후에 영적인 생활에 몰두하도록 하세요. 지금은 그저 편한 마음으로 지내시기 바랍니다."

커틀랜드에서 맞이한 첫 날 아침에 어머니는 부산한 마을 이곳저곳을 구경하러 나섰다. 길버트를 품에 안고서 샤그린 강둑 아래로 내려갔다. 강의 빠른 물살을 바라보며 자신의 인생길에 대해 깊은 사색에 빠졌다. 출렁이는 물결에 자신의 운명이 새겨져 있기라도 하듯 뚫어지게 강을 바라보고 있는데, 멀리서 이런 소리가 들려왔다. "갈보임이 분명해."

"미주리 주의 사창가에서 데려왔다는 말을 나도 들었어." 두 번째 목소리가 속삭였다.

"그곳에서 무슨 짓을 하고 있었을지 궁금하구먼."

"그리고 자기 사생아를 여기로 데려왔대."

어머니는 강 위쪽을 바라보았다. 멀리서 두 여자가 낚시터 위에 서 있었다. 이들의 목소리가 물살을 따라 흘러왔던 것이다. 예상보다 훨씬 더 멀리. 어머니는 길버트의 머리에 씌운 보닛의 끈을 조인 다음 브리검의 집으로 돌아왔다. 강에서 들은 이야기는 단 한마디도 말하지 않았다.

이튿날 주일 예배 시간에 조셉의 설교에 이어 브리검이 신앙 간증을 하러 일어섰다. 잠시 머뭇거리는 그의 얼굴이 어두웠다. "조셉 형제에게 전해진 부활의 말씀을 시작하기 전에…"라며 말문을 열었다. "우리는 부활의 영광스러움과 아울러 우리가 초라하고 타락한 인간임을 알고 있습니다. 이제 그분의 사랑과 지혜 덕분에 지금이 심판과 속죄가 임박한 마지막 시기임을 우리는 알고 있습니다. 우리는 가슴 가득히 부활의 날을 기다리고 있습니다." 브리검이 둘러보니 많은 이들이 거실에 옹기종기 모여 있었다. 바닥에 있는 사람들도 있고 대부분은 벽을 따라 둘러 앉아 있었다. 어떤 이들은 바깥에서 열린 창으로 몸을 기울인 채 서 있었다. "하지만 여기나 다른 곳에 있는 분 중에 자신이 이전보다 덜 초라하고 덜 타락했다고 감히 믿는 분이 있다면, 만약에 여기나 다른 곳에 있는 분 중에 자신이 이미 구원을 얻었다고 믿는 분이 있으면 앞으로 지금 나와서 직접 보여주기 바랍니다. 만약 스스로 다른 사람들보다 더 깨끗하고 선량하며 하나님께 가까이 다가갔다고 여기는 이가 있으면 지금 나와주기 바랍니다. 그런 분이 누군지 보고 싶어서 하는 말입니다. 만약 여러분 중에, 좋은 집안 출신이라거나 남편이 수입이 좋다거나 용모가 뛰어나다거나 보닛을 많이 갖고 있다는 등의 이유로, 다른 이들에 비해서 더 나은 사람이라고 스스로 여기는 사람이 있다면 지금 나와서 얼굴을 보여주기 바랍니다. 그 사람이 누군지 모두들 보고 싶습니다. 하지만 이것만은 알아야 합니다. 비록 스스로 자신이 그렇다고 여겨도 주님이 모든 것을 심판하실 것이며 결코 심판을 미루지 않을 것입니다. 여기 다른 사람보다 스스로 더 낫다고 여기는 이가 누굽니까? … 어디에 있습니까? … 아무도 없습니까? … 그렇다면 여러분을 믿겠습니다. 이제 다들 돌아가서 주님께 여러분이 말일성도임을 증거하기 바랍니다."

예배가 끝난 후 커틀랜드의 여자들은 내 어머니께 선물, 옷, 요리 그릇, 음식저장 단지 등을 가득 가져다주었다. 그레이브라는 한 과부는 방 하나를 주며 평생 쓰라고 했다. 면화, 장난감, 씨앗 그리고 조그만 텃밭을 조금씩 모아 마련해주자는 움직임도 있었다. 새로운 친구들이 어머니에게 저녁 식사 초대를 했으며 노래를 불러주는 사람도 있었다. 자매들이 자기 아이들을 데려와 길버트 오빠에게 보여주었다. 모두들 길에서 길버트 오빠를 만나면 머리에 입을 맞추었다. 어느 누구도 내 어머니의 과거에 대해 험한 말을 입에 담지 않았다. 다들 과거를 알면서도 이해해주었다. 결코 어머니를 동정하지도 부끄러워하지도 않았고 같은 이웃으로 대해주었다.

따라서 어머니가 말일성도로 자리를 잡게 된 것은 브리검과 조셉 스미스가 보여준 관심과 배려 덕분이었다. 그리고 얼마 후, 뉴욕 대장장이 출신으로서 새로 개종한 사람이 찾아왔을 때 어머니도 자기가 받은 대로 관심과 배려를 베풀었다. 이 사람이 바로 얼마 후 나의 아버지가 될 촌시 웹이다.

The

19th Wife

4 사랑의 기원

말일성도 교회 문서보관소

특수 문서 모음
선구자들의 전기 & 자서전
솔트 레이크 시

특수 문서에 대한 접근은 최근 교회의 추천서를 소지
한 말일성도에 제한적으로 허용된다. 직접 문서보관
소를 방문할 수 없는 사람들은 친척이나 친구를 대신
보낼 수 있다. 단, 이 사람들도 교회 추천서를 갖고
있어야 한다.
선조 연구가나 학자를 문헌 열람에 참여시켜도 좋다.
단, 이 사람들도 교회 추천서를 갖고 있어야 한다.

내용 갱신:뎁 새비드호퍼, 교회 문서관리자, 2004년 3월 9일

촌시 G. 웹의 자서전

지난해 『19번째 아내』의 출간 이후 나의 지난 삶에 관해 많은 생각을 했다. 이 자서전에서 내 딸은 나 스스로도 알아차리지 못한, 사실은 알아차릴 수도 없는 내 가족의 인생역정을 자세히 풀어낸다. 내 딸 앤 엘리자의 말에 따르면 나는 유령과 같은 남자일 뿐이며 나의 육신은 많은 아내 때문에 쇠잔해 있다. 지금까지 전국의 수십만 독자가 읽은 이 책 곳곳에서 내 딸은 나를 '영혼도 없이 사막을 떠도는 남자'라고 부른다. 지금 다시 읽어도 가슴이 아린 표현이다. 딸의 말이 내 가슴 위에 차갑게 내려앉자, 내가 말일성도가 된 과정이며 다섯 명의 아내와 결혼하게 된 이야기를 직접 기록해두는 것도 나름의 의미가 있다고 믿게 되었다. 그 의미는 내 개인적인 것일 수도, 역사적일 것일 수도 있다. 내 딸은 자서전의 서문에서 이렇게 적고 있다. "나는 온 세상의 선량한 독자들께 판단을 맡긴다." 하지만 사실은 오직 둘, 즉 자기 자신과 하나님만이 사람을 판단할 수 있다.

내 어머니는 1833년 처음으로 브리검의 설교를 들었다. 그가 내 고향인 뉴욕 주의 하노버에서 전도하고 있을 때였다. 어머니는 9월 어느 날 오후 모임에 참석했다가 종교적 열정에 들떠 집으로 돌아왔다. "내일 아침에 브리검 형제와 함께 떠날 거란다."라고 어머니는 밝혔다. "이 세상에 살날이 몇 년 남지 않았단다. 그 동안만이라도 나를 아껴주는 사람들과 함께하고 싶다." 새로운 복음의 힘을 과소평가했던 터라, 어머니가 갑자기 꺼낸 이야기를 듣고 처음엔 코웃음을 쳤다. 하지만 다음 날 어머니는 브리검과 함께 조셉이 있는 오하이오 주의 커틀랜드로 떠났다. 그때 내 나이 스물하나였고 태어나서 처음으로 혼자 몸이 되었다.

나는 당시 대장간에서 견습공으로 일하면서 장차 수레바퀴 제작자가 되는 희망을 안고 살았다. 그래서 외로운 나날을, 종종 밤늦게까지, 풀무 앞에서 열심히 일하면서 보냈다. 나는 지금부터 사십 년도 더 지난 그 시절을 자주 회상해본다. 아울러 장래 내 아내가 될 엘리자베스와 그녀의 험난한 인생도 곰곰이 생각해본다. 어머니가 떠나던 바로 그 무렵 엘리자베스는 아이를 낳을 데를 찾아 세인트루이스 거리를 헤매고 있었다. 물론 당시에 그런 사실을 알 수는 없었다. 그런 상황에 처한 여인을 상상조차도 할 수 없었다. 하지만 과거를 더듬어보면 우리는 서로를 만나기 위한 길을 각자 걸어가고 있었던 것이다. 자, 그럼 내가 선택한 길을 되짚어본다.

플레처 씨의 대장간에 견습공으로 일하는 처지인데도 사람들이 내 이름을 알고 찾아와 마차 바퀴 수리를 맡겼다. 나에 대한 평판이 버팔로까지 알려졌던 것이다. 비록 수중에 돈은 거의 없었지만 나름의 확신은 있었다. 어머니가 떠나고 없긴 하지만, 열심히 일하고 운도 따라주면 그리고 잘 알지는 못하지만 하나님이란 분의 축복도 함께해준다면, 언젠가는 부자가 될 수 있다고 믿었다.

사실 어머니가 커틀랜드로 떠난다고 말했을 때 나는 전혀 슬프지 않았다. 이런 고백을 하는 까닭은 일부다처 결혼생활을 하게 된 긴 과정을 밝히는 이 마당에 진실을 솔직히 털어놓고 싶기 때문이다. 슬프게도 아버지가 일찍 돌아가신 이후 어머니의 삶은 과부의 품위와 정조를 지키려는 힘겨운 노력이었다. 브리검을 만나던 날에도 어머니는 큼직한 상복을 입었다. 커틀랜드로 가려고 꾸린 짐이라고 해야 작은 트렁크에 검은 옷과 볼품없는 레이스가 달린 옷이 전부였다. 어머니와 함께 사는 생활은 내게 적잖이 부담이 되었다. 왜냐하면 나도 그 무렵엔 젊은 남자가 좋아하는 그런 일들을 추구하던 남자였기에. 밤이 되면 작업용 가리개를 목에 단단히 두르고 얼굴에 뜨거운 불기운을 느끼면서 풀무 앞에서 시간을 보낼 때가 훨씬 더 많았다. 죽으로 저녁을 때우고 난 다음 바느질만 하는 어머니 곁에서 몇 시간씩이나 아무 말도 않고 있는 것보다는.

그랬던 터라, 어머니가 떠난 이후 외로움에 몸부림치다 2달 후에 어머니에게서 편지가 왔을 때 마냥 기뻐하던 내 모습은 스스로도 놀라운 일이었다. 편지 내용은 이랬다. "착한 내 아들아, 나는 커틀랜드에 정착을 했단다. 조셉 스미스 선지자께서 샤그린 강에서 세례를 해주셨다. 어머니를 한심하게 여기지 말거라. 난 이미 나이가 든 여자다. 말일성도를 만나기 전에는 죽음이 두려웠다. 하지만 그들은 내세에 천국을 약속해주었다. 너도 나와 함께 그곳에 갈 수 있기를 바란다."

답장을 통해 나는 매일 밤 찾아드는 공허함과 어머니를 다시 보고 싶은 마음을 털어놓았다. 어머니는 다시 답장을 보내, 만약 내가 조셉 스미스를 선지자로 받아들인다면 그곳으로 와서 함께 살자고 했다.

나는 아직 그럴 준비가 되어 있지 않았다. 새로 생긴 그 교파에 대해 아는 것이 거의 없었다. 단지 어머니가 알려준 이야기와 이전부터 떠돌던 소문을 들었을 뿐이다. 당시에도 특이한 결혼 습관을 가진 교파라는 소문이 있었다. 나는 어머니께 다시 답장을 보내 설명을 요구했다. 왜 내가 보통 사람과 다를 바 없는 어떤 남자에게 내 자신을 바쳐야 하는지에 대해. 어머니는 이렇게 답했다. "너는 그분을 모른다. 그분도 사람이긴 하지만 하나님께 선택받은 유일한 분이란다." 편지를 보낼 때마다 어머니의 환상은 더욱 깊어져서 급기야 천사, 신성한 계시 그리고 기적의 황금판 등을 거침없이 이야기했다. 여러 통의 편지에서 어머니는 내 인생을 하노버에서 썩혀서는 안 된다고 줄기차게 이야기했다. 즉, 오하이오 주의 습지에 있는 작은 도시에서 주님만이 전할 수 있는 복음을 펼치고 있는 사람을 따라야 한다는 것이다.

그 후 어머니는 다시 편지를 보냈다. 이번에는 약간 다른 내용이었다. "커틀랜드는 하루가 다르게 커지고 있단다. 새 신도들이 뉴욕, 펜실베니아 그리고 심지어 버몬트, 뉴햄프셔 및 마인에서도 몰려오기에, 주별로 집계된 신도 수가 갈수록 많아진다. 한 달이 지날 때마다 도시는 숲으로까지 넓어진다. 도끼 한 자루만 있는 사람도 나무를 베면서 생계를 꾸릴 수 있을 정도란다. 성장하고 있는 이 큰 도시는 비유를 적절히 들자면, 새로 건설되고 있는 로마를 연상케 하는구나. 이곳에서는 대장장이와 바퀴 만드는 사람이 한 명 더 급히 필요해. 선지자께 내 아들이

쇼토쿼 카운티에서 최고의 대장장이로 일하고 있다고 알려드렸더니, 그분께서 내 사랑하는 아들인 널 이곳으로 초대하셨지 뭐냐. 선지자께서 너를 부르신 거란다."

이 편지를 읽고 나서 조금 후에 플레처 씨가 내 작업대로 찾아왔다. 대장간 형편이 그리 좋지 않다면서, 내가 고친 수레바퀴당 내가 받을 몫을 깎아야겠다고 했다. 내가 대장간에 벌어주는 게 얼마냐며 따졌지만 내 말은 귀담아 듣지 않았다. 대신 이런 말을 던졌다. "자네가 그다지 수레바퀴를 남들보다 잘 고친다고 보진 않네."

그 말을 듣자마자 작업용 가리개를 벗어던진 후 플레처 씨의 대장간을 영원히 나와버렸다. 그는 다음 날 아침 내가 다시 돌아올 줄 알았지만, 분명히 말하건데, 나는 이튿날 아침에 이미 커틀랜드로 향하고 있었다. 말일성도에 내 운을 시험해보기로 결국 마음을 굳혔던 것이다. 내 어머니의 편지가 도착한 것과 플레처 씨가 엉큼한 속내를 보인 것이 우연히 같은 날에 겹친 덕분에, 선택의 시간이 몇 년이나 앞당겨졌던 셈이다. 사랑하는 어머니가 손을 쓰신 것일까? 아니면 하나님이 손을 쓰신 것일까? 또 어쩌면, 한 가지 일에 우연히 다른 일이 겹쳐진 것일까? 마치 아무 이유나, 계획 또는 의미도 없이 올가미철사가 발목에 걸리듯이 말이다. 아무리 생각해도 알 길이 없다.

뉴욕 주에서 오하이오 주로 가는 길은 그 당시에도 비교적 수월했다. 길에 널려 있던 마차와 짐수레에는 이주민, 사냥꾼 및 떠돌이 설교자 등 여행객들로 북적댔다. 하지만 이런 사람들은 그저 스쳐 지나갔을 뿐이다. 하지만 이리 호에서 삼사십 킬로미터 떨어진 어느 길가의 여인숙에서 만난 여자는 지금도 기억에 생생하다. 난롯불이 켜진 조그만 방에서 저녁을 먹고 있을 때였다. 식사를 마치고 나자, 푸르죽죽한 볼이 토실토실하고 체구가 듬직한 여인숙 여주인이 더 필요한 거 없는지 물었다. "달콤한 디저트? 자기 전에 알싸한 술 한 잔? 아니면, 예쁜 아가씨는 어떠시려나?"

단박에 무슨 말을 하고 있는지 알아차렸다. 단호히 거부하며 불쾌한 반응을 보였다고 말하는 대신에 그때 나의 반응을 솔직하게 털어놓아야겠다. 나는 그때 스물한 살이었다. 그런 식으로라도 여자를 알고 싶어 안달이 나 있었다. 그전까지는 아내가 될 여자 외에는 가까이 하지 않아야 한다고 여겼지만 이젠 굳이 결혼할 때까지 기다릴 필요가 없다는 생각이 불현듯 들었다. 하노버에서도 인쇄소 위쪽에 사창가가 있음을 알고 있었다. 하지만 주위에 나쁜 평판이 날까봐 꺼렸다. 하지만 여행 중에, 더군다나 옛 집과 새 집 사이의 중간쯤에 있는 어두운 숲속에서는 웬만한 사람이라면 누구나 기독교 도덕의 굴레에서 벗어날 마음이 들 것이다. 나는 한순간에 마음속의 빗장을 모두 풀어버렸다. "그럼, 누구 예쁜 아가씨 있습니까?"

"아주 예쁜 아가씨들이 몇 명 있습지요. 어떤 스타일을 좋아하시나? 통통 아니면 날씬? 검은 머리색 아니면 금발 아가씨? 나이가 좀 든 여자일수록 기교가 뛰어나지요. 젊은 아가씨들 중에는 거기 털도 많이 안 난 애들도 있고. 젊은 총각, 어느 쪽으로 하실라우?"

나이가 적당히 들어 남자를 잘 이끌 수 있는 여자, 하지만 나이가 너무 많지는 않는 여자가 있느냐고 여주인에게 물었다. "옳거니! 어머니뻘이면 안 된다 그 말씀이시구면. 여기서 잠시만 기다리서. 위스키나 한 병 더 자시면서. 아가씨가 오면 남은 잔은 내게 주시우." 말을 마치자 여주인은 잽싸게 대문으로 달려갔다. 움직임이 낮고 느리면서도 한편으론 꽤 민첩했기에, 여주인이 큼직한 엉덩이를 뒤뚱거리며 문을 닫고 나갈 때 마치 들쥐 한 마리가 땅 구멍으로 잽싸게 사라지는 것 같았다.

십여 분이 조금 지나자 여주인이 젊은 여자와 함께 돌아왔다. "이쪽은 제니타. 아주 예쁘지 않는감? 원래는 뉴욕 출신인데, 제네타, 내 말 맞지? 할아버지랑 같이 살려고 이곳까지 왔다우."

가볍게 인사를 건넸는데, 그녀는 너무나 당당하게 이렇게 말했다. "방이 어디예요? 먼저 올라가서 준비를 하고 있을게요."

그 말이 너무 야릇하게 들려, 어떤 뜻이든지 간에 여자가 알아서 해주겠다는 소리였으니, 난 아무 말도 못하고 계단을 가리켰다. 여주인이 옆에서 거들었다. "위층 두 번째 방. 어서 서둘러, 예쁜 아가씨. 어쩜 저리 늘씬하게 예쁠까?"

난 잠시 앉아 있었다. 제니타의 미모 때문만이 아니라 여주인의 능청스러움에 놀라 어리둥절했기 때문이다. 여자가 그처럼 노골적이고 당당하게 티를 내는 것을 본 적은 일찍이 없었다. 가만 생각해보니, 어머니 말고는 하노버 길거리에서 내게 가벼운 인사라도 건넨 여자가 거의 없었다. 여태껏 여자란 몇 가지 유형밖에 없는 줄 알았다. 즉, 수줍은 처녀, 부지런한 아내, 쇠락해가는 과부 그리고 눌론 음흉한 창녀. 이 네 가지 범주에 들지 않는 여자들은 결코 만나본 적이 없었다. 세상은 그런 여자들만 내게 보냈다. 어쩌면 정확히 말해, 내가 여자들에게서 그런 단순한 면만을 보아왔던 것일지도. 한마디로 말해, 나는 매우 복잡한 여성성의 여러 가지 측면에 금세 압도당했던 것이다.

방에 들어가니 제니타는 거울 앞에 앉아 자기 얼굴을 보고 있었다.

옷은 일종의 잠옷을 입었는데 편안하지도 그렇다고 실용적이지도 않아 보였다. 춥지 않느냐고 물었다. 그녀는 길고 사랑스러운 팔을 내 목에 두르며 "곧 뜨거워질 건데요 뭐."라고 속삭였다. 이후에 진행된 일은 이런 만남에서 늘 일어나는 대로였지만, 제니타가 온갖 기교를 발휘하여 이끌어주었다는 점은 꼭 언급하고 싶다. 덕분에 상상도 할 수 없었던 쾌감에 밤새 몸을 떨었다. 그녀는 밤새 나와 함께 지냈다. 얼마 안 되는 여행경비를 거의 고갈시킬 정도로 꽤 돈이 들었다. 하지만 내 재산을 다 써서라도 이 기쁨이 새벽까지 이어진다면 그만한 가치가 있다고 마음을 굳혔다. 해가 떴다. 그녀가 가고나면 온 세상이 사라질 것만 같았다. "저와 함께 가지 않을래요?"

"오하이오까지요?" 그녀는 웃음을 터뜨렸다. "말도 안 되는 소리 마세요. 저는 바로 여기에 남편이 있어요."

"하지만 어젯밤 여주인 말로는 할아버지랑 함께 산다고 했잖아요?"

"전 제 남편을 그렇게 불러요. 나이가 많거든요. 지금쯤 아침밥을 기다리고 있을 거예요." 그녀는 침대에서 벌떡 일어나더니 옷을 입은 다음 나가버렸다. 일거리가 있어 왔고 일이 끝났으니 그만 간다는 투였다. 나는 베개 속에 얼굴을 파묻었다. 감미로운 그녀의 체취라도 맡아볼 요량이었지만, 사실은 엎드린 채 눈물을 흘리고 있었다.

"아주머니"라고 나는 여주인에게 소리쳤다. "간밤에 깜짝 놀랄 일이 생겼습니다. 전 사랑에 빠졌습니다. 제니타를 다시 봐야만 합니다."

"정말 대단한 일이구랴. 하지만 그런 소릴 벌써 수천 번 들었다우. 다시는 사랑을 만나지 못할까 걱정이겠지만, 내 장담하지, 또 다시 만날 거유. 자 그럼 이제 떠나셔야죠, 젊은 총각. 어머니가 오하이오 주에서 기다린다고 했잖수. 손님, 대단히 고맙지만, 지금 당장 갈 길을 떠나시 구려. 잘 가슈."

여주인은 나를 데리고 문턱을 넘어 정원으로 내보낸 후 문을 닫아버 렸다. 나는 햇빛 속에 서 있었다. 절망과 혼란에 사로잡힌 채로.

나는 기술자이고 아주 논리적인 의식의 소유자이기에 어떤 문제가 생기면 대부분 엄밀한 분석을 통해서 해결해야 한다고 믿는 편이었다. 그래서 어깨 너머로 절대 보지 말고 여인숙의 정원 대문을 열고 나가라 고 나 자신에게 말했다. 하지만 고개가 자꾸만 뒤로 돌아 여인숙을 힐 끔거렸다. 그곳에 남겨둔 내 순정이 못내 아쉽다는 듯이.

그런 갈망을 안고서 나는 커틀랜드에 도착했다. 첫째 날 밤에 어머니 는 족발 햄과 엔젤 파이로 저녁상을 푸짐하게 차려주었다. "내일 아침 에 선지자를 만나러 가자꾸나. 그러면 대장간에서 일하게 해주실 거다. 파이를 몽땅 먹지 그러니? 어서 먹어. 너 주려고 직접 구웠단다."

사람이 변하지 않는다는 것은 편안함을 준다.

어머니가 그곳 상황을 과장했음이 곧 드러났다. 바퀴제작 일을 할 기 회가 분명 있었지만 조셉은 수요를 맞추기 위해 모두 열두 명을 불러들 였다. 나는 그가 운영하는 마차 제작소에서 하급 견습공 일을 맡았는 데, 하노버에 있을 때보다 보수가 적었다. "적어도 나와 함께 있으니 다 행이지 뭐니."라고 어머니는 한숨을 지으며 한량없는 모성애를 보여주 었다.

주일이면 할 일도 마땅히 없고 해서 어머니를 따라 선지자가 주도하 는 예배에 참석했다. 그렇다고 해서 벌써 말일성도가 된 것은 아니었다. 여전히 의혹의 끈을 놓치지 않고 있었지만, 조셉의 외모는 여느 사람들과는 달랐다. 크고 푸른 눈에 역사에 남을 만큼 키가 컸다. 예배에 단 한 번 나가보고서도 그가 추종자들을 사로잡는 카리스마 넘치는 사람임을 단번에 알 수 있었다. 만약 기독교인이 아니라면 마법사가 되고도 남았을 사람이다. 주문을 걸듯 사람들을 옴짝달싹 못하게 하는 능력이 탁월했다.

"주위를 둘러보세요!" 예배 시간에 그는 설교를 시작했다. "둘러본 다음 무엇이 보이는지 말해보십시오. 온 나라에 도박꾼, 술주정뱅이, 사기꾼, 그리고 음탕한 자들이 판을 치고 있는 모습이 보입니까? 죄악이 멋쟁이 모자를 쓴 의기양양한 신사나 나풀거리는 옷을 입은 어여쁜 숙녀 차림새를 하고 거리를 활보하는 장면이 눈에 보입니까? 그렇습니까? 그런 모습이 눈에 직접 보이지는 않습니다. 하지만 그런 추악한 거리에는 연민과 돌봄 그리고 사랑이 사라지고 없습니다. 주위를 둘러보면 이웃을 무시하는 이웃, 아내를 윽박지르는 남편, 그리고 부모를 버리는 자식들이 제 눈에 가득합니다. 지금은 위대한 종말의 시기입니다. 그리스도께서 서로 사랑하라고 가르치셨기에 이제 주님께서 다시 오셔서 이 세상에 사랑을 부활시킬 것입니다. 이것이 제가 아는 진리입니다. 주님께서 직접 제게 계시로 알려준 진리입니다."

커틀랜드에서 약 넉 달을 지내자, 내 미래는 조셉과 그의 교회에 달려있다는 사실을 인정하게 되었다. 어머니가 말일성도 신도회와 각종 모임을 조직하는 데 핵심적인 역할을 하고 있었지만, 나는 단지 이교도 노동자였을 뿐이다. 사람들은 단지 일거리가 있을 때만 날 찾았다. 하지만 내가 보기에, 그곳에선 장래에 수레나 마차가 필요한 말일성도들이 많아질 것이 분명했다. 조셉이 다스리는 커틀랜드는 신정정치에 가까웠고 신앙의 정도에 따라 시민들 사이에 확실한 계층이 존재했다. 이교도 중 가장 뛰어난 사람도 가장 무능한 말일성도보다 못한 대접을 받았다. 이런 사실을 깨닫자 조셉 스미스의 가르침에 대한 나의 거부감이 허물어지기 시작했다. 사랑을 외치는 그를 존경하게 되었다. 사실은 그가 유능한 사람을 찾고 있음을 알고 서둘러 관심이 있는 척한 것일 뿐이지만.

바로 이 무렵에 엘리자베스를 만났다. 그러니까 1834년의 어느 늦여름 오후 샤그린 강가에서 야유회가 열렸을 때였다. 여자들이 둘이서 발목을 묶고 뛰는 이어달리기를 하고 있었다. 상은 우승자의 이름이 새겨진 기념패였다. 쇠로 된 기념패를 만든 사람이 바로 나였다. 나는 출발선에서 그리 멀지 않는 결승선에 서서 우승자가 결승선에 가슴을 들이대며 자랑스럽게 들어오기를 기다리고 있었다. 그때 엘리자베스를 처음 보았다. 그녀는 옆에 있는 여자와는 판이하게 다른 모습이었다. 예쁘거나 우아하게 보이지 않았으며 정숙하지도 그렇다고 약아 보이지도 않았다. 햇빛에 비친 얼굴은 탐스러운 복숭아마냥 짙은 분홍색을 띠고 있었다. 눈은 차분하고 조심스러우며 사려 깊어 보였다. 젊은 아가씨였지만 몸이 튼튼했다. 체구가 튼실하고 건강해 보였으며 사람이 진솔해 보였다. 젊은 여자답지 않게 내숭을 떨 것 같지 않았고 총각들 앞에서도 스스럼이 없을 듯한 모습이었다. 깔끔한 푸른색 웃옷의 옷깃 사이로 언뜻 비친 연분홍빛 속살이 아직도 잊히지 않는다. 한마디로 말해, 그녀에 대한 첫인상은 진솔한 여자였다. 그때나 지금이나 내가 가장 가치 있게 여기는 성격을 가진 여인이었다.

맞은편에서 내가 바라보고 있는 동안, 엘리자베스는 달리기 파트너와 자신의 발목을 묶어놓은 줄을 조절하고 있었다. 얼굴에 분을 바른 포동포동한 파트너는 땡볕 속에서 땀을 흘리고 있었다.

총소리가 울리자, 엘리자베스와 파트너인 마르타는 절뚝거리며 뛰는 이상한 짐승처럼 달리기 시작했다. 둘의 눈빛이 여름 한낮의 어른거리는 대기 속에서 반짝였다. 엘리자베스가 결승선을 흘깃 바라보았을 때 우리의 두 눈이 서로 마주쳤다. 바로 그때 사랑을 예감했다. 지켜보는 모든 이들이 들뜬 마음에 발을 구르며 환호성을 질러댔지만 나는 아니었다. 가만히 서서 그녀만 바라보았다. 순식간에 엘리자베스 팀은 다른 팀들을 따돌리고 결승 리본을 끊었는데, 달리던 가속도 때문에 둘 다 내 품안으로 안기고 말았다. 둘의 발목에 묶인 끈을 풀어준 후 나는 엘리자베스 곁에 아무 말도 못한 채 가만히 서 있었다. 같이 산책이나 하자고 말한 사람은 오히려 그녀였다.

우리는 야유회 장소를 벗어나 들판을 걸어다녔다. 어느 순간 용기를 내어 팔을 꽉 잡았다. 베어져 누워 있는 나무로 데려가 먼지를 턴 후 함께 앉았다. 나는 엘리자베스와 함께 살 큰 집을 갖고 싶었다. 팔걸이의자가 놓인 응접실과 여러 개의 침실을 갖춘 그런 집을. 언젠가 그녀만 도와준다면 가질 수 있다고 여겼다. 이런 속마음도 솔직히 털어놓았다. 해가 서서히 기울며 저녁 어스름이 찾아왔다. 풀숲에서 모기들이 날아올랐다. 나는 그녀를 포옹했다. 푸르스름한 저녁 기운이 들판을 차츰 덮고 있을 때, 살며시 입맞춤을 했다. 딱 한 번 키스만 할 생각이었지만 멈출 수가 없었다. 그리스도와 조셉 스미스 덕분에 또는 어떤 불가사의

한 영적인 이유로 우리가 함께한 것이라고 말하고 싶기도 하다. 하지만 몸에 밴 솔직함대로 말하면, 우리를 풀숲 속으로 이끈 것은 단지 욕망, 이제 막 타오르기 시작한 애욕의 불길이었다. 그녀의 가슴이 꿈틀거릴 때마다 그녀 위에 올라타 있던 내 가슴도 방망이질 쳤다. 평생을 함께 할 인연임을 그때 알았다. 이번에는 나를 아침에 내팽개치는 여자가 아니라고 여겼다.

우리는 한참을 풀숲에 누워 있었다. 잠시 그녀의 얼굴에 알 수 없는 표정이 깃들었다. 마치 나를 떠나버릴 듯한, 그녀의 마음이 멀리 사라져버린 듯한 표정이었다.

"어떤 생각을 하고 있나요?"라고 나는 물었다.

"저에 대해서 아무것도 모르잖아요?"라고 그녀는 반문했다.

곧 우리는 미래에 관해 이야기하기 시작했다. 마치 이전의 삶은 전혀 중요치 않다는 듯이, 사랑의 힘만이 우리의 앞날을 결정할 것이라는 듯이 미래에 대해서만 이야기했다. 사랑으로 충만한 결혼생활, 태어날 아이들, 그것도 많은 아이들, 커다란 집 그리고 말일성도 공동체로서 새롭게 가지게 될 성性 등에 관해 말하면서 함께 미래를 꿈꾸었다.

엘리자베스는 영원한 구원에 관해서도 말했다. 또한 자신이 선지자 조셉 스미스를 사랑하고 있다고 털어놓았다. 그 말을 할 때 얼굴에 광채가 빛났다. "선지자 같은 분을 사랑해본 적은 일찍이 없어요. 하지만 알려드릴 것이 있어요."라고 말한 뒤, 자신이 개종하기 전에 어떻게 살았는지 고백했다. 수치심이 가득한 목소리였다. 자신의 이야기를 마친 다음 자기가 그런 사람인데도 괜찮냐고 물었다. "물론이죠. 제 과거랑 똑같은데요 뭘." 나는 이렇게 대답했다.

"그렇지가 않아요. 웹 씨에겐 과거는 그냥 과거일 뿐이에요. 하지만 전 과거가 따라다닌단 말이에요. 제 아들 길버트가 있으니까요."

"아들을 만나보고 싶어요." 이 말을 듣자 그녀는 볼을 내 가슴에 댔다. 나는 그녀의 아들까지 사랑하겠다고 약속했다. "우리 언제 결혼할까요?"라고 물었다.

"결혼은 어려울 것 같아요."

제니타한테서 들었던 것만큼이나 절망스러운 대답이었다. 애타는 심정으로 나는 그 까닭을 물었다.

"웹 씨는 말일성도가 아니잖아요." 엘리자베스와 달리, 나에게는 개종이 단순한 문제가 아니었다. 하지만 사랑하는 여인을 얻기 위해서라면 어떤 것도 할 수 있었다. 평생 동안 매일 밤 그녀를 내 곁에 두고 싶었다. 독자 여러분, 이런 말을 내뱉는 나를 용서해주기를. 솔직한 남자라면 내 심정을 이해할 것이다.

다음 날 나는 샤그린 강에서 조셉에게 세례를 받았다. 그가 내 몸을 물속에 담갔을 때, 나는 다른 이들처럼 무언가가 내 몸속을 훑고 지나는 느낌을 받았다고 말할 수는 없다. 사람들은 번개가 등줄기를 타고 흐르는 느낌이라면서, 오직 하나님에게서만 받을 수 있는 갑작스럽고도 강력한 자극이라고 증언했다. 하지만 난 차가운 물살과 물풀 자락이 목에 감기는 느낌 외에는 아무것도 느끼지 못했다. 그런 느낌뿐이었다. 이 세상의 속된 감각이 전부였다. 명목상으로는 성도가 되었다. 하지만 동기는 세속적이었을 뿐이다. 결혼과 성공을 바라고 한 행동이었다. 기본적으로 하나님과 기독교의 선함을 믿긴 했지만, 그 밖의 것들에 대해서는 확신이 적었다. 실은 지금도 확신이 깊지 않다. 돌이켜보면 지난

날 행한 모든 것이 실수처럼 여겨지기도 한다. 지난 삶을 다시금 되돌아보면, 내 딸이 『19번째 아내』에서 밝힌 대로, 거의 모든 것, 특히 나라는 인간과 나의 신앙에 대해 확신이 서지 않는다.

조셉과 나는 물에 젖어 바들바들 떨면서 강둑으로 다시 올라왔다. 그때는 몰랐지만 삶이 막 끝나가고 있던 나의 어머니와 햇빛을 받아 밝게 빛나던 엘리자베스가 나를 기다리고 있었다. 우리는 그 다음 날 결혼할 예정이었다. 엘리자베스는 내 삶의 유일한 아내가 될 사람이었다. 하지만 딱 12년 동안만. 그날 미래에 내가 다른 아내를 한 명 더, 그리고 이어서 여러 명의 아내를 더 맞이하게 될 것이라는 말을 들었다면, 나는 터무니없는 소리라고 일축했을 것이다. 그렇게 살 팔자일 리가 없다고 큰소리를 쳤을 것이다. 대부분의 남자들처럼, 나 자신은 부패와 타락에 결코 물들지 않을 남자라고 믿었다.

알림
'G. 웹의 자서전 제2부'는 제한된 열람 조건하에 특수 문서 모음집에 보관되어 있다. 더 자세한 정보는 교회 문서관리자에게 문의하기 바란다.
– 교회 문서보관소, 1940년 6월 16일

The 19th Wife
5 현재 ……
어둠 속의 눈

지금은
너무나 낡아빠진
이야기

"커닝햄 교도관님? 접니다, 조던 스콧. 물론 저도 규정은 압니다만," 나는 메사데일에서 돌아오는 차 안에서 전화를 걸었다. 엘렉트라를 내 무릎 위에 올려놓은 채. "이번에는 긴급한 일이에요. 제 어머니를 한 번만 더 만날 수 없을까요? 오늘 아침처럼요."

교도관은 아무 말도 없더니, "규칙을 안다면서요?"라고 짧게 말했다.

다시 부탁을 해보았지만 들어주지 않았다. 다른 방법을 써보았다. 즉, 내일이면 엘렉트라를 맡길 곳이 없다고 하소연했던 것이다. 커닝햄 교도관은 "제발 이러지 마세요."라며 한숨을 쉬었다. 사과를 하고 난 다음 다시 부탁했다. 얼마 못 가 교도관은 손을 들고 말았다. "이번 한 번만입니다. 아시겠죠?"

엘렉트라를 어제 갔던 인터넷 카페의 그 고스 스타일 여자에게 맡긴 후, 교도소의 금속 탐지기를 통과했다. 커닝햄 교도관은 기분이 좋아 보이지 않았다. "남들한테 알리진 말아주세요. 아시겠습니까?"

십 분 후, 케인 교도관이 어머니를 데려와 유리판 너머의 스툴에 앉혔
다. 어머니와 난 잠시 서로를 쳐다보았다. 누가 먼저 말을 꺼낼지 서로
눈치만 보고 있었다. 어머니가 먼저 수화기를 들더니 입을 열었다. "지
난번엔 이야기가 좋게 끝난 것 같지가 않더구나. 다시 올 줄은 몰랐다."

"저도 마찬가지예요."

"우리가 어느 정도 서로를 이해할 수 있었으면 했단다."

"허버 변호사를 만나러 갔어요." 어머니는 잠시 멈칫했다. 유리판 건
너편의 어머니는 낡은 액자 속의 빛바랜 초상화처럼 굳은 표정이었다.

허버 변호사와 만났던 일을 어머니께 설명했지만 핵심을 언제 꺼낼
지 망설이고 있었다. "꽤 곤란한 상황이라고 변호사는 말했어요. 앞으
로 어떻게 될지에 관해서요. 꼭 들어보고 싶으세요?" 어머니는 고개를
끄덕였다. 그래도 혹시 몰라 한 번 더 물어본 다음에 말했다. "간단히
말해서 상황이 전혀 좋지가 않아요. 어떻게 말하면 좋을까요? 변호사
짐작으로는 … 어머니는 아마도 … 어쩌면, 가능성이 있대요." 난 슬쩍
돌려 말했다. 여러분이라면 자기 어머니에게 어떻게 사형을 당할 것이
라고 말하겠는가?

"조던, 사실대로 말해도 돼."

"아무래도 변호사가 직접 어머니께 말해야 될 것 같아요." 어머니는
자꾸 나를 다그쳤다. 대답을 회피했지만 어머니는 계속 물었다. 어떤
일이 되었던, 세상의 모든 어머니는 자식을 지치게 하는 데는 아주 뛰
어나다. "증거가 많댔어요."라고 나는 말했다. "즉, 확인된 사실이 많이
있는 까닭에, 그러니까, 음, 어머니가 범인이라고 확신하는가봐요."

이 세상의 어머니만이 지을 수 있는 표정으로 어머니는 내 눈을 들여

다보았다. "알았다. 너도 날 믿지 않는구나."

"어머니, 무엇이 진실인지 알기는 어려운 법이에요. 세상만사가 다 뒤죽박죽이니까요."

"너는 날 믿어야 한다." 부탁이 아니라 일종의 선언이었다.

메사데일에 갔던 이야기를 어머니께 했다. "집에 가서 리타 자매를 만났어요."

"그래서 나보다는 그 여자를 믿는 거로구나."

"리타 자매는 별 이야기도 하지 않았어요. 전 어머니가 쓰던 방으로 올라가고 싶었지만 들여보내 주질 않았어요."

어머니는 수화기를 잠시 내리더니 케인 교도관에게 무슨 말을 건넸다. 안절부절 못하는 모습이었다. 자기 뜻을 전하려고 손가락을 허공에 휘젓고 있었다. 그러더니 다시 수화기를 들었다. "조던, 면회는 일주일에 세 번뿐이란다. 넌 금요일이 되어야 다시 면회를 올 수 있어. 우리에겐 시간이 많지 않아."

"알아요. 그래서 오늘 왔잖아요. 작별 인사를 하려고요. 허버 변호사와 한 번 더 만나긴 할 거예요. 메사데일에 관한 기본적인 이야기를 해 주려고요. 그런 다음에 캘리포니아로 돌아갈 겁니다."

어머니는 가만히 나를 쳐다보았다. 코끝에 빛이 어른거렸다. "내가 여기 나갈 때까지는 가지 말아다오."

"한정 없이 기다려야 할지도 모르잖아요." 나는 용기를 내서 말했다. "그럴 수는 없어요. 절대로요."

오랫동안 어머니는 한마디도 하지 않더니 마침내 입을 열었다. "변호사는 내가 사형당할 거라고 여기지, 그렇지 않니?" 이 말보다 더 놀라운 것은 침착하고 결연한 어머니의 표정이었다. 특히 예리하고 맑은 어머니의 눈빛이.

"네."

"그런데 넌 포기할 생각이고?"

"그런 게 아니에요."

"그렇게 생각할 만하다. 너한테 해준 게 없구나."

"어머니, 전 단지 어머니를 도울 방법이 생각나지 않아요."

"아마 넌 가버리겠지."

"어머니, 제가 할 수 있는 일이 있으면 알려주세요."

"그만 가거라."

"제가 도와드릴 게 조금이라도…."

어머니는 갑자기 수화기를 내렸다. 케인 교도관이 어머니를 부축해 데려갔다. 그녀가, 케인 교도관 말이다, 나를 한 번 쳐다보았다. 그녀의 얼굴 표정은 '그래도 당신 어머니잖소'라고 말하고 있었다. 둘은 떠나고 나만 홀로 남았다.

"안녕하세요? 다시 들렀습니다."

"내일이나 되어야 오실 줄 알았는데요." 책상에 앉아 키보드를 두드리던 모린 씨는 의외라는 말투였다.

"변호사님을 만나야겠습니다."

"오늘 오후엔 전부 예약이 되어 있는데 어쩌죠?"

기다릴 수는 없었다. 엘렉트라와 나는 아래층으로 가 허버 씨의 사무실로 곧장 들어갔다. 전화를 받으면서 법률 문서를 뒤적이고 있었다.

"죄송해요, 변호사님. 이곳으로 오면 안 된다고 했지만…" 모린 씨가 둘러댔다.

"할 말이 있습니다."

"그러시군요. 하지만 우선 진정하세요."

"저는 멀쩡합니다. 하지만 급한 일이에요."

"네, 알았습니다. 모린 씨, 노트를 좀 가져다주세요."

엘렉트라의 목줄을 풀어준 다음 여러 번 구슬린 끝에 바닥에 앉혔다. "터무니없이 들리겠지만, 어머니가 한 짓이 아닙니다." 큰소리로 말하고 나니 훨씬 더 옳은 말인 것 같았다.

"왜 그렇게 생각하나요?"

"도저히 납득할 수가 없습니다."

"무슨 뜻인가요?"

"어머니는 그곳의 일이라면 다 믿습니다. 선지자, 교회, 구원을 얻기 위한 일부다처제 등을 죄다 믿습니다. 그곳 생활을 좋아한다고요."

허버 변호사는 안경을 벗은 다음 눈을 비볐다. "실제로는 믿지 않으면서 겉으로 믿는 척할 수도 있지 않을까요?"

"아뇨, 절대 아닙니다. 어머닌 그럴 사람이 아닙니다. 어머닌 제 아버지를 죽이지 않았습니다."

"전 아직도 조던 씨와는 생각이 다릅니다."

"어머니는 아버지를 죽일 까닭이 없다니까요. 어처구니없긴 하지만, 어머니는 실제로 자신의 삶을 사랑했습니다."

"알았습니다. 어머니가 체포를 당한 기본적인 증거부터 살펴봅시다. 채팅을 하고 있던 조던 씨 아버지는 어머니가 방에 들어왔다고 말합니다. 아버지가 총에 맞기 직전의 일입니다. 아버지가 죽은 그 무렵에 어머니가 지하실에서 올라오는 모습을 직접 보았다는 증언이 있습니다. 그리고 살해 무기에는 어머니의 지문이 있습니다. 지금으로선 도무지 이런 것을 반박할 방법이 없습니다."

"방법을 찾아야죠."

"지금도 찾고 있습니다."

"더 열심히 찾아보셔야죠."

"조던 씨도 제 생각을 따라주시면 좋겠습니다. 지금 상황으로서는, 어떤 검사라도 조던 씨 어머니가 자기 남편을 죽인 정황상 이유를 즉석에서 열댓 가지는 떠올릴 수 있단 말입니다."

"정황상 이유는 중요하지 않아요. 하여튼 어머니는 범인이 아니란 말이에요."

"조던 씨, 설사 그래도 증명할 방법이 도무지 없단 말입니다."

같은 배를 탄 한 팀이라면서 이렇게 나올 수 있는가? 갑자기 믿음이 싹 가셨다. 이 모르몬 변호사가 내 어머니 같은 사람의 변호를 맡은 이유가 도대체 뭐란 말인가? 변호사의 종교와 내가 이전에 가졌던 종교는 이미 백 년도 더 전에 서로 갈라섰지 않은가? "도대체 제 어머니 변호를 왜 맡으신 거죠?"라고 물었다. "이 사건을 왜 맡으신 겁니까?"

"저는 무료 변론을 많이 맡습니다."

"하필 왜 제 어머니 사건을 맡으신 겁니까?"

"조던 씨, 그새 무슨 일이 있었습니까? 어제 여기 왔을 때만 해도 우리는 서로 잘 통했습니다. 그런데 지금은 모든 걸 의심하고 있군요. 어떻게 된 겁니까?"

"메사데일에 갔어요. 그게 전부예요. 변호사님도 직접 가서 그곳이 얼마나 말도 안 되는 동네인지 두 눈으로 확인해보세요. 그러면 진실은 겉보기와 다름을 아실 겁니다."

"조던 씨, 진정하세요. 알겠습니다."

"알긴 뭘 안단 말씀인가요?"

허버 변호사는 물병 뚜껑을 딸깍 열었다. "조던 씨, 화를 내는 심정은 이해합니다. 지금 당장 무슨 조치를 취하고 싶은 마음인 것도 알겠습니다. 하지만 그렇게 한다고 해서 어머니한테 결코 좋은 결과가 생기진 않습니다."

"그럼 뭘 어떻게 해야 하나요?"

"메사데일에서 벌어지는 일은 저도 조던 씨보다 더 마음에 들지 않습니다. 그 사람, 즉 거짓 선지자는 많은 이들의 삶을 짓뭉갰고 줄곧 제 종교까지 왜곡시켰습니다. 그것도 너무나 오랫동안 말입니다. 하지만 상황은 변하고 있습니다. 거의 매주마다 FBI나 법무장관 또는 언론에 이 문제와 관련된 제보가 들어갑니다. 저절로 해결되도록 우리는 가만히 지켜만 보아도 됩니다. 재판을 받아야 할 사람은 조던 씨 어머니가 아니라 바로 그 선지자와 그의 교회입니다. 그러니 조금만 시간을 두고 지켜봅시다. 네?"

"얼마나 기다려야 하나요?"

"아마 여러 달, 어쩌면 일 년 정도일 겁니다."

"일 년이라고요?"

"긴 시간 같지만 사실은 전혀 그렇지 않습니다. 그곳에선 우리가 잘 모르고 있는 일이 아직도 많이 일어나고 있습니다. 파벌 간의 다툼, 신도의 이탈 그리고 선지자의 권위에 대한 도전 등등. 그 선지자는 지금 안팎으로부터 엄청난 압박을 받고 있습니다. 이런 분위기를 잘 타면 조던 씨 어머니의 상황도 훨씬 나아질 겁니다."

"도대체 누구에게 하는 말씀인지 모르겠군요. 죄송합니다만, 전 방금 메사데일에 갔다왔는데, 바뀐 건 하나도 없었어요. 지금까지도 그랬지만 앞으로도 결코 바뀌지 않습니다. 지금 선지자 이전에는 그의 아버지가 있었죠. 그 전에는 그 아버지의 삼촌이 있었고요. 백 년도 넘게 사기꾼 다음에 또 사기꾼이 이어왔다고요. 1890년에 염병할 아론 웹(이 소설의 후반부에 나오는 인물로서 앤 엘리자 영의 오빠임. 모르몬교가 일부다처제를 포기하자 이에 반발하여 근본주의 말일성도를 주동한 인물로 소개됨. 옮긴이) 같은 놈 이후로도 줄곧 그 모양이라고요." 나는 일어났다. 엘렉트라의 목줄을 쥔 후 사무실을 나와버렸다.

모린 씨가 아래층까지 따라왔다. 굽 높은 샌들을 신고 총총걸음으로.

"새 변호사를 선임하려면 어떻게 해야 하나요?"라고 나는 물었다.

"조던 씨 어머니께서 새로 요청해야 합니다."

"알았어요. 어머니께 알려드려야겠네요."

"더 형편없는 변호사가 선임될 수도 있습니다."

"도대체 허버 변호사는 왜 제 어머니를 구할 생각이 없죠?"

"구하고 싶어하십니다."

"그렇다면 왜 저처럼 태평한가요?"

"늘 분통만 터뜨린다면 아주 좋은 변호사가 될 수 없거든요."

머리 끝까지 화가 나서 고함이라도 지르려는데 모린 씨가 살며시 내 팔을 잡았다. 나는 어린 아기마냥 숨만 쌔근거렸다. 우라질! 눈물이 뚝

뚝 떨어지더니 그치질 않았다. "어떻게 해야 할지 모르겠어요."

그녀는 의자에 날 앉히더니 휴지를 건네주었다. "진정하세요." 연신 미안하다고 울먹이는 내게 그녀는 걱정 말라며 계속 다독여주었다. 메모지에 자신의 휴대전화 번호를 적더니 접어서 내 손에 쥐어주었다. 혹시 필요할지 모른다면서. 우리가 껴안고 있음을 알아차린 엘렉트라는 그녀의 바짓가랑이 사이로 코를 들이밀면서 끼어들었다.

"어떻게 할지 이야기하고 싶나요?" 모린 씨가 말했다.

그러고 싶었지만 말문이 막혔다.

"그곳에 다시 가보니 낯설었나요?"

"그렇기도 하고 아니기도 하고요. 아닌 까닭은 모든 것이 예전과 똑같아서예요. 하지만 그곳에 가보니, 다시 어린애가 된 느낌인데다 어머니가 없단 생각이 계속 들어서 낯선 느낌이 들기도 했고요."

"질문 하나 해도 될까요? 잘 이해가 되지 않는 것이 있어서요." 그녀는 어느새 가까이 다가와 있었다. "왜 그곳에선 모든 사람들이 선지자를 그처럼 믿나요?"

"바깥세상 일은 전혀 모르기 때문이죠."

"하지만, 요즘 같은 세상에 어떻게?"

"어처구니없는 말이긴 하지만, 그곳 세상은 메사데일에서 시작해서 메사데일에서 끝나요. 그것뿐이에요. 더군다나 메사데일 사람들 대부분은 그것으로 만족합니다."

그녀는 머리를 흔들었다. 마치 이 세상에서 가장 앞뒤가 맞지 않는 말을 들었다는 듯이. "그가 어떤 사람인지 말해줄 수 있나요? 그 선지자요?"라고 그녀는 물었다.

"그 사람은 … 저도 잘 몰라요. 그러니까, 예전에도 잘 몰랐어요. 항상 그곳에 있는 사람이지만 전혀 말을 해본 적이 없어요. 주일예배에서 보기만 했을 뿐이죠. 설교할 때는 꼼짝도 않고 서 있었어요. 조금씩 걷는 일도 결코 없었어요. 마치 발이 설교단에 붙어서 한 몸을 이루고 있는 것처럼요. 생각하면 생각할수록 어떤 사람이라고 설명하기가 더 어려워지네요. 마치 바람에 대해 설명할 때처럼요."

"나이가 들었나요 아니면 젊나요? 뚱뚱한가요 아니면 날씬한가요?"

"나이가 들었긴 한데 저도 정확한 나이는 몰라요. 하나님이 나이든 건 알지만 정확한 나이는 모르는 것처럼요. 가만히 생각해보니 목소리는 기억나요. 고함치는 목소리가 아니라 꽤 고음이면서도 부드러웠죠. 약간 혀 짧은 소리도 나고요. 제 기억엔 매우 온화하고 편안하면서 사람을 끌어당기는 목소리였어요. 어렸을 때 교회에서 어머니 무릎에 앉아 있으면, 어머닌 제 머리에 입을 맞추면서 '잘 들어보렴, 하나님의 목소리란다.'라고 속삭이셨죠."

"어린아이한테 그런 말을 하시다니."

"그건 아무것도 아니에요. 학교에 가면 선생님은 카세트를 틀어 우리에게 몇 시간씩 선지자의 말을 듣게 했어요. 남자애들에게는 성직자의 역사에 대해 이야길 했어요. 퀴니가 알려주기론, 여자애들에게는 가정살림, 좋은 아내의 역할, 순종 뭐 그런 이야길 늘어놓았다고 하더군요. 하지만 대부분 모든 이들에게 종말에 관해 이야기했죠. 늘 종말이 곧 다가온다고 떠들었어요. 언젠가 적들이 나타나면 어떻게 목을 베야하는지도 가르쳐주었어요. 마치 네피(모르몬경에 나오는 인물 중 하나. 옮긴이)가 그랬던 것처럼요." 모린 씨를 슬쩍 쳐다보았다. "이런 이야길 죄다

들고 싶은가요?"

"조던 씨가 이야기하고 싶다면요."

"학교 안에서 그런 짓 하는 법, 그러니까 목 따는 법을 가르쳤어요. 학교 뒷마당에서 토끼랑 닭을 놓고서 실습을 해야 했어요. 그러는 동안에 영혼을 위해 기도를 해야만 해요. 선지자가 카세트테이프에서 가르친 대로 말이에요. 선지자는 사람의 머리를 뒤로 젖히면 목이 어떻게 보이는지, 귀에서 귀까지 베는 방법, 피가 쏟아져나올 때 어떤 모습인지, 그런 상황에서도 두려움을 없애는 법 등을 가르쳐주었어요. 우리는 학년이 올라가면서부터는 개와 양을 도살해야 했어요. 하지만 전 거부했어요. 전 개를 한 마리도 죽이지 않았어요. 그 당시에 처음으로 의심이 들기 시작했어요. 제 생각에 동물들을 죽일 필요는 없었어요. 하여튼 전 그렇다고 여겼어요. 적들이 우리를 도살하러 올 때를 대비하는 것이니라, 선지자는 줄곧 이렇게 말했어요. 우리는 몇 시간씩 카세트테이프에서 들려오는 목소리를 듣고 있다가, 끝나고 나면 실습을 했어요. 학교에 가서 카세트에서 나오는 목소리를 통해 그런 걸 배우고 있으면서도, 그런 공부가 세상에서 가장 자연스러운 줄 알았어요." 나는 말을 멈추고 웃음을 터뜨렸다. "제 말은, 지금 생각해보면 어처구니없지만, 어렸을 때는 마치 하나님이 방 안에 계시는 것 같았다니까요."

하운스 밀의 대학살

출처 : 위키피디아(Wikipedia. 현재 위키피디아에 실제로 있는 내용과는 다름. 위키피디아에 실리는 내용은 자유롭게 일반인들의 편집이 가능한 텍스트이므로 이후 수정된 것으로 보임. 옮긴이)

미주리의 모르몬신도들

1830년대 중반에 말일성도(다른 이름으로 모르몬신도)는 자신의 본거지인 오하이오 주의 커틀랜드에서 종교적 박해를 받자 서쪽의 미주리 주로 이동을 시작했다. 대부분은 극서부 지역에 정착했지만 약 75가구 정도가 캘드웰 카운티의 숄 크릭 근처에 자리를 잡아 하운스 밀이라는 가내수공업 마을을 이루었다. 1838년까지 조셉 스미스, 브리검 영을 비롯한 교회 지도자들 그리고 대부분의 모르몬신도들은 미주리 주에 정착을 마쳤다.

평화로운 근거지를 찾으려는 그들의 희망은 금세 위기를 맞았다. 1838년 여름이 되자 모르몬신도들과 주변의 다른 마을 사이에 긴장이 높아졌다. 다른 마을 사람들이 모르몬신도들을 두려워한 이유는 다음 세 가지다.

1) 모르몬신도들은 폐쇄적인 공동체를 표방하며 급속히 새로운 터전에서 막강한 정치적인 영향력을 키워가고 있었다.

2) 모르몬신도들은 재빠르게, 어떤 사람들의 말에 의하면 은밀하게, 많은 땅을 사들였다.

3) 이것이 가장 큰 문제였는데, 모르몬신도들이 일부다처제를 따른다는 소문이 오하이오 주에 있을 때부터 세간에 떠돌았다. 조셉과 브리검은 이러한 비난에 대해 거듭 부인했지만, 많은 미주리 사람들은 새로 이사 온 이웃들의 결혼 습관을 의심스럽게 여겼다.

대학살

1838년 10월 27일, 미주리 주지사 리번 W. 보그스는 몰살 명령에 서명했다. 이 명령은 모르몬신도들이 미주리 주를 떠나지 않으면 몰살시키겠다는 내용이었다. 모르몬신도들은 이 명령을 심각하게 여기면서도 도망가는 대신 싸우기로 결정하고 군사적인 방어 계획을 세웠다. 사흘 후, 10월 30일 오후 네 시 무렵에 200에서 240명의 미주리 민병대가 하운스 밀로 쳐들어갔다. 여자와 아이들은 발가벗은 아기와 조리도구들을 안고서 얕은 물길을 건너 숲으로 피신했다. 하지만 성인 남자들 그리고 아버지를 떠나길 거부한 상당수의 소년들은 대장간을 방어선으로 삼고 버텼다. 민병대는 그 건물을 포위한 다음 움츠리고 있는 모르몬신도들을 가까운 거리에서 벌어진 건물 틈 사이로 사격을 가했다. 밤이 오기 전에 열일곱 명의 모르몬신도들이 살해되었다. 볼 일이 있어 가게에 들렀던 모르몬신도가 아닌 이웃 사람 한 명도 죽었다. 대장간에 있던 사람들 중에 살아남은 사람은 짐수레 만드는 기술자인 촌시 G. 웹 뿐이었다. 촌시의 아내인 엘리자베스와 의붓아들인 길버트는 물레방아 뒤에서 거의 백여 발의 총소리를 들었다. 두 모자는 어깨 높이의 물속에 잠긴 채 숨어 있었다. 총소리가 들리는 내내 엘리자베스는 남편을 살려달라고 기도했다. 남편이 살아 있자 그녀를 비롯한 많은 사람들은 기적이라면서 그 후로도 오랫동안 이 사실을 언급했다.

근접사격에 의한 살해는 특히나 더 참혹했다. 시몬 콕스란 사람은 옆구리에 총을 맞았는데, 내장이 튀어나와 동료 모르몬신도의 몸에 붙었다. 민병대 중 한 명은 옥수수용 칼로 거의 팔십 세이던 토마스 맥브라이드란 사람의 몸을 토막냈다. 머리에 총을 맞은 새디어스 스미스라는 열 살배기 아이도 풀무 아래에서 발견되었다. 하지만 모르몬신도뿐 아니라 많은 비모르몬신도에게까지 가해진 가장 잔혹한 짓은 학살 이후에 있었다. 학살의 소문이 퍼졌는데도 주지사는 살해를 용인하는 바람에 대학살이 주 법률에 따라 합법화되고 만 것이다.

결과

하운스 밀 대학살 이후 모르몬신도들은 미주리를 떠나기 시작해 결국 일리노이 주에 속한 미시시피 강 유역에 정착했다. 당시 그곳은 커머스라는 이름의 습지였다. 그곳에서 나우부라는 자랑스러운 도시를 세웠는데, 불과 5년 만에 일리노이 주에서 두 번째로 큰 도시가 되었다. 대학살의 유일한 생존자인 촌시 웹은 1840년 혹은 1841년에 가족을 이끌고 나우부로 이사했다. 촌시 웹은 그곳에서 뛰어난 마차 제작 기술자가 되었다. '아름다운 도시'라고도 불린 나우부에서 조셉 스미스와 말일성도들은 황금기를 누렸다.

대학살에 대해 한 번도 공식적인 조사가 이루어지지 않았고 단 한 명도 법정에 서지 않았다. 그 학살은 말일성도 역사에서 중요한 전환점이 되었으며 추모제, 재현의식 그리고 특별 기도회를 통해 매년 기념된다. 당시 대장간에 있던 붉은 맷돌은 희생자를 위한 추모비가 되었다. 19세기의 많은 모르몬신도들에게 촌시 웹의 생존은 불굴의 의지를 상징하는 사건이었다. 하지만 기록에 의하면, 촌시 웹은 영웅이 되기를 꺼려했을 뿐 아니라 자신이 영적인 개입으로 살아남았다고 하는 자기 아내의 주장에도 동의하지 않았다고 한다.

:: 참고문헌
1. 『교회의 역사』, 제3권
2. 『모르몬교의 일부다처제 : 역사적인 관점』, 찰스 그린 지음
3. 「하운스 밀의 여인들」, 매리 P. 스프래그 지음
4. 『19번째 아내』, 앤 엘리자 영 지음

무작정
실마리를 찾아서

다음 날 아침 나는 메사데일 우체국으로 차를 몰았다. 수신인 주소 라벨, 야생화가 그려진 우표 붙이는 직원, FBI의 범죄 용의자 전단… 이런 것들만 보면 무법천지 마을에 왔다는 생각은 사라진다. 하지만 40년을 기른 머리에 일종의 유타 식 부르카(이슬람 여성들이 얼굴을 가리기 위해 두르는 천. 옮긴이)를 두른 은행여직원인 카렌 자매를 보기 전까지의 생각일 뿐이다.

"어, 누구시더라? 잠깐만요. 알 것도 같은데. 전 얼굴을 절대 잊어버리지 않거든요." 카렌 자매는 연필을 들고서 자신의 관자놀이를 톡톡 두드렸다. "조던 스콧! 어머나, 어쩐 일로 여기 다시 왔니?"

"어떤 사람을 찾으려고요."

"사람을 찾으려면 이곳만 한 데가 없지. 누군데?"

"제 누이 중 한 명이에요. 사실은 의붓누이죠. 이름은 엘리자베스 2세. 금발에다 푸른색과 회색이 섞인 눈동자. 혹시 아세요?"

"좀 더 구체적으로 말해보렴." 카렌 자매는 재빨리 떠올리질 못했다.

메사데일에선 유전자 풀이 한정되어 있는 까닭에 전부 비슷해 보인다. 흰빛이 감도는 금발에다 여름만 되면 문제가 생기는 거의 투명하기까지 한 피부까지.

"키가 커요. 원래는 아이다호 출신이고요."

"아이다호 출신?" 카렌 자매는 주민 복지 수표를 분류하면서 혼잣말을 했다. 선지자는 복지에 대해서 간혹 설교하곤 했는데, 그때마다 정부를 속이는 것이 우리의 종교적인 의무라고 주장했다. "악마의 사람들이 하나님의 사람들을 도와주겠답니다."라고 비아냥대면서도 갖은 수단을 동원해 복지 기금을 받아냈다. 결혼한 여인들은 카세트테이프를 통해 미혼모로 신분을 속이는 방법을 배웠다. 복지 수표가 너무나 빈번히 제공되었던 까닭에 중앙 정부에서 오는 돈인지 바로 옆 솔트 레이크에서 직접 주는 돈인지 의심스러울 정도였다.

"이게 도움이 될지 모르겠지만, 전 그 애를 퀴니라고 불렀어요."

"퀴니! 왜 진작 그렇게 말하지 않았니? 지금은 히람 형제의 아내란다."

"그렇다면 결혼을 했단 말인가요?"

"물론이지. 칼렙 형제의 아들인 히람에게 시집갔지. 정말 멋진 남자란다. 경찰관이고. 둘은 협곡 건너편의 레드 크릭에 살고 있어."

갑자기 내 옛 친구의 삶이 이런 모습으로 떠올랐다. 커다란 헛간, 닭들이 어지럽게 뛰어다니는 마당, 그리고 한 남편의 여러 아내들로 이루어진 소프트볼 팀. 그런 집에서 남편의 푸른색 잠옷을 수선하는 퀴니의 모습이 상상되었다. 계단에선 여러 아이들이 쿵쾅거리며 뛰어다니는 모습도 함께.

"남편은 아내가 몇 명인가요?"라고 카렌 자매에게 물었다.

"사실은 퀴니 한 명뿐이란다. 히람 형제는 그 애를 무척 사랑해. 선지자께서 신부를 한 명 더 맞이하라는데도 자기는 다른 여자는 필요 없다면서 버틴다는구나."

카렌 자매에게 도와줘서 고맙다고 하면서 이런 말을 덧붙였다. "제게 이야기 안 해주실 줄 알았어요."

"나도 선지자를 존경하지만, 솔직히 말해서 사람들에게 말하는 것까지야 뭐 어떻니? 퀴니네에 지금 갈거니? 그럼 여기 소포가 하나 와 있다고 말해주렴."

레드 크릭으로 향한 길을 따라 차를 몰았다. 아침과 점심 사이의 시간이어서 거리는 조용했다. 여러분은 당연한 일 아니냐고 생각할 것이다. 애들은 학교에 갔고 어른들은 일하러 갔고 여자들은 집에 있거나 밖에서 일할 것이니 말이다. 하지만 꼭 이 경우만 있지는 않다. 애들은 여덟 살이 넘어야 학교에 갔다. 더 어린애들은, 다섯 살에서 일곱 살 사이의 애들 말이다, 아기를 돌보거나 집안일을 했다. 아내들 대부분은 농장이나 몇 안 되는 가게에서 일을 하고 있었다. 많은 여자들이 교회의 제봉 공장에서 일하거나 안경테를 만들었다. 어떤 여자들은 가구점에서 의자나 소파에 커버를 씌우는 일을 했다. 또 많은 여자들은 교회본부에서 비서로 일했다. 누가 무슨 일을 했는지는 잘 모르지만, 아마종말 대비 계획을 짜려면 엄청난 문서작업이 필요했으리라. 어떤 여자들은 세인트조지나 시더 시티에서 간호사나 산파로 일했는데 대게 아이를 가질 수 없는 이들이었다. 내 어머니는 협동조합에서 계산원으로부업을 하곤 했다. 어렸을 때 나는 가끔씩 어머니와 함께 일터에 가서어머니가 식료품 값을 계산할 때 옆에 앉아 있었다. 고객이라고 해봐야 이웃 근본주의 말일성도들뿐이었다. 대개 서너 명의 아내들이 어울려서 장을 보러왔다. 그들은 대여섯 개의 바구니에 시리얼과 베이컨 옆구리 살 및 프루트칵테일 등을 채웠다. 때때로 사과나 포도주스 때문에 다투는 적도 있었지만 보통 말을 한마디도 하지 않았다. 언젠가 근본주의 말일성도가 아닌 사람이 가게에 들어온 적이 있었다. 그는 청바지와 티셔츠 차림에 담배 한 값을 옷소매에 끼우고 있었다. 복도를 걸어 다니는 모양새가 마치 무얼 찾는지 자신도 모르는 사람 같았다. 한 무리의 여자들은 그와 마주치자 옆으로 비켜서며 고개를 돌렸다. 그 사람은 내 어머니가 있는 계산대 쪽에서 초코바를 샀다. 그가 우릴 쳐다보자 어머니는 나를 자기 쪽으로 끌어당겼다. "이 근처에 식당이나 카페가 있습니까?" 그 사람이 물었다. 어머니는 머리를 흔들었다. 그가 고른 초코바를 계산한 다음 거스름돈을 건넸다. 나는 그 사람이 자기 차로 돌아가는 모습을 가만히 살폈다. 주차장에서 차를 빼는 것도 지켜보았다. 그제야 어머니가 안도의 한숨을 내쉬는 모습도 지켜보았다. 십 센트짜리 동전 두 개를 받을 때 어머니의 손이 그 남자의 손에 살짝이라도 닿지 않아 아무런 죄를 짓지도 않았기 때문이었다.

그런데 남자들은 메사데일에서 무엇을 할까? 어떤 남자들은 카나브와 세인트조지의 건설공사장에서 일을 했다. 보수가 꽤 좋은 곳이었기 때문이다. 남자애들도 마을에서 꽤 많은 공사 일을 했다. 여자와 아이들을 위한 집도 지었고 갈수록 늘어나는 교회 사무실 건물도 지었다. 메사데일에 있던 마지막 해엔 나도 교회 지붕 공사를 도왔다. 반 년 가까이 지붕널에 못을 박으면서 보냈다. 이런 이야길 롤랜드에게 했더니 반응이 어땠는지 아는가? "자기야, 교회 지붕에 내려앉았다는 천사 이야기나 해줘."

하지만 교회에 있는 많은 남자들은 전혀 일을 하지 않았다. 특히 사도들, 이 충성스러운 무리들은 오직 선지자를 모시는 일만 신경 썼다. 내 아버지도 사도 직분을 맡았고 그 덕분에 원하는 수만큼 많은 여자들을 아내로 맞이했다. 아침 이맘때쯤에도 많은 남자들은 지난밤 마신 술이나 약이 깨지 않아서 잠자리에 널브러져 있었다. 내 짐작에 절반 정도의 남자들이 위스키나 각성제 메탐페타민 문제를 갖고 있었고, 아마 그중 절반은 비코딘과 옥시콘틴을 즐겼다. 중독성이 강한 이 마취성 진통제는 허리케인과 세인트조지에서 쉽게 구할 수 있었다. 선지자가 공식적으로 알콜과 마약을 금지한 일이 없다고 말해보았자 아무 의미가 없다. 내 짐작으론, 그 선지자가 마약거래를 하는 것이 분명하니 말이다.

퀴니의 집은 찾기 쉬웠다. 치장 벽토를 바른 작은 집이었다. 아마 침실 두 개에 욕실 하나가 있을 것이다. 다른 한 가지 사실은 쉽사리 알 수 있었다. 퀴니 남편의 순찰차가 집 앞에 비스듬히 주차해 있었던 것이다.

도로를 지나 마른 도랑 위쪽 길로 접어들어 협곡 속으로 차를 몰았다. 타이어가 모래에 갈리는 도랑을 거슬러 누구의 눈에도 띄지 않을 굽은 협곡 부분까지 올라가서 차를 세웠다. 협곡 벽은 긴 그림자를 드리우고 있어서 엘렉트라를 조금이나마 시원하게 해주었다. 엘렉트라에게 물을 한 그릇 끼얹고서 창문을 활짝 열었다. 엘렉트라에게 착하지 하며 다독여주었지만, 더운 바깥에 나가기 싫어선지 꼬리를 힘없이 늘어뜨렸다. 밖으로 나가자 엘렉트라는 마치 내가 자기 새끼를 잡아먹기라도 한 듯이 으르렁대며 짖기 시작했다. 협곡에 메아리가 가득 울렸다. 내가 손가락을 입에 대고 쉬이잇 하는 소리를 내자 그 소리도 울렸다. 하지만 엘렉트라는 막무가내로 짖어댔다.

"아, 왜 이러니? 다 큰 아기 같으니라고." 내가 목줄을 조이자 엘렉트라는 다시 생기가 돌더니 꼬리를 치켜세웠다.

협곡 벽은 차갑고 모래투성이인데다 그늘이 져 어둑어둑했다. 협곡 입구에 다다르니 눈부신 햇빛의 세상이 다시 나타났다. 분명 15도 정도의 온도 차가 났다. 길을 건너 퀴니 집 앞에 이르자 노크도 하기 전에 문이 열렸다.

"조던, 여기서 뭐해?"

"오랜만이야. 반가워."

"쉿, 남편이 자고 있어. 이리 와, 차고에서 이야기하자." 그녀는 엘렉트라와 나를 이끌고 어두운 거실을 지나 카펫이 깔린 통로로 내려갔다. 차고에 들어오자 그녀는 야외용 램프에 불을 켰다. 짙은 맥주색 불빛이 작업대와 총 거치대에 어른거렸다. 거치대엔 장총과 산탄총 여러 정이 걸려 있었다. "어떻게 된 거야?" 그녀가 입을 뗐다.

"내 어머니 이야기 들었지?"

"당연히 들었지."

"그래서 말인데, 몇 가지를 조사하는 중이야."

"뭘?"

"실제로 무슨 일이 있었는지를."

램프 불빛 아래서 퀴니의 얼굴은 노랗고 차가워 보였다. 별로 바뀐

게 없어서 여전히 예쁘고 눈에 어린 반항기도 예전 그대로였다. 그녀의 어머니는 내가 쫓겨나기 얼마 전에 내 아버지와 결혼했다. 아버지의 23번짼가 24번째 아내가 되었던 그 여인은, 내 생각에, 손톱을 물어뜯는 버릇에다 뻐드렁니가 나 있었다. 둘은 일부다처제 치지자 웹사이트(www.2wives.com, 여러분도 직접 확인해보길)에서 만났다. 그 여인은 열세 살 난 딸을 데리고 집에 나타났다. 내 아버지는 다른 애들과 헷갈리지 않으려고 그 여자애를 엘리자베스 2세라고 불렀다. 그 애가 집에 들어온 지 처음 몇 주 동안 얼마나 충격적인 모습이었는지 지금도 기억난다. 납빛 이마, 그리고 자기 어머니한테서 엘리자베스 2세라는 소리를 들을 때마다 비치던 반항기 어린 그 눈빛이. 그 애는 자신이 얼마나 이상한 곳에 발을 들여놓았는지 금세 알아차렸다. 내가 그 애에게 끌린 것은, 음, 굉장히 멋졌기 때문이다. 이런 표현은 물론 그 애에게 처음 써보았다. 어느 날 밤 그 애는 자기를 엘리자베스 2세라고 부르는 사람은 모두 싫다고 내게 말했다. "그런 소릴 들으면 내가 앙큼한 영국 여왕 같단 생각이 들어."라는 말도 했다. 뭐라고? 그 애는 내게 영국 왕조에 관해 간략히 설명해주었다. 처음에 난 그 말을 믿을 수가 없었다. 선지자는 테이프 강연에서 이렇게 말한 적이 있다. 영국은 지난 전쟁에서 완전 몰락을 간신히 피하긴 했지만 헛간과 오두막에서 근근이 사는 피폐한 사람들뿐이라고. "거짓말이야."라고 그 애는 말했다. 거짓말하는 쪽은 너라고 그 애를 몰아세웠지만, 얼마 후에 개와 양을 죽이길 내가 거부하면서부터는 더 이상 그러지 않았다. 이 두 가지 사건이 겹치면서 의혹의 불씨가 피어오르기 시작했다. 6주 후에 내 아버지는 손을 잡고 있는 우리를 붙잡았다. 그 후의 일은 여러분도 알고 있다.

차고에서 퀴니에게 물었다. 내가 떠난 뒤 어떤 일이 있었는지. "대단
한 사건은 아니었어. 네가 받은 처벌은 소통 종료였고 내가 받은 처벌
은 결혼이었던 것뿐이었어. 선지자가 히람을 신랑으로 택해주었지. 내
남편은 당시 스무 살이었어. 그리 많은 나이는 아니었지. 우린 바로 그
다음 날 영원한 결연을 맺었어. 그런 이야긴 수백만 번이나 들었으니
어떤 식으로 진행됐는지 너도 알거야. 하지만 어처구니없게 들리겠지
만, 우리는 사랑에 빠졌어. 남편은 좋은 사람이야. 날 사랑해. 우리가
낳은 어린 딸도 사랑하고. 조던, 얼굴 그만 찌푸려."

"뭘 찌푸린단 말이야?"

"내가 제 정신이 아니라고 생각하고 있겠지."

"아냐, 전혀. 대단해. 좋은 남편을 만난 것 같아." 물론 거짓말이었다.
농담이었나? 사랑? 이곳 메사데일에서? "좀 놀랐을 뿐이야. 일부일
처제는 이곳에선 어림도 없는 소리니까."라고 나는 말했다.

"나도 알아. 최근에 선지자는 남편에게 압박을 가하고 있어. 하지만
지금껏 우리는 잘 버텼어."

그녀의 어머니는 어떻게 지내냐고 물어보았다. 그녀는 엘렉트라를
내려다보더니 다시 고개를 들었다. 음울한 폭풍이 스치고 지나간 눈빛
이었다. "돌아가셨어."

"뭐라고? 어쩌다가?"

"몇 년 전부터 아프셨어. 신장에 병이 생겼거든."

"정말 안됐구나."

"하지만 진실은 달라. 여섯 달 전에 어머니는 모든 것에 의심을 품기
시작하셨어. 너희 아버지를 떠나고 싶어하셨어. 이곳에서 떠나길 원하

셨어. 그래서 그들이 어머닐 죽였어."

"뭐라고?"

"그들은 투석기에 소금을 넣었어. 그 때문에 어머니의 심장에 단단한 결정이 생겼어. 어머닌 치료를 받으러 병원에 갔지만 영영 먼 길을 떠나시고 말았어."

여기서 잠깐만 멈추도록 하자. 여러분이 무슨 생각을 하는지 알듯 하다. 나도 같은 생각이다. 하지만 메사데일에선 그리 특별한 일도 아니다.

"누가 그랬다고 생각하니?"

"선지자. 물론, 그 자신이 직접 한 짓이 아니라 그의 부하 두 명이 했을 거야. 이곳을 떠나려 하면 어떻게 되는지 선지자는 모두에게 보여주고 싶었겠지."

"사실이라는 근거가 있니?"

"아냐, 하지만 난 알아."

메사데일이 오랫동안 잊혀진 곳이 된 이유 중 하나는 바로 이런 이야기 때문일 것이다. 이런 이야기가 흘러나와 사람들 귀에 들어가면 모두들 "제발, 그만."이라고 외친다. 투석기 속에 소금을 넣는다? 결정이 되어 굳은 심장? 삼류 영화에나 나오는 소리다. 그렇다 보니 이런 이야기가 무시되고 나면 선지자와 그의 추종자들은 다시 살아남는다. 이곳이 변했다던 허버 변호사의 말은 완전히 헛다리짚은 셈이다.

"어쨌든," 퀴니는 말을 이었다. "그렇다면 넌 이리저리 뭔가를 캐러 다니는 거니?"

"응, 그런 셈이지."

"너희 어머니가 범인이라고 생각진 않니?"

"모르겠어."

"정말 말도 안 되는 소리야. 너희 어머니보다 신앙심이 독실한 사람은 없으니까."

"맞아. 그래서 좀 더 알아보고 싶은 거야."

"너희 아버지의 마지막 아내와 이야기해봤니? 내가 너라면 거기서부터 시작할거야."

"왜?"

"몰라, 그냥 내 느낌이야. 마지막 두 아내가 들어오면서부터 무언가 달라지기 시작했거든."

"그 둘의 이름이 뭐야?"

"잠깐만, 가장 마지막 아내는 킴벌리 자매야. 그분은 너희 아버지가 지어준 큰 통나무집 뒤에 살고 있어. 그분부터 찾아가봐."

그런데 여자아이의 우는 소리가 건너편에서 들려왔다. "안젤라야. 가봐야 해. 누구한테 들키기 전에 빨리 여기서 나가."

"퀴니, 다시 와도 되겠니?"

"그다지 좋은 생각은 아니라고 봐." 그러더니 약간 부드러워진 목소리로, "뭐, 그래, 와도 돼. 조던, 널 측은하게 여기고 싶진 않지만 네가 가버린 이후 줄곧 너를 생각하지 않은 날이 없었어. 네가 잘 지내기를 늘 기도했어."

"나도 마찬가지야. 하지만 우리 둘 다 주어진 상황에서 잘 지내고 있는 것 같네."

"맞아,"라고 말한 뒤 "이제 너도 가야 해. 몸조심해" 그녀가 단추를 누르자 차고 문이 열렸다. 눈부신 빛의 벽이 우리 앞에 서 있었다.

"아, 깜빡했어. 네게 소포가 왔다고 카렌 자매가 알려주랬어."

"아, 정말? 무슨 소포일까?"

하지만 햇빛이 눈부셔 그녀의 눈을 더 이상 바라볼 수 없었다.

그 집에서 나와 카나브로 달렸다. 사막 고원지대인 그곳은 우선 그라놀라(귀리에 건포도나 황설탕을 섞은 아침식사용 건강식품. 옮긴이), 도보여행자 및 생태관광객으로 유명하고 두 번째 특색이 바로 말일성도이다. 메사데일에서 약 60킬로미터 위쪽에 있는데, 그곳에 도착해보니 마치 19세기에서 21세기로 휙 시간여행을 하는 것 같았다. 메가 바이트라는 샌드위치 가게에 들러 여점원에게 참치 샌드위치를 주문했다. 그녀의 이름표에는 5라고 쓰여 있었다.

"정말 믿을 수가 없어." 음식을 가져다주면서 그 여직원이 말했다. "네가 누군지 알아."

"날 안다고?"

"너는 어쨌거나 내 친척이거든."

이 말을 듣고도 난 여러분이 생각하는 것만큼 놀라지는 않았다. 이 만남의 가장 주목할 점은 이 여직원이 메사데일 탈출에 성공한 예쁜 십대 소녀라는 사실이다. 예쁜 여자애들은 절대 탈출하는 법이 없었으니까.

"네가 떠난 뒤 내 어머닌 너희 아버지랑 결혼했어. 너희 아버진 네 이야길 하곤 했어. 네가 여동생을 욕보였다고 말야. 그 어린 여자애 이름이 뭐더라?"

"나는 그런 짓한 적 없어."

"물론 나도 알아. 너희 아버지가 그런 말을 했다고. 단지 우리더러 남자애들과 어울리는 것과 같은 혼날 짓을 하지 말라고 겁주는 말이었지. 그건 그렇고 내 이름은 파이브(five. 5)야."

"파이브?"

"흠, 원래는 사라 파이브(Sarah 5)인데, 사라는 제껴버렸어."

"알았어. 그리고 혹시나 해서 하는 말인데 난 퀴니의 손만 잡고 있었어. 그게 다야."

"아, 그랬니? 늘 궁금했었는데." 그녀는 어깨를 으쓱했다. "아무튼 난 네 사진을 봤기 때문에 방금 전 알아본 거야."

"무슨 사진?"

"네 어머니 방의 침대 곁에 놓인 사진. 아마 네가 열한 살이나 열두 살 때쯤 찍은 사진이야. 생일 파티에서 종이판을 들고서 케이크를 받으러 기다리는 모습이더라. 너희 어머니가 나한테 한 번 보여줬어."

"그런 사진이 찍혔다는 것도 몰랐어."

"내게 그 사진을 보여주면서 너희 어머니께서 뭐라고 하셨는지 아니? 천국에 가면 널 볼 수 있을 거라고 하셨어. 너희 어머니를 탓할 마음은 없어. 너희 어머니 애긴 그만할게."

"그런데 네 어머닌 누구니?"

"킴벌리 자매가 내 엄마야."

"내 아버지의 마지막 아내?"

"응. 어머닌 아버지께 무슨 수를 쓴 것 같아. 너희 아버진 내 어머니께 뭐든 다 들어주셨으니까. 어머닌 다른 아내들과 함께 한집에서 살고 싫지 않다고 말했어. 그러자 바로 그 다음 날 너희 아버진 통나무집을 짓기 시작했다니까. 애들을 몽땅 끌어모아서 일을 시켰지. 애들은 자기들 어머니가 안 좋게 여길까봐 전전긍긍했지. 어쨌든 그 집에서 나랑 어머니랑 둘이 살았어. 하지만 집은 지뢰밭이나 다름없었다니까. 늘 지붕에서 뭔가가 떨어져 내리질 않나 바닥 마루가 내려앉지 않나. 언젠가는 창문이 떨어져 어머닐 덮쳤어. 하마터면 돌아가실 뻔했다니까."

"그런데, 넌 언제 그곳을 떠난 거야?"

"약 8개월 전이야. 어머닌 내가 이렇게나 가까운 데 있는 줄은 꿈에도 모르실 거야. 유타를 떠나 다시는 돌아오지 않겠다고 어머니께 말했었지. 그런데 아직 완전히 떠나질 못했어. 그런데 너희 어머니는 앞으로 어떻게 되는 거니?"

"나도 몰라. 그래서 여기 온 거야."

"지금 감옥에 있지. 그래? 신문에 다 나왔어. 세상에, 너희 어머니가 아버지를 쐈다는 소식을 들었을 땐, '아줌마, 내가 한 발 늦었는데요.'라는 말이 나올 뻔했어."

"나도 여기 오기 전까진 그렇게 생각했어."

"너희 어머니는 몇 번이었지? 15번째 정도?"

"19번째."

"도대체 번호가 다 뭐야? 너희 아버진 아내가 모두 몇인지도 모를 걸. 정말 엿 같은 거라고. 너희 아버진 그냥 구멍 숫자만 세고 있었겠지."

"그런데 너 여기 와 있으면 위험하지 않아?"

"위험하지. 라스베이거스나 피닉스나 그런 곳으로 갔어야 했는데."

"메사데일 사람들이 이쪽으로 자주 오잖아, 그렇지?"

"응, 오는 사람들도 있어. 하지만 나이 든 사람들은 내가 누군지 전혀 몰라. 어머니 말곤 아무도 날 기억하지 못해. 그래서 말인데, 어머닐 여기로 데려오고 싶어."

"뭐 좋은 방법이라도 있니?"

"내가 탈출한 것과 똑같은 방법. 솔트 레이크에 우리 어머니 같은 여자를 돕는 곳이 있어."

"정말?"

"그래서 나도 탈출한 거야. 아무도 모르는 곳이지만, 탈출 정보를 건네는 방법이 있어. 그곳을 떠나고 싶은 사람들에게 말이야. 한때는 낙농제품을 운반하는 냉장차를 이용해 협동조합에서 노트를 건넸어. 너는 감쪽같이 몰랐을 거야. 어쨌든 난 그런 이야길 듣고서 그들과 접촉하기 시작했어. 그러자 국도 위에서 만나자는 소식을 내게 전해주었어. 그래서 어느 날 밤 새벽 세 시쯤에 몰래 집을 빠져나와서 미친 듯이 국도로 달렸어. 실제로 그들이 와 있는지도 몰랐고 누군지도 몰랐어. 함정을 파놓은 것일 수도 있는데 말이야. 나를 엿 먹이려고 선지자가 꾸민 일일 수도 있었거든. 정말이야. 하지만 그곳에 도착해보니 차가 한 대 서더라고. 남자 한 명과 여자 한 명이 타고 있었어. 차에 타서는 그들이 내 편이길 기도했어. 믿을 수 있니, 내가 기도를 다 했다는 게?"

어쨌든 그들을 따라 그날 밤 이곳 카나브로 왔어. 다음 날 아침 날 솔트 레이크로 데려다 줄 예정이었어. 나 같은 애들을 받아주는 시설이 있는 곳에. 하지만 나는 '고마워요, 전 그냥 여기 있을게요.' 그렇게 된 거지. 그들은 나를 그곳으로 데려다 주겠다고 설득했지만 내가 결심을 굳히자 단념했지 뭐. 난 이곳에 머물면서 어머니를 빼내올 방법을 궁리

중이었어. 너희 아버지가 죽었다는 소식을 듣고서 내 어머니를 만나러
갔어. 어머니, 이 추잡한 곳에서 나가자고 했더니, 어머니가 뭐라셨는
줄 아니? 글쎄 나가기 싫다는 거야. 그곳에 죽치고 앉아서 과부 노릇을
하겠다고 하시더라. 그 늙어빠진 양반을 사랑했다나 어쨌다나. 정말 역
겨워 죽는 줄 알았어."

"정말 미치도록 역겹지."

엘렉트라는 햇볕을 오래 쬐자 안절부절 못하고 있었다. 파이브가 손
바닥에 물을 조금 부어 내밀자 엘렉트라가 핥아먹었다. "그 다음에 어
떻게 됐는지 아니? 선지자가 나서서 모든 과부들을 몽땅 한 남자에게
시집보낼 계획이라고 하더라고. 온 식구를 통째로. 모두 다른 남자한테
시집가길 바라고 있다나. 아마 앞으로 60년이나 살 날이 남은 젊은 개
자식이었을 거야. 요즘에도 이런 일이 벌어진다고는 아무도 믿지 않을
거야. 당국에선 지금도 테러분자 찾느라고 난리야, 그렇지? '여보세요,
여기예요. 여기 그놈들이 있어요.'라고 신고하고 싶은 심정이야."

"놀라운 이야기 하나 해줄까?"라고 나도 끼어들었다. "내 어머닌 남
편을 죽이지 않았다고 말해."

"말도 안 돼."

"그래서 내가 이 근처를 돌아다니는 거야."

"뭘 어쩌려고?"

"그게 문제야. 나도 잘 모르겠어."

"암튼, 뭘 찾으면 내게도 알려줘."

손님이 들어와서 야채 샌드위치를 시켰다. 파이브는 카운터 뒤의 자
기 자리로 돌아갔다. 비닐 장갑을 끼더니 토르티야(멕시코 지방의 둥글고

얇게 구운 옥수수 빵. 옮긴이)를 쭉 펼쳐놓았다. 이 일을 마치자 계속해서 주문이 밀려왔다. 그런데도 계속 내게서 눈을 떼지 않았다. 내가 나가려고 일어서자 그 애가 카운터 뒤에서 손을 흔들었다. 샌드위치가 든 종이가방을 든 채로.

나는 롤랜드에게 전화를 걸었다. "카나브? 어째 카나스티(Kanasty. 지명 Kanab에 '고약한'이란 뜻의 영어 nasty를 붙여 만든 일종의 언어유희. 조던이 카나브에 머물면서 자기에게 돌아오지 않자 롤랜드가 비꼬면서 하는 말임. 옮긴이)처럼 들리네. 자기야, 도대체 왜 거기 있는 거야?" 전화를 끊고 난 후, 내게 대부분의 일감을 주는 업자에게 전화를 걸었다. 화장실 배관 일을 내팽개쳤는데도 그는 뭐라 하지 않았다. 하지만 다음 주 월요일에 샌 마리노에 탁아소 수리 일이 있다고 알려주었다. "세쌍둥이가 새로 들어오나 봅니다."라고 그는 말했다. "될 대로 되라죠 뭐." 이렇게 내뱉은 다음 어머니에게 전화를 걸었다. 허버 변호사의 전화 이외엔 어머니에겐 일주일에 두 통의 전화만 허용되었다. 한참 지나서 어머니가 받았다. 어머니의 목소리를 듣자마자 킴벌리 자매를 만날 거라고 말했다.

"제게 미리 알려주실 내용이 없나요?" 전화선이 마치 지직대는 옛날 영화처럼 잡음이 끼었다.

"그 여잔 이런 사건이 생기기 전에는 내가 누군지도 몰랐을 거란다. 새로 들어온 여자들은 늙은 여자들을 꽤나 무시했거든."

"어머니 방에 다시 가서 살펴보고 싶어요. 그곳에 뭐 찾을 만한 것이 있을까요?"

"글쎄다. 그곳 여편네들이 벌써 내 물건들을 내다버리고 방을 차지하지나 않았는지 모르겠구나."

전화를 끊은 다음 주차장에 차를 대고는 밴 뒷자리에서 이불을 덮고 누웠다. 엘렉트라가 내 곁으로 파고들었다. 나는 하나님에 관한 예의 그 책을 다시 읽기 시작했다. 종교와 전쟁에 관한 부분을 펼쳐들었다. 그 부분은 다 읽을 생각이었지만 늘 그렇듯 몇 페이지도 못 넘기고 잠 속으로 빠져들었다.

잠에서 깼을 때는 둥근 해가 막 지려는 참이었다. 메사데일로 돌아가야 할 시간이었다. 그곳에 가까워질수록 사막은 더 붉게 타올랐다. 붉으면서도 주황, 분홍 및 노란색이 섞여 있는 게 아니었다. 온통 붉은색뿐이었다. 붉고 붉고 또 붉었다. 마을 진입로에 다다랐을 때 세상은 어둠에 잠겨 있었다. 전조등을 끈 채 진입로로 접어들었다.

킴벌리 자매의 오두막은 마치 조립식 장난감처럼 보였다. 창문은 부드러운 분홍빛 일색이었다. 싱크대에 물 내려가는 소리가 들렸다. 현관문은 열려 있었기에 망사 문을 통해 거실 안쪽이 그대로 눈에 들어왔다. 벽난로 선반 위에는 산탄총이 놓여 있었다. 빅 보이 44 매그넘이었다. 이곳에선 흔하게 볼 수 있는 총이었다.

"안녕하세요?" 집안을 향해 인사를 했다.

물소리가 멈췄다. "누구시죠?"

"킴벌리 자매 맞나요?"

젊은 여자가 망사 문 반대편에서 모습을 드러냈다. 머리카락이 돌돌 말려 있었다. 이 말이 적합한 표현이라면, 그녀는 국경 마을의 테마파크에서 일하는 여배우 같았다. "들어가도 될까요?"

그녀는 내가 누군지 알아차렸다. "좀 곤란한데요."

"오래 걸리진 않을 거예요." 나는 문에 손을 댔다.

"제발 들어오지 마세요." 그녀는 안에서 문을 걸어 잠갔다. 한 번 세게 밀기만 해도 열릴 문 같았지만, 그건 너무 심한 짓인 것 같았다. (망사) 문을 부술 것까지야.

"무슨 일이 있었는지 말해주실 수 있나요?"

"나도 별반 아는 게 없어요. 게다가 난 말을 해선 안 돼요. 아시겠죠."

"하고 싶은 말은 하시면 됩니다."

"조던, 제발."

"5분만 시간을 내주세요. 딱 5분만요."

내 아버지가 살해되었을 때 어디에 있었는지를 물었다. "물론, 바로 이 집에 있었죠."

무슨 소릴 들은 게 없냐고 또 물었다. "아무 소리도 못 들었어요. 모든 여자들이 비명을 지르기 전까지는 말이에요."

"그날 밤 누가 있었나요?"

"잘 몰라요, 아마 전부 다 있었을 거예요. 하지만 전 큰집에는 들를 일이 없어요."

"아버지가 살해되기 직전에 이곳을 빠져나간 사람이 없나요? 뭐라도 의심스러운 게 없었나요?"

망사 문 건너편, 등 뒤에 분홍색 불빛을 받은 그녀는 오래된 명화 속의 성인처럼 보였다. 아름다운 계란형 얼굴 주위로 모든 것이 눈부시게 빛나고 있었다. "전혀 그런 일은 없었어요. 조던, 도대체 어떻게 된 거죠? 여기 오면 안 되잖아요."

"아직도 혼자 사세요?"

"물론이에요."

"딸이 한 명 있으시죠?"

"있었죠."

"있었다고요?"

"그 사람들이 데려갔어요."

"누가 데려갔는데요?"

그녀의 눈이 동그래졌다. "나한테 왜 그런 걸 묻나요?"

"제 아버지가 아주머니의 남편이었기 때문입니다. 딸이 어디 있을 거라고 생각하시죠?"

"얼마 전에 그들이 어린 여자애들을 찾아왔어요. 온갖 거짓말을 늘어놓았죠."

"누가요?"

"카지노 사람들요."

"카지노?" 안타까운 이야기만 아니었으면 웃음을 터뜨릴 뻔했다.

"메스킷(Mesquite. 텍사스 주의 한 도시. 옮긴이)에서 온 사람들도 있고 라스베이거스에서 온 사람들도 있었어요. 그 사람들이 와서 여자애들을 데려갔어요."

"카지노 직원이 딸을 납치했다는 말씀인가요?"

"네. 그랬다니까요. 남편이 살해된 직후였죠. 그 사람들이 한 짓도 알고 있어요. 그 예쁜 애들을 세뇌시켰어요. 선지자는 여자애들을 돕겠다고 하는 사람들을 조심하라고 했어요. 바로 카지노 사람들요." 예쁜 눈에서 눈물이 흘러내렸다.

"여기, 이거 받으세요."

그녀는 잠시 머뭇거리다가 망사 문을 살짝 열었다. 내 손수건을 받을 수 있을 정도로만. 이내 손수건을 눈에 가져가더니 눈을 톡톡 두드렸다. "선지자는 내 딸을 영원히 잊으라고 말해요. 죄악의 세상으로 갔으니 더 이상 딸을 사랑할 수 없다고 했어요. 그런 말만 했어요." 그녀는 소리 죽여 울음을 터뜨렸다. "하지만, 그러기가 너무 힘들어요."

진심으로 흘리는 눈물임을 알 수 있었다. 우리는 망사 문을 사이에 두고 가까이 서 있었다. 그녀는 다시 한 번 내게 떠나라고 말했다.

"다음에 또 들러도 될까요?"

"왜요?"

"이야기를 나누고 싶어서요. 내가 알아낸 걸 알려드리게요."

"전 몰라요." 그녀는 몸을 떨었다. 나는 그 집을 나왔다. 망사 문 뒤에 그녀의 모습이 어른거렸다.

나는 곧장 큰집의 측면으로 걸어갔다. 잠 잘 준비를 하고 있는 여자애들의 재잘대는 소리가 들렸다. 안에는 몇 명이나 있었을까? 하지만 그건 아무도 모른다. 그런 곳이다. 내 아버지의 집에 있는 모든 이들에게 미안한 마음이 들었다. 그중 한 명이 내 어머니에게 올가미를 씌웠는지 모르는데도.

미시시피 강가의 한 선지자 ——————

조셉 스미스와의 대담
〈뉴욕 헤럴드〉 특별기고
1843년 7월 28일

일리노이 주, 나우부. 미시시피 강가에 위치한 이 말발굽처럼 휘어진 아름다운 도시에서 어제 〈헤럴드〉의 하워드 그린리(H. G.) 기자가 말일 성도의 선지자인 조셉 스미스(J.S.) 주니어를 면담했다. 우리의 통신원은 레드 브릭 스토어 건물 2층의 사무실에서 스미스를 만났다. 그는 자신의 종교적·정치적 자문 위원회인 12사도단과 함께 정기적으로 회합을 갖는 나무 탁자에 앉아 있었다. 면담에서 스미스는 유례없이 공공연히 자신들의 말대로 하면, 이방 언론을 향해 그들의 입장을 털어놓았다.

스미스는 나이가 서른아홉이며 키는 장신에다 몸매는 유연하면서도 힘이 넘치며 매사에 생기가 가득하다. 미시시피 전역에 그는 푸른빛이 감도는 보석 같은 눈매를 가진 사람으로 유명하다. 테너 가수와 같은 목소리는 멀리 있는 사람들의 귀에도 생생하게 전달된다. 1830년에 자신의 교회를 세운 이래로, 이 버몬트 농부의 아들은 추종자들을 이끌고 숱한 역경을 헤치고 마음껏 신앙생활을 할 수 있는 새로운 보금자리를 찾아다녔다. 오하이오 주의 커틀랜드에서 미주리 주의 극서부 지역을 떠돌다 마침내 나우부에 정착했다. 오랜 세월 동안 스미스는 협잡꾼, 표절자 및 사기꾼 등으로 비난받았다. 그는 몸에 타르를 칠하고 깃털을 붙이게 하는 모욕적인 형벌도 받았고 반역죄로 체포되기도 했다. 또한 주 경계선을 넘어 도망을 다녔으며 미주리 주의 감방에 투옥되어 있다가 사형 언도까지 받았다. 그는 하운스 밀의 대학살에서처럼 자신의 가장 충실한 추종자들이 도륙당하는 모습을 목격하기도 했다. 하지만 고난의 역경이 몰아닥칠 때마다 독실한 신도들의 눈에 그의 위치는 더욱 높아져만 갔다. 모르몬신도들, 자기들을 부를 때 쓰는 말로, 말일성도들은 요즘 시대에는 너무나 생소할 만큼 열렬히 그를 존경한다. 인구 12,000명의 이 부산한 도시의 거의 모든 주민들이 스미스에게 표하는 존경심은 다른 곳의 사람들이 하나님의 아들인 예수 그리스도에게 표하는 존경심과 다를 바 없다.

스미스의 조언자이자 친구인 브리검 영(B.Y.)도 면담에 함께 참석했다. 목수이자 유리창 설치 기술자인 그는 조용하고 사려 깊은 사람이다. 무던해 보이면서도 민첩하고 번득이는 눈빛의 소유자다. 독자들도 알게 되겠지만, 침묵에 감싸인 거인 같은 이 사람의 발언은 단 한 차례뿐이었다.

H.G. 당신이 기독교인인지 말해줄 수 있습니까?

J. S. 네. 우리는 진심으로 주님이신 예수 그리스도를 믿습니다. 주님은 우리의 구원자이십니다. 우리는 주님에게 기도합니다. 주님께서 우리를 대신해 고통을 받으신 것도 압니다. 그는 우리의 모든 신앙의 중심입니다.

H.G. 그렇다면 당신은 누굽니까?

J.S. 저는 조셉 스미스 주니어로서, 조셉 스미스 시니어와 루시 맥 스미스 사이에서 태어난 아들입니다. 또한 엠마 헤일 스미스의 남편이기도 합니다.

H.G. 신학적으로 말해서, 당신은 이 종교 안에서 어떤 사람입니까?

J.S. 저는 선지자입니다. 주님께서 나를 통해서 세상 사람들에게 많은 진리를 계시하셨습니다.

H.G. 무슨 진리입니까?

J.S. 주님께선 복음을 회복하셨습니다.

H.G. 모르몬경 말입니까?

J.S. 네 맞습니다.

H.G. 많은 사람들은 그 책이 성경을 조잡하게 베낀 것이라고 말합니다.

J.S. 기자님은 직접 읽어보셨습니까?

H.G. 솔직히 털어놓자면, 몇 번 읽으려고 시도는 했지만 무슨 말인지 이해할 수가 없었습니다.

J.S. 끝까지 읽지를 않으셨군요. 그렇습니까?

H.G. 네, 그렇습니다.

J.S. 여느 사람들과 마찬가지군요. 그렇다면 끝까지 읽기 전에는 그 책의 내용을 부정하지 말아달라고 부탁드려도 되겠습니까?

H.G. 맞는 말입니다. 지금은 선지자와 계시의 시대가 아니라고 말하는 사람들에게는 뭐라고 하십니까? 신비스런 사건들은 고대에나 어울릴 법하다고 말하는 사람들 말입니다.

J. S. 세상을 둘러보라고 말합니다. 주님께서 지금 더 이상 사람들과 대화하지 않는 이유가 뭘까요? 우리는 지금 그 어느 때보다도 주님의 말씀을 간절히 원하지 않습니까? 왜 주님께선 오로지 그 옛날에만 사람들과 대화를 나누었을까요?

H. G. 숲속에서 천사가 나왔다는 이야기며, 언덕에 묻혀 있던 황금판 그리고 당신 신앙의 원천이 된 여러 신비스런 사건들은 어떤 사람들에게는 믿기 어려운, 어쩌면 믿기 불가능한 일입니다.

J. S. 무덤에서 그리스도가 부활한 이야기는 믿을 수 있는 사람들이 어떻게 황금판에 관한 사실은 믿을 수 없는지 이해할 수가 없군요.

H. G. 아주 그럴듯한 말씀입니다. 당신은 나우부의 정치지도자이기도 합니다. 종교와 정치가 통합되어 있는 것입니까?

J. S. 그렇습니다.

H. G. 아직 우리는 전통적으로 그 둘을 분리합니다. 그리스도께서도 카이사르에게서 온 것은 영적인 것과 일체 관련시키지 말라고 직접 당부하셨습니다. 그렇다면 왜 미국인들이 당신의 주장을 받아들여야 하는지요?

J. S. 나우부 사람들이 받아들일 수 있는 일이면 모든 미국인들이 마찬가지로 받아들여야 합니다. 해가 될 것이라도 있으면 알려주십시오.

H. G. 노예제에 대해서는 어떤 입장입니까?

J. S. 노예제로 인해 노예주가 오히려 더 도덕적으로 타락한다고 믿습

니다.

H.G. '더 데니츠'라는 조직이 있습니다. 파괴의 천사들이란 별칭으로도 불리는 과격 무장조직으로서, 바로 당신이 지휘하고 있습니다. 로마의 근위병 부대와 비슷한 성격입니다. 미국인들에게 이 조직이 어떤 조직인지, 하는 일이 무엇인지 말해주실 수 있습니까?

J.S. 아주 충격적인 말씀이라 어리둥절합니다. 그런 조직은 들어본 적도 없고 저는 결코 사적인 무장조직을 거느리지 않습니다. 그런 소문이 어디서 흘러나왔는지 알려주시기 바랍니다.

H.G. 당신의 적들이 설명하기로는, 더 데니츠란 조직은 일종의 비밀경찰로서 당신을 비난하는 사람들을 제거하는 곳이라고 합니다.

J.S. 출처를 알려주셔서 고맙습니다. 내 적들은 능히 그런 말을 하고도 남을 겁니다.

H.G. 당신의 적들뿐 아니라 보통 사람들도 그렇게 여깁니다.

J.S. 그런 보통 사람들이 누군지 알려주시기 바랍니다. 그런 희귀한 분들을 직접 만나보고 싶습니다.

H.G. 그런 조직이 존재한다는 사실을 부인하는 겁니까?

J.S. 이런 질문을 드리고 싶군요. 거의 5년 전에 하운스 밀에서 여러 말일성도들이 정부의 묵인하에 학살당했습니다. 정부 민병대는 열 살배기 소년의 머리통을 날려버리기까지 했습니다. 우리의 대응은 어땠습니까? 격분? 파괴? 복수? 아닙니다. 우리는 슬픔과 자비로 그 사건을 대했습니다. 그리스도께서 우리에게 가르치신

대로 말입니다. 제가 그런 비밀 무장세력을 갖고 있었다면, 왜 어린 소년이 죽었는데도 복수의 총을 뽑으라고 그들을 불러내지 않았겠습니까?

〔바로 이때 촌시 웹이란 사람이 끼어들어 면담이 중단되었다. 그는 나우부의 뛰어난 짐수레 제작자였다. 스미스는 십 분 정도 그와 함께 어떤 일에 대해 이야기를 나누었다. 그가 돌아가자 스미스는 죄송하다면서 면담이 왜 중단되었는지 설명했다.〕

J. S. 촌시 형제는 이곳에서 만난 좋은 친구인데, 어디선가 말일성도 행렬이 도착했다는 소식을 전해주었습니다. 마인 주의 해변가 사람들로서 여러 대의 마차를 타고 왔다고 합니다.

H.G. 새로 온 개종자들인가요?

J. S. 네, 그리고 새로 온 친구들이기도 합니다.

H.G. 당신의 교회는 매우 급격히 팽창하고 있군요.

J. S. 그것이 사실이라면, 모두 하나님의 권능과 진리의 말씀 덕분입니다.

H.G. 하지만 다른 이유도 있지 않습니까? 당신 교회는 지난 40년 동안 일부다처제를 신봉한다는 소문에 휩싸여 있었습니다. 이번 한 번만이라도, 그것이 사실인지 말해주실 수 있습니까?

J. S. 사실이 아닙니다.

H.G. 예외는 없습니까?

J. S. 예외가 있다면 그건 우리의 적들이 사람들의 마음에 거짓으로 심

어놓은 것입니다. 그렇다고 해서 헛소문이 진실이 될 수는 없습니다.

H.G. 이런 소문이 꼬리를 무는 이유는 뭐라고 생각합니까?

J.S. 우리는 자유로운 신앙생활을 추구합니다. 인류의 역사를 통틀어 종교의 자유를 찾는 사람들은 박해와 비난을 받았습니다. 쥐 죽은 듯 조용히 살지 않으면 말살당하기도 했습니다. 우리도 로마 제국 시대의 초기 기독교도들과 다르지 않습니다. 다행히도 우리나라는 종교적인 관용의 바탕 위에 세워졌습니다. 마땅히 그래야지요.

H.G. 당신 아내가 적어도 스무 명은 된다고 들었습니다.

J.S. 기자님, 제 집이 바로 저 길 위에 있습니다. 가서 마음껏 살펴보시기 바랍니다. 지금 당장 갑시다! 스무 명의 아내를 찾으면 제게도 알려주시면 고맙겠습니다.

H.G. 선생님, 일반 대중들에게 확실하게 말해주실 수 있습니까? 말일성도는 일부다처제를 신봉한 적도 없고, 현재 그런 습관을 실천하지도 않으며 또한 앞으로도 그러지 않을 것이라고 말입니다.

J.S. 그것에 대해서는 제가 확실히 보증합니다.

B.Y. 저도 잠시 끼어도 되겠습니까?

J.S. 그럼요.

B.Y. 기자님, 저희 아내들에게 직접 물어보시면 어떻겠습니까? 제 아내와 스미스 씨의 아내가 집안일에 대해서라면 기꺼이 답변해드릴 겁니다.

H.G. 고맙습니다만, 그분들을 방해하고 싶진 않습니다.

J. S. 제가 만약 스무 명의 여자를 데리고 집에 들어오면 제 아내 엠마
는 결코 가만있지만은 않을 것 같습니다.

H.G. 네, 알겠습니다. 그 문제는 이제 그만합시다. 네? 끝으로, 앞으로
의 계획에 대해서 한 말씀만 부탁드립니다.

J. S. 제 꿈은 평화로운 신앙생활입니다. 이곳 시골사람들은 모두 이 꿈
을 소중히 간직하고 있습니다. 왜냐하면 모든 미국인은 자유를 누
려야 한다고 여기기 때문입니다.

어둠 속의
눈동자

세인트조지로 돌아가 복합상영 영화관의 8번 극장에서 상영되고 있는 아무 영화표나 샀다. 극장 앞의 복도를 내려가면서 종이 한 장을 쐐기 모양으로 접었다. 비상구의 방화문을 연 후 문틈에 종이로 만든 쐐기를 받쳐놓았다. 차에서 엘렉트라를 안고 와서 그 문을 통해 극장 안으로 미끄러져 들어갔다. 엘렉트라도 어떤 상황인지 눈치를 챈 듯했다. 오는 내내 조용히 내 곁에만 바싹 붙어 있었으니 말이다. 벽을 등지고 있는 끝에서 두 번째 줄에 앉았다. 엘렉트라는 내 발 아래 몸을 웅크리고 있었다. 영화는 흑인과 백인으로 구성된 두 형사의 이야기였다. 둘은 서로 잘 통할 것 같지 않아 보였지만 실제로는 친밀한 사이였고, 마침내 국제 테러 조직과 관련된 보석 강도 한 명을 붙잡았다. 그 후에 흑인 형사는 무슬림이고 백인은 유대인이라는 사실이 밝혀진다. 그렇다면 이야기는 뻔하다. 곧 난 잠이 들었다.

잠에서 깨고 보니 내가 왜 영화관에 있는지 언뜻 기억이 나지 않았다. 엘렉트라는 내 발 위에서 자고 있었다. 영화는 엔딩 크레디트가 한

참 올라가는 중이었다. 극장 안은 영화 시작 전보다 더 한산했다.

"와, 정말 엄청나게 피곤했나보군." 뒤에서 이런 목소리가 들렸다.

뒤를 돌아봤지만 어둠 속에 빛나는 어떤 눈동자밖에 보이지 않았다.

"영화가 두 번 상영되는 동안 계속 잤다니까."

"지금 몇 시인가요?"라고 물은 뒤, "그런데 누구시죠?"

"조니 드러리."

그는 마치 우리가 아는 사이라도 되는 듯이 짧게 답했다.

"여기 얼마나 오래 있었니?"

"형보단 훨씬 오래 있었지." 극장에 다시 불이 켜졌다. 그 녀석의 얼굴이 눈에 들어왔다. 유타 주에 사는 여느 꼬마 애들과 다름없이 생겼다. 금발에 푸른 눈동자, 그리고 얼룩덜룩한 주근깨까지. "극장은 이제 문을 닫을 거야." 꼬마가 말했다.

"닫는다고?"

"형, 벌써 새벽 한 시야."

휴대전화를 켰다. 그 애 말이 맞았다.

"형 옆에 개 있어?"

"꼬마야, 난 지금 나가야 해."

"나도 갈 거야!"

복도로 나가자 꼬마도 따라왔다. 밖에서 보니 그 애는 정말로 열두어 살쯤 되는 꼬마였다. 사춘기에는 이르지 않았는지 아직 앳돼 보였다. 몸에 꼭 끼는 청록색 티셔츠에는 억세면서 튼튼한 소년의 팔뚝이 드러나 있었다. 로비에는 알록달록한 극장 유니폼을 입은 뚱뚱한 여자가 카펫에 떨어진 팝콘을 진공청소기로 빨아들이는 모습 외엔 텅 비어 있었다. "여기 개를 데리고 오면 안 됩니다." 말은 그렇게 하면서도 그 여직원은 신경 쓰지 않는 눈치였다.

주차장에 나가니 여전히 푹푹 찌는 날씨였다. 아스팔트가 열기를 토해내고 있었다. "꼬마야, 난 간다."라고 나는 말했다.

"응, 나도 갈 거야." 그는 이 짧은 말을 하면서도 높았다가 낮았다가 다시 높아지는 목소리를 지녔다. "나도 태워주면 안 돼?"

"사는 데가 어딘데?"

"음, 뭐, 지금은 여기저기 어정쩡한 곳에 있다고나 할까?" 아주 느긋하게 말하는 모양새로 봐서 누군가에게서 들은 말이었다. 그 애는 내 차로 따라오더니 차에 바싹 붙어 섰다. 그애 키가 내 가슴 정도이니 몸무게는 분명 45킬로그램 미만일 것이다. "차 좋은데."라고 말하며 차 옆에 붙어 있는 장식물을 만지작거렸다. 사실 내 차는 고물이어서 다들 '진짜로 가긴 가냐'는 말 외에는 아무것도 묻지 않는다.

"세인트조지 애비뉴까지는 데려다 줄 수 있다. 알았니?"

"만세!" 내 대답을 듣기도 전에 꼬마는 운전석을 지나 조수석으로 기어가 앉더니 자리에서 엉덩방아를 찧고 있었다. "이제껏 본 차 중에서 제일 끝내주는데."

"안전벨트를 매거라."

"형, 우리가 어디로 간다고 했지?"

"세인트조지 어디쯤에서 내리고 싶은지만 말하렴."

"사실은." 그 애는 목소리를 한 옥타브 끌어내렸다. "밤새 형이랑 같이 있어도 상관없어. 오늘 하룻밤만. 그게 다야." 그 애는 방금 전 영화에서 들었던 목소리를 흉내내고 있었다. "그리 즐거운 일은 없겠지만.

무슨 말인지 알겠지?" 자신의 목소리가 매우 재미있다는 듯이 허벅지를 내려치고 머리를 뒤로 제치면서 마치 만화를 보는 어린애처럼 웃음을 터뜨렸다.

하지만 내 차 안에서 어린 꼬마의 수작에 놀아나고 싶지는 않았다. "아니, 뭔 말인지 모르겠는데."

"걱정 말라고. 난 동성애자는 아니걸랑." 웃음소리가 더 자지러졌다.

"난 그런데."

꼬마의 웃음소리가 뚝 끊어졌다. 눈을 뚱그랗게 뜨더니 날 쳐다보았다. 그러고는 피식 웃으며 말했다. "알았어. 형, 아주 재밌네. 잠시 내가 어리둥절했네. 하하." 다시 말을 멈추더니, "잠깐만, 지금 호모라고 한 건가?"

"그냥 네가 말을 꺼내기에."

그 애는 바지 주머니에서 짧은 부엌칼을 휙 꺼내더니 내 가슴에 겨누었다. "날 만지면 죽여버릴 거야."

그리 진지해 보이는 표정이 아니었다. 슬쩍 손을 뻗어 칼을 가로챘다. "그런 건 왜 들고 다니는 거지?"

"너 같은 변태에게서 내 몸을 지키려고."

"내 차에서 내려."

"빌어먹을 호모 같으니라고." 그 애는 안전벨트를 풀더니 문을 열고는 다리를 한쪽만 밖으로 내밀었다. 너무 작은 애라서 발이 아스팔트 위에 수십 센티미터나 떠 있었다. 하지만 그 애는 뛰어내리진 않았다.

"내려."

"더러운 자식." 사실, 그 애는 이 말을 아주 부드러운 말투로 내뱉었다. 아직도 차 안에 타고 있었고 얼굴은 뿌루퉁했다. "멋진 사람인 줄 알았어."

"멋지지 않은 사람은 너 같은 녀석이야."

좌석 가장자리로 더 가까이 다가갔지만 끝내 뛰어내리진 않았다. "형, 나랑 오늘 밤 함께 있자. 대신 내 몸에 손대지 않겠다고 약속해줘."

"꼬마야, 내 차에서 내리라고."

"근데 왜 내려야 되는데?"

"넌 차를 태워달라고 해놓고선 내게 온갖 쌍소릴 해대고 있잖아. 난 그런 소린 더 이상 못 참아. 그래서 이런 더러운 곳은 옛날에 진작 떠난 거라고."

꼬마는 슬쩍 한쪽 다리를 차 안으로 집어넣었다. "그렇다면, 이 근처 에 사는 게 아니란 말이야?"

"그래."

"그럼 여기서 뭘 하고 있는데?"

"이야기하자면 길단다."

"도망 다니거나 그 비슷한 거야?" 그러면서 꼬마가 슬쩍 차문을 닫자 머리 위의 등이 꺼졌다.

바로 그 순간 나는 알아차렸다. "너 그곳에서 도망쳐 나온 거니?"라 고 물었다.

"응." 그 애는 양 무릎을 끌어당겨 가슴에 모았다. "혼자 사는 거 안 힘들어? 형을 보니까 휴대전화랑 차도 있고 부자네."

"난 부자가 아냐."

"내가 보기엔 부잔데 뭘."

"네 이름이 조니라고 했지?"

그 애는 고개를 열심히 끄덕였다.

"뭐 먹고 싶니?"

"우아, 그렇고말고. 근데 먼저 내 칼 돌려줘."

20분 후에 우리는 세브론 사(미국의 거대 에너지 회사 중 하나. 옮긴이) 건물 밖에서 전자레인지에 데운 부리토(멕시코 음식의 하나. 옮긴이)를 먹고 있었다. "이제 형이 누군지 알겠어." 조니가 말했다. "하지만 먼저 왜 쫓겨났는지 말해줘."

"내 의붓동생과 같이 있다가 잡혔지. 그런데 넌 어떻게 된 거니?"

"더킬러스(The Killers. 2002년에 결성된 미국의 한 밴드. 옮긴이)의 음악을 듣고 있다가. 내 CD도 아니고 형들 거였지. 그러다가 붙잡혔던 거야. 사실 내가 별로 좋아하는 곡도 아니었는데."

진짜 이유는 다른 데 있었다. 남자애들이 많으면 수컷끼리의 경쟁이 심해지니까, 애들을 내다버릴 핑계를 찾았을 뿐이다. 어린애들이 없으니 나이든 남자들이 여자애들을 독차지했다. 조니에게 마지막 부리토 한 조각을 건넸다. "어떻게 여기까지 오게 된 거야?"

"사도들 둘이 날 이곳으로 데려왔어. 내 인생 최악의 밤이었지. 눈이 빠져라 울어댔지만 그들은 마치 내가 그 자리에 없다는 듯이 그냥 앉아 있었어. 내게 왜 이러냐고 계속 물었어. 나 같은 어린애가 어떻게 혼자 살 수 있겠냐고 물었지. 하지만 그들은 내게 말 한마디 하지 않았어. 줄곧 그들의 뒷목만 바라보았을 뿐이야. 확 목을 그어버리고 싶었어. 좋은 칼만 있었다면 그랬을 거야. 형도 아까 내 칼날 봤지? 완전히 무딘 거야. 결국 그들은 날 파이오니어 로지란 모텔의 주차장에다 놓고 가버렸어."

"그때가 언제니?"

"6개월 전."

"그 후로 지금까지 어떻게 살았니?"

"그냥 여기저기 돌아다녔어. 잠시 허름한 오두막 같은 데서도 지내다가 라스베이거스로 내려갔어. 하지만 별로 마음에 들지 않아 다시 여기로 돌아온 거야."

"그런데 그 칼은?"

"내 엄마 칼이야. 부엌에서 갖고 나왔어. 엄마 물건 중에 내가 가지고 있는 건 그 칼뿐이야. 이것 봐, 엄마는 종잇조각에 엄마 이름을 적은 다음에 그 종이를 칼 손잡이에 붙여놓았어." 그 애는 자랑스럽게 칼 손잡이를 보여주었다. 아주 심하게 흘려 쓴 글씨로 '티나'라고 적혀 있었다. 그 애 엄마는 아마 아직 서른 살도 되지 않았을 것이다.

"부탁인데, 칼은 조심해서 다뤄야 해."

차가 여러 대 서더니 기름을 채우는 모습이 보였다. 사람들은 주유소 안으로 뛰어 들어가 담배랑 눈의 피로를 풀기 위한 안약을 샀다. "형 엄만 감옥에 있지 않아?"

"네가 그런 걸 어떻게 알아?"

"그걸 모르는 사람이 어딨어?"

"내 어머니가 한 짓이 아냐. 다들 그렇게 여기지만, 사실은 그렇지 않다고."

조니는 감자 칩 한 봉지를 먹고 있었다. 남은 감자 칩을 모두 입에 털어넣었다. "그런 일이 생겼다는 말을 들었을 때," 그 애는 말을 이었다.

"그리 놀라지도 않았어. 그곳은 지금 소름끼치도록 괴상한 동네야. 어떤 일이 분명 벌어지고 있어. 내가 떠나기 전에도 온갖 소문이 흉흉했다고."

"어떤 소문?"

"전부 텍사스나 멕시코 같은 곳으로 이사한다는 소문이 있었어. 형 아버지에 대한 소문도 있었고."

"그게 뭔데?"

"나도 몰라. 형 아버지가 선지자 자리를 차지하려고 한다나 뭐 그런 이야기였어. 나는 아무것도 몰라. 하지만 그런 이야길 듣긴 들었어. 다른 이야기도 있었어. 그래서 형 아버지가 죽었다는 말을 듣고도 놀라지 않은 거야."

나는 아무 말도 하지 않았다. 그 꼬마는 엉뚱한 소리만 늘어놓은 걸까 아니면 무언가 알고 있는 걸까? 약 삼심 분 정도 세브론 사 건물을 돌아다니고 있었더니 건물 관리인이 나와서 더 이상 배회하지 말라고 했다. 경찰이 주차장을 감시하고 있으니 그곳을 떠나라고 점잖게 말해 주었다.

나는 조니를 쳐다보았다. "어디로 갈까?"

"형이 가자는 대로."

"스노 캐넌으로 가자. 그곳은 밤새 차를 대놓을 수 있어. 그곳이 좋겠어."

"좋아, 하지만 즐거운 일은 절대 안 돼."

"차에서 내려."

"농담이야! 호모들은 유머 감각이 뛰어난 줄 알았더니, 겨우 이 정도인 거야?"

　나는 18번 국도로 차를 몰았다. 도로는 캄캄했고 빛이라곤 달과 별에서 새어나온 것뿐이었다. 조니는 잠이 들어 있었다. 머리는 유리창에 기대고 입은 벌린 채로. 차를 세우자 그 애는 머리를 이리저리 흔들면서 뭐라 중얼대더니 다시 잠이 들었다. 그런 모습을 보니 영락없이 어린애였다. 양심이 있는 사람이 조니 같은 어린애를 외면하는 모습을 상상하기는 어렵다. 조니를 들어 요 위에 올려놓은 다음 이불을 덮어주었다. 그리고 내 스웨터를 말아서 베개를 만들어 받쳐주었다. 나도 팔을 뒤로 젖혀 뒤통수에 댄 채 그 애 곁에 누웠다. 엘렉트라가 우리 사이로 파고들었다. 피곤하지 않아서 오랫동안 차의 지붕만 바라보았다. 조니가 코를 골았다. 새근새근 들릴락 말락 코 고는 소리가 났다. 어린애들은 잘 때 시끄러운 소리를 내지 않는다. 내일 아침에 어떻게 할지를 생각했다. 이 애가 무언가 알고 있을까? 오랫동안 이런 생각을 하다가 나도 스르르 얕은 잠에 빠져들었다.

The
19th Wife

6 천상의 결혼

2장

The
19th
Wife

천상의 결혼제도와 조셉 스미스의 죽음

―――― 자 그럼, 이제까지는 내 어머니 엘리자베스와 내 아버지 촌시의 신앙 개종, 두 분이 보여준 조셉 스미스에 대한 열렬한 충성, 하운스밀 대학살의 끔찍한 장면과 미주리로의 머나먼 이주에 대해 설명했다. 또한 일리노이 주 나우부에서의 부흥과 말일성도들이 그곳에서 얻게 된 평화를 묘사하느라 너무도 많은 잉크를 썼다. 이런 이야기는 모두 마쳤으니, 참을성 많은 독자 여러분, 이제부터는 분명 여러분의 호기심을 맨 처음 사로잡았을 주제를 시작하고자 한다. 그 주제란 바로 천상의 결혼제도, 즉 다른 말로는 일부다처제이다.

1844년 6월 6일 어느 저녁에 조셉은 나우부에 있는 내 부모의 집에 들렀다. 그는 어떤 소식을 전하러 왔다. 그 선지자는 거실에 서서 익히 들었던 에-헴이란 소리를 내며 목을 여러 차례 가다듬었다. (의심 많은 독자께선, 내가 어떻게 그런 것까지 다 아느냐고 물으실 것이다. 사실은, 내 어머니로부터 지난 삼십 년 동안 적어도 한 달에 한 번씩은 그 선지자의 방문 이야기를 들었음을 밝힌다.)

"새로운 계시를 받았습니다." 조셉이 입을 열었다.

어머니는 가슴 속에 일렁이는 흥분을 가만 참고 있을 수가 없었다. 어머니에겐 계시를 듣는 것은 하나님의 말씀을 듣는 것과 다름없었다.

"주님께선 우리에게 왕국을 더 넓히라고 명령하셨습니다." 조셉이 계시를 설명하기 시작했다.

"우리가 나우부를 떠날 거라는 말씀인가요?" 아버지는 이처럼 대놓고 물었다. 아직 자신의 수레 제작 일을 그만두고 싶지 않아서였다. 이미 오하이오와 미주리 두 군데로나 옮겼기 때문에, 세 번째 이사는 싫다고 그는 종종 말해왔었다.

"우리는 여기 머물 겁니다." 조셉이 말했다. "나우부는 우리의 시온 성입니다. 왕국은 이곳을 기반으로 커나갈 겁니다."

어머니는 자기에 관한 소식을 조셉이 모르고 있다는 생각이 불쑥 들었다. 그래서 9월에 아기를 낳을 거라고 그에게 알려주었다. "만약 여자애면 앤 엘리자란 이름을 붙일 거예요."라는 말을 덧붙이면서.

"경사로군요. 자, 그럼 이제 하나님 아버지께서 명하신 말씀을 알려 드려야겠습니다. 하나님께선 우리에게 온 세상을 말일성도로 가득 채워 이 땅을 독실한 신도들로 충만하게 하라고 명하셨습니다." 조셉이 이 말을 하고 있을 때, 매우 고음의 휘파람 소리가 섞여 있었다. 이 하나가 빠지고 없었기에 나는 소리였다. 여러 해 전에 오하이오에서 집단 공격을 받은 결과였다. 휘파람 소리는 마치 아주 작은 종소리처럼 울렸다.

"우리가 뭘 더해야 합니까?" 아버지가 물었다. 그러면서 자기 부부가 어린 두 아기를 잃은 것과 아내의 건강이 그 후 나빠졌다는 점을 조셉에게 다시 상기시켜주었다. 아버지 생각에는 이번에 낳을 아기가 마지막이었다.

"저도 하나님 아버지께 똑같은 질문을 했습니다." 조셉은 말을 이었다. "우리가 뭘 더해야 합니까? 말씀해주옵소서, 사랑하는 주님, 왕국을 넓히려면 제가 무엇을 해야만 합니까?라고 말입니다. 오랜 기도 끝에 분명한 계시가 내려왔습니다. 이제 두 분처럼 가장 독실한 말일성도에게 이 계시를 나누고자 합니다."

"저는 아기를 낳을 겁니다." 어머니가 슬며시 대화에 동참했다. "만약 주님께서 아기를 하나 더 낳으라면 또 낳겠습니다. 하나님께서 허락하시는 한 계속 낳을 작정입니다."

"말일성도 가운데서도 참으로 어진 부인이십니다. 그래서 내가 받은 계시를 두 분과 나누러 여기 온 것입니다."

조셉은 잠시 천장을 올려다보았다. 마치 하나님의 발끝이라도 쳐다보려는 듯이.

"아브라함과 그의 아내 사라에 대해 내가 예전에 한 이야기를 기억합니까?"라는 말로 설명을 시작했다. "하나님은 아브라함에게 아내를 한 명 더 가지라고 명령하셨습니다. 그건 아브라함의 소망도 아니었고 아브라함의 아내인 사라의 소망도 아니었습니다. 단지 하나님의 명령이었습니다. 그래서 사라는 자신의 남편인 아브라함에게 하갈을 새 아내로 맞으라고 말했습니다. 아브라함이 그렇게 한 것이 잘못입니까? 간통을 저지른 것입니까? 아닙니다. 왜냐하면 하나님의 명령을 따른 것일 뿐이기 때문입니다." 조셉은 말을 마치더니 내 어머니를 바라보았다. "자매님, 제 말을 이해하시겠습니까?"

어머니도 조셉의 결혼 관계에 대한 소문을 오래전부터 여러 번 들은 적이 있다. 믿음 없는 자들이 가볍게 혀를 놀려, 조셉에게 아내가 한 가득, 즉 열 명, 스무 명, 심지어는 그 이상의 아내가 있다고 비방을 해댔다. 어머니는 그런 이야기는 들으려 하지도 않았다. 언젠가 조셉이 자기 아내가 아닌 여자와 다정하게 마차를 타고 가는 모습을 어머니가 직접 목격한 적도 한 번 있었다. 과부인 마틴 댁의 문을 두드리는 조셉의 모습을 본 적도 있었다. 하지만 어머니는 그런 사소한 증거로 자신의 신앙을 저버릴 사람이 결코 아니었다. 그런데 지금 조셉은 그런 소문이 진실이라고 스스로 밝힌 셈이다. 참으로 경솔한 행동을 한 바람에 아무런 핑곗거리도 없던 그 선지자를 어머니는 무조건 감싸주었다. 두 눈으로 그런 장면을 직접 보고서도 말이다. 그런데 이제 더 놀랍게도, 조셉은 그런 부정한 짓이 하나님에게서 나온 신성한 행동이라고 말하고 있었다. 독자 여러분, 이 선량한 여인이 얼마나 충격과 비애를 느꼈을지 상상해보시길.

한동안 방 안에는 무거운 침묵이 깔려 있었다. 집 밖에는 석양이 낮게 드리워져 온통 붉은빛이었다. 어머니는 어린 두 아들인 길버트와 아론이 어디 있는지 둘러보았다. 둘은 창 밖에 서서 멋진 선지자의 모습을 훔쳐보느라 넋이 나가 있었다. 둘은 코가 발그레 했으며 마치 유리잔 바닥에 놓인 새싹과 같은 표정을 짓고 있었다. 어머니는 쉿 소리를 내 두 아이를 쫓아냈다.

조셉 스미스는 "아시겠지만, 우리는 하나님의 뜻을 따라야만 합니다."라고 이렇게 말했다. 정욕에 가득 찬 짐승들이 잠자리를 함께하는 것처럼 자기 남편을 다른 여자와 나눈다는 생각은 어머니에겐 너무나 혐오스러웠다. 하나님에게서 진짜로 들은 말인지 믿을 수가 없었다. 어머니는 의자에 앉은 채 고개를 돌렸다. 조셉 스미스의 얼굴을 더 이상 쳐다볼 수가 없었던 것이다.

"엘리자베스 자매님, 어떻게 생각하십니까?"

"제 남편에겐 이미 아내가 있습니다. 바로 저 말입니다."

이미 저녁 어스름이 짙게 드리워졌다. 마지막 남은 햇살 몇 자락이 방 안을 옅은 은빛으로 물들였다. 조셉의 얼굴은 애매모호한 표정으로 바뀌어 있었다. 하지만 푸른 눈동자는 여전히 또렷했다. "말씀드렸듯이, 저도 처음에는 이 계시를 거부했습니다. 나의 사랑스러운 아내인 엠마도 반대했습니다. 아주 완강했습니다. 오랫동안 우리는 그 계시를 부인했습니다. 많은 날들을 기도로 지새웠습니다. 이제 계시를 받아들여야 할 때가 왔습니다. 그것은 진리의 말씀이기 때문입니다. 우리가 그런 계시를 받아들이길 주님께서 왜 바라시는지 궁리해보십시오. 주님께서 말일성도에게 무엇을 예비하고 계신지 생각해보십시오. 주님께서 우리들을 이 세상에 번창하게 만들려는 뜻은 심판의 날을 준비하기 위함입니다. 세상을 믿는 자들로 가득 채우기 위함이란 말입니다. 주님의 백성들에게 준비를…"

"그만하세요!" 아버지가 외쳤다. "제발, 그만하세요. 더 이상은 듣고 싶지 않습니다."

그 후로 잠시 동안 세 명 모두 말이 없었다. 시들어가는 벽난로의 장작불만 지켜보면서. 몇 분이 흐른 뒤, 조셉은 이제 그만 가겠다고 말했다. 떠나기 전에 다시 한 번 설득했다.

"저도 하나님께 두 분과 똑같은 말을 했습니다. 이런 진리라면 다른 것으로 바꾸어 달라고 빌었습니다. 다른 것으로 바꾸어 달라고 애원한 계시는 이것뿐입니다. 제가 원해서 만들어낸 계시라고 여기십니까? 다른 모든 계시처럼 주님께서 직접 명령하신 것입니다. 충격을 받은 것은 저도 다 이해합니다. 다른 반응을 보이리라곤 저도 예상하지 않았습니다. 떠나기 전에 한 가지만 더 물어보겠습니다."

"제 아내는 이미 안 된다고 말했습니다." 아버지가 단호하게 말했다. "비록 제 아내가 된다고 했더라도 내가 안 된다고 했을 겁니다."

굳건한 남편의 모습에 어머니는 남편이 더할 나위 없이 믿음직스러웠다. 바로 그 순간 어머니는 이전에 경험하지 못했던 진정한 사랑을 남편에게서 느꼈다.

"알겠습니다." 조셉이 말했다. "하나님의 참된 사랑이 무엇인지 알기 위해 두 분이 기도하기를 바랍니다."

조셉이 가고 난 뒤 어머니와 아버지는 무릎을 꿇었다. 지혜를 달라고 기도했지만 소용이 없었다. 계시를 못마땅하게 여기는 마음이 누그러뜨려지지 않았기 때문이다. 아버지는 자기 아내의 손을 잡았다. 남편의 손을 통해 그의 마음속에 들끓는 분노가 그대로 전해졌다. 꽉 쥔 남편의 손이 어머니의 뼈를 부숴버릴 것만 같았다.

"내일 선지자를 만나러 가겠소."라고 아버지는 말했다. "하루 종일 기다리더라도 그를 꼭 만나서 이 명령을 따를 수 없다고 말할 테요. 다른 계시는 우리를 선한 길로 이끌었지만, 이번 것은?"

"주님의 뜻이라고 했잖아요."

"아니오, 이번만은 그가 틀렸소. 권위를 이용해서 자신의 죄를 덮어 보자는 속셈이 분명하오."

"만약 조셉이 잘못하는 거라면…." 어머니는 말을 흐렸다. 계시는 감당하기에는 너무나 버거웠다.

"내일 다시 가서, 당신이 거부한다고 단호히 말하리다."

"내가 믿음이 부족하다고 말하면 어떻게 하죠?"

"자신이 그렇다고 스스로 여기시오?"

하지만 그 다음 날, 아버지의 반항을 앞지르는 역사적인 사건이 일어났다. 6월 7일 〈나우부 익스포지터〉의 첫 호가 발간되었다(Nauvoo Expositor. 조셉 스미스의 비행을 폭로하는 내용의 신문으로서 1844년 6월 7일 단 한 번 발간되었음. 옮긴이). 이 신문은 온통 조셉 스미스의 실상을 폭로하는 기사로 가득했다. 그 신문은 조셉 스미스를 '혐오스러운 호색한'이라며 비난을 퍼부었다. 가장 충격적인 사실은 이전에 말일성도였던 사람들이 그런 신문을 펴내서, 한때는 자신들이 믿고 따르던 선지자를 이제 와서 거짓말쟁이에 사기꾼이라고 비난한다는 것이었다. 그 신문의 주요 기고가인 윌리엄 로와 로버트 D. 포스터는 각자 조셉 스미스에게 비난을 퍼부어댔다. 윌리엄 로는 스미스의 수석 경제 고문으로서, 스미스가 그의 아내, 즉 윌리엄 로의 아내에게 자신의 영적인 아내가 되어 달라고 말했다는 사실을 알게 되었다. 즉, 아주 간단히 말하면, 신학적인 분위기로 가장해 여자에게 간음을 권유했던 것이다. 로버트 포스터는 건설업자로서 어느 날 저녁 집에 돌아와 보니 자기 아내가 그 선지자와 단 둘이서 저녁을 먹고 있었다. 포스터의 아내를 선지자가 자신의 아내로 삼으려 했다고 그녀도 시인했다. 이 부부의 말에 따르면, 그 선지자는 마을의 온 여자들에게 유혹의 손길을 뻗쳤다고 한다.

구석에 몰린 짐승일수록 가장 격렬하게 으르렁댄다. 조셉은 〈익스포지터〉의 폭로 때문에 큰 타격을 입었다. 오랫동안 그의 충성스러운 성도들은 간음, 여러 명의 아내 그리고 온갖 탐욕에 젖은 생활 등 선지자에 대한 소문들을 무시해왔다. 하지만 이번만큼은 그럴 수가 없었다. 이전 성도들에게서 나온 비난이었기 때문이다. 로와 포스터는 정직과 헌신에 관한 한 나우부에서 가장 존경받던 사람이었다. 1844년 6월 바로 그날, 한여름 햇빛 아래 놓인 그 아름다운 나우부의 말일성도 가운데, 조셉 스미스에 관한 의심의 구름이 마음속에 일지 않은 사람은 단 한 명도 없었으리라.

조셉은 〈익스포지터〉의 내용을 전면 부인하고 그 배후 인물들을 비판했다. 하지만 이번에는 단지 부인하는 것으로는 부족했다. 그는 진실 밝히기에 대해선 안중에도 없는 것 같았다. 그 대신 시 의회를 소집하여 〈익스포지터〉를 공공의 해악으로 선언한 다음 부하들을 보내 그 신문을 끝장내기로 결심했다. 나우부 부대, 즉 악랄하기로 소문난 더 데니츠의 사촌들로 이루어진 조셉의 사설 무장단체가 신문사 사무실을 급습하여 윤전기를 파괴하고 모든 〈익스포지터〉 신문을 한 장도 남김없이 태워버렸다.

여기서 한 가지 사실을 언급해야만 하겠다. 나우부 이외의 지역에 있던 조셉의 적들도 그를 노리고 있었다. 조셉이 나우부에서 행하는 신정 정치는 오래전부터 전국의 많은 정치 엘리트들을 분개하게 만들어 상당한 반목과 의혹을 불러일으켰다. 일리노이 주 전역에서 종교 지도자들이 모르몬신도와 그들의 지도자를 불순한 무리라며 비난을 퍼부었다. 〈익스포지터〉가 불법적으로 파괴되자 나우부 이외 지역에 있던 조셉의 적들은 공격을 가할 명분이 생겼다. 조셉의 힘이 커지는 바람에 잔뜩 겁을 먹고 있던 일리노이 주지사도 더 이상 하나님의 선지자로 자처하는 그를 참을 수 없게 되었다. 주지사는 조셉에게 폭동과 반란 혐의를 씌워 체포명령을 내렸다.

이런 소식들은 내 어머니에게도 큰 혼란을 주었다. 어머니는 진실을 알게 해달라고 기도했다. 하나님이 명하신 일이 혐오스러운 간음이 될 수 있는 것인가? 하나님 아버지, 진실을 말씀해주소서.

체포되기 전에 조셉은 새로 지은 성전 밖에서 추종자들에게 연설을 했다. 아버지와 어머니도 군중들에 섞여, 자기를 믿어달라는 선지자의 호소를 듣고 있었다. "신문은 거짓말을 하고 있습니다." 그는 핏대를 세웠다. "정치인의 말도 거짓입니다. 주지사의 말도 거짓입니다. 다음번엔 미합중국 대통령도 여러분께 거짓말을 할 것입니다. 나우부를 통틀어 혐오스러운 간음이 행해질 만한 곳이 단 한군데라도 있으면 알려주십시오. 그곳이 어딥니까? 어디인지 묻고 싶습니다. 그곳이 만약 이곳이라면 직접 그 죄를 알아내서 내 손으로 심판하고 싶습니다. 여러분도 심판에 동참하십시오."

이것이 어머니가 들었던, 선지자의 마지막 말이었다. 어머니는 연설의 참뜻을 알아내기 위해 고심했다. 고심 끝에 어머니는 안타까운 결론에 이르렀다. 더 이상 충성을 다할 수가 없으며, 조셉이 곤경에 처한 바로 이때, 의혹에 가득 찬 인물인 그를 버려야 한다는 결론에 다다랐던 것이다.

카시지에 있는 감옥에 제 발로 와서 순순히 벌을 받으라는 명령이 떨어졌다. 6월 24일 정오에 조셉과 그의 충성스러운 형제인 히럼를 비롯한 여러 명이 나우부를 떠나 습지를 헤치며 걸어갔다. 어떤 위험이 자신들을 기다리고 있는지 다들 알고 있었다. 말일성도, 그중에서도 특히 조셉에 대한 증오심이 근래 부쩍 커져 있었다. 밤이 되면 정체 모를 괴한들이 성도들이 키우는 소들의 목을 베어 시체를 땅에 묻었다. 말을 타고 가는 모르몬신도들을 끌어내리고 이들의 아내에게 위협을 가했다. 개에게 독약을 먹이기도 했다. 그 화창한 6월에 나우부의 분위기는 어둡고 절망적이었다.

조셉은 순순히 카시지 감옥으로 들어갔다. 그의 아내 엠마의 증언에 따르면 그는 이렇게 말했다고 한다. "도살장에 끌려가는 양처럼 감옥에 가겠소." 카시지 감옥에서 이틀 밤을 보냈다. 간수인 스티걸 씨는 그를 비롯한 여러 사람들을 숨 막히는 지하 구덩이에서 1층의 채무자 감방으로 옮겼다. 암살자들이 그들의 목숨을 노릴 수 있는 자리였다. 그리고 최종적으로는 죄수들을 계단 맨 꼭대기에 있는 간수의 침실로 옮겼다.

죄수들의 목숨이 위태롭다는 것은 너무나 자명했다. 하지만, 아내와 여러 명의 딸과 함께 살고 있는 간수 스티걸 씨가 살인에 가담했으리라고는 아무도 예상하지 못했다. 왜냐면 공격을 감행할 때 그의 딸들이 그 자리에 있었으니 말이다. 6월 27일 오후 그가 자기 근무지를 잠시 비우고 있는 동안 폭도들이 나타났다. 150명에서 200명가량의 남자들이었는데 대부분 얼굴을 검댕으로 검게 칠한 모습이었다. 이 폭도들이 감옥에 들이닥쳤다. 일부는 계단으로 올라가서 침실로 향하는 문에 불을 붙였다. 총알이 히럼의 코 바로 옆에 맞았다. 조셉이 자신의 형제를 구하러 달려갔다. 하지만 이미 숨이 끊어지기 직전이었다. 금세 침입자들이 문을 부수고 들어왔다. 조셉은 유일한 탈출구인 창가로 달려갔다. 땅과의 거리는 6미터가 넘었다. 그는 창문턱에서 머뭇거렸다. 바로 그때 총소리가 빗발쳤고 두 발의 총알이 그의 등에 꽂혔다. 아래쪽의 우물가에 있던 한 총잡이가 그를 쏘아 심장을 뚫었던 것이다. 조셉은 창 아래로 곤두박질쳐 땅에 떨어졌다. 조셉의 최후를 목격한 그의 친구 윌리엄 리처드스는 조셉의 마지막 말을 이렇게 전한다. "오 주여, 나의 하나님이시여."

순교의 애통함은 감내하기에는 너무나 크다. 처음에는 영원한 이별이 실감이 나지 않기에, 순교자가 천국의 영광을 누린다 하더라도 위안이 되지 않는다. 역사상의 순교자들에 대해 말할 때에도, 그들이 최후의 순간에 실제로 겪었을 고통을 우리가 알 수는 없다. 그들이 불가사의한 세계로 들어갔을지라도 우리와 똑같은 사람임을 잊지는 말아야 한다. 몸의 살점이 뜯길 때 그들도 비명을 지른다. 아무리 용감하더라도, 나나 여러분과 마찬가지로 그들도 고통을 느낀다. 그리스도가 그러했듯이. 지금 난 조셉이 남긴 종교에 적대적이지만 그가 겪은 고통을 떠올릴 때면 온 몸이 떨린다.

그가 살해된 후 전국 각지에 있는 조셉의 적들은 말일성도가 복수를 위해 들고 일어날 것으로 믿었다. 모르몬신도들의 복수가 두려워 가족과 가축을 대피시키거나 숨겼다. 하지만 말일성도들은 폭력을 폭력으로 되갚지 않았다. 그 대신 고귀한 평화를 유지하며 비통함을 견뎌냈다. 조셉의 시신은 대저택의 응접실에 안치되었다. 내 어머니는 두 아들과 함께, 열린 관 두껑을 통해 그 선지자의 역사적인 얼굴을 마지막으로 보려고 기다렸다. 조셉의 시신을, 깊고 깊은 잠에 빠진 그의 모습을 보자, 종말이 오기 전까지는 결코 그를 다시 만날 수 없으리란 생각에 어머니는 하염없이 눈물을 흘렸다.

삼 년 후, 유타 특별구를 향해 나우부를 떠나면서 내 어머니는 신앙 고백록을 썼다. 어머닌 그 책을 화강암 상자에 담아서 후세의 말일성도가 발견하도록 교회당 밑바닥에 묻었다. 하지만 묻기 전에 어머니는 그 고백록의 내용 초고를 모르몬경의 줄과 줄 사이에 적어두었다. 이 자리에서 어머니의 글, 즉 그 선지자의 죽음을 맞이했을 때 어머니가 느낀 심경을 인용한다.

"그때나 지금이나 복잡하기 그지없는 내 슬픔을 표현할 말을 찾을 수가 없다. 내 선지자는 영원히 떠났다. 하지만 그의 죽음과 더불어 역겨운 요청도 함께 사라졌다. 그는 평생 줄곧 진실만을 말하다가 생의 마지막 순간에만 잘못을 했던 것일까? 그런 이유 때문에 적들의 총탄에 쓰러진 것일까? 아니면 그의 마지막 말은 진실했으며 독실했던 것일까? 선지자의 시신이 누워 있는 모습을 보자 내가 그를 죽음으로 내몰지 않았는지 두려워하며 하나님께 기도했다. '그의 죽음은 내가 품은 의심에 대한 처벌이었나이까?'라고 나는 물었다. 내 잘못이었을까? 그것이 사실일까봐 못내 두려웠다."

그 후 여름 내내 사도들은 누가 말일성도 교회를 이끌지를 놓고 다툼을 벌였다. 조셉이 죽었을 때 브리검을 비롯한 여러 명은 선교를 하러 멀리 떠난 상태였고, 선교 임무는 그 해 8월 8일에서야 마무리되었다.

바로 이날 아침 열 시에 시드니 리전 형제가 교회당의 동쪽의 큰 바위 아래 움푹한 곳으로 성도들을 모았다. 무더운 날이어서 파리들이 나뭇가지에서 윙윙거렸다. 작은 숲은 그늘을 충분히 만들기엔 부족했기에 많은 이들은 자신들이 타고 온 말 그림자 위에 서 있었다. 리전 형제는 교회를 이끌고 싶었기에 그들의 지지를 부탁했다. 그는 자신의 허물을 솔직하게 뉘우친다는 말을 해가며 장황하게 설교를 했다. 하지만 성도들에게 지도자라는 확신을 줄 만한 설교는 되지 못했다. 리전에 이어 브리검이 등장했다. 그의 등장을 제대로 표현하기 위해 내 어머니의 고백록을 다시 인용해야겠다. 고백록 중 아래 구절에서 내 어머닌 믿음의 신비를 너무나도 아름답게 그려내고 있다.

"브리검이 자리를 잡고서 자신의 슬픔과 우리 교회에 대한 소망을 설명할 때, 우리들은 가슴이 뭉클했다. 그는 조셉의 방식대로 연설하기 시작했다. 그의 목소리와 몸짓을 따라 했으며 익히 들었던 에-헴 소리를 내며 목을 가다듬었고 그가 내던 독특한 휘파람 소리도 따라 했다. 시간이 지나면서 브리검은 점점 더 조셉을 닮아갔다. 나중에는 우리의 위대한 선지자의 목소리와 표정을 흉내 내는 것 같지 않게 자연스러워졌다. 조셉이 늘 하던 오른손 제스처와 몸을 움직이는 동작까지도 똑같았다. 실제로 조셉의 영혼이 브리검에게로 옮겨가 브리검이 조셉이 된 것 같았다! 내 앞에서 아른거리며 흔들리는 한여름의 대기 속에서 기적이 일어났다. 브리검이 조셉으로 바뀌는 모습을 나는 보았다. 브리검이 서 있는 자리 위에 그새 우리의 위대한 지도자 조셉이 서 있었다! 지금 보이는 이 책의 페이지만큼이나 또한 잉크로 쓰인 글씨들만큼이나 선명한 조셉의 모습이 나타났다.

어떤 이들은 햇빛 때문에 생긴 허상이거나 브리검의 목소리가 울려 특이하게 변형된 것이라고 말한다. 또 어떤 이들은 열기가 우리의 마음을 어지럽힌 결과이거나 처절한 슬픔이 우리의 이성을 마비시켰기 때문이라고 주장한다. 그런 주장도 납득이 간다. 하지만 난 지금 내가 본 것을 그대로 쓰고자 한다. 내 앞에 그리고 성도들 앞에 어른거리는 대기 속에서 짧은 순간 동안이나마 조셉이 브리검의 살아 있는 몸을 통해 다시 나타났다. 그 둘이 하나님의 권능으로 하나로 합해진 것이다. 내 남편은 이 모습을 보지 않았다. 그래서 내가 이런 말을 해주자 너무나 아쉬워했다. 나는 그런 일이 생겼다는 사실뿐 아니라 그 까닭까지 이해한다. 조셉은 내 마음의 어두운 의혹을 씻어내기 위해 다시 돌아왔던 것이다. 그래서 의심은 말끔히 사라졌다."*

그날이 끝나갈 무렵 후계자 승계는 마무리되었다. 브리검 영이 말일 성도의 새 지도자로 선포되었다. 마흔세 살인 그는 얼마 후 미국에서 막강한 영향력을 지닌 인물이 되었다. 어머니는 뛸 뜻이 기뻤다. 그날의 기적을 경험하고서 지도자가 될 줄 알았기 때문이다. 한 달 후, 1844년 9월 13일에 어머니는 아주 작은 딸을 낳았다. 그 애는 천사처럼 울리는 목소리를 갖고서 이 세상에 태어났다고 나는 들었다. 물론, 그 애는 지금 이 글을 쓰고 있는 나이다.

* 어머니는 많은 사람들이 불가사의한 기적을 목격했다는 이야길 남겼고, 있을 수 없는 일을 본 사람은 자신만이 아니라고 주장하고 싶어한다. 심지어 삼십 년이 지난 지금도 한여름 그날 나우부에서 기적을 똑똑히 경험했노라고 주장한다.

The 19th Wife
7
여성에 대한 연구

브리검 영 대학교 여성학연구소
WS 492 – 여성학 고급 연구 세미나
매리 P. 스프래그 교수
2005년 4월 23일

첫 번째 아내
켈리 디 작성

1

이 논문의 주제인 엘리자베스 처칠 웹(1817-1884)은 그리 많이 알려진 사람이 아니다. 이 여인은 초기 입교자로서 수레 제작자인 촌시 웹(1812-1903)의 첫 번째 아내였다. 이 사람이 만든 수레는 대탈출(1846-1847) 기간에 매우 중요한 역할을 했다. 브리검 영은 시온으로 가는 고된 여행을 위해 꼭 필요한 마차 제작을 이끌 인물로 촌시를 선택했다.

하지만 엘리자베스 웹에 대한 나의 관심은 이 역사적인 기간 동안 자기 남편을 돕는 역할과는 거의 관련이 없다. 그 대신 자신의 딸 앤 엘리자와 그녀의 관계가 훨씬 궁금하다. 이 딸은 후에 브리검 영의 그 유명한 19번째 아내가 되었다. 1870년대와 1880년대에 앤 엘리자(1844-사망 시기 불명)는 미국에서 일부다처제 폐지 운동의 선봉에 섰다. 일부다처제를 무너뜨리려고 싸웠기 때문에 교회와 브리검의 공공연한 적이 되었다. 투쟁의 일환으로 그녀는 자신의 경험을 담은 베스트셀러 회고록 『19번째 아내』를 써서 발표했다. 특히 브리검에 대한 공격이 주를 이룬 이 책은 지금까지도 사람들을 양분시키고 있다. 태어날 때부터 모르몬교도인데다 부모가 모두 독실한 교인이었기에, 모르몬신앙에 대한 그녀의 깊은 증오심은 많은 사람들에게 놀라움과 혼란을 가져다주었다. 그러므로 그녀의 초기 가족생활, 특히 그녀의 어머니가 일부다처제에 어떤 태도를 지녔는지 조사해볼 필요가 있다. 이런 이유 때문에 나는 엘리자베스 처칠 웹을 내 세미나 논문의 주제로 택했다. 구체적으로 말해, 나는 그녀 인생에서 맞이한 역사적인 시기를 묘사하기 위해 두 가지 주요 텍스트를 사용할 것이다. 첫째 텍스트는 최근 발견된 엘리자베스의 신앙 고백록이다.[1] 이 고백록은 그녀가 천상의 결혼제도를 처음 받아들이던 시기의 상황을 담고 있다. 둘째는 1848년 시온으로의 고된 여정 가운데 쓰인 대탈출 일기다. 안타깝게도, 통찰력이 빛나는 이 일기는 교회 문서보관소에서 백 년 이상 잠자고 있었다.

2

1845년 가을에 브리검 영은 엘리자베스와 촌시가 사는 집으로 향했다. 작지만 눈에 띄는 이 부부의 벽돌집은 팔리 앤 그랜저 거리의 한쪽

. . . .

1) 1999년, 나우부 교회당의 재건축이 시작된 지 얼마 후에 교회 역사가들은 원래 교회당의 밑바닥에 묻혀 있던 일종의 타임캡슐을 발견하고서 흥분을 감추지 못했다. 그 캡슐은 화강암 상자로서 길이가 90센티미터, 폭이 60센티미터 그리고 높이가 45센티미터였다. 그 화강암 뚜껑 표면에는 그 속의 내용물이 신앙 고백록이라고 새겨져 있었다. 즉 1846년 나우부를 떠나 솔트 레이크로 향하는 많은 성도들이 쓴 개인적인 신앙 간증 글들이었다. 교회 역사가와 지도자들이 2002년 6월 27일 나우부 교회당의 재봉헌식 때 그 타임캡슐을 열자, 실망스럽게도 습기 때문에 많은 고백록들이 해독 불가 상태가 되어 있거나 일부 훼손되어 있었다. 그중에는 엘리자베스 처칠 웹이 쓴 것으로 추정되는 열두 페이지도 포함되어 있었다. 비록 안타까울 정도로 손상을 입었지만 엘리자베스의 고백록 중 남은 부분만으로도 이 역사적인 시기(1844-1846) 동안에 그녀가 보고 느낀 점에 대해 많은 것을 알 수 있다. 오늘날 그 문서는 나우부의 가족 역사 센터에 보관되어 있다.

모퉁이에 있었다. 그 거리는 플랫츠[2]라고 알려진 나우부 중심가에 속했다. 말일성도의 영적, 정치적 지도자이자 조셉 스미스의 선지자 자리를 물려받은 이가 그 집에 들른 것이다. 브리검 영이 은밀히, 그것도 누군가를 대동하지도 않고서 몸소 찾아온 것은 매우 이례적이었다. 촌시와 엘리자베스는 문 앞에 서 있는 그를 보자 놀랍기 그지없었다.

당시 나우부의 분위기는 근심으로 가득했다. 조셉이 1844년 순교한 이후 말일성도들은 하운스 밀에서 있었던 것과 비슷한 학살이 일어날까 봐 두려움에 떨고 있었다. 무자비한 습격이 일어날 조짐이 벌써 나타나고 있었다. 한밤중에 들판에 있던 건초더미가 불탔다. 개들의 목이 달아났고 가축들이 독살 당했다. 퀸시로 향하던 마차들이 매복 공격을 당했다. 일리노이 주지사 토마스 포드는 브리검에게 추종자들을 데리고 주 밖으로 나가라고 경고했다. 자신의 경고를 따르지 않으면 안전을 보장할 수 없다고 주지사는 협박했다. 말일성도들은 너나 할 것 없이 앞날을 불안해했다. 하지만 브리검은 달랐다. 추종자들을 이끌고 미지의 땅으로 향하는, 비밀스러운 탈출 계획을 짜느라 여념이 없었던 것이다.

브리검과 촌시는 집 앞의 창고에서 만났다. 엘리자베스는 집 뒤쪽의 부엌에 남아 있었으며 열일곱 살 난 아들 길버트와 일곱 살 난 아들 아론은 과수원에서 놀고 있었다. 앤 엘리자, 당시 한 살이었던 그녀는 벽난로 옆 요람에 누워 몸을 뒤척이고 있었다. 집안의 하녀인 리디아 태프트[3]는 뒷문으로 빠져나가 아이들을 돌보러 과수원으로 올라갔다. 아

. . . .
2) 별도의 다른 언급이 없으면 내가 쓰는 글의 출처는 엘리자베스 처칠 웹의 고백록이다. 초기 모르몬교 역사와 나우부에 관한 일반적인 정보는 내가 최근에 나우부에 봄맞이 여행을 갔을 때 실시한 개인적인 연구에서 얻은 것이다.
3) 그녀의 실제 이름은 엘리자베스 태프트지만 사람들은 헷갈리지 않기 위해 리디아라고 불렀다.

이들은 과수원에 떨어져 썩고 있는 사과들 가운데서 예수, 마리아 그리고 조셉 스미스의 얼굴을 찾는 놀이를 하고 있었다. 리디아와 아이들은 그 사과들을 염소에게 먹였다. 세례를 받은 얼룩배기 염소였는데 특이하게도 이름이 미스터 포프[4](Pope, 교황이란 뜻. 옮긴이)였다.

반 시간 후에 브리검은 엘리자베스도 창고로 오라고 불렀다. 아기 앤 엘리자를 품에 안고서 그녀는 남편과 선지자를 만나러 갔다. 엘리자베스는 이미 대화의 주제를 짐작하고 있었다. '내가 가장 두려워하는 예전의 그 계시를 다시 꺼내기 위해 왔음이 분명했다. 그 계시가 참임을 이제 알기에 두려움이 앞섰다.'라고 그녀는 천상의 결혼 즉, 일부다처제에 관한 내용을 고백록의 한 부분에 적었다.

하지만 브리검이 찾아온 까닭은 다른 것이었다. 그는 자신이 방금 촌시에게 내린 마차 제작 지시에 대해 이야기했다. 이어서 다음 해 봄에 모든 성도들이 나우부를 떠날 계획이라고 말했다. "목적지는 우리의 시온 성이 될 것입니다. 곧 하나님은 그 장소를 제게 밝히실 겁니다."

촌시는 이동에 필요한 마차들을 만드는 일에 핵심적인 역할을 맡았다. 엘리자베스는 자기 남편이 마차 제작의 핵심 인물이 된 것이 못내 자랑스러웠다. '남편은 꼭 필요한 사람이다.'라고 그녀는 고백록에 적었다.

그들은 필요한 사항에 대해 자세히 논의했다.[5] 각각의 마차는 1톤 남짓의 물건을 실어날라야 한다. 마차 열다섯 대마다 여분의 앞바퀴를 하나씩 실어야 했고, 열 대마다 여분의 뒷바퀴를 실어야 했다. 스무 대마

. . . .

4) 리디아 태프트의 편지들(가족 역사 도서관)을 참조할 것.
5) 촌시는 대탈출의 여러 단계에 필요한 1,000대에서 1,500대 가량의 마차를 제작하게 된다.

다 벌통 하나씩이 필요했다. 브리검은 세세한 부분까지 꼼꼼하게 지시함으로써 계획 수립과 실행에 상당한 수완을 보였다. 2만 명의 사람들을 이끌고 평원 지역과 로키 산맥을 지나가기 전에 그는 모든 준비사항과 비상사태를 미리 준비해두었다. 1847년과 1869년 사이에 약 7만 명의 초기 이주민들이 브리검 영의 각고의 계획 수립, 실행 및 조직 지휘 덕분에 목숨을 건졌다. 그런 까닭에 조지 버나드 쇼는 그를 일컬어 미국의 모세라고 불렀다. 또한 그런 이유로 인해 그의 동상은 오늘날 워싱턴 D. C.에 서 있다. 더군다나 그의 동상은 조지 워싱턴과 드와이트 D. 아이젠하워 대통령과 같은 미국의 여러 국민 영웅들과 나란히 자리하고 있다.[6]

중요한 사실 한 가지는 당시 브리검은 비교적 젊었다는 점이다. 오늘날 그에 대한 우리의 인상은 유타 특별구에 정착한 뒤 한참 후에 그려진 초상화를 바탕으로 한 것이다. 따라서 그가 초로에 접어들 무렵의 모습이 담겨 있다. 하지만 1845년에는 44살의 정력적인 남성이었다. 한 이주자는 그의 얼굴을 '바다를 항해하는 선장'의 모습이라고 설명했다. 그는 얼굴이 단단해 보이고 약간 사각형이며 반짝이는 은빛 눈을 가졌다고 한다. 또한 볼은 넓고 입은 작았으며 아주 심지가 굳은 표정이었다.[7]

'브리검이 다른 용건 때문이 아니라 마차 제작을 부탁하기 위해 우리 집에 들렀다고 해서 안심이 되지는 않았다.'라고 엘리자베스는 자신의

. . . .

6) 브리검에 관해 내가 알고 있는 일반적인 정보의 대부분은 레너드 J. 애링턴이 쓴 『브리검 영: 미국의 모세』(크놉프 출판사, 1985년)에서 나온 것이다.
7) 나는 젊은 브리검의 모습이 러셀 크로와 비슷하다고 여긴다.

고백록에서 적고 있다. '왜냐하면 언젠가는 내가 가장 두려워하는 그것을 요구할 테니까.' 그녀의 두려움은 이해가 된다. 체포되기 전날 조셉 스미스가 엘리자베스와 촌시에게 은밀히 밝힌 계시록인 〈교리와 약속〉의 132절에는 이렇게 적혀 있었기 때문이다. '일부다처제를 받아들이지 않는 사람들은 구원을 얻을 수 없느니라.' 다음 내용을 강조할 필요가 있겠다. 즉, 엘리자베스가 가장 믿고 신뢰하는 교회 지도자들의 말에 따르면, 그녀가 이 끔찍한 관습에 진심으로 복종하지 않으면 영원한 형벌을 받게 될 것이라고 했다.

"그리고 한 가지 문제가 더 있습니다." 브리검이 다시 이야길 시작했다. 이 한마디 말에 방 안의 분위기는 완전히 달라졌다. 아기는 까르르거리기 시작했다. 아기를 보살피는 와중에도 엘리자베스는 두려움이 누그러지지 않았다. 드디어 브리검은 그 문제를 꺼내고 말았다.

"조셉 형제가 순교 직전에 두 분과 천상의 결혼에 관해 이야기를 나눈 것을 저도 압니다. 계시로 내려진 일부다처제를 두 분에게 밝히셨다는 것을 말입니다."

"그것이 정말로 주님의 뜻입니까?" 엘리자베스가 물었다.

"그렇습니다."

아무리 싫다 하더라도 이번에는 그녀도 주님과 선지자의 뜻을 거부할 수 없었다. 그녀는 이전에 조셉과 만났을 때를 떠올려보았다. 순종을 거부함으로써 그녀가 자신의 운명에 대해 얼마나 심한 자학을 했을지 우리는 알 수 없다. 하지만 쓰라린 당시 심경은 그녀의 고백록에 여실히 드러나 있다.

"자매님, 말씀을 하십시오." 브리검이 다그쳤다. "어떻게 생각하십니까?”

“주님의 뜻대로 하겠습니다.”

마침내 결론이 났다. 브리검이 그녀에게 축복을 내렸다. 엘리자베스는 남편의 품에 안겨 소리 죽여 울었다.

십 년 후, 브리검은 자기 아들에게 보낸 편지에서 이렇게 적었다. ‘나는 그 계시를 듣고 충격에 휩싸인 이들을 위로해주어야 했단다. 나도 처음 들었을 땐 단호히 거부했음을 사람들에게 알려주었다. 하지만 하나님의 말씀을 듣고 그분의 명령을 따르려면, 우리에게 즐거움을 주는 명령은 따르고 고통을 주는 명령은 무시해서는 안 되는 법이란다. 진실로 하나님의 뜻이 드러났으니 우리가 천국에 가려면 그 길을 따라야 한다. 그 길을 무시하면 구원을 완전히 무시하는 것이다. 나는 나우부의 형제자매들에게 일일이 그 계시를 알려주었다. 우리는 함께 무릎을 꿇고 기도했다. 그것이 내가 해줄 수 있는 전부였다. 진리가 그처럼 우릴 찾아왔기에.’[8]

이어서 브리검은 엘리자베스와 촌시에게 설명했다. 첫 번째 아내가 최종적으로 승낙을 해야 두 번째 아내가 집안에 들어올 수 있다는 내용이었다. “촌시 형제는 반드시 부인께 승낙을 받으러 와야 합니다. 어떤 여자를 맞아들일지는 부인께 달렸습니다.”

브리검이 그 과정을 설명할 때 엘리자베스는 마음속에 ‘작은 분노’의 불길이 솟구쳤다. 어차피 일부다처제를 받아들여야만 한다면, 자기는 다른 여자를 고르는 데 조금도 관여하고 싶지 않았다. 그런 규정 때문

....

8) 브리검이 브리검 주니어에게 보낸 편지. 1855년 11월 3일.

에 자신도 공범이 될 수밖에 없는 상황에 분개했던 듯하다. 물론 이런 식으로 생각했을지 확신할 수는 없지만.

브리검이 가고 나자 촌시와 엘리자베스는 그 문제를 다시 논의했다. 촌시는 아마도 그런 생각을 자기 아내보다도 더 혐오했을 것이다. 엘리자베스와 달리 그의 믿음에는 어떤 기본선이 있는 것 같았다. 그의 명령을 따를 수 없다고 브리검에게 말할 것이라고 했다. "그가 우리에게 강제로 따르라고 할 수는 없소."

하지만 엘리자베스가 보기엔, 이미 너무 늦었다. 그녀는 영혼의 구원을 추구했기에 이미 결론이 내려졌다. "우린 순종해야만 해요."라고 그녀는 말했다. 그녀의 생각에 배교는 있을 수 없는 일이었다. 지난번에 자신이 이전 선지자에게 반항했을 때 어떤 일이 생겼는지를 떠올려보았다. 그러므로 결국, 촌시가 두 번째 아내를 맞이하도록 결정한 사람은 엘리자베스였던 셈이다.

3

리디아 태프트는 열일곱 살이던 1844년 여름, 미시간 주의 세인트클레어 카운티에 있는 집을 떠났다. 떠나기 몇 달 전에 한 전도사가 이웃집에 찾아와서 모르몬경에 관해 설교를 했다. 구원의 소식을 듣는 리디아의 머릿속에는 나우부가 마치 언덕 위에 세워진 하나님의 도시처럼 눈부시게 펼쳐졌다. 그녀는 설교를 들은 뒤 모르몬경을 한 권 얻었기에 읽어 보기로 마음먹었다. 마지막 장을 덮었을 때 벌써 믿음이 굳건해져 있었다. 그녀는 나중에 어머니께 여러 통의 편지를 보냈는데, 그중 지

금까지 남아 있는 세 통에는 이렇게 적혀 있다. '찾았어요. 어머니 마침 내 찾았어요!'

조셉 스미스의 순교 소식을 듣자 그녀는 나우부로 가서 말일성도들과 함께 살기로 결심했다. '어머니, 지금이 바로 결단의 순간이에요. 선지자의 죽음 소식을 듣고 저는 깨달았어요. 사랑하는 어머니, 바로 지금이에요! 제발 이 모르몬경을 읽어보세요. 그리고 저를 만나러 나우부로 오세요. 강둑에 자리 잡은 이 빛나는 도시에는 어느 방향에서라도 눈에 들어오는 하얀 교회당이 있어요. 매일 신도들이 전 세계에서 몰려오고 있어요.' 이 내용은 그녀가 어머니에게 보낸 편지의 일부다.

나우부에 도착한 뒤 리디아는 웹의 집에서 하녀로 일하기 시작했다. 엘리자베스가 앤 엘리자를 임신해 있던 때였다. 당시 몸 상태가 좋지 않아 누군가의 도움이 필요했었다. 그녀를 하녀로 받아들일 때만 해도, 엘리자베스는 채 일 년도 안 되어 그 어린 여자와 남편을 두고서 경쟁을 벌이게 될 줄은 꿈에도 몰랐다.

지금껏 알려져 있는 리디아의 사진은 오랜 세월이 흐른 후 솔트 레이크에서 찍은 것이다. 그녀는 가냘프고 초췌한 모습에다 눈이 움푹 들어가 있었다. 하지만 엘리자베스의 말에 따르면, 1844년 열일곱 살이었을 때는 "앳되고 사랑스러웠으며, 입은 나긋나긋했으며 눈은 반짝이는 윤기로 가득했다."

리디아를 촌시의 두 번째 아내로 처음 제안한 사람이 누군지는 의견이 엇갈린다. 고백록 중 지금까지 남아 있는 부분에서 엘리자베스는 이렇게 적고 있다. '리디아는 분명 우리 애들을 사랑한다. 리디아와 함께 지내는 생활은 물론이고 그녀의 발소리도 벌써 자연스럽게 느껴진다.'

『19번째 아내』에서 앤 엘리자는 자기 아버지가 리디아를 대할 때 '자기 아내를 대하듯 조심하는 태도였다'고 묘사한다. 아마 그랬겠지만 앤 엘리자의 자서전은 그 부분에서만큼은 믿을 만하지 않다(당시 그녀는 겨우 두 살이었다). 누가 먼저 제안했는지는 모르겠지만, 1845년 후반에 촌시와 엘리자베스는 리디아를 두 번째 아내로 맞기로 결정했다. 이젠 리디아의 승낙만이 남아 있었다.

엘리자베스의 고백록에 따르면, 언젠가부터 리디아가 저녁 식탁에 함께 앉아 식사를 하기 시작했다. '여러 면에서 볼 때, 그녀는 더 이상 우리의 하녀가 아니었습니다.'라고 그녀는 적었다. 이렇게 된 것이 두 번째 아내로 맞이하겠다는 제안을 건네받기 전인지 후인지는 알 수 없다. 이와 관련하여 리디아가 실제로 나누었던 대화는 자기 어머니에게 보낸 편지에 적혀 있다. 눈보라가 몰아치는 어느 겨울밤이었다. 아이들은 이미 잠자리에 들었다. 쉴 새 없이 내리는 눈이 창틀에 자꾸만 쌓이고 있었다. 리디아가 보기에, 일주일 동안은 눈보라 때문에 집이 고립될 것 같았다. 촌시는 리디아와 엘리자베스를 불러내 거실에서 기도를 올렸다.

무릎을 꿇은 지 15분이 지나자 촌시는 일어나서 벽난로에 나무를 더 던져 넣었다. 빨갛게 타고 있는 장작을 뒤적이느라 그는 두 여인을 등진 상태였다. 뒤로 돌아보지 않고서 불쑥 그 계시에 대해 이야기했다. 처음에 조셉, 그 다음에 브리검이 말한 것과 똑같은 내용이었다.

"나도 알아요." 리디아는 어깨를 으쓱했다. "저도 이미 들었어요. 여자애들도 그런 이야기를 속닥이거든요."

촌시는 그 계시를 어떻게 생각하는지 리디아에게 물었다.

"저는 한 가지 생각만 해요. 주님의 왕국을 키워나가기 위한 명령이라면 뭐든지 할 거예요." 리디아가 한 말은 이것뿐이었다. 어린 나이에 그처럼 굳은 결의를 실제로 지녔는지 확인할 방법은 없다. 초기 말일성도들이 쓴 많은 편지와 일기를 읽어보면, 글로 쓴 문장은 실제 대화보다도 훨씬 더 종교적인 느낌이 든다. 초기 말일성도들이 실제로 그런 어휘와 표현을 사용했는지 또는 그들이 자신의 대화를 더 고상한 문체로 기록했는지 지금 알아내기란 어렵다. 어찌 되었던 간에, 리디아가 그 제안을 단번에 받아들인 것만큼은 의심의 여지가 없다.

『19번째 아내』에서 앤 엘리자는, 자기 어머니가 겉으로는 리디아에 고마워했지만 속으로는 괘씸하게 여겼다고 했다. 이 점에 대해 자세히 확인해보려고 했지만 그날 밤 엘리자베스의 솔직한 심경이 어땠는지를 알려주는 기록은 거의 없었다. 이때까지 알려진 내용으로 짐작해보면, 그녀는 아마도 해방감, 성취감 및 순종하는 마음과 후회, 배신감, 혼란 및 질투 등이 복잡하게 섞인 심정이었을 것이다. 엘리자베스는 자신의 손과 리디아의 손을 비교하면서, 하나는 "너덜너덜하고 거칠고 마디마디 생채기가 가득하다."라고 묘사한 반면, 다른 하나는 "꽃잎처럼 하얗고 부드럽다."고 했다. 리디아가 그처럼 빨리 승낙하는 바람에 그녀가 놀란, 어쩌면 까무러칠 정도로 놀랐음을 알려주는 단서도 한 가지 남아 있다. 그리고 가장 안타까운 점은, 촌시가 벽난로에서 몸을 돌렸을 때, 그는 십대 소녀를 덮치려고 안달이 난 사람처럼 보였다는 리디아의 주장이다. '그는 나에 대한 욕정으로 가득 사로잡혀 있는 모습이었어요.'라고 리디아는 어머니에게 보낸 편지에 썼다. '스스로 부끄러워선지 말을 꺼내지도 못했어요. 남자들은 대부분 얕은 얼굴에 속마음이 그대로

다 드러나는 법이에요. 은근히 숨기는 재주는 늘 여자들의 몫이죠. 그 날 밤에 나와 초야를 치르고 싶어하는 그의 마음을 훤히 들여다볼 수 있었어요.'

지금껏 남아 있는 엘리자베스의 고백록 중에 눈에 띄는 한 문장이 있다. 왜 그랬는지는 확인할 수 없지만 이들의 대화가 끝난 뒤 그녀의 심경을 잘 드러내고 있다. 그녀는 이렇게 적고 있다. '나는 밤새 눈물로 지새웠다. 새벽이 올 때까지, 그리고 한참 더 이후에까지.' 기뻐서 흘린 눈물이 아님은 물어볼 것도 없다.

4

1846년 1월 21일, 아주 차갑지만 맑게 갠 날에 웹 부부와 하녀 리디아는 나우부 교회당에 모였다. 비록 완성되지 않은 건물이었지만, 그 교회당에서 브리검은 여러 달 동안 예배와 결합식(죽음 이후에도 영원히 부부 관계를 유지하기 위해 행해진다는 모르몬교의 결혼식. 옮긴이) 그리고 재산 봉헌식 등을 행하고 있었다. 당시 그 교회당은 미국 서부지역에서 가장 큰 건물 중 하나였다. 그 건물은 흰 석회벽돌로 지어졌기에 남북으로 오가는 강가의 배에서 보면 마치 등대처럼 보였다.[9)]

결합식과 결혼식에 관해 우리가 알고 있는 내용 대부분은 『19번째 아내』에서 얻은 것이다. 촌시는 턱수염에 걸릴 정도로 깃이 높은 옷차

. . . .

9) 말일성도들은 나우부를 버릴 계획이긴 했지만 수백 명의 일꾼들은 일리노이 주에서의 마지막 날까지 교회당을 짓는 일을 계속했다. 내가 보기에, 이러한 노력은 그들이 자신들의 교회와 브리검에 대해서 얼마나 깊은 믿음을 갖고 있었는지를 상징적으로 보여주는 것이다.

림을 했다. 엘리자베스는 장식용의 좁은 비단 소매가 달린 평범한 짙은 색 옷을 입고 있었다. 리디아는 어깨에 레이스가 달린 새로 짠 숄을 걸쳤다. 앤 엘리자에 따르면, 촌시와 엘리자베스는 위엄에 가득 찬 모습인 반면 리디아는 출랑거리며 경박한 분위기를 풍겼다고 한다.[10]

브리검이 촌시와 엘리자베스의 결합식을 집전했다. 이 의식은 대부분의 기독교에서 행해지는 결혼식과 별로 다른 것이 없다. 물론 차이라면 "죽을 때까지 함께할 것이며"라는 말 대신에 부부는 영원토록 함께 결합된다는 것뿐이다. 지금은 말일성도에게 생애에서 가장 행복한 순간이지만, 엘리자베스도 그랬다고 단정할 수는 없다. '어머닌 영원히 남편과 함께할 것으로 믿었다. 분명 위안이 되는 생각이긴 하지만, 얼마나 큰 대가를 치러야 할 것인가?'라고 앤 엘리자는 물은 다음 이렇게 적었다. '교회당 안에 서 있는 내 어머니 위로 햇빛이 쏟아져내렸다. 내 어머니가 일생 중 마음속에 의심이 깃든 때가 있었다면 바로 그때였을 것이라고 나는 믿는다.' 엘리자베스가 남겨놓은 그날의 기록은 거의 대부분 사라지고 없다. 하지만 지금껏 남아 있는 부분 중에 '아, 나의 믿음이여!'라고 적힌 구절이 눈에 띈다.

촌시와 엘리자베스가 함께 붙어 있을 때, 브리검이 엘리자베스에게 옆으로 비켜서라고 했다. 그녀를 자기 곁으로 데려온 다음 그녀가 있던 자리에 리디아를 대신 세웠다. 리디아는 '발끝을 세워 바닥을 톡톡 치고 있었다.'고 한다.[11] 브리검은 잽싸게 촌시와 리디아의 결혼식을 진행

. . . .

10) 『19번째 아내』에서 앤 엘리자는 매우 어려서 기억하기도 어려웠을 때뿐 아니라 자기가 태어나기 전에 그녀의 부모에게 있었던 많은 일들을 기록해놓았다. 또한 앤 엘리자가 개인적으로 행한 강연에 따르면, 그녀는 자서전의 원고를 준비하면서 어머니뿐 아니라 의붓오빠인 길버트를 직접 만나 이야기를 들어본 다음 부모에 관한 이야기를 적었다고 한다.

했다. 둘이 한 언약은 대부분의 기독교 결혼식에서 행해지는 것과 비슷했다. 둘의 경우, 죽으면 결혼 관계가 끝난다. 죽은 이후로는 촌시와 방금 전 옆으로 비켜섰던 여인 사이의 부부관계만 유지될 것이다. 그녀는 자기 나이의 절반도 안 되는 젊은 여자에게 홀려 있는 남편 곁에서 둘의 언약을 들었을 때 어떤 느낌이었을까? 식이 끝난 후 셋이 함께 결혼 선물을 안고 돌아간 다음 결혼의 진정한 완성을 위해 남편이 리디아의 침실로 향할 것을 뻔히 알고 있던 그녀는 어떤 느낌이었을까?

이 질문에 대한 답을 얻으려면 그녀의 자녀가 남긴 기록과 우리의 상상력에 의존해야 한다. 앤 엘리자는 이렇게 적었다. '저녁 식사를 마친 후 새신랑과 새색시는 부엌에서 멀리 떨어진 리디아의 침실로 갔다. 그 방에는 내 아버지가 얼마 전에 구입한 황동 틀로 만든 새 침대가 놓여 있었다. 램프 불빛이 놋쇠에 반사되어 방 안에는 은은한 황금빛이 감돌았다. 리디아가 먼저 들어가 침대 위에 앉은 다음 머리핀을 빼는 모습을 내 어머니도 보았다. 찰랑이는 금발 머리카락이 리디아의 어깨 위로 흘러내렸다. 머리카락을 빗질하자 반짝이는 빛 때문에 머리 주위가 환하게 밝아졌다. 내 아버지가 침실 앞에 다다르자 리디아는 손을 내밀며 들어오라고 말했다. 방 안으로 들어간 내 아버지가 문을 닫고 나자, 내 어머니만 더러운 접시 앞에서 멍하니 서 있었다.'

엘리자베스의 사생아인 길버트도 똑같은 장면을 목격한 다음 자신의 일기에 기록해두었다.[12] '리디아는 그날 밤이 빨리 지나가기를 바라는

. . . .

11) 『19번째 아내』에서
12) 길버트 웹의 일기(가족 역사 센터) 참조. 앤 엘리자의 의붓오빠인 길버트 웹은 글을 잘 쓰긴 했지만 자주 일기를 쓰진 않았다. 그를 가장 유명하게 만든 것은 1873년 앤 엘리자가 브리검 영에게 건넨 이혼 문서 속에 쓴 진술서다.

듯 보였다. 우리가 저녁을 먹고 있을 때 발을 톡톡 두드렸으며 결혼식에서 노래를 불렀기 때문에 피곤하다고 말했다. 식사를 마치자 금세 자신의 방으로 들어가 버렸다. 곧 내 아버지가 따라 들어갔다. 나는 어머니가 접시와 냄비를 설거지하는 것을 도와주었다. 그런 다음에 우물에서 물을 길으러 밖으로 나갔는데, 리디아 방의 창문 옆을 지나야만 했다. 방 안을 들여다보지 않았다고 말하면 나는 거짓말쟁이가 된다. 방 안은 내가 예상한 대로였다. 한데 얽혀 있는 살덩어리. 둘이 그 짓을 하고 있는 것이 하나님 때문이라는 주장은 마음에 들지 않았다. 그런 짓을 하고 있는 내 아버지를 본다는 사실이 너무나도 끔찍했다.'

　두 번째(또는 세 번째, 네 번째나 심지어 열다섯 번째) 아내를 집안에 맞아들인 날을 찬양하는 많은 여인들이 남긴 일기와 편지가 아직도 남아 있다는 사실을 언급할 필요가 있다. 한 남편을 모시는 여자들 각자는 종교적 의무를 충실히 수행하는 존재였다. 즉, 하늘나라에 아주 가까운 여자였다. 구체적으로 말해 집안의 온갖 살림살이를 도맡아 한다는 뜻이며, 또한 부부관계란 짐에서 어느 정도 벗어나 있었다. 이런 제도에서 기쁨을 얻은 여자들도 많지만 반대로 전혀 그렇지 않은 여자들도 많다. 여러 증거들을 살펴보면, 엘리자베스는 밤에 자기 남편을 다른 여자에게 넘기고 가슴을 쥐어뜯어야만 하는 여자들 축에 속했다. 한 여자 성도는 십 년 후 이렇게 적었다. '내 영혼은 그날 밤 조각조각 뜯겨나가 산산이 흩어져버렸다.' [13]

　촌시가 둘째 아내를 맞이한 이후로 다음과 같은 소문이 있어 호기심

. . . .

13) "이주한 성도 가정의 다른 아내: 기쁨과 슬픔의 회상", '유타 이주 성도의 딸들' 편집(1947).

을 자극한다. 브리검도 바로 그 달에 모두 열한 명의 아내를 맞이했다는 것이다. 그 숫자는 이후 150년 동안 논란의 원천이 되었다. 이 자리에서 그 숫자를 확정할 생각은 없다. 어떤 설명에 따르면, 1846년 1월 21일 브리검이 리디아와 촌시를 결혼시키던 바로 그날에 그 자신도 마사 보우커(1822-1890)와 엘렌 록우드(1829-1866)를 아내로 맞아들였다. 이 결혼에 관한 증거는 무척 불확실하다. 그런 일이 있은 지 한참 후에 대부분 전해들은 증언이기 때문이다. 하지만 일반적으로 일부다처제 결혼이 은밀하고 불법적으로 진행되는 점, 그리고 특히 말일성도의 지도자급 남자였다는 점을 감안할 때 문서화된 증거가 거의 없다는 점도 이해할 만하다.[14]

5

앤 엘리자에 의하면, 첫날밤은 은밀히 치러지지 않았다. 나우부의 여러 집들과 마찬가지로 촌시 웹의 집도 안락하긴 했지만 크지는 않았다. 소음이 이 방 저 방으로, 마룻바닥을 넘거나 문 사이의 빈틈으로 옮겨 다녔음을 어렵지 않게 짐작할 수 있다. '내 아버지는 그 여자가 소리를 내지 않도록 신경을 썼다.'라고 앤 엘리자는 『19번째 아내』에서 적고 있다. '하지만 그녀는 신경 쓰지 않았다. 리디아는 흘레붙는 돼지마냥 비명을 질러댔다. 못마땅하게 여기는 사람들은 내 어머니가 들으라고 일부러 내는 소리라고 여겼을지도 몰랐다.' 이런 표현 방식은 앤 엘리자

. . . .

14) 브리검 영의 사망 당시(1877년 8월 29일) 그의 아내 숫자에 관한 가장 보수적인 어림 수치는 19명이다. 가장 급진적인 수치는 약 56명이다. 많은 말일성도 역사가들이 결론을 내린 숫자는 27명이다.

가 회고록 내내 사용하는 일종의 간접 보고이자 우회적 공격법이다. 그런 까닭에 많은 이들은 이 기록을 믿을 만하다고 여기지 않았다. 분명 앤 엘리자는 어느 한쪽 편을 들었다. 그녀의 편견은 공공연히 드러나 있다. 하지만 길버트의 기록과 비교해보면, 어조가 약간 날카롭긴 하지만 그나마 진실을 기록했다고 말할 수 있다. 길버트는 자신의 일기에서 이렇게 적었다. '첫날밤에 리디아는 내 아버지와 나머지 식구들 모두에게 대놓고서 호들갑을 떨었다. 나는 마구간에 가서 잠을 청했다. 그 여자보단 말이 더 조용하고 늘 함께 지내기에 더 편안했기 때문에.'

"사람은 변한다." 촌시와 결혼 후의 리디아를 보고서 앤 엘리자가 한 말이다. 이전에는 집안의 하녀였던 여자가 이젠 안주인으로 대접받길 원했다. 첫날밤을 지내기 무섭게 그녀는 집안 살림에서 손을 떼고 남편에게 자신이 이전에 하던 허드렛일을 맡을 여자를 구하라고 요구했다. 또한 엘리자베스의 옷장 안에 있는 모자, 머리핀 및 장갑 등 온갖 예쁜 것들을 자신에게도 똑같이 해달라고 졸랐다. 또한 진주가 박힌 황금막대를 놓고 엘리자베스와 옥신각신 다툰 적이 있었다. 그 보석은 앤 엘리자가 태어난 기념으로 촌시가 자기 첫 아내에게 선물했던 것이다. 앤 엘리자는 두 여인의 싸움을 자신의 회고록에서 이렇게 적었다. '리디아는 피가 나도록 내 어머니를 할퀴었다.' 엘리자베스도 가만있지 않고 손으로 때리면서 리디아의 머리카락을 잡아당겼다. 앤 엘리자는 이 보기 드문 일화를 예리하게 분석해 다음과 같이 적었다. '일부다처제로 인해, 사려 깊고 너그러우며 현명한 여자들이 이기적이고 심술이나 부리는 어린애로 걸핏하면 변했다. 아마 여자의 품위를 훼손하고 박탈한 것이 일부다처제의 가장 잔혹한 결과일 것이다. 내가 직접 본 사례만도 일일이 헤아릴 수 없을 정도다. 나는 여성에게 이런 짓을 한 남자들을 용서할 수는 있지만 결코 잊을 수는 없다.'

또한 앤 엘리자는 숨김없이 이렇게 적었다. '리디아는 부부관계에 대한 요구가 지나쳤다.' 일부다처제의 경우, 새로 들어온 아내일수록 자기 남편을 이전 여자와 잠자리를 나누어 갖는 데 대해 더욱 분개하는 것이 일반적이다. 앤 엘리자에 따르면, "결혼한 지 2주 동안 내 아버지는 매일 밤을 새 신부와 함께 보냈다. 원래 아내에겐 거의 아무런 관심도 보이지 않았다. 잠잘 시간이면 아버지는 어머니의 코끝에 가볍게 입을 맞춘 다음 리디아의 방으로 미끄러져 들어갔다. 남편을 다시 볼 수나 있을까 걱정하던 어머니의 마음이 이해가 된다."

그런데도 리디아는 첫 번째 아내와 시간을 너무 많이 보낸다면서 남편에게 불평을 퍼부어댔다. 길버트는 이 젊은 신부가 한숨지으며 했던 다음 말을 기록했다. '당신이 그 여자와 함께 있는 동안 저는 도대체 뭘 하란 말인가요?'

이런 기록들이 리디아의 모습을 한껏 사악하게 그리고 있지만, 그녀는 분명 여전히 십 대에다 순수하고 독실한 성도였다. 솔직히 그녀는 아주 닳고 닳은 요부라도 어떻게 처신할 줄 모르는 상황 속에 내던져진 것이다. 그녀는 자기의 결혼이 갖는 은밀한 성격 때문에 금세 결혼상태가 취소되고 무효로 되거나 심지어 부정될까봐 내심 두려워했다. 결혼한 이후 한 달 동안, 리디아는 자기 어머니에게 보낸 편지에 이렇게 적었다. '어머님 말씀이 옳았어요. 결혼생활은 알다가도 모를 일이에요. 남편을 행복하게 만들어주려고 했지만, 가끔씩은 남편이 왜 기분이 좋았다가 또 어떨 때는 왜 주름을 지으며 불쾌해 하는지 모를 때가 있어

요. 저는 남편 앞에서나 아이들 앞에서 울고불고하지 않아요. 남편의
첫 번째 아내한테는 더더욱 안 그래요. 그러고 싶을 때가 있으면 개를
데리고 밖으로 나간답니다. 내 신앙이 무엇보다도 진정한 위안을 주어
요. 때가 되면 하나님과 그 아드님께서 나를 기쁘게 맞으실 것을 알기
때문이죠. 저는 제 모든 의무를 충실히 수행했으니까요. 저도 이제 한
남자의 어엿한 아내랍니다.' 리디아를 비난하더라도 그 전에 이런 점은
참작해주어야 한다. 즉, 그녀는 영적인 지도자들이 구원에 이르는 길이
라고 알려준 대로 살았을 뿐이다.

엘리자베스는 리디아의 이기적인 행동을 오랫동안 참고만 있었다.
그러던 어느 날 저녁 남편에게 말했다. "도표를 한 장 그렸어요. 월요
일, 수요일 그리고 금요일 밤에 당신은 리디아와 함께 보내요."

촌시는 부드러운 목소리로 얼른 말했다. "맞아요. 화요일, 목요일 그
리고 토요일 밤엔 당신과 함께. 그리고 주일 밤엔 여기 이 거실에서 혼
자 지낼 거요. 그러면 공평하잖소."

엘리자베스는 단호하게 "주일에도 나랑 함께 지내야 해요."라고 말
했다.

6

촌시 집안에 그런 불화가 일어난 때는 마침 성도들이 가장 큰 시련을
준비하고 있는 동안이었다. 대탈출은 이듬해 화창한 봄이 오면 시작될
예정이었지만 학살이 일어날 조짐이 새로 생기는 바람에 브리검은 나
우부를 더 이상 안전하지 않는 곳으로 앞당겨 선언해야만 했다. 1846년

2월 4일 아직 추위가 기승을 부리는 한겨울에 첫 출발 팀이 미시시피 강을 건너 아이오와 주의 슈거 크릭으로 향했다. 브리검은 이후 열하루 동안은 위험하다며 강을 건너지 않고 나우부의 교회당에 머무르면서 여러 봉헌 의식을 베풀었다. 그곳을 떠나기 전에 자신들의 재산을 하늘 나라에 헌납하고 싶어 애태워하던 성도들을 위해서였다. 3월 1일이 되 자 약 2천 명의 성도들이 마차를 타고 슈거 크릭으로 몰려들었다. 긴 여 행이 이제 막 시작되었지만 목적지는 아직 알려지지 않았다. 그곳에서 브리검은 성도들을 이끌고 약 560킬로미터를 갔다. 평균적으로 하루에 대략 9.6킬로미터를 간 셈이었다. 목적지는 일 년 동안 머물게 될 미주 리 강의 네브래스카 쪽인 윈터 쿼터스였다. 그곳은 넓게 드러난 월동 야영지로서 지금의 오마하에서 약 10킬로미터 상류 지역이었다.

촌시와 그의 가족은 1846년 4월 초까지 나우부에 남아 있었다. 그는 초기 이주자들을 실어 나를 마차를 만드느라 무척이나 바빴다. 마침내 그들도 거의 모든 재산을 그곳에 남겨둔 채 짐을 꾸렸다. 모든 식구들, 그러니까 촌시를 비롯해 경쟁하는 사이인 두 아내와 세 아이들이 대탈 출에 가담해 미시시피 강을 건넜다. 세 마리의 황소가 이끄는 덮개를 씌운 마차에 몸을 싣고서. 일 년치의 식량과 옷가지를 챙겼으며 아울러 그들의 신앙도 마차에 함께 싣고 갔다. 그 가족은 한여름이 되어서야 윈터 쿼터스에 도착했다. 9월이 되자 약 2천 명의 성도들이 그곳에 모 였고 모두들 자신들의 생명을 브리검 영의 손에 맡겨놓았다. 한때는 시 카고와 어깨를 겨루던 도시인 나우부는 이제 유령도시로 바뀌고 말았 다. 장엄한 교회당, 수천 명 성도들의 손으로 세워진 자랑스러운 그 건 물은 끝내 버려지고 말았다. 몇 년이 지나면 고대 로마나 그리스의 유물처럼 폐허로 변할 것이다. 무너져 내린 돌더미 사이로 짐승들이 어슬렁거리는 곳으로.[15] 나우부 교회당은 그 후 2002년이 되기 전까지는 그대로 허물어져 있었다.

엘리자베스 처칠 웹에게 대탈출은 중대한 사건이 되고 말았다. 출발 전에 자신의 고백록을 타임캡슐로 묻어놓은 덕분에 비록 불완전하나마 그녀의 신앙에 대한 근사한 기록이 지금까지 전해지고 있으니 말이다.

7

말일성도라면 누구나 다 알듯이, 윈터 쿼터스에 모인 성도들은 거의 일 년을 그곳에서 머물러야 했다. 브리검의 지도하에 그들은 엉성한 천막 거주지를 만들었고 큰 구덩이를 팠으며 간단한 통나무 헛간을 지었다. 그런 식으로 1846년에서 1847년으로 넘어가는 겨울을 지내기 위한 임시 도시를 세웠던 것이다. 브리검은 그 도시를 이스라엘 캠프라고 불렀다. 그 정착지에는 방앗간, 학교 각각 한군데씩과 기본적인 물건을 만드는 여러 곳의 작업장 등 공동체를 위한 여러 설비들이 갖추어져 있었다. 이 시설 가운데엔 촌시의 마차 제작소도 있었다. 이곳에서 그는 의붓아들인 길버트의 도움을 받아가며 마차들을 만들고 수리했다. 곧 시작될 여행 내내 성도들을 날라야 할 마차들이었다.

1847년 1월에 다시 계시가 내렸다. 성도들을 이끌고 로키 산맥으로 가라는 하나님의 명령이 브리검에게 떨어졌다. 하나님 아버지는 이 선

. . . .

15) 『19번째 아내』의 끝부분에서 앤 엘리자는 나우부에 들렀다가 폐허가 된 교회당을 본 참담한 심경을 절절하게 묘사하고 있다.

지자에게 한 가지 확신을 심어주셨다. "새로 시온 성을 지을 곳은 너의 눈에 띄는 순간 저절로 알게 될 것이니라." 곧 머나먼 길을 떠날 것이라는 소문이 온 윈터 쿼터스에 퍼지자 모두들 막바지 준비에 여념이 없었다. 하지만 그 소문은 촌시 가족에겐 출발이 늦어진다는 뜻이었다. 다시 한 번 촌시의 마차 제작소는 떠나는 성도들을 챙겨주어야 했다. 1847년 봄과 여름에 윈터 쿼터스를 떠난 대부분의 사람들의 마차를 손보는 일은 온전히 그의 몫이었다. 촌시가 일을 모두 끝냈을 때는 온 가족을 이끌고 떠나기엔 너무 늦은 철이었다. 가을 서리가 그들의 발목을 잡았다. 그 해 겨울을 그곳에서 보낸 후에야 유타 주의 새 정착지에 합류할 수 있었다.

앤 엘리자에 따르면, 그 해 겨울 내내 아버지는 자신이 여러 명의 아내를 가졌다는 사실을 남들에게 비밀로 해야 한다고 여겼다. "가끔씩 남자들은 어처구니없는 생각을 한다."라고 앤 엘리자는 털어놓았다. 고대 로마의 광장에서부터 브리검 영 대학교의 기숙사에 이르기까지 모든 사회에서 다른 사람의 사랑 이야기는 늘 사람들의 입에 오르는 주제였다. 초기 성도들도 예외가 아니었다. 리디아가 촌시 웹의 두 번째 아내라는 사실을 모르는 사람은 아무도 없었다. 앤 엘리자는 이렇게 적었다. '그 여자는 그런 사실을 대놓고 떠벌렸다.'

남편을 리디아와 나누어 가져야 하는 엘리자베스의 고통은 1847년 11월이 되자 한층 더 깊어졌다. 그 달에 리디아가 아기를 가졌기 때문이다. 리디아가 엘리자베스에게 자신이 아기를 가졌다는 사실을 말하는 다음 대목은 길버트가 기록해둔 것이다. 여기에서 자세히 소개할 가치가 충분한 글이다.

내 어머니는 스튜를 내놓고는 별 말씀이 없었다. 리디아와 경쟁하는 사이가 된 이후로는 줄곧 자기 일에만 몰두해 계셨다. 창밖에는 쌓아놓은 통나무 사이를 바람이 거칠게 지나가고 있었다. 내 어머니는 우리들과 함께 앉지 않고서 식탁과 주방 사이를 이리저리 오갔다. 집안에 온통 비스킷 부스러기를 떨어뜨리면서. 이제 누구라도 두 여인의 차이를 알아볼 수 있었다. 내 어머니는 가슴 부분에 고깃국물 얼룩이 진 앞치마를 두르고 있는 반면에 리디아는 11월에 입기엔 너무나 얇은 여름 정장을 하고서 식탁 가운데 우아하게 앉아 있었다. 그녀의 얼굴은 언 우물 위에 내려앉은 눈처럼 하얗기 그지없었다. "애들아, 너희 아빠랑 난 지금 너희들에게 해줄 중요한 이야기가 있단다." 리디아는 이렇게 입을 열더니, "곧 너희들에게 아기가 생길 거란다. 너희들의 여동생이나 남동생이 될 아기야." 그녀는 내 아버지의 주먹을 잡더니 치켜들었다. 마치 이어달리기에서 이긴 승자라도 된 듯이.

내 어머니는 지금껏 내가 아는 사람 중에 가장 너그러운 분이셨다. 다른 사람을 신경 써야 할 때는 결코 자기 일을 신경 써본 적이 없으셨다. 그래서 어머니는 말이 없으셨다. 리디아의 말을 듣자 어머닌 한 걸음 뒤로 물러섰다. 그리고 또 한 걸음 뒤로. 마치 동화 속의 장면 같은 상황이었다. 어머니가 차츰 사라져버릴 것만 같았기 때문이다. 나도 물론 그런 일은 말이 안 되며 실제로 일어날 수 없는 줄 알았지만 실제로 내 눈앞에 벌어진 사건이었다. 리디아의 말이 내 어머니를 통째로 삼켜버렸다. 만약 주님께서 조셉 스미스에게 천사를 보내는 기적이 가능하다면, 자기 남편이 두 번째 아내를 통해 아기를 가졌다는 말을 들은 여자도 사라질 수 있을 것이다. 어머니는 사라져버렸다. 잠시 동안 우리는 어머니가 어디에 있는지 몰랐다. 난 차가운 밤에 어머니를 데리러 밖으로 나가야 했다. 어머니는 떨고 계셨다. 어머닌 여러 번 작은 소리로 "제발, 그것만은 안 돼."라고 말씀하셨다. 어머니를 이끌고 벽난로 옆의 간이침대로 데려가 신발을 벗겨드렸다. 이제 어머니는 전혀 아무 말씀이 없으셨다. 나는 어머니에게 담요를 덮어주면서 "편안히 쉬세요."라고 말했다. 나도 어린애면서 어머니를 마치 아기를 다루듯 침대에 눕혀야 하는 상황이 무척이나 괴로웠다.

8

무척 다행이게도, 자신의 삶을 기록으로 남기려는 엘리자베스의 뜻은 신앙 고백록으로 끝나지 않았다. 『19번째 아내』에서 앤 엘리자는 자신의 어머니가 대탈출 기간 내내 여행 일기를 적고 있었다고 전한다. 많은 성도들, 특히 여성들은 자기들이 체험한 여행을 세세하게 기록해 두었다. 지금은 교회에 보관되어 있는 그 기록들은 나우부에서 윈터 쿼터스 그리고 궁극적으로 시온으로 향하는 험난한 여정을 이해하는 데 핵심적인 자료다. 나는 1848년 5월에서 그 해 11월까지 쓰인 엘리자베스의 이주 성도 일기를 바탕으로 이 변혁기 동안 그녀의 이야기를 풀어내고자 한다.

촌시 웹 가족은 1,229명의 성도들과 함께 1848년 5월 4일 시온을 향해 떠났다. 서쪽으로 향하는 397대의 마차 행렬에는 상상할 수 있는 온갖 물품들이 실려 있었다. 취사용 화로, 침실용 장롱, 흔들의자, 농기구 및 피아노 등 없는 게 없었다. 마차 뒤에 줄에 묶여 따라오는 가축들로는 젖소, 말, 노새 및 얼룩돼지 등이 있었다. 엘리자베스는 다른 동물들의 울음소리까지 일기에 다음과 같이 적어놓았다. '개는 컹컹, 고양이는 야옹야옹, 수천 마리 벌떼는 벌통에서 윙윙댔으며 갈색 다람쥐 한 마리는 우리 주변에서 폴짝거렸다.'

촌시 웹 가족과 다른 동료 성도들은 일 년 전에 앞서갔던 성도들이 오리건 산길(미주리 주에서 오리건 주로 넘어가는 산길. 옮긴이)에 남겨놓은 발자국을 따라갔다. 브리검은 십 마일마다 표시를 남겨놓는 재치 있는 길 안내 시스템을 마련해놓았다. 보통 햇빛에 바랜 가지영양의 뿔이나 미국 들소의 해골을 이용해 올바른 길, 교차로, 길의 상태 등을 표시해두었다. 1847년의 경우, 브리검과 성도들의 여행은 위험천만하고 한 치 앞을 예측할 수 없었다. 하지만 1848년에는 여전히 험난하긴 했지만 길이 이미 드러나 있었다. 앤 엘리자는 당시 거의 만 네 살에 가까웠다. 『19번째 아내』에서 밝힌 그녀의 어릴 적 기억 가운데는 이 여행에 관한 내용도 있다. 그 여행은 엘리자에게는 대단한 모험이자 기쁨의 시기였다. 많은 마차들이 대초원지역의 풀밭을 지나갈 때, 그녀는 땅에 내려 폴짝폴짝 뛰어다녔고 야생화를 따기도 했다. 아마 유액식물, 협죽초 및 들장미 등이었을 것이다. 또한 사람들과 더불어 찬송가도 불렀다. 천 명 이상의 성도들이 함께 부르는 "하나님의 영이 불길처럼 타오르도다!"란 찬송가 소리는 머나먼 길을 걷고 있던 그들의 마음을 굳건하게 해주었음이 분명하다.

하루하루 일과는 거의 언제나 똑같았다. 4개월 반 동안 성도들은 매일 새벽 5시에 일어나 아침을 먹은 다음 희끄무레한 새벽어둠 속에서 앞으로 나아갔다. 안식일에만 휴식을 취했다. 엘리자베스는 일기에서 하루를 마칠 때의 풍경을 이렇게 적었다. '마차를 커다란 원 모양으로 둘러 세워놓은 다음 저녁 지을 불을 때고 동물들에게 물을 줬다. 온갖 집안일을 마치고 아이들에게 저녁을 먹였을 즈음에는 푸르스름하던 저녁 밤하늘은 이미 캄캄해졌고 하늘엔 별들이 빛나고 있었다. 나는 걸핏하면 늦게까지 자지 않고 달빛이 비치는 밤풍경을 바라보았다. 달빛은 자고 있는 소들의 등가죽이나 촉촉이 젖은 코 위에 환히 내려앉았다. 달빛은 내 딸도 비추었다. 눈이 오나 비가 오나 늘 천사처럼 자고 있는 내 딸의 희디 흰 이마 위에.'

이 가족의 희망찬 여정은 그 해 6월 초 리디아가 아기를 낳으면서 극적으로 달라졌다. 다이언서라는 이름의 그 아기는 여러 가지 병을 지닌 채 태어났다. 엘리자베스는 동료 성도 중에서도 이미 세 명의 아기가 죽는 모습을 목격한 적이 있었다. 어미 중 둘도 따라 죽는 바람에 아기와 함께 풀밭에 묻혔다. 리디아와 아기에게 정확히 무슨 일이 있었는지 알 길은 없다. 하지만 심각한 상황이었음은 너무나 분명하다.[16]

엘리자베스는 산모와 아기의 생명이 위태롭다는 것을 단번에 알아차렸다. '리디아는 눈을 뜰 기력도 없이 마차 침대 위에 아마포를 깔고 누워 있었다.'라고 엘리자베스는 적었다. '이름을 불러도 리디아는 아무 응답이 없었다. 아기 다이언서는 훨씬 더 목숨이 붙어 있는 것 같지 않았다. 조그만 살덩어리가 어미 곁에 누워 있었다. 나는 어떻게 해야 할지 몰랐다.'

. . . .

16) 시카고 대학의 이광선 교수가 행한 연구에 따르면, "19세기의 유아 사망률은 신생아 1,000명 당 130에서 230명 정도였다. 주된 사망 원인은 설사, 호흡기 질환 그리고 성홍열, 홍역, 백일해, 천연두, 디프테리아 및 위막성 후두염과 같은 전염성 질환이었다." 19세기 중반의 여성들은 어떤 상황에서든 분만은 위험할 수 있었다. 특히 마차를 타고 길을 떠난 상황에서는 더더욱 위험했다.

그 당시 병에 걸린 성도들은 흔히 기도와 성직자의 치유력에 의존하곤 했다. 엘리자베스는 어떤 엘더(모르몬교의 고위 성직자 직분의 하나. 옮긴이) 한 분이 마차 침대에서 리디아와 함께 앉아 있는 모습을 다음과 같이 묘사했다. '우리가 어느 물가 옆에 머물러 있던 그날 밤에 온 사람이다. 그는 늙은 사람이었는데 긴 여정에 너무나 지쳐 보였다. 우리가 노래 부르던 그 시온 땅을 살아서 볼 수 있을까 싶을 정도였다. 그가 무슨 치료를 할 수 있을지 내심 걱정스러웠다.'

그 장로는 마차 안에서 온 식구들을 리디아 주변에 모이게 했다. 손을 그녀의 머리에 얹더니 낫게 해달라고 기도했다. 아기에게도 똑같이 했다. "주님의 뜻이라면, 이들을 구해주실 것입니다. 자, 우리 모두 기도합시다."라고 그는 온 식구들에게 말했다.

"만약 낫지 않는다면 어떻게 되는 겁니까?"

"만약 그렇다면, 주님께서 우리의 기도에 응답하지 않는 이유가 분명 있을 겁니다."

이 말에 엘리자베스는 마음이 뜨끔했다. 2년 전의 결혼식 이후로 그녀는 리디아가 집안에서 없어지길 바란 적이 한두 번이 아니었다. 그녀가 떠나게 해달라고 주님께 기도한 적이 있음을 스스로 시인했다. '밤늦게 홀로 있을 때면, 내 남편이 나를 다시는 찾지 않겠다는 듯이 내 경쟁자의 방으로만 향하는 소리를 들은 적이 너무나 많았다. 주님께 이런 굴욕을 멈추게 해달라고 애원한 적이 얼마나 많았던가! 하지만 언제나 나는 혼자였다.'라고 그녀는 일기에서 고백한다.

장로는 떠나기 전에 엘리자베스에게 이렇게 말했다. "이 여인과 아이를 잘 보살피시오. 고통을 겪도록 해서는 안 됩니다. 부인이 할 수 있는 일을 하시오."

엘리자베스는 주저했을까? 혹시 그녀는 '이번이야말로 경쟁자를 물리치고 내 남편을 독차지할 수 있는 기회다'라고 생각했을까? 물론 우리가 알아낼 도리는 없다. 만약 그랬더라도 이기적인 충동은 금세 사라졌다고 해야겠다. 실제로 2주 동안 엘리자베스는 리디아와 다이언서를 낫게 하려고 헌신적으로 간호했다. 잠시도 그들의 곁을 떠나지 않았다. 한여름 평야 지대를 지나는 내내 엘리자베스는 붕대를 갈아주고 숟가락으로 물과 죽을 떠먹여 주었다. '무엇보다도 난 계속 기도했다.'라고 그녀는 적었다.

그녀의 일기 가운데 있는 아래 구절은 이 여인이 품고 있던 신앙을 매우 뚜렷하게 드러내준다. 이 중요한 글을 읽어보면 당시의 많은 초기 말일성도 여성들이 실제적으로나 영적으로 일부다처제를 어떻게 감수했는지를 속속들이 이해할 수 있다.

주님께서 내게 예비하신 시험을 나는 이해하게 되었다. 이전에는 마냥 남편의 두 번째 아내를 미워하고만 있었다. 그 여자가 숨을 내쉴 때마다 그 공기조차 진저리나게 싫었다. 소파에 앉았다가 일어났을 때 쿠션이 눌린 자리도 역겨웠다. 머리빗에 남아 있는 머리카락은 말할 것도 없었다. 내게 인사하는 목소리까지 불쾌하기 그지없었다. 내 아이들에게 입을 맞추는 꼴도 참기 어려웠다. 그 여자가 하나님이 만든 피조물의 특징을 갖고 있다는 사실조차 받아들이기 싫었다. 또한 나의 지독한 증오는 아직 태어나지 않은 그 여자의 아기에게도 향했다. 나는 주님이신 예수 그리스도께서 내게 시험을 하신다는 사실을 진실로 깨달았다. 내가 사랑을 베푸는지 아니면 증오를 일삼는지 주님께선 물으셨다. 주님께선 내 사악한 마음의 소리를 들으시고 내게 연민을 느끼셨다. 만약 내 기도를 들어주셔서 리디아를 내쫓으시고 그 여자의 아기를 거두어 가셨다면 주님께선 나를 진정으로 사랑하신 것이 아니다. 결코 아니다! 주님께선 시험을 통해 내게 사랑을 행하셨다. 오래전에 조셉 형제를 처음 만났을 때 그는 나를 비롯한 여러 사람들에게 이렇게 말했다. "사랑을 가득 쏟아부읍시다. 우리의 선한 행실을 온 인류에게 펼칩시다. 왜냐하면 사랑은 또 다른 사랑을 얻기 때문입니다." 나는 심판의 날에 내 마음이 사랑으로 가득 흘러넘치길 바란다. 하지만 난 내가 믿었던 바를 모두 까맣게 잊어버렸다. 마차 침대 안에서 리디아의 옆에 무릎을 꿇고 있는 동안 내 믿음이 되살아났다. 성도들이 내게 보여준 사랑이 다시 피어난 것이다. 바로 그때 리디아도 일어났고 아기도 힘차게 울음소리를 냈다. 마침내 둘 다 건강을 회복했던 것이다. 둘의 회복은 내 믿음의 부활과 동시에 일어났다. 이런 기적을 결코 잊을 수 없다! 그 뜻은 너무나 분명하고 앞으로도 언제나 분명할 것이다.

1848년 9월이 되자, 촌시 가족과 함께 길을 가던 성도들은 웨버 강의 수려한 붉은빛 협곡에 다다랐다. 솔트 레이크 밸리에서 불과 며칠 거리밖에 되지 않는 곳이었다. 도중에 브리검이 솔트 레이크에서 그들을 마중하러 나왔다. 그날 밤에 브리검은 고개만 몇 개 넘으면 곧 만나게 될, 모르몬교도들이 머물 가나안 땅에 대해 자세히 설명했다. 선발대가 도착한 지 고작 일 년 만에 벌써 작은 도시가 준비되어 있었다. 방 한 칸짜리 통나무집들, 바둑판 모양의 깔끔한 도로들, 인디언의 공격을 막을 요새 한 곳, 여러 군데의 방앗간과 곡식창고, 갖가지 도구와 생활물품을 파는 십여 군데의 상점뿐 아니라 약 5천 에이커의 농경지에 곡식들이 가득 자라고 있었다. 더군다나 농경지엔 얕은 수로와 수문 그리고 못으로 이루어진 정교한 관개시설까지 마련되어 있었다. 엘리자베스는 일기의 마무리 부분에서 이렇게 적었다. '브리검은 약속의 땅에 관해 말했다. 하나님께서 그 땅을 브리검에게 계시하셨고, 이제 브리검이 우리들에게 그 땅을 소개하고 있었다. 나는 리디아의 손을 꼭 잡고서 브리검이 설명하는 그 땅에 대해 들었다. 오랫동안 우리들을 기다려 온 약속의 땅에 관한 이야기를.'

한편, 4년 전인 1848년 9월 13일에 앤 엘리자는 네 번째 생일을 축하받고 있었다. 그녀는 『19번째 아내』에서 이렇게 적었다. '브리검이 나를 안고 어루만져 주었다. 또한 내가 가장 마음에 드는 아이라는 듯이 활짝 웃어주었다. 내 생일날 뽀뽀를 해주면서 이렇게 거창한 말도 해주었다. 이 예쁜 아이는 말일성도의 미래입니다!' 당시 네 살이던 앤 엘리자가 그때 상황을 이처럼 생생하게 기억할 수 있었는지 여부를 확인할 길은 없다. 하지만 많은 세월이 흐른 후 그녀는 자서전에 그때 일을 다음과 같이 적었다. '나는 행복했다. 내 어머니와 아버지가 행복해 하고 내 선지자도 행복한 모습이었기 때문이다. 내 팔을 잡고 있던 선지자의 손과 내 뺨에 닿던 턱수염의 감촉까지도 나는 기억한다. 그때만 하더라도 장차 많은 세월이 흐른 후 이 남자가 나와 결혼해 내 삶을 송두리째 무너뜨릴 줄은 꿈에도 몰랐다.

촌시 웹, 그의 두 아내 그리고 이제 네 명으로 불어난 아이들이 솔트 레이크에 도착한 날은 1848년 9월 20일이었다. 어느 모로 보나 이들은 행복한 가족이었다. 한때 엘리자베스에겐 너무나 혐오스러웠던 일부다처제의 결혼생활도 이젠 일상의 한 부분으로 자리 잡았다. 엘리자베스는 이런 생각을 일기에 다음과 같이 적었다. '브리검은 늘 이렇게 말하곤 했다. 주님께서 우리에게 내리는 은총을 받을 넉넉한 마음이 필요합니다라고. 정말로 정말로 맞는 말이다.' 그녀는 리디아가 집안 살림에 참여하도록 이끌었다. 어엿한 두 번째 안사람도 이제 엘리자베스와 함께 지내는 것을 감사히 여기게 되었다. 두 여인은 자기가 낳지 않은 아이들에게는 마치 조카를 보살피는 숙모처럼 대했다. 그 후 몇 년 동안, 남편이 솔트 레이크에 정착하려고 열심히 일했듯이, 엘리자베스도 남편의 두 번째 아내를 받아들이게 되었다. "리디아는 이제 어엿한 우리 집 식구란다. 하나님께서 그렇게 말씀하셨어." 딸 앤 엘리자에게 그녀가 자주 하던 말이었다.

엘리자베스는 집안일이며 유타에 정착하는 일에 다시 전념하게 되고 나이도 중년으로 들어섰다. 이젠 더 이상 일부다처제의 문제를 끌어안고 고민하는 일은 거의 없어졌다. 하지만 1855년이 되기 전의 상황일 뿐이었다. 그 해 애욕과 탐닉의 어느 달에 촌시, 지금으로 말하자면 중년의 위기를 맞고 있던 그 남자는 세 명의 여자를 한꺼번에 아내로 맞았다. 게다가 셋 모두 열일곱 살 미만이었다. 하지만 그건, 그들 말 맞다나, 또 한 번 일어난 일일 뿐이었다.

9

내가 이 논문을 쓰는 이유는 세 가지다. 첫째로는 일부다처제가 여성의 삶에 미치는 영향을 보여주기 위함이다. 엘리자베스의 이야기는 대표할 만하지도, 그렇다고 특이한 것도 아니다. 단지 한 여인의 이야기일 뿐이다. 이미 기록되었거나 조금 후에 기록될 다른 이야기들도 많다. 그 이야기들은 모두 초기 말일성도 역사의 일부다처제 관습을 훨씬 더 자세히 밝혀낸다. 이런 이야기를 단지 몇 가지만 들어보면 누구라도, 많은 여자들이 그 제도를 경멸했지만 실제적이거나 종교적인 이유로 기쁘게 받아들인 여자들도 있었다는 사실을 알 것이다. 실제적인 이유로는 집안일과 아기 돌보기를 나누어 할 수 있고 한 남자에 대한 성적인 의무가 줄어든다는 것 등이다. 종교적인 이유는 아주 지고한 것이었다. 일부다처제에 순종하며 행복하게 사는 여자들은 천국에 간다고 확신했다.

이 논문을 쓴 부차적인 목적은 말일성도 학자들과 작가들을 위해 일부다처제란 주제를 합법적이며 아직 더 논의가 필요한 과제로 끌어올리기 위함이었다. 물론 말일성도 교회는 1890년에 이 관례를 금지했다. 그 후로 우리의 지도자들은 강력하게 그리고 일관적으로 이 제도를 반대해왔다. 어느 누가 보더라도 말일성도 교회와 일부다처제는 지난 백 년 이상 아무런 공식적인 관계가 없다는 사실에 동의할 수밖에 없었다.

그렇긴 하지만, 일부다처제를 초기 말일성도 교회 문화의 중요한 부분이었음을 부정할 수는 결코 없다. 학자로서 우리들은 그 제도를 엄밀하게 바라보고 솔직하게 이해해야 하며 우리의 유산으로 올바로 자리매김해야 한다. 요즘의 일부 말일성도 교회 지도자들은 일부다처제를 '비중심적' 주제로만 여긴다. 복음의 부활, 계시의 이해, 주 예수 그리스도에 대해 알기 그리고 구원을 위한 준비 등 큰 주제의 부차적인 '곁가지 사안' 정도로만 여긴다. 하지만 엘리자베스 처칠 웹과 같은 19세기의 일부 성도들에게는 일부다처제가 일상생활 그리고 현세의 경험 가운데 매우 큰 비중을 차지했다. 따라서 그 제도를 '사소한 것' 또는 '비중심적인 것'이라고 꼬리표를 붙이는 행위는 결과적으로 그들이 이 세상에서 겪은 체험을 '사소한 것' 그리고 '중심적인 것'으로 치부하는 셈이다. 실제로 우리의 위대한 선지자인 조셉과 브리검을 비롯하여 현재 교회의 초석을 마련한 많은 남자들이 열성적으로 일부다처제에 가담했다. 그분들이 직접 나서서 그 제도를 인정하고 널리 알리고 세상에 퍼뜨렸으며 찬양했다. 그 와중에 거짓말을 하기도 했다. 이것은 비판이 아니라 사실의 전달이다. 이러한 아픔도 그 제도를 있는 그대로 대면함으로써 누그러뜨릴 수 있다.

노예제에 대해 오랫동안 지속적으로 비판이 가해졌기에 국민들의 의식수준이 높아지고 국가의 도덕적 지위가 높아졌듯이, 우리 초기 지도자들이 이 한탄스러운 관습에 차지한 역할을 조사해보는 것은 모르몬교와 일부다처제가 어떤 식으로든 연결되어 있다는 지금의 오해를 최종적으로 불식시키는 데 큰 도움을 줄 것이다.

지금도 분명히, 반대자들은 이 사안을 들어 계속 우리를 공격한다. 베스트셀러 서적, 영향력 있는 신문과 잡지들 그리고 인기 있는 텔레비전 프로그램들이 오늘날의 일부다처제를 파헤치다가 필연적으로 말일성도 교회와 관련시킨다. 우리가 그런 오해를 비판하는 것은 정당하다. 그런 보도의 불공정함에 대한 반박도 합리적인 대응이다. 오랫동안 우리는 거듭 그런 잘못을 고치려고 시도해왔다. 하지만 우리가 둘 사이의 관련성을 거칠게 부인하는 행동은 사실 대중들에게 우리의 이미지를 좋은 쪽으로보단 나쁜 쪽으로 각인시켜왔다. 말일성도 교회는 일부다처제와 거리를 두는 것에만 너무 집중했다. 온 세상을 향해 우리는 단호하고도 명백히 그 제도에 반대하는 입장이라고만 알리다보니, 우리의 역사 속에서 그 제도가 가진 실제적인 역할을 무시하는 결과를 초래했다. "그것은 우리와는 아무런 관계가 없습니다."라는 메시지만 반복함으로써, 우리는 그 제도가 우리의 초기 성도들, 특히 여성들에게 미친 영향을 불합리하게 최소화시켰다. 현재의 말일성도 교회와 선조들의 일부다처제 관습을 격리시키려는 이러한 전략은, 비록 이해 못하는 바는 아니지만, 일부 사람들에 의해 눈가림 또는 심지어 과거의 부정으로 오해되었다. 그런 까닭에 의혹과 옛이야기의 끝없는 반복 그리고 헛소문만 무성해진 것이다. 더군다나, 메사데일의 근본주의자들이 행하는 일부다처제 관습이 말일성도 전체의 일로 오해되는 심각한 사태도 계속되고 있다.

학자들이 나서서 이런 경향을 바꿀 수 있다.

이 논문을 쓰게 된 마지막 이유는 조금 개인적이다. 나는 앤 엘리자영의 5대 손녀다. 비록 내 가족은 우리 집안이 교회 설립기까지 연결되어 있다는 사실에 자부심을 느낀다. 그러면서도 우리는 그런 배교자의 후손이란 사실 때문에 수치심을 떨칠 수 없다. 자라면서 들어보니, 내 가족 중 많은 이들이 앤 엘리자를 단순히 '그 여자'라고 불렀다. 또한 직접 본 적도 없으면서 다들 경멸조로 말했다. 식구 중에 실제로 『19번째 아내』를 읽어본 사람도 없었다. "한 보따리의 거짓말 묶음에 지나지 않는 거란다." 내 할머니는 그 책에 대해 종종 그렇게 말씀하셨다.[17]

집안 분위기가 그런데도, 앤 엘리자와 그녀의 반항은 오랫동안 내 마음을 사로잡았다. 나는 그녀의 인생과 더불어 그녀의 어머니, 즉 나의 6

대조 할머니인 엘리자베스 처칠 웹의 인생에 대해 연구하기로 결심했다. 엘리자베스 처칠 웹부터 시작하는 편이 앤 엘리자의 진정한 개인사와 그 유산을 파헤치기 가장 좋은 방법인 것 같았다. 나는 다음 해 내 대학원 연구 주제인 앤 엘리자의 일생에 대한 연구를 본격적으로 진행할 계획이다. 이 논문에서 진행한 연구는 그 후속 연구의 중요한 바탕이 된다. 솔트 레이크에 머물게 되는 이번 여름에,[18] 나는 교회 문서보관소에 있는 광범위한 자료들을 검토하고 싶다. 그중 일부는 이제껏 어느 학자도 다루지 않은 것도 있다. 그러한 연구를 통해, 복잡다단했던 한 여성의 삶을 충실히 그려내고 그녀의 삶이 말일성도 예수 그리스도 교회 역사에서 차지하는 독특한 위치를 재정립할 수 있기를 바란다.

마지막으로, 내 연구를 통해 앤 엘리자 영의 후반 생애를 조명해보고자 한다. 1908년에 『19번째 아내』의 제2판이 출간된 후로 그녀에 대한 더 이상의 기록은 보이지 않는다. 그녀가 언제, 어디서, 어떤 상황에서 죽었는지 아무도 모른다. 부고라든지 재산 기록도, 심지어 사망증명서도 남아 있지 않다. 1908년 이후 어느 시점에서 감쪽같이 사라져버렸다. 한때는 미국에서 가장 유명한 여자 가운데 한 사람이었는데 말이다. 그녀는 일부다처제를 종식시키기 위한 싸움을 통해 여성 수천 명의

. . . .

17) 오랫동안 말일성도 학자들은 『19번째 아내』를 거론하면서 앤 엘리자의 명백한 편견과 정치적인 속뜻을 언급해왔다. 하지만 이 논문을 쓰기 위해서 그녀가 기록한 사건을 다른 이들이 쓴 기록과 일일이 대조해보니 일반적으로 일치하는 내용이 드러났다. 놀랍게도 앤 엘리자의 회고록은, 적어도 나우부에 있을 때 및 시온으로 길을 떠나는 도중에 그녀 어머니를 포함한 가족의 삶을 설명하는 부분만큼은, 대부분 사실로 볼 수 있었다. 물론 그녀가 강조하는 특정한 문제는, 여러 사람의 말을 거치다 보면, 때때로 독자들로 하여금 초기 말일성도 역사에 대해 왜곡된 인상을 줄 우려가 있었다. 회고록 전체 내용이 사실이든 아니든 간에 특히 그녀와 브리검 영과의 관계를 다룬 부분은 내 후속 연구의 한 부분이 될 것이다.

18) 나는 학교 당국에 감사를 표하고 싶다. 특히 스프래그 교수께 감사를 드린다. 이 분은 내가 곧 시작하게 될 앤 엘리자 영 하우스에서의 인턴십 과정을 지원하기 위해 근로 연구 장학금을 너그러이 내주었다. 나는 정말로 이 과정에 대단한 기대를 걸고 있다.

삶을 바꾸어놓았고 모르몬교회의 그러한 관행을 거의 무너뜨리다시피
했다. 그런데도 역사에서 아무런 자취도 없이 사라져버렸다. 무슨 일이
생겼는지 우리는 아무것도 모른다. 앤 엘리자의 죽음은 미스터리로 남
아 있다. 하지만 미스터리라는 것은 그 속성상 언젠가는 풀리는 문제란
뜻이다.

The 19th Wife

8

현재 . . .

사진 속에 나타난 총

깜짝 놀랄 단서가
나타날
조짐

 "조니, 일어나."

"으응, 뭐?"

"일어나야 된다고."

"형, 여기가 어디야?"

우리는 허버 변호사의 주차장에 와 있었다. 길 건너편의 은행에 달린 표시판에는 아침 8시란 시간과 이미 32도가 넘은 수은주를 나타내고 있었다. 꼬마는 일어나 앉았다. 얼굴은 담요에 눌려 주름이 잔뜩 잡혀 있었다. "형, 뭐 아침 먹을 거 없어?"

하얀 가루가 묻은 도넛 몇 개를 주었더니 조니는 조용히 조심스럽게 먹었다. 그러는 사이 나는 아침 뉴스를 들었다. 10분 후에 모린 씨가 노란색 혼다를 타고 도착했다. 그 차 뒤쪽 유리에는 뚱뚱한 펭귄 가족들이 그려져 있었다. 그녀는 잠시 차 안에 앉은 채 플라스틱 빗으로 머리를 가다듬었다. 나는 밴에서 내려 그녀가 타고 있는 차 유리에 노크했다.

“조던 씨.” 그녀는 놀란 듯 잠시 숨을 헐떡였다. “어휴, 깜짝 놀랐잖아요.”

“미안해요. 하지만 제게 경찰 보고서 한 부를 주지 않았다는 게 생각나서 찾아왔어요.”

“알았어요. 일단 차에서 먼저 내리고요.” 그녀는 내 어깨 너머를 바라보더니 무언가에 시선을 고정시켰다. “저 애는 누구예요?”

조니와 엘렉트라가 내게 똑바로 다가오고 있었다. 둘 다 강아지처럼 헐떡이고 있었다. “이쪽은 조니예요. 제가 잠시 돌보고 있어요.” 나는 조니와 엘렉트라를 다시 밴으로 돌려보내려 했지만, 둘 다 가기 싫은 눈치였다. 슬쩍 떠밀어서 기어이 밴에 태웠다.

“멍청이.” 꼬마가 심술을 부렸다.

사무실 안은 어둡고 또한 더웠다. 모린 씨는 이리저리 다니며 전깃불과 에어컨 그리고 자기 컴퓨터를 켰다. 그러면서도 허버 변호사가 요즘 매우 바쁘다는 말을 잊지 않았다. 그러고는 파일이 채워져 있는 캐비닛으로 가서 S자 모양의 서랍을 뒤지기 시작했다. “여기 있어요. 한 부 복사해 드릴게요. 하지만 먼저 솔직히 말해주세요. 조니는 어떻게 된 거죠?”

“그 애는 지금 마땅히 갈 데가 없어요.”

“가출한 애라면 경찰에 신고해야 돼요.”

“가출한 애는 아니에요.”

“알았어요.” 그녀는 한숨을 지으며 이렇게 덧붙였다. “버려진 아이를 볼 때면 내 마음이 아파요. 혹시 짐 후크 씨에게 연락해 보셨나요? 보호소를 운영하는 분이죠. 정말 착한 사람이고요. 그분 전화번호를 알려드릴게요." 그녀는 키보드를 톡톡 두드리더니 그 사람의 번호를 알려주었다.

그 후에 모린 씨는 서류철에서 경찰 보고서를 꺼내주며 말했다. "아주 기본적인 내용뿐이에요. 하지만 한 번 보세요."

보고서에 담긴 살해 정황은 〈레지스터〉지의 내용을 그대로 옮겨놓은 것이나 마찬가지였다. 보고서를 만든 사람은 벽과 의자 사이의 거리와 벽에 튄 핏자국의 높이 등 여러 가지를 꼼꼼하게 적어놓았다. 한 시체 도표에는 총알이 내 아버지의 몸 어디에 맞았는지를 표시한 현장 조사관의 표시가 있었다. 두 번째 도표에는 총알이 뚫고 나온 등쪽에 표시가 나 있었다. 마지막 페이지의 제일 아랫부분에는 현장 조사를 맡은 경찰관 히람 앨튼의 서명이 있었다. 이 사람은 퀴니의 남편. 흠, 이게 뭔 일이람!

더욱 흥미로운 것은 그의 사인 옆에 적힌 두 개의 짧은 질문란이었다. 사진 촬영? 이 질문에는 'O'에 체크되어 있었다. 검사 완료? 이번에는 'X'에 체크.

"모린 씨? 사진을 갖고 있나요?"

"무슨 사진요?" 보고서 내용을 보여주었다. "아, 서류를 검사해 볼게요." 하지만 서류에는 아무런 사진도 없었다.

"허버 변호사께 여쭤봐 주실래요?"

"뭘 말입니까?" 허버 변호사가 문 앞에 서 있었다. 알이 넓은 선글라스를 끼고 있어서 기분이 상했는지 어쩐지는 알 수 없었다. "모린 씨, 무슨 일입니까?"

"조던 씨가 경찰 보고서를 보고 싶어해서요."

"아, 네." 그는 자기 집무실 쪽으로 몇 발짝 움직이더니 뒤로 몸을 돌렸다. "내게 알고 싶은 게 뭡니까? 조던 씨."

"사진요. 보고서에는 사진을 찍었다고 하던데요."

"저도 압니다. 요청을 했지만 아직 보내주지 않고 있습니다."

"언제쯤 사진이 오나요?"

"가급적 빨리 와야겠지요. 도착하면 연락드리겠습니다. 모린 씨가 조던 씨 전화번호를 알고 있겠지요?" 자신은 그런 일에 신경 쓸 여유가 없다는 표정이 역력했다.

"사무실을 나가기 전에 말씀드릴 게 있어요." 얼떨결에 내 입에서 킴벌리 자매와 사라 파이브(5)를 만난 이야기가 모조리 쏟아져나왔다. 또한 둘 중 하나는 내 아버지가 살해되던 날 밤에 사라 파이브가 어디에 있었는지에 대해 거짓말을 했다는 것까지도.

허버 변호사는 선글라스를 벗었다. "흠." 단지 흠뿐이었다. 더 아무 말도 없었다.

"뭔가 미심쩍지 않나요?"

"네. 제 생각에도 뭔가 앞뒤가 안 맞습니다."

"혹시 뭐 짚이는 거라도 없나요?"

"모르겠습니다."

"모르신다고요?" 도대체 이 변호사를 왜 아직 믿고 있단 말인가? 이런 정보를 얻었으면 뇌 속의 추론 장치에 쏙 집어넣어 내 어머니를 감옥에서 빼낼 방법을 탁 떠올려야 할 터인데. 하지만 가만 생각해보니 애당초 헛된 기대였다.

"안타깝게도 둘 다 또는 둘 중 하나가 거짓말을 했을 이유는 수백 가지일 수 있습니다. 하지만 조던 씨가 더 깊이 생각하기 전에, 딱 세 가지 이유를 알려드리고 싶습니다. 첫째, 대부분의 사람들이 거짓말을 합니다. 둘째, 사람들이 일상적으로 하는 거짓말은 조던 씨가 처한 상황과는 아무런 관계가 없습니다. 그리고 셋째, 조심하지 않으면, 사람들이 하는 어느 정도 순진한 거짓말 때문에 난처한 상황에 처할 수 있습니다."

도대체 무슨 뜻인지 알 수가 없는 소리를 늘어놓고 있었다. 내 어머니를 감옥에서 빼내겠다는 것인지 아니면 나를 자신의 사무실에서 쫓아내겠다는 것인지. 나는 이렇게 쏘아붙였다. "이 보세요. 모든 사람들이 거짓말이나 하고 돌아다니진 않아요."

"물론, 다 그런 건 아닙니다. 하지만 범죄 한 건당 얼마나 많은 거짓말쟁이들이 모여드는지 아시면 기절초풍하실 겁니다."

모린 씨가 어깨를 으쓱거렸다. "변호사님 말씀이 맞긴 맞아요."

내 밴은 세인트조지에서 약 24킬로미터 외곽을 달리고 있었다. 조니는 차 안에 있는 것은 모조리 먹어치웠다. 그리고선 설탕이 잔뜩 묻은 손을 바지에다 스윽 문지른 뒤, 이어서 트림을 한 번 하더니 물었다. "형, 지금 어디로 가?"

"메사데일 경찰서. 사진을 내가 직접 찾고 싶어서."

"뭐라고, 지금 제 정신이야?"

"진정해."

"그 놈들이 날 죽일 거라고."

"그렇진 않을 거야."

"제길! 아무것도 모르면서 무슨 헛소리야. 모조리 마약중독자들이라고." 조니는 계기판을 내리쳤다. "이 차 세워!"

"조니, 진정해. 거기 가면 네가 날 도와줘야 해."

"지금 차 안 세우면 뛰어내릴 거야."

"조니, 나도 웬만큼은 알고 하는 거야."

"내가 할 소리네." 이렇게 말한 뒤 조니는 무릎에 가방을 끌어당기더니 문을 열었다. "형은 완전 머저리야!"란 말과 함께 밖으로 뛰어내렸다. 너무 갑자기 생긴 일이어서 나는 50여 미터를 더 가서야 차를 세웠다. 백미러로 보니 조니는 제방 아래로 굴러 떨어지고 있었다. 가방을 가슴에 꼭 끌어안은 채로. 구르기를 멈추자 벌떡 일어서더니 머리에서 모래를 털었다. 거친 야생마, 동시에 미련 곰탱이 같은 꼬마 녀석. 차를 후진시켜 꼬마가 있는 곳 근처에 세웠다.

"올라와서 타."

"엿이나 먹어."

"너한텐 아무 일도 안 생기도록 할게."

"날 내쫓을 때 그 놈들이 무슨 말을 했는지 알아? 내가 다시 돌아오기라도 하는 날엔 내 어머니를 죽여버리겠다고 했어. 나를 그 추잡한 곳으로 데려가겠다면, 형도 이 차도 형 어머니도 다 엿이나 먹어라 그래! 참, 형 어머니는 빼고."

그는 작은 가방을 끌어안고 세인트조지 방향으로 걷기 시작했다. 하지만 도저히 걸어서 갈 수 있는 거리가 아니었다. 다시 차를 후진시켜 조니 옆에 세웠지만 그 꼬마는 계속 앞만 보고 걸었다. 나도 계속 후진을 하며 말했다. "널 놀라게 하려던 게 아냐. 알았으니까, 어서 타."

"형하고는 아무 데도 안 가."

"좋아. 내가 어떻게 했으면 좋겠니?"

"제기랄, 신경 꺼."

"꼬마야, 알았어, 나랑 같이 안 가도 돼. 대신 널 세인트조지까진 데려다줄게. 그곳에서 아무데나 내리고 싶은데 내려줄게."

계속 걷기만 하던 꼬마는 마침내 입을 열었다.

"형하곤 더 할말 없어."

"조니, 정말 아기처럼 징징댈 거니?"

"뭘 어쩌라고?" 그는 어깨로 코를 스윽 훔쳤다. "좋은 형인 줄 알았더니만." 그리고선 슬그머니 뒤로 돌아 내 쪽으로 왔다.

"조니, 모린 씨가 이곳을 알려줬어. 여기 가봐야 할 것 같아."

꼬마는 발을 멈추더니, "어떤 곳인데?"

"짐 후크라는 사람의 집."

조니는 다시 뒤돌아 걸었고, 나는 다시 후진을 했다.

"그 사람을 아니?"

"날 보호시설에 내팽개치겠다는 말이지?"

"아냐, 절대 그런 게 아니라고." 허버 변호사가 옳았다. 사람들은 늘 거짓말을 한다. "조니, 알았어. 널 영화관에 내려놓고 나 혼자 메사데일로 갈게. 돌아와서 널 다시 태워주면 되잖아."

조니는 다시 멈추었다. "반드시 돌아온다고 약속하면 차에 탈거야."

"그럼, 약속하지."

조니는 마치 모래 속에서 발견한 작은 보석을 자꾸만 뒤집어보듯, 내가 한 약속을 곰곰이 저울질하더니 불쑥, "좋았어. 하지만 난 지금 사탕

사먹을 돈이 조금 필요해."라고 말했다. 흔쾌히 주겠다고 하자, "그리고 팝콘도."라고 덧붙였다.

"그럼 5달러 줄게." 내가 밴을 멈추자 조니가 탔다. 엘렉트라는 반갑다는 표시로 조니를 한 번 핥아주었다. "안전벨트를 매."

"알았다고."

우리는 한참 동안 말이 없었다. 세인트조지에 다다랐을 때 내 휴대전화는 수신을 알리는 신호가 울렸다. 문자 메시지가 와 있었다. "에, 안녕하세요, 조던 씨. 저예요, 모린. 뭔 일이냐면요, 조던 씨가 떠난 직후에 사진이 도착했어요. 언제라도 와서 가져가시면 됩니다."

일부다처제에 관한 설교[*]

이제, 프랫 장로의 강연에 뒤이어 저는 쉬운 말로 말씀드리겠습니다. 왜 우리가 일부다처제의 거룩함을 믿어야 하는지, 그것도 변함없이 늘 믿어야 하는지에 관한 내용입니다. 세상에는 이 거룩한 제도를 믿을 여러분의 권리에 의문을 품고서 여러분이 법을 벗어난 행동을 한다고 말하는 사람들이 있습니다. 하지만 법을 이해하지 못하는 쪽은 바로 그런 사람들이며 또한 하나님의 뜻을 이해하지 못하는 사람들도 분명히 그런 사람임을 여러분들께 말씀드립니다.

우리가 일부다처제를 믿는 까닭은 하나님이 그것을 명하셨기 때문입니다. 주님께선 첫 번째로 조셉에게, 그 다음엔 제게 그렇게 명하셨습니다. 제 입맛에 맞게 하나님의 말씀을 바꿀 수도 없거니와 오늘날의 세상에 맞게끔 주님의 말씀을 바꿀 수도 결코 없습니다. 주님의 말씀은 영원의 말씀이고, 또한 언제나 그럴 것입니다. 우리의 일부다처제에 반

. . . .

[*] 이것은 브리검 영이 일부다처제를 처음으로 공식적으로 시인한 강연이었다. 이 주장을 통해 그는 이후 40년 동안 지속될 그 제도를 방어하기 위한 종교적 정치적 무기를 말일성도들에게 제공한 셈이다.

대하는 사람은 하나님께 반대하는 사람입니다. 이런 사람들의 반대는 우리에 대한 것이 아니라 그들의 창조주에 대한 반대입니다.

우리는 성경의 권위에 눈을 돌려야 합니다. 왜냐하면 구약성경에는 한 남자가 많은 여자를 취한 사례가 흔히 있기 때문입니다. 성경을 하나님의 진리의 말씀으로 받아들이려면 반드시 그 말씀을 시대에 따라 변치 않는 절대적인 진리로 인정해야 합니다. 말일성도인 여러분은 주님께서 모든 인간에게 마련하신 진리의 말씀을 다시 회복하기 위해 여기 모였습니다. 가톨릭에서부터 숱한 반역적인 분파들까지 기존의 모든 기독교 세계는 이제껏 하나님의 진리를 외면한 채 모조리 미쳐 날뛰어 왔습니다. 조셉을 첫 선지자로 그 다음엔 저를 선지자로 삼아 하나님은 진리를 다시 살려내기 시작하셨습니다. 우리 모두가 그 진리를 회복시키고 있습니다.

게다가, 많은 여자들을 아내로 맞음으로써 우리는 왕국을 널리 퍼뜨리고 있습니다. 바로 아브라함이 한 일을 우리가 실행하고 있는 것입니다. 많은 아내를 두는 남자와 일부다처제 가정에 참여하는 여자는 하나님의 과제를 수행하는 사람입니다. 따라서 지극히 높은 이로 칭송될 것입니다. 그 가르침을 거부하는 남자나 여자에 비해 하나님의 은총에 훨씬 더 가까운 사람들입니다. 진실은 바로 이렇습니다.

알다시피, 저는 버몬트 주의 그린 마운틴스 목장의 아들로 태어났습니다. 저는 자라면서 우리나라 헌법에 의해 부여된 국민의 권리를 깊이 이해했습니다. 종교의 자유는 모든 사람에게 보장된 권리입니다. 모든 사람에는 사막에 사는 말일성도 여러분도 당연히 포함됩니다. 제가 지금 여러분께 말씀드린 내용이나, 하나님의 진리, 성경의 권위, 또는 제

가 주님의 선지자란 사실을 모조리 믿지 않는 사람을 우연히 마주치게
되면, 여러분의 적인 그 사람에겐 미합중국 헌법을 거론해야 합니다.
우리가 믿는 신앙을 추구할 권리를 헌법은 틀림없이 보호해줍니다. 형
제자매 여러분, 세상에 나가 이 권리를 주장하십시오. 그것은 바로 우
리의 권리입니다!

인터넷
카페에서

"형한테서 땀 냄새 나."

"나한테서?" 맞는 말이다. 우리 둘 다 냄새가 고약했다. 수영장 방향으로 차를 틀었다. 사진이 담긴 봉투가 내 무릎 위에 있었지만 바로 열고 싶지는 않았다. 사진을 꺼내 보기가 두려웠던 것 같다. 피투성이 모습 때문은 아니었다. 그쯤은 참아낼 수 있다. 다만 사진에 담겨 있을 어떤 진실을 대면할 준비가 아직….

시립 수영장에는 어중이떠중이들이 다 모여 있었다. 무릎이 쭈글쭈글한 할머니들, 낮술에 비틀거리는 십대들, 그리고 폭염을 피해 들어온 노숙자들도 보였다. 엄밀히 말해, 조니와 나도 마지막 부류에 해당되었다.

"1달러 75센트입니다." 매표소의 여직원이 말했다. "그리고 동생 분은 1달러 25센트고요."

조니가 혹시 마음이 상할까 봐 굳이 내 동생이 아니라고 말하진 않았다. 하지만 조니가 종알댔다. "제 친형 아니에요." 나는 바보 짓하지 마라는 표정을 지었다. "동생이 아니에요?"라며 그 여직원은 대수롭지 않은 듯 물을 뿐이었다.

우리는 긴 콘크리트 바닥에 수건을 던졌다. 조니는 폴짝 뛰어 물속으로 들어갔다. 그러더니 자기 또래의 네 아이들이 놀고 있는 레인 구분선 쪽으로 헤엄쳐갔다. 약 십 초 후에는 이미 그 아이들과 어울려 놀고 있었다. 아이들은 수중 술래잡기 놀이를 시작했다. 수영장 이쪽저쪽으로 도망 다니는 조니는 무척 행복해 보였다. 또한 얼굴이 말끔해졌다. 물에 젖어 깍두기 같은 얼굴을 한 새 친구들과 노느라 웃음꽃이 만발한 조니는 나를 까맣게 잊고 있었다.

봉투 속에는 스무 장의 사진이 들어 있었다. 컬러 복사를 한 것이지만 충분히 선명한 편이었다. 사진에 찍힌 장면들은 내가 예상했던 그대로였다. 첫 사진은 출입 금지라는 인쇄 문구가 붙은, 아버지의 지하실로 통하는 문이었다. 문 안쪽에는 페인트가 칠해진 콘크리트 바닥, 찢어진 코르덴 소파, 증발식 냉각기 등이 있었다. 아버지의 야전침대는 정돈이 되지 않은 모습이었다. 사진의 해상도가 높지 않은데도 지저분한 침대 시트가 선명하게 보였다. 그 다음에 아버지의 책상이 보였다. 서류 보관 캐비닛이 두 개, 컴퓨터 한 대 그리고 총알이 가득 차 있는 플라스틱 마가린 통. 다음 사진은 훨씬 더 생생했다. 아버지의 컴퓨터 책상 앞에 있는 의자에는 총알이 휘감으며 뚫고나간 구멍에 피가 묻어 있었다. 벽에 튀긴 핏자국은 마치 합판에 붙은 진흙덩이 같았다. 컴퓨터 화면이 찍힌 사진에는 포커 게임을 하던 아버지의 손과 총탄 세례 때문에 느닷없이 중단된 채팅 창이 보였다. 실제로는 채팅 창이 세 개였다. 이것은 〈레지스터〉지가 알리지 않은 내용이었다. 하나는 내 어머니를 언급하는 대화가 있는 것이고, 다른 두 개는 매우 평범해 보였다.

드러난 상황만으로는 그렇다는 뜻이다.

집안의가장2004: 세인트조지 어디쯤?

ALBIL: 말리부 모텔 아세요?

집안의가장2004: 넵.

ALBIL: 거기서 가까워요.

집안의가장2004: 혼자 삽니까?

　여기서 채팅이 끝났다. 여러분 중에 곰곰이 이 문제를 달리 생각해본 사람이 있는가? 만약 내 아버지가 채팅 상대에게 한 질문의 답을 너무나 흥분한 상태에서 기다리고 있었다면 어떠했을까? 가령, 아무도 없이 혼자예요, 내 남편은 내일 아침까진 집을 비워요, 전 제 여자 친구랑 함께 있어요와 같은 대답 말이다. 그런 어리석은 수컷의 희망에 마음이 너무 심하게 흥분하는 바람에 심장발작이라도 일어났다면? 그럴 가능성도 있지 않은가! 그래서 내 아버지의 머리는 목에 걸려 축 늘어지고 몸이 지하실에서 차갑게 식어간다. 리타 자매는 그런 아버지를 목격한다. 어리석은 수컷의 욕정 때문에 죽어버린 아버지를. 내 아버지가 그런 식으로 삶을 마쳤다고 상상해보라. 그렇다면 지금 모든 것이 달라졌을 테다. 두 번째 채팅 창은 이랬다.

근사한NVAZUT: 나이는?

집안의가장2004: 47세, 하지만 39에서 42처럼 보임.

(세상에나!)

근사한NVAZUT: 기혼?

집안의가장2004: 그렇소

근사한NVAZUT: 그럼 마누라랑 자면 되겠군.

집안의가장2004: 그보단 당신이 내 마누라랑 자는 걸 지켜보고 싶소.

근사한NVAZUT: 마누라 거시긴 끝내줍니까?

집안의가장2004: 사람에 따라서는.

근사한NVAZUT: 이런 고얀 양반 같으니.

두 사람의 묘비명에 새길 만한 구절이다.

조니가 내 수건을 쓰고는 슬쩍 던지면서 말했다. "나도 한 번 볼까나." 하지만 내가 사진을 몽땅 뒤집어버렸다. "아, 이제 우린 한패니까 내게 모든 걸 다 틀어놓아야 돼. 그래야 형 어머니를 감옥에서 꺼내는 걸 도와줄 수 있지."

"어째서 네가 나랑 한패냐?"

"아잉, 형 사랑해." 조니는 등을 대고 바닥을 한 바퀴 구르더니 일어나서 고개를 돌렸다.

"형 아버지를 내가 잘고 있었다고 말했지?"

"그래서?"

"내 주일학교 선생이었단 말을 했을 뿐이야."

"오호, 대단한 걸 다 알고 있는데."

"흠냐, 형 말이 맞아. 물론 그건 아무것도 아니지."

"뭐가 아무것도 아니란 거야?"

"그건 조사할 가치가 없단 뜻이야."

"애가 도통 뭔 소릴 하는 거야."

"형 어서 수영장에나 들어가지 않을래?"

"먼저 네가 지금 무슨 소릴 하는지 자세히 말해봐."

"형, 먼저 수영부터 해. 땀내나 풍기지 말고."

나는 몇 바퀴를 헤엄치면서 십대 여자애 삼인조를 지나갔다. 다른 애들보다 훨씬 짧은 비키니를 입고 있었다. "요런 엉큼한 년!" 한 애가 자기 친구에게 외치는 말이 들렸다. 부러워서 하는 말이 틀림없었다.

물속에서 나와 내 수건을 집으러 왔더니 조니는 사진을 훑어보고 있었다. "뭐해?"

"형, 이거 봤어?" 조니가 마지막 사진을 손에 잡고 있었다.

"응, 봤는데. 자, 이제 사진은 내게 돌려줘."

"젠장, 여길 보라고." 내 아버지가 찍힌 사진이었다. 집안의가장2004가 컴퓨터 의자에 구부정하게 앉아 있는 모습이었다. 눈은 위쪽으로 치켜떴고 입은 벌어졌으며 한 손은 뭔가를 움켜쥐려는 듯 우스운 모양이었다. 살이 뼈에서 떨어져나간 고대 미라 같았다. 당뇨병에 관절염으로 부은 발목 그리고 비아그라나 상습 복용하는 늙은 남자. 왜 이런 아버지를 그토록 무서워했단 말인가?

"형, 정말 꼴사나워. 완진 역거워서 못 봐주겠어. 하지만 형 아빠잖아."

"도대체 뭔 이야길 하고 싶은데?"

"형 아빠는 종말에 관해 가르치곤 했어. 곧 종말이 닥친다고 늘 말했지. 교회에 자기 총을 가져와서 종말의 시기에 적과 어떻게 싸워야 하는지 알려주기도 했고. 정말 추잡해."

"그게 다야?"

"응, 아까도 말했잖아. 아무것도 아니라고."

나는 벌러덩 드러누워 손으로 눈을 가렸다. 도대체 뭐하자고 여기서 이러고 있는지 한심해 보일 수도 있겠지만 여러분에게도 가끔은 이런 때가 있지 않는가.

순간 무언가가 떠올라, 벌떡 일어나 앉았다.

"그 총이 어떤 거였지?"

"빅보이였던 것 같아. 왜? 중요한 거야?"

"나도 모르겠어."

우리는 엘렉트라를 맡겨둔 인터넷 카페로 갔다. 축 늘어진 분위기 속에 아이 두 명이 푹 꺼진 카우치에 앉아 카페라테를 휘젓고 있었다. 카페 이름은 '어 우먼 스콘드(A Woman Sconed. 여기서 woman sconed는 woman scorned를 살짝 비튼 말이다. 일부다처제 사회인 이곳에서 여자는 자기 남편에게서 경멸을 받기 일쑤다. 이런 상황을 풍자하기 위해 저자가 만들어낸 이름이다. 옮긴이)'였고, 그곳에서 일하는 고스 스타일 여자는 내 개랑 사랑에 빠져 있었다. "어라, 남자뿐이네?" 우리가 들어오자마자 이렇게 한마디를 던진 후로 그 여자는 내게 얼씬도 하지 않았다.

나는 컴퓨터에서 메신저를 켰다. 여러 번 고친 끝에 예의 바르면서도 심각한 메모를 하나 작성했다. 먼저 이 메모를 '근사한 NVAZUT'(여기서 NVAZUT는 Nevada, Arizona, Utah를 나타낸다. 사건이 진행되고 있는 곳이 네바다 주, 애리조나 주 및 유타 주와 접해 있기에 붙여진 이름. 옮긴이)에게 보냈다. 이런 내용이었다.

안녕하세요? 집안의가장2004란 아이디를 쓰는 사람과 언젠가 채팅을 한 적이 있는 분이시죠? 몇 가지 질문을 해도 될까요? 저는 그 사람의 아들인데 몇 가지 알고 싶은 게 있어서요. 제 아버지는 당신과 채팅하던 그날 밤 돌아가셨습니다. 실은 살해당했습니다. 밝혀지지 않은 사실이 너무나 많아서 제가 알아보는 중입니다. 이상하게 들리겠지만 사실입니다.

조니는 옆에 앉아서 화면에 입력된 내 메모를 읽고 있었다. 입술은 실룩댔고 이마에는 반쯤 주름이 잡힐 정도로 인상을 쓰고 있었다.

"뭐야?" 내가 물었다.

"아냐. 난 아무 말도 안 했어."

"내용이 너무 구질구질하다는 거야 지금? 난 진지하게 썼단 말이야."

"형 일이잖아. 알아서 해."

조니 말이 맞는 것 같았다. 이젠 짧은 내용으로 바꾸었다. '안녕하세요? 채팅 어때요?'란 내용만 적어서 ALBIL과 사막아가씨에게 보냈다.

고스 스타일 여직원은 엘렉트라에게 컵케이크를 줘도 되는지 물었다. "물론 공짜로요."라고 말하는 소리를 들으니 문득 사라 파이브가 생각났다. 그녀와 이야기를 다시 해보아야겠다는 생각도.

"이런 젠장!" 조니가 소리쳤다. "형, 답장이 왔어."

ALBIL이었다. 이 여자는 바로 본론으로 들어갔다. '좋죠. 사진 있으세요?'

"와우!"

"조니, 가만 앉아 있어."

"형, 잠시만, 무슨 사진을 보내야 할까나." 조니는 내 마이스페이스 블로그의 프로파일에서 내가 다운로드한 사진을 훑어보았다. "뭐 괜찮네. 하지만 완전 게이 모습이잖아."

"실제로 게인데 뭐?"

"그냥 보내봐. 어떻게 되나 보자."

삼십 초 후에 답장이 왔다. '근사한데요, 만날까요?'

"형, 게이니까 어떻게 숙녀를 다룰지 잘 알겠네. 우리가 있는 여기로 오라고 해."

"우리라고?"

"음, 그래. 더군다나 난 어린애잖아. 나를 한 번 슥 쳐다보면 형이 점잖은 사람이라고 여길 거야."

맞는 말이다. 약 한 시간 후에 한 여자가 문을 열고 들어왔다. 얼굴이 창백하면서도 포동포동해서 젊어 보이기도 하고 아줌마처럼 보이기도 했다. "저 여자는 형 거네." 조니가 속삭였다.

"짓궂은 소리 마."라고 면박을 주었다. "앨빌(ALBIL) 씨?"

조니늘 보는 순간 그 여자는 약간 놀란 표정이었다. "조던 씨죠. 와아. 사진이랑 똑같네요. 게이들은 대부분 사진이랑 실물이 다른데. 맞죠?"

"맞아요. 우선 앉으세요. 뭐 마실래요?"

그녀는 선글라스 테를 만지작대면서 조니를 바라보았다. "아들을 데리고 왔을 줄은 몰랐어요."

"제 동생뻘 되는 아이예요. 잠시 돌보고 있는 겁니다."

"멍청이 형을 기다리고 있을 수 없어 인사드립니다. 전 조니예요."라며 손을 불쑥 내밀었다. 그 순간에 보니 어린애 몸에 달려 있는 손이 너무나 작아 보였다. 그렇게나 어린아이란 사실이 새삼스러웠다.

"조니, 까불래?"

"흠, 25센트짜리 몇 개만 주면 가서 비디오 게임하고 놀게." 주머니에서 잔돈을 꺼내주자 조니는 신나게 뛰어갔다.

"아이들을 좋아하시나 봐요."

"저 애가 나타날 때까진 저도 미처 몰랐어요."

"얼마나 저 애를 돌보고 있나요?"

"고작 이틀요. 그런데, 앨빌…."

"앨빌 알렉산드라예요."

"알렉산드라?"

"앨빌(ALBIL)은 온라인상의 이름이에요. '알렉산드라는 사랑에 빠지길 좋아한다(Alexandra Likes Being In Love).'의 이니셜이죠. 저는 낭만적인 걸 좋아해요. 메신저를 켜고 5분쯤 지나 그만 나오려고 했었는데, 조던 씨가 나타났어요."

"아, 네." 난 슬슬 짜증이 났다. "드릴 말씀이 있어요. 여기로 부른 까닭은 몇 가지 질문을 하고 싶어서예요."

"알겠어요. 뭐든 질문하셔도 돼요. 다 솔직히 답해드릴게요. 전 털털한 성격이에요. 숨길 게 뭐가 있겠어요. 그럼 난노식입적으로 제 소개를 할게요. 서른여섯, 이혼, 두 아이의 엄마, 하지만 애들은 전남편이랑 킹맨에서 살아요. 그리고 보시다시피 살이 좀 붙었죠. 좀체 빠지지가 않네요. 아무튼 아이를 좋아한다니 아주 맘에 들어요. 아이를 싫어하면 좀 문제가 될 수도 있는데, 안심이 되어서요."

"음, 제가 한 말은 그런 뜻이 아닌데요."

"무슨 말이에요. 아무튼 전 조던 씨가 마음에 들어요."

"제가 연락을 드린 진짜 이유는 이런 거예요."

차근히 설명을 시작하자 그녀의 눈은 마치 동그란 딱지처럼 활짝 열렸다. "어머나, 세상에! 살해당했다고요?" 냅킨 통에서 휴지를 꺼내더니 입으로 가져갔다. "잠깐만요. 거짓말이죠?"

"그럴 리가요? 사실은 살인 용의자가 제 어머니예요." 알렉산드라는 당장 자리를 떠야 할지 말아야 할지 얼른 결정하지 못하는 표정이었다. "제 아버지와 채팅한 거 기억나세요?"

"모르겠어요. 아직 정신이 얼얼해서." 그녀는 냅킨으로 얼굴에 부채질을 해댔다. 전자오락에 흠뻑 빠진 조니는 조그만 손이 조이스틱에 딱 들러붙어 있었다.

"거짓말이 아니라 진짜로 살해됐다니 믿을 수가 없어요."

"사실은, 제 아버지는 정말 개망나니였어요. 분명 앨빌 씨께는 마누라가 스무 명도 넘는다는 사실은 이야기 안 했을 겁니다."

"세상에! 그런 말도 안 되는."

"네. 메사데일에서 살았어요. 그런데, 제 아버지를 기억하세요?"

"뭔가 잘못 짚고 있는 게 틀림없어요. 전 유부남과는 채팅한 적이 없어요. 채팅해본 것도 통틀어 두 번뿐이고요."

"아마 거짓말을 했을 거예요. 전혀 짚이는 데가 없나요?"

"모르겠어요. 저는 연습 삼아 자주 포커 게임을 즐겨 해요. 일 년에 두어 번 친구들과 어울려 주말에 라스베이거스에도 가요. 하지만 구질구질한 모습은 보이기 싫어 주로 인터넷으로 해요. 그런데 언제라고 했죠? 토요일? 몇 시쯤?"

“11시 쯤.”

“아, 맞아요. 그때 인터넷에 접속해 있었어요. 하지만 정확하게 조던 씨 아버지인지는 잘 모르겠어요. 게임 테이블에 누구라도 올라오면 채팅을 시작하는 편이어서요. 뭐, 그냥 별 뜻 없이요.”

“제 아버진 아마 매우 종교적인 척했을 거예요.”

“뭐 다들 그런 척은 할 수 있죠.”

“아마 트럭 이야기도 했을 거예요. 트럭을 무척 좋아하니까.”

“트럭 좋아하는 남자가 한둘이에요.”

“참, 사냥도 아주 좋아해요.”

“누군 안 그런가요? 잠깐만요! 혹시 특이한 병에 걸린 걸프전 참전 용사 맞나요?”

“아뇨.” 몇 분 더 이야기했지만 대화는 허무하게 끝났다. 어설픈 질문에 뜬금없는 대답들뿐. 하지만 우리가 알아낸 결론은 둘의 채팅은 어떤 인상을 남기기엔 너무나 시시했다는 것. “제가 온라인 채팅이나 하면서 시간을 허비하는 사람으로 여기진 말아주세요.”라고 말하더니 이내, “실은 제가 좀 그런 편이긴 하지만요.”

“만약 생각나는 거 있으면 제 이메일로 알려주세요.”

“전화번호도 알려주세요. 혹시 모르니까.” 그녀는 빈 수첩을 꺼내 내 전화번호를 적었다. 비디오 게임을 끝낸 조니는 줄곧 우리 둘이 이야기하는 모습을 지켜보고 있었다. “형을 좀 도와주세요.”

“글쎄, 난 별로 도와드릴….” 그녀는 간섭받기 싫다는 듯 말했다. 작별인사를 마치고 그녀가 밖으로 나가자 한참 동안 현관 벨소리가 딸랑거렸다.

———

친애하는 길버트 형제에게

좋은 질문을 해주셨기에 저도 좋은 답을 드리고 싶습니다. 형제님이 말한 것은 사실입니다. 정말로 제가 우리의 독특한 결혼제도를 전혀 솔직하지 못한 태도로 논의한 적이 있었던 건 맞습니다. 만약 다른 노력이나 성취는 고려하지 않고서 오직 이 부적절한 처신 한 가지로 제가 비판을 받아야 한다면, 그래도 마땅합니다.

형제께서 제기한 비판을 피해가기보다는 전 제 행동의 맥락을 짚어보고 싶습니다. 물론 굳이 말일성도들이 한때 직면했던 비난을 다시 상기시켜드리진 않겠습니다. 무법천지의 폭도, 적대적인 주지사와 보안관들, 성도 한 명당 100명의 적을 지닌 우리들은 예나 지금이나 두려움에 떨고 있습니다. 시온 부대, 하운스 밀 그리고 극서부 지역에서의 학살을 우리가 다시 떠올려야겠습니까? 카시지란 이름을 들었을 때 눈물을 흘리지 않는 성도가 단 한 명이라도 있겠습니까? 위대한 선지자 조셉을 앗아갔던 총소리는 우리 귓가에 영원히 떠나지 않을 것입니다. 무엇보다도 저는 이 세상에서 두 가지 소명을 맡았습니다. 첫째는 믿음의 성도들을 영광스러운 하늘나라로 인도하는 일이라면 무엇이든지 해야 합니다. 둘째로, 진리의 부활을 믿는다는 이유로 안락한 삶을 위협받는 수만 명의 성도들을 보호해야 합니다. 제가 만약 안전한 시온 땅에 도착하기 전에 우리의 결혼제도를 공개적으로 알렸다면, 형제님을 포함해서 우리 성도들의 목숨을 전부 위험에 빠뜨렸을 겁니다.

형제님의 편지를 진심으로 감사하게 여깁니다. 젊은 형제님, 부디 비하이브 하우스(The Beehive House. 부지런한 사람의 집이란 뜻으로 브리검 영과 가족이 살던 집. 옮긴이)에 들러주기 바랍니다. 저는 열린 마음과 탐구정신으로 인생을 열어나가는 젊은 이들을 무엇보다 존경합니다. 이제 세상에 나가 진리의 말씀을 퍼뜨리기 바랍니다. 당연한 하나님의 뜻이기 때문입니다. 형제님의 부모, 남동생 아론 그리고 천사와 같은 여동생 앤 엘리자에게도 안부를 전해주기 바랍니다.

형제님의 가장 진실한 선지자

브리검 영

거칠게 살아가는
아이들

"예쁘장한 형아, 지금 어디로 가?"

조니와 나는 카나브로 가는 길이었다. 오후 늦은 시각이었는데도 너무 뜨거운 날이어서 차는 금방이라도 폭발해버릴 것 같았다. 메사데일에 가까워지고 있을 때 트럭이 한 대 스치고 지나갔다. 앞자리에 나이 든 근본주의 모르몬교도 세 명이 타고 있었다. 두 노인은 희끄무레한 머리에 기름기가 반질반질했고 한 명은 눈이 사팔뜨기였다. 아마 이들 전부에게는 사오십 명의 마누라와 백오십, 어쩌면 이백여 명의 자식들이 있을 것이다. 5만 달러짜리쯤 되어 보이는 그 트럭은 호사스럽게도 그을린 유리창에다 루프랙(자동차 지붕 위의 짐받이. 옮긴이)을 달고 있었다.

집에 마누라를 스무 명 두고 있으면서도 단 한 명만 주 정부에서 법적인 배우자로 알고 있으면, 나머지 열아홉 명만큼 보조금을 받을 수 있다. 마누라와 자식들이 많으면 더 많은 복지 지원 보조금을 받는다. 그런 까닭에 칠십 명의 식솔을 거느린 남자는 놀고먹으면서도 저런 비싼 트럭을 몰 수 있다. 혹시나 이들의 모든 재산이 날아가 버려도, 선지자를 보호하는 임무를 맡고 있기에 교회에서 어느 정도는 받을 수 있다.

조금 더 가다보니 '혼자 고민만 하고 있습니까? 도움이 필요합니까?'라고 적힌 안내 푯말을 지났다. 그 문구 아래엔 어느 금발 여인이 이 근처에서는 볼 수 없는 어느 한적한 길을 걷고 있는 모습이 찍혀 있었다. 그리고 그 아래 800번대로 시작하는 전화번호가 있는 걸 보니 솔트 레이크의 어느 단체에서 세운 푯말이란 것을 알 수 있었다. 저런 표지판 때문에 인생이 꼬여버린 누이 한 명이 있다. 저 번호는 보자마자 바로 전화를 걸어야 소용이 있다. 하지만 어떤 사람도 그날 바로 전화를 걸지는 않는다. 내 누이는 (아마도) 아버지의 12번째 아내가 낳은 딸이었다. 어느 날 밤 그 누이는 새벽 서너 시경에 일어나 계단을 몰래 미끄러져 내려와 저 번호로 전화를 걸었다. 누군가 와서 자기를 탈출시켜 줄 것이라고 믿으면서. 하지만 저 번호가 어디로 연결되었는지 아는가? 곧바로 메사데일 경찰서로 향하는 번호였다. 경찰이 내 아버지께 전화를 해서 알려주었다. 그러자 그녀를 아버지의 남동생에게 데려다주어 결혼을 시켜버렸다. 그때 아버지가 내 누이에게 하던 말이 기억난다. "이제 열여섯이다. 시집갈 때가 됐다."

그새 메사데일로 향하는 곁길로 들어서니 멀리서 큰 집들이 보였다. 온갖 모습의 아이들이 떠올랐다. 살갗이 헤진 갓난아기, 이제 막 걷기 시작한 부스럼이 덕지덕지 붙은 아이, 배를 곯는 어린 남자애와 여자애들, 그리고 외로운 십대 아이들. 모두들 정에 목말라 있었다. 또 내 어머니가 생각났다.

"저런 곳에서 벗어났으니 우린 정말 천만다행이야." 조니가 말했다.

"난 저곳의 아이들을 모두 도와주고 싶어."

"여자애들이 자꾸만 도망치고 있대. 밤에 슬그머니 사라진다는 거야."

"이젠 선지자도 안절부절 못하고 있겠군."

"형, 실은 열다섯 살쯤 된 아주 매력적인 여자애가 있었어. 선지자가 색시로 삼으려고 눈독을 들이고 있었는데, 그 애가 도망쳐버린 거야."

"도망친 애들은 어디로 가니?"

"뭐 여기저기. 하지만 다들 이 근처에 살아."

카나브에 들어서자, 메가 바이트 매장에서 한 블록 떨어진 곳에 차를 세웠다. 조니를 시켜 사라 파이브에게 말을 걸게 할 생각이었다. "메사 데일에 있을 때부터 알고 있었다는 듯이 행동해. 너도 그곳에서 도망쳤다고 말하고. 그 다음에 그 애가 도망친 때가 언제였는지 물어봐. 거짓말하는지 알아보게 말이야. 자, 2달러 받아."

"고작 2달러?"

3달러를 더 주자 눈웃음을 지으며 애교를 떨었다. "삼십 분 후에 올게." 조니는 밴에서 폴짝 뛰어내렸다. 자기도 도움을 줄 수 있다는 생각에 아주 우쭐한 표정이었다. 처음으로 이 애를 어떻게 떼어놓을지 걱정이 되었다. 기다리는 동안 캘리포니아 주의 지도를 펼쳤다. 접힌 지도 속에 돈을 넣어두었기 때문이다. 현금 192달러 그리고 280달러가 든 현금카드가 한 장 있었다. 기름 값이 턱없이 많이 들었다. 유타에서 나흘을 돌아다니고 나니, 파사데니아의 탁아소 공사 일에 맞춰 꼭 돌아갈 수밖에 없게 되었다. 롤랜드에게 전화를 했지만 부재중 안내 멘트만 들려왔다. 음성녹음을 짧게 남겨놓았다. "여기 오래 머물진 않을 거야."

"이런 세상에!" 조니가 다시 밴에 오르면서 말했다. "그 여자가 형한테 거짓말 한 게 있어."

"어떻게 알아냈니?"

"들어가서 햄이랑 치즈를 하나씩 시켰어, 아 참! 돈 고마웠어, 어쨌든 들어가서, '어디서 본 것 같은데요.'라고 말했어. 그 여자가 날 슬쩍 쳐다보더니, '날 안다고?'라는 거야. 그래서 '메사데일에서 왔잖아요.'라고 말해주었어. 다행히 내가 어린애여서 자기한테 이상한 해코지를 하지 않을 거라고 봤는지 순순히 그렇다고 대답하더라고. 그러기에 나도 그곳에서 왔다고 했어. 이때다 싶어 밀어붙였지. '잠깐만요, 이제 알겠어요. 스콧 형제의 딸이죠, 맞죠? 교회에서 보았던 게 기억나요.'라고 말이야. 고개를 끄덕이더니 뭔가 불편한 표정이었어. 누군가가 나를 보냈다고 여기는 듯했어. 사실 누가 날 보내긴 했지 뭐. 그게 누군지 그 여자가 알 턱이 없지만. 그래서 이렇게 말했지. '걱정 말아요. 저도 도망치는 신세니까요. 그래서 말인데 혹시 그 사람이 살해당할 때 그곳에 있었어요? 그 여자가 뭐라고 말한 줄 알아? 이랬어. '응, 난 어머닐 그곳에서 탈출시킬 생각이었어. 그곳엔 뭔가 험악한 일이 생길 것만 같았거든. 하지만 어머닌 나랑 함께 떠나려고 하지 않았어. 어머니께 무슨 일이 생길지 이젠 알 길이 없어.'" 여기서 말을 멈춘 조니는 아주 의기양양한 표정을 짓고 있었다. "이제 우리가 주도권을 진 거라고!"

"너 아무래도 나쁜 탐정 영화를 너무 많이 봤어."

"형이 못한 일을 한 것뿐이야."

"가자."

"지금 어디로 가자는 거야?"

"안전벨트 매."

"뭐라고? 이제 내 엄마 행세까지 하겠다는 거야?"

우리는 멕시코 음식인 타코 매점에서 잠시 멈추었다가 다시 황량한 길을 달리기 시작했다. 해넘이를 정신없이 바라보고 있는 동안 사막은 분홍빛에서 붉은빛으로, 다시 푸른색에서 검은색으로 변해갔다. 아직 달이 떠지 않아 차 안은 아주 어두워서 보이는 것이라곤 하얀 타코 봉지뿐이었다. 엘렉트라는 담요 위에서 잠이 들었고 세상은 고요하기 그지없었다. 다만 가끔씩 불어오는 바람소리뿐. 조니도 잠이 든 줄 알았는데 느닷없이 이렇게 말했다. "그랬던 적이 있어."

"뭘 했다고?"

"그러니까, 어떤 남자랑."

"뭔 소리야?"

"라스베이거스에 있을 때, 몇 번. 어떤 남자 밑에 드러누워 있었어." 어두워서 조니의 얼굴은 보이지 않았다. "난 싫었단 말이야."

"괜찮아." "난 호모가 아니라고."

"그럼, 어딜 봐서 네가 호모겠니?"

"하지만 만약 호모라면 형을 좋아하게 될 거 같아."

"하하. 고마워."

"형."

"응?"

"난 다시는 그러고 싶지 않아."

"다신 그럴 일 없을 거야."

"진짜겠지?"

"그럼 진짜지."

"난 그보단 정말로 아가씨랑 하고 싶어."

"이런 머리에 피도 안 마른 녀석이."

"헤헤."

우리는 이제껏 살아온 이야기들을 서로 주고받았다. "몸이 바짝 달아올랐을 때 여자를 슬쩍 쳐다보기만 해도 임신을 시킬 수 있다고 선지자가 말하던 거 기억나?"라고 물었더니 조니는 까르르 웃으면서 머리를 뒤로 젖혔다. 이제껏 그렇게 재밌는 이야긴 들어본 적도 없다는 듯이. "형, 나도 기억나. 어처구니없게도 난 그 말을 죄다 믿었어. 흐미, 마을에 있는 아가씨들을 내가 모조리 임신시켜버린 줄 알았다니까." 둘 다 계속 웃음을 터뜨렸다. 그런 헛소리들을 어떻게 모조리 다 믿을 수가 있었담? 아직도 그런 헛소리를 믿고들 있겠거니 싶어서 웃음이 뚝 그쳤다. 한참이나 우리는 아무 말이 없었다.

"조니?"

"응?"

"오늘 밤 그곳으로 다시 갈 거야."

조니는 아무 말이 없었다.

"괜찮니?"

여전히 말이 없더니 간신히 입을 열었다. "형이 가고 싶다니까, 뭐."

우리 집

리디아 태프트 웹 지음

우리 집에서 그대는 만나게 되리

사랑스러운 자매들, 진실하고 친절한 이들을.

여러 배우자들은 의롭게 살고 있다네

주님의 말씀 안에 모두 하나가 되어.

모두 합해 둘, 셋, 넷, 그리고 다섯

더 많은 이들이 모일수록 더욱 넘치는 활기!

우리는 기도하네, 손과 손을 맞잡고,

주님과 우리 남편을 사랑하자며,

이것이 주님의 뜻이자 주님이 명하신 것,

다 함께 우리는 주님의 거룩한 땅으로 들어가리니!

−1853년

리디아 태프트 웹은 촌시 웹의 충실한 아내로서, 천상의 결혼에 대한 자신의 믿음을 표현하기 위해 이 시를 지었다. 20년이 지난 후에 성도들이 일부다처제를 포기하라는 외부의 압력을 받기 시작했을 때, 유타 전역에서 한 남편을 둔 여러 여자들이 이 시에 가락을 붙여 반항의 차원에서 노래를 불렀다. 이 노래는 근본주의 모르몬교도를 비롯한 다른 21세기의 일부다처제 신봉자들 사이에서 인기 있는 곡으로 지금까지 불리고 있다.

사진에 나타난
총

메사데일로 접어들자 조니는 주위를 샅샅이 살폈다. "지금까진 별일 없어. 아무도 우릴 알아보지 못한 것 같아." 어느 샛길을 지날 때 합판에다 타르를 칠한 지붕을 얹은 집 한 채를 지나쳤다. 말 두 마리가 집 밖에 세워진 기둥에 묶여 있는 집이었다. "저게 내가 살던 집이야. 완전 시궁창이지." 조니가 볼멘소리를 했다.

"집이 그립니?"

"뭔 소리야?"라고 펄쩍 뛰더니 조금 후에, "이상한 일이야, 안 그래?"

"뭐가?"

"이렇게 집에서 가까이 있는 느낌이."

"이젠 더 이상 집이라고 할 수 없는 곳이야. 다 지난 일이라고."

퀴니의 집은 조용했다. 바랐던 대로 순찰차는 가고 없었다. 집으로 향하는 진입로를 걸어가고 있는데, 차고 문이 위로 말려 올라가면서 한 쌍의 발이 눈에 들어왔다. "여기로 들어와!"

우리가 들어가자 문이 다시 아래로 내려오기 시작했다.

퀴니의 잠옷 아래 선은 무릎 위에서 멈추어 있었다. 슬쩍 보아도 속옷을 입지 않았음이 분명했다. 그렇게 보이다간 공개적으로 채찍질을 당할 수도 있다. 아니면 강간을 당하던가. 또 어쩌면 이곳에서 쫓겨나든가. 물론 세 가지를 한꺼번에 당할 수도.

"날 좀 도와줘."라고 나는 말했다.

"이 애는 누구니?"

"내 동생뻘인 꼬마야."

"동생뻘이라고?" 이내 무슨 뜻인지 알아차리고 이렇게 말했다. "아, 젠장. 조던, 모든 일을 망칠 셈이구나."

"진정해. 남편은 나갔지, 맞지?"

"응, 하지만 남편의 새 마누라가 집에 있어."

"새 마누라라고?"

"어제 결혼했어. 선지자가 남편을 더 이상 봐주지 않았어. 자꾸 고집을 피우면 잘못된 분위기가 퍼진다며 엄포를 놓았어. 남편도 어쩔 수가 없었어."

"참 기가 막힐 일이군. 그 여잔 몇 살인데?"

"나이가 많아. 19살."

"겨우 불법은 면했네." 내가 말했다.

"형, 그 DVD 본 적 있어?" (조니가 이렇게 묻는 까닭은 조던이 '겨우 불법은 면했다.'는 뜻으로 말한 'Barely legal.'이 미국의 성인용 비디오의 제목이기도 하기 때문임. 옮긴이)

"요즘엔 못 봤어."

"너희들 빨리 여길 떠나야 해." 퀴니가 말했다.

"네 남편에게서 뭔가를 좀 알아내주면 좋겠어."

"쉿. 조용해. 새 마누라는 올빼미 같은 여자야. 게다가 벌써 날 미워하고 있어."

나는 퀴니가 '염병할!'이란 말과 함께 밴에 올라타고 당장 나와 함께 떠나면 얼마나 좋을까 싶었다. 하지만 실제로 사람들은 생각만큼 쉽게 그런 일을 저지르진 못한다.

"그런 눈빛으로 날 쳐다보지 마." 그녀가 말했다.

"어떤 눈빛?"

"내가 한심하다고 보는 눈빛 말이야. 난 너랑 달라. 휙 떠나버릴 수는 없어."

"난 휙 떠난 게 아냐."

"무슨 뜻인지 너도 알잖아. 게다가, 지금은 적절한 때도 아니고."

"왜 아닌데?"

질문을 던지고 나자 바로 그녀가 임심했다는 사실이 떠올랐다. 난 왜 이리 둔한 놈이란 말인가. "임신한 지 몇 달 됐니?"

"석 달. 곧 침대에 누워 지내게 될 거야. 첫 아이 낳을 때도 약 6개월을 그렇게 지냈으니까."

"잠깐만요, 뭐 다 잘 되고 있네요." 조니가 끼어들었다. "그런데 뭐 먹을 거 없어요?"

"둘 다 곧 떠나야 돼."

"알아요, 하지만 지금 무척 배가 고파요."

"여기서 기다려." 그리고 이렇게 당부했다. "절대 아무 소리도 내지 말고."

기다리는 동안 조니는 퀴니 남편의 총 여러 정을 살펴보았다. 부싯돌 발화식 권총들, 한 쌍의 저격수용 총, 펌프식 산탄총 한 정, 보이스 라이플(제2차 세계대전 당시 주로 사용된 장총의 한 종류. 옮긴이) 한 정, 그리고 황금으로 된 회전식 탄창이 달린 고풍스러운 권총 한 정이 있었다. "상황이 험악해져도 난 칼 한 자루는 갖고 있다고."

"칼 한 자루랑 너 자신이랑." 내가 거들어주었다.

퀴니는 머핀 한 개와 우유 한 잔을 들고 돌아왔고, 조니는 마치 일주일은 굶은 듯이 음식을 꿀꺽 집어삼켰다.

"퀴니, 물어볼 게 하나 있어." 내가 말했다. "경찰 보고서에 대해 뭐 아는 거 없니?"

"남편은 그런 일은 나한테 말 안 해줘."

"왜 조사가 완료되지 않았는지 물어봐 줄 수 있니?"

"내가 물으면 이상하게 여길 거야. 새 마누라가 옆에 있으면 더 힘들어져."

"그래도 한 번 해봐."

"그런 걸 왜 알고 싶으냐고 되물으면 뭐라고 대답해?"

"다들 그런 이야길 한다고 말하면 되지. 예를 들면 협동조합에 일하는 여자들이 다들 그런다고 알려줘. 그 여자들이 궁금해 하다가 너한테 물어봤다고 하면 되잖아."

그녀는 잠시 생각에 잠겼다. "설령 남편이 내게 말해준다고 해도 너한테 어떻게 알려야 하지?"

"내 휴대전화로 연락해줄 수 있니?"

"남편에게 들킬지도 몰라."

"혹시 이메일 쓰니?" 그녀와 조니가 둘 다 날 쳐다보았다. 메사데일에 그런 게 어디 있냐는 듯이.

"그렇다면 카렌 자매를 통해 우체국에 쪽지를 남겨놔."

퀴니는 꼼짝도 않고 서 있었다. 그래도 내 말을 들어줄 거란 생각이 들었다. "언제까지 알려줄 수 있니?"라고 나는 물었다.

"내일까지. 이제 어서 여길 떠나. 새 마누라는 내가 왜 오랫동안 밖에 나가 있는지 이상하게 여길 거야. 조던, 몸조심해. 그리고 제발 다시는 오지 마. 여전히 난 네가 좋아. 하지만 네가 큰 사고를 칠 거 같아 어쩔 수가 없어."

국도로 돌아가는 길은 황량했다. 가옥마다 불이 켜져 있었지만 보이는 사람은 아무도 없었다. "우릴 본 사람이 한 명도 없었던 것 같아."라고 난 말했다.

조니는 우리 뒤로 차츰 물러나는 마을을 뒤돌아보고 있었다. "형, 우린 왜 저런 끔찍한 곳에서 태어나야만 했을까?"

"낸들 알겠니."

"형, 내가 엄마랑 헤어질 때 엄마가 뭐라고 말했는지 알아?"

"뭐라고 하셨는데?"

"천국에서 다시 만나자꾸나." 조니는 코웃음을 치면서 말했다. "천국? 헛소리 작작하라 그래."

"조니, 내 어머닌 머라셨는 줄 아니? '언젠가는 너도 이해할 거란다.'였어."

바로 그때 픽업트럭 한 대가 덤불 속에서 나타나더니 우리 뒤를 쫓기 시작했다. 그 트럭은 속도를 올려 내 차에 바짝 붙이더니 루프랙에서 일렬로 늘어선 여러 대의 라이트를 켰다. 내 밴은 은빛이 감도는 푸르스름한 빛으로 가득 찼다. "젠장!" 조니가 외쳤다. 엘렉트라는 뒷문 유리창에 대고 짖기 시작했다.

"조니, 누가 탔는지 보이니?"

"저 라이트 때문에 안 보여."

트럭은 속도를 올려 옆으로 바짝 붙더니 다시 뒤로 물러서며 꽁무니에 붙었다. 트럭의 루프랙에서 나오는 라이트 불빛 말고는 주변이 온통 캄캄했다.

"누군가 우릴 본 것 같아." 내가 말했다.

"형, 이거 아주 난감한걸."

"꼭 잡아." 급커브를 틀자 붉은 먼지 구름이 흩날렸다. 트럭은 속도를 줄이며 내게 약간의 공간을 내주었다. "그냥 우리랑 장난을 치는 거야."라고 난 말했다.

"정말이야?" "아니."

"그럼 누군 거 같아?"

"어떤 녀석이든 상관없어."

"혹시 선지자라고 생각하는 거야?"

"아냐. 나도 몰라." 이 말과 함께 브레이크를 세게 밟았다. 엘렉트라는 담요에서 떨어졌고 트럭은 급커브를 틀며 덤불 속으로 들어갔다. 사막 한가운데 라이트가 빛나고 있었다. 마치 덤불과 모래 위로 보름달이 여러 개 뜬 것 같았다. "이제 누군지 보이니?"

"딱 한 명 보여."

"어떻게 생겼어?"

"빌어먹을 놈처럼 생겼지."

백미러를 보니 트럭이 덤불에서 빠져나오고 있었다. 괴물 같은 바퀴들이 모래 속에서 세차게 회전하자 모래를 밀쳐내고 빠져나온 것이다. 트럭은 얕은 모래 둔덕을 넘어 도로 위로 올라서서 다시 차선에 들어섰다. 라이트 불빛이 다시 도로 앞쪽으로 향했지만 우리는 이미 트럭의 시야에서 사라져 있었다. 국도에 다다르자 마침내 이젠 안심이라고 조니에게 말했다.

"형, 계속 따라오면 어쩌지?"

"그러진 않을 거야. 메사데일 안에서나 추잡한 짓이 가능하니까."

"혹시 내 엄마한테 무슨 해코질 하지 않았으면 좋겠어."

"걱정 마. 너를 찾고 있었던 게 아냐."

세인트조지로 돌아가는 길에 여러 상황을 정리해보려고 했다. 하지만 조니가 줄곧 자기 엄마와 의붓아버지 이야기만 해댔다. 그 둘이 자기 인생을 몽땅 망쳤다면서.

"형, 내 엄마가 의붓아버지와 어떻게 끝났는지 궁금하지 않아?"

"아니, 별로."

"우린 브리검 시 근처에서 살고 있었어. 우리란 엄마와 나란 뜻이야. 내가 나섯 살이던 어느 날 느닷없이 내 잡농사니를 차에 던져 싣더니 날 그 마을로 데려갔어. 난 소풍 가는 줄 알았지. 엄마는 이렇게만 말했어. '차츰 익숙해질 거야.' 우리는 의붓아버지 집으로 들어갔어. 둘이 어떻게 만났는지는 잘 몰라. 아마도 메일이나 인터넷 같은 걸로 만났겠지. 처음 의붓아버지를 보았을 때, '할아버지 아냐?'란 생각이 들 정도였어. 그때 이미 나이가 많았어. 몸은 비쩍 말랐고, 완전 늙은 할아버지

피부에 늙은이 냄새가 났어. 그는 내게, '여기가 마음에 들 거다.'라고 말했어. 그를 빤히 쳐다보면서 '글쎄요.'라고 대답했지. 그랬더니 내게 뭔 짓을 했는지 알아? 뺨을 다짜고짜 후려치는 거야. 누군가에게 맞아 본 건 그때가 처음이었어. 난 엄마에게 고개를 돌렸어. '저 사람이 날 때리는데 보고만 있을 거야?'라는 식의 표정을 지으면서. 내 생각엔, 당장 엄마가 다시 원래 우리 집으로 가자는 말을 할 것으로 철석같이 믿었어. 그 대신 엄마는 '아빠 말을 들어야 된단다.'라고 말했지. 엄마가 내 편이 아니란 것을 바로 그때 알았어. 하지만 형이 다섯 살 때 그런 일을 당했으면, 절대 무슨 뜻인지 몰랐을 거야. 더 이상 엄마가 내 엄마가 아니란 게 분명해졌어. 뭔 일이 엄마에게 생겼어. 둘 다 내게 이렇게 겁을 줬어. 만약 내가 그 늙은이를 화나게 만들면, 하나님이 내 엄마에게 해코지를 할 거라고 말이야."

"그건 다 똑같은 이야기야. 어느 집에서나 다 그래." 내가 끼어들었다.

"형, 내 엄마도 그 늙은이의 추잡한 심장을 날려버리면 좋겠어."

"내 어머닌 아버지를 죽이지 않았어."

"응, 그래. 아무튼 내 심정이 어떤지는 형도 알잖아."

세인트조지로 돌아갔을 무렵에는 거의 모든 상점이 문을 닫았다. 하지만 이전에 갔던 인터넷 카페에는 불이 켜져 있었다. 고스 스타일의 카페 여점원은 텔레비전을 보면서 베이글을 먹고 있었다. 표정은 마치 세상에서 가장 따분한 여자 같았다. "드디어 내가 좋아하는 손님이 들어왔네."라며 우릴 맞았다. 엘렉트라와 조니가 과자를 달라며 조르는 동안 나는 잽싸게 컴퓨터 앞에 앉아 이메일을 확인했다.

"여자들한테서 뭔 소식 왔어?" 조니가 물었다.

마우스를 클릭한 후 내가 대답했다. "알렉산드라한테서 온 거 같아."

"오호! 형을 원하고 있는 거라니까. 열어봐."

조던 씨를 만나서 너무 반가웠어요. 조던 씨 아버지 일은 안됐어요. 그렇지만 뭔가를 알아냈어요. 내 컴퓨터에서 조던 씨 아버지의 사진을 찾았거든요. 채팅을 조금밖에 안 해서 설령 아버지를 기억해낸다고 해도 별 소용이 없을 것 같았어요. 그런데 내게 보내준 사진을 찾아냈지 뭐예요. 아마 조던 씨한테 이 사진이 도움이 되지싶어요.

첨부된 사진을 열었더니 화면 위에서부터 아래로 천천히 아버지 모습이 드러났다. 이런 문구와 함께. '알다시피 난 총을 좋아해!'

"젠장! 저런 말로 여자들을 낚겠다고!" 조니가 부아를 터뜨렸다.

내 아버지는 싸구려 와인 색 넥타이를 매고 지하실에 서 있었다. 어떤 여자를 팔로 안고 있었는데, 그녀의 얼굴 부분은 살짝 긁혀 있었지만 내 어머니임이 분명했다. 둘은 장총 한 자루를 함께 들고 있었다. 마치 어부 두 명이서 큰 물고기를 함께 들고 있는 자세를 하고서. 전자제품을 멀리하고 살아도 좋은 점이 한 가지는 있다. 바로 총에 대해 잘 알게 된다는 것. 사진에 나와 있는 총은 빅 보이였다. 그리고 총구에는 음료수 마운틴 듀 깡통처럼 뭉툭한 소음기가 달려 있었다.

The 19th Wife
9
시온

사막에서 보낸 어린 시절

────── 이제, 여러분이 흔쾌히 듣고 싶다고 하니, 유타 특별구에서 보낸 나의 어린 시절을 이야기하고자 한다. 끝내 운명의 장난에 휘말려 브리검의 아내가 될 수밖에 없었던 1850년대 그 시절의 이야기다. 1848년 우리 가족이 솔트 레이크 시에 정착한 그 무렵에 나는 네 살이었다. 새 정착지 너머의 소금 호수엔 은빛 물결만이 살랑거리고 있었다. 우리 가족이 그 버려진 땅에 도착했을 때 우리는 가진 게 별로 없는 초라한 행색이었다. 마차 몇 대와 황소들, 젖소 한 마리 그리고 몸에 걸친 옷이 전부였다. 여러분도 분명 서부로 떠나는 가족이 찍힌 빛바랜 사진을 본 기억이 있을 것이다. 멜빵이 달린 옷을 입은 수염투성이 아버지에, 앞치마를 두른 (자식들보다 늘 여윈 모습으로 나오는) 어머니, 눈 밑에 어둡고 퀭한 기운이 가득한 지친 아이들이 나오는 사진 말이

다. 우리 가족이 그런 모습이었다. 물론 서부로 떠난 모든 미국인 가족도 마찬가지였을 것이다. 다만 리디아 자매와 그녀의 아이인 다이언서만이 이런 역사적인 이미지에 어울리지 않았다. 언뜻 보면 그녀는 과부가 된 숙모처럼 보이겠지만, 이제 친애하는 독자들도 모르몬 집안의 비밀을 다 알고 있다.

사막에서 보낸 첫 해엔 땅을 파고 주변을 정리하고 건물을 세우고 파종을 하느라 무척 바빴다. 우리가 비참한지 어떤지 돌아볼 시간도 없었다. 최대한 솔직하게 말하면 그 시온의 땅에서 보낸 처음 몇 해 동안이 우리 가족에겐 가장 행복한 시기였다. 새로 그곳에 도착한 말일성도인 우리들은 하나의 목표를 세웠다. 자유로운 신앙생활을 할 수 있는 공동체를 세우는 활동에 동참하면서 우리 집을 새로 짓는 것. 이 고상한 목표는 아주 어린 나의 마음도 한껏 부풀어 오르게 만들었다. 그게 가능할까란 걱정은 좀체 찾아볼 수 없었다. 언제나 부지런한 내 아버지는 다시 마차 제작 일을 시작했고 풀무는 금세 불길이 활활 피어올랐다. 내 어머니는 학교와는 아무 상관이 없는 사람이었다. 그런데도 선지자 브리검은 어머니에게 시온 학교에서 일주일에 하루 수업을 하라는 부탁을 받았다. (굳이 잉크를 더 써가며 브리검이 '사막 알파벳'을 보급하려던 수상쩍은 노력을 소개하고 싶진 않다. 대부분 새로 만든 38개의 글자로 이루어진 그 알파벳은 성도들이 영어를 비밀스럽게 쓰도록 하기 위함이었다. 이 알파벳은 즉시 나를 비롯한 시온의 어린이들에게 강제로 주입되었다. 잠시 동안 내 어머니는 영적인 지도자인 브리검의 뜻에 따라 교실에서 그 알파벳을 가르쳤다. 아무 소용도 없는 글 장난 놀이인 줄 뻔히 알면서도 말이다.)

위대한 모험의 닻을 내린 사람, 인생의 새로운 국면을 맞이하거나 낯선 땅에서 인생을 다시 시작해본 적이 있는 사람은 누구라도 공감할 것이다. 유타에서 보내던 처음 몇 해 동안 우리가 늘 느꼈던 흥분과 앞날에 대한 그 벅찬 기대감을! 우리는 가지지 못한 것을 걱정하기보다는 언젠가 가지게 될 것을 꿈꾸며 살았다. 정말로 인생의 건강한 꿈이었다. 이것은 모두 브리검 영 덕분이었다. 교회당의 설교단에서 선지자는 매일 그 지역의 정착사업에 관해 역설했다. 거리를 질서정연하게 배치하고 템플 스퀘어 광정을 엄청난 규모로 지으라고 요청했다. 그 당시에 살아 있는 우리들이 아니라 다음 세기의 후손들과 그 후로 계속 이어질 후손들을 위한 일이기 때문이라고 했다. 또한 우물을 파서 자갈 도랑을 따라 대문 앞에까지 맑은 물이 흐르게 하라고 명령했다. 도시를 여러 구역으로 나누어 각 구역마다 감독자를 배치하여 핍박과 영적인 위축기에 그 구역 성도들을 이끌어나가도록 조치했다. 가장 부지런한 사람들을 골라 가죽 공장, 제혁 공장, 그릇 공장 그리고 도료와 채찍 창고를 맡게 했다. 아울러 신발, 옷, 비누 및 양초뿐 아니라 그 밖의 거의 모든 물건들을 파는 가게들을 여러 군데 열었다. 순식간에 그곳은 도시의 모습을 갖추어갔다. 이전에는 모래 위에 가시덤불, 알로에 그리고 더러운 미루나무 능이 자라고 있어서 달 표면처럼 황량했던 곳이었는데 말이다. 하지만 이 식물들도 무無에서 생겨난 귀한 존재다. 사월에 비가 억수로 쏟아지고 나면 사막에도 황홀한 야생화들이 피어났다. 줄기마다 울긋불긋 자그마한 꽃망울들이 기적처럼 달려 있었다. 이 모든 것이 하나님의 위대하심을 나타내는 증거였다. 비록 브리검 영은 나중에는 나의 적이 되긴 했지만 그가 성도들을 위해 이루어낸 업적만큼은 나도 인정하지 않을 수 없다. 모르몬신도들의 유명한 특징이 된 '하면 된다.' 식의 정신은 내 생각엔 이 시기 브리검 영의 지도력에서 기인한 것이다. 채 십 년도 안 되어 그는 가장 용맹하고 지략이 뛰어난 인디언들도 수천 년 동안 꺼려했던 메마르고 황량한 사막을 성도들의 도시로 변모시켰다. 그 번창하던 도시는 약 2만 명의 사람들이 사는 터전이자 브리검이 스스로 주창했듯이 그가 신적인 합법성으로 다스리던 신정정치의 위대한 성지였다. 어쨌거나 그곳이 바로 내 고향이다.

1854년 늦은 가을, 나의 열 번째 생일이 지난 지 조금 후에 우리 가족의 한가로운 생활은 브리검의 갑작스러운 행동으로 중단되었다. 내 아버지 촌시와 의붓 오라버니인 길버트를 영국에 보낼 선교사로 선택한 것이다. 이 소식을 우리 가족이 영광으로 받아들였을 것으로 생각하는 사람도 있을지 모르겠다. 즉, 새로운 복음을 먼 친척뻘인 영국인에게 전파할 기회일 수도 있으니까. 하지만 당시 그 지역에서는 전혀 그런 분위기가 아니었다.

브리검 영은 말일성도 예수 그리스도 교회의 수장이자 주님의 선지자이며, 유타 특별구의 통치자임과 아울러 그 땅의 가장 큰 사업체의 소유자로서 절대적인 권력을 행사했다.

그가 통제하는 곳은 교회뿐 아니라 주정부, 경찰, 언론, 그리고 가장 번창하는 가게와 제분소를 비롯한 주요 사업체들과 도매점 등으로 매우 광범위했다. 또한 유타 특별구의 넓은 토지와 기타 여러 가지를 두루 소유했다. 가진 것이 너무 많은 까닭에 브리검도 자기 재산을 전부 다 알지는 못할 거라고 말하는 사람들도 있었다.

1854년 즈음에 내 아버지는 상당한 재산가가 되어 있었다. 마차 제작 일은 유타 특별구에서는 가장 돈벌이가 쏠쏠한 직업이었다. 유타가 멀리 떨어진 고립된 지역이어서 철도 설치 일은 그 후 15년 동안 없었다. 따라서 마차 제작은 그 지역에선 가장 이윤이 되는 작업 가운데 하나였다. 아버지가 외국에 나가게 되면, 대신 브리검 형제가 마차 제작 공장을 운영할 것이었다. 내 아버지는 필요한 준비가 무언지 즉시 간파했다. "집안 씀씀이를 줄여야 하오." 아버지는 두 아내에게 말했다. "앞으로 두 해 동안은 힘겨운 나날이 될 거요. 서로를 의지하며 살도록 하오." 가족에게 작별인사를 하며 아버지는 두 아내에게 각각 입맞춤을 한 다음 아이들에게도 일일이 입을 맞추었다. 아론에겐 앞으로 집안의 가장 역할을 잘 맡으라고 당부했다. 얼굴에 여드름이 가득하고 구레나룻도 제법이던 아론 오빠는 아무 걱정 마라며 큰소리를 쳤다. 내 아버지는 다이언서를 덥석 안아 올려 공중에서 몇 바퀴 돌렸다. 이 여자애는 어린 나이에다 독특한 매력이 있었기 때문에, 평소에 얌전한 사람들도 기회만 주어진다면 한 번 안아보고 싶은 마음이 들게 만들었다. (실력보다는 외모로 승부를 거는 여가수와 똑같은 부류일 것이다.) 아버지가 내게 다가왔을 때, 나는 떨리는 입술을 꼭 깨물고서 물었다. "꼭 돌아오시는 거죠?" 아버진 꼭 돌아오겠다고 약속했지만 벌써 내 마음속엔 의심이 깃들었다.

열 살배기였던 나는 선교가 왜 필요한지 이해하기 어려웠다. 아버지는 언제나 매우 독실한 신앙인이었다. 하지만 그때 나는 낯선 사람들 앞에서 주님에 대해 이야기하는 아버지를, 혀가 짧은 길버트 오빠는 말할 것도 없고, 상상하기란 어려운 나이였다. 어머니 말씀으론, 선교의 길은 멀고 바다는 거칠고 영국의 날씨는 축축하고 불쾌하다고 했다. "어떤 비참한 가톨릭 신자는 자기 머리에 총알을 박아 넣었대." 따위의 돌아오지 못한 선교사들에 관한 이야기가 학교 운동장에 떠돌아다녔다. 그리스도를 대신해 복음을 전하러 다니는 것은 위험한 일이다. 특히나 천사, 기적 그리고 하렘 등 온갖 구설수에 휘말려 있는 신앙을 전하는 경우에는 더더욱 그렇다.

"2년 후에 제가 아버질 못 알아보면 어떻게 해요?" 마차에 올라타는 아버지를 보며 난 걱정스레 물었다.

"2년이 지나면 내가 널 못 알아볼걸."이라며 아버진 웃으셨다.

아버지와 길버트 오빠는 그렇게 떠났다. 마음속에 기대와 두려움을 함께 안은 채로. 물론 나는 그 선교에 함께하지 않았기 때문에 그 해외 선교가 어떠했는지는 친애하는 독자 여러분의 넓고 풍부한 상상력에 맡기겠다.

아버지가 떠나자 집안의 화목과 행복이 무너져내렸다. 가족을 먹여살려주던, 마차 제작소에서 나오던 수입이 순식간에 끊겨버렸다. 형편이 어려워지자 어머니와 리디아는 마차 제작소를 찾아가 어찌 된 일인지 물었다. 브리검 형제의 뜻에 따라 몰리 씨가 새로 그곳의 관리 겸 작업반장을 맡고 있었다. 몰리 씨는 어머니와 나를 거의 한 시간 가까이 문 밖에서 기다리라고 했다. 마차 제작소가 우리의 재산인데도 말이다. 마침내 어머니를 보러나왔을 때도 (그는 나를 알아보지도 못했다.) 그 남자는 이렇게 말했다. "부인, 일 분밖에 시간이 없습니다."

"제 남편이 떠난 지 3주가 지났어요." 어머니가 입을 뗐다. "그리고 삼 주 만에 집안의 돈도 바닥이 났습니다. 형제님이 만약 저와 같은 상황이면 저처럼 어찌 된 일인지 물어보러 내려왔지 않겠어요? 몰리 씨, 저는 집안 살림을 책임져야 해요. 어린 자식들도 먹여 살려야 하고요. 앞으로 2년 동안 도대체 어떻게 살라는 거죠?"

몰리 씨는 매우 고집이 세 보이는 창백한 얼굴에다 너무 짙게 자란 턱수염은 파리한 피부와 대조를 이루어 푸른빛이 감돌았다. "나는 선지자에 대한 의무가 먼저입니다."라고 그는 말했다.

"그건 저도 마찬가지입니다." 어머니가 응수했다.

"부인 남편을 비롯한 많은 성도들은 지금 전도하러 유럽에 가 있습니다. 만약 말일성도로 개종한 외국인들이 이곳에 들르면 평원을 가로지를 마차를 찾을 겁니다. 브리검 형제는 마차 2백 대를 주문했습니다. 재료비에다 일꾼들 삯이며 풀무를 땔 연료비 등을 제가 다 감당해야 합니다. 하루 종일 일하고도 남는 게 거의 없을 지경입니다. 교회를 상대로 마차 가격을 올려달라고 할 수는 없지 않습니까?"

"물론 그래선 안 되죠. 하지만 그래도 남는 게 조금은 있지 않나요? 언제 그걸 제가 받을 수 있나요?"

"부인, 남편이 부인께 미리 자세히 설명을 하지 않은 건 참 유감입니다. 마차 제작 일은 남는 게 별로 없습니다. 남편께서도 거의 번 돈이 없어요. 조금 남는 이윤은 이제 제 몫입니다. 그것도 정말 쥐꼬리만큼입니다. 저도 봉사하는 셈치고 하는 일입니다."

터무니없는 해명이었지만 어머니는 아무 대답이 없었다. 어머니는 브리검과 교회에 관한 의구심을 털어놓을까 말까 머뭇거리고만 있었다.

"이렇게 하면 어떻겠습니까?" 몰리 씨는 다음과 같은 제안을 했다. "부인과 두 번째 아내께서 돈을 벌 수 있을 만한 집안일을 찾아보는 방법이 있습니다. 버터 만들기를 잘하십니까? 비누 만들기는요? 분명 모자는 잘 만드실 거 같군요. 하지만, 부인 이건 제 소관이 아닙니다. 부녀자 모임에서 부인 같은 처지에 있는 여인들을 도와준다고 들었습니다."

그날 밤 늦게 우리 아이들이 잠자리에 든 이후, 나는 어머니와 리디아가 나누는 이야기를 들었다. 재치 있고 머리가 좋은 리디아는 이렇게 말했다. "전 비숍 스퀘어 빵을 한꺼번에 많이 구워서 호텔 식당에 팔 수 있어요."

"그걸로는 부족해."

"전 양말을 짜고 형님께선 닭을 키워 계란을 팔 수 있어요."

"양말과 계란으로도 부족해."

"우리 집의 방을 세놓을 수도 있어요."

어머니는 세놓을 방이 남아 있지 않다고 리디아에게 알려주었다.

"제가 형님 방에서 살면 되죠." 리디아가 제안했다. "아니면 형님이 제 방으로 올 수도 있고요. 빈 방은 수리해서 지붕이 필요한 과부한테 세놓으면 돼요. 자식들을 데려와도 함께 받을 수 있고요."

다른 여자를 집으로 데려온다는 생각은 집안 살림을 안정시킬 하나의 방법이라고 내 어머니는 확신했던 듯하다. 다음 날 아침 어머니는 선지자의 집무실로 찾아가 외딴 교구의 교사 자리를 신청했다. 그 당시 브리검은 광활한 유타 특별구를 지역분회와 교구로 나누어 개척하느라 여념이 없었다. (교구란 카운티와 비슷한데, 각 교구는 여러 지역분회를 모아 이루어진다. 이것은 말일성도의 고유한 종교 용어임.) 어떤 지역분회들은 너무 외지의 버려진 곳이어서 이주하고 싶어하는 성도들이 거의 없었다. 특히 그런 곳에는 교사들이 필요했다. 일부다처제의 숱한 여자들과 이들이 낳은 엄청난 수의 어여쁜 자식들에게 학교를 제공해 주지 않으면 어떻게 그 외딴 곳으로 가서 살라고 격려할 수 있겠는가? 어머니가 교사 자리를 신청한 지 일주일도 안 되어, 브리검 형제는 내 어머니와 아론 오빠 그리고 나를 페이슨으로 보냈다. 페이슨은 그레이트 솔트 레이크에서 남쪽으로 약 100킬로미터 떨어진 곳이었다.

1855년 1월 무렵에 우리는 그나마 어도비 벽돌(햇빛에 말려서 만든 벽돌의 일종. 옮긴이)로 지은 방 한 칸짜리 오두막에 정착했다. 바닥은 지저분하고 침대 두 개가 벽난로 옆에 붙어 있는 집이었다. 드높이 떠 있는 태양과 사막 기후로 유명한 지역이었지만, 겨울 날씨도 여느 지역과 마찬가지로 혹독했음을 독자 여러분께 알려드려야겠다. 바람은 채찍을 휘두르듯 몰아치고 눈보라가 사정없이 휘날렸으며 온도는 급격히 떨어져 순식간에 얼음이 꽁꽁 얼었다. 1월 달 페이슨에선 나무가 없었기에 마른 물소 똥을 주워 땔감으로 써야만 했다. 열일곱 살이었던 아론 오빠는 몸집이 컸기 때문에 누구보다도 이불을 더 많이 차지했다. 매일 밤 이불을 차지하기 위한 힘겨운 싸움에서 번번이 오빠에게 지는 바람에 나는 달달 떨어야만 했다. 그래도 새벽이 올 때쯤이면 집요하고 끈질긴 노력 끝에 오빠 곁으로 바싹 파고들어 한 시간쯤은 따뜻이 잘 수 있었다. 이제 갓 남자 티가 나기 시작하는 무렵의 오빠에게서 나는 역한 몸 냄새와 타고 있는 물소 똥의 구린 냄새 중에서 어느 쪽이 더 나빴는지는 모르겠다. 두 말할 것도 없이 새 집엔 아직 적응이 되지 않고 있었다.

새 집에 도착한 지 얼마 되지 않아 새 이웃인 미튼 부인이 허둥대며 우리 집으로 달려왔다. "소식 들었나요?" 그녀는 숨을 헐떡이며 말했다. "장로가 만남의 집에 설교를 하러 온대요!" 미튼 부인은 들뜬 마음에 경박스럽게 팔을 마구 휘저었다. 모르몬 성직자 직위 중 하나인 장로가 사람들에게 설교하는 것은 어느 지방분회에서든 흔한 일인데도 말이다. 어머니는 무슨 특별한 일이 있는지 자세히 물었다. 미튼 부인은 벽보판에서 떼어낸 소식지를 어머니께 건넸다. "그분께서 우리의 죄에 대해 이야기하러 이곳 페이슨에 오신답니다!"

상황을 파악해보니 조셉 호비란 이름의 어느 장로가 페이슨의 죄인들에게 저녁 설교를 하러 온다는 것이었다. 그 장로가 어떤 과정이나 이유로 페이슨을 선택했는지 나는 전혀 몰랐다. 그곳이 다른 지방분회보다 더 죄가 많은지 어떤지 몰랐으니 말이다.

그 장로가 도착하기 전에 마을은 기대로 술렁였다. 여자들은 가장 좋은 스카프를 둘렀고 남편에게 몸을 깨끗이 씻도록 채근했다. 아이들은 신발에서 먼지를 긁어내 털었다. 모임에 참석한 사람들은 모두들 깔끔했다. 어머니와 나도 전혀 손색이 없었다. 어머니는 조그마한 우리 집을 샅샅이 뒤져 입을 것을 찾았고 나는 양말을 빨았다. 하지만 아론 오빠는 그즈음 부쩍 뿌루퉁해 하며 반항아 티를 냈다. 오빠는 얼마 전부터 주일날 아침에 옷을 야단스럽게 입고 교회에 정숙하지 않은 태도를 하고 나타났다. 게다가, 어머니의 화를 날카롭게 돋울 요량으로 순전히 일부러 하는 짓이었다.

"그걸 입으면 안 돼." 오빠가 더러운 셔츠를 입으려 하자 어머니가 막고 나섰다. 하지만 아론 오빠는 어깨만 으쓱거릴 뿐 도무지 어머니 말을 들으려고 하지 않았다. 친애하는 독자 여러분 중에 여자 분들은 모자간의 이런 대결상황을 이해할 것이다. 말을 들을 리 없는 반항기의 아들에게 여러 차례 똑같은 이야기를 퍼붓고 난 후 어머닌 마음을 누그러뜨렸다. 모든 어머니가 다 그러하듯이, "네가 하고 싶은 대로 하렴." 이라고 말하며 어머닌 한숨을 내쉬었다.

그리고 나서 어머닌 내게 다가와 머리를 땋아주셨다. 모르몬교회를 버린 후 나는 많은 비난을 받았는데 그중 대부분은 전혀 사실이 아니다. 하지만 내가 예쁜 옷이나 아름다운 장신구를 늘 탐냈다거나 거울을 바라보며 너무 오래 앉아 있었다는 비난은, 솔직히 고백하건데, 사실이고 충분히 그럴만 했다. 내 잘못이니 비난을 받아도 어쩔 수 없는 일!

만남의 집은 몰려든 사람들의 열기로 찜통이나 마찬가지였다. 그처럼 많은 사람들은 처음 보았다. 소박한 옷차림이나 때가 묻은 솔기를 볼 때 설교를 듣기 위해 하루 이상 걸려 멀리서 찾아온 사람들이었다. 그러한 상황은 일부다처제의 희한한 점을 기록하기에 안성맞춤인 자리였다. 어느 자리에 앉은 사람들을 예로 들어보겠다. 어머니와 내가 서 있는 벽(아론 오빠는 주머니칼을 만지작거리고 있었음!)을 따라 대부분의 기독교 신자 모임이라면 두어 가족이 앉을 수 있는 긴 의자가 놓여 있었다. 하지만 그 엄숙한 저녁 모임에서는 다음과 같은 사람들이 앉아 있었다. 맨 먼저, 덕지덕지 기운 옷을 입은 농사꾼 남편(언제나 남편이 먼저였다!). 그 다음엔 날씬한 몸매의 사랑스러운 어린 아내. 이어서 어린 아내보다 조금 늙어 보이는 둘째 아내, 희끗희끗한 새치가 섞인 누리끼리한 머리카락을 지닌 여자였음. 그리고 이 여자의 무릎에 앉아 있는 사내아이, 이 아이는 예닐곱 살쯤 된 아직 코흘리개. 이 아이 옆에는 바짝 붙어 앉아 있는 세 명의 형과 누나들. 그 옆에는 훨씬 늙어 보이는 어떤 여자, 메마르고 윤기 없는 희끄무레한 머리카락에다 전체적으로 초췌한 인상으로 볼 때 험난한 시절을 살아온 것이 분명함. 이 여자 옆에는 아론 오빠 나이에다 목의 울대가 돌맹이만 한 사내 두 명. 이 사내 옆에는 방금 전 여자보다 훨씬 더 늙은 여자 한 명, 이 여자는 쪽진 머리를 할 수도 없을 정도로 탄력 없는 머리카락인데다 잔뜩 위엄과 고상한 척을 하느라 지쳐 보이는 두꺼운 목 위에 머리를 꼿꼿이 세우고 있었음. 이 여자에겐 다 자라 몸집이 풍만한 미혼의 딸이 하나 있었다. 내 짐작에 모녀는 남편의 집에서 한 침대를 같이 쓰고 있을 것 같았다. 아마 조금 비약일지는 몰라도, 반대편 끝에 있는 남편은 이 첫째 아내를 십 년 동안 단 한 번도 찾지 않았을 것이다. 이것으로 그곳의 가족 실태에 대한 상세한 소개는 마친다.

마침내 8시 15분에 호비 장로가 모인 성도들 앞에 섰다. "형제자매 여러분, 저는 이곳에 여러분이 남자든 여자든, 아이든 어른이든 모두 죄인임을 말하러 왔습니다. 하지만 여러분은 오늘밤 이 자리에 참여함으로써 죄사함의 길로 가는 첫 번째 걸음을 뗐습니다." 그 남자는 거의 20분 동안이나 이런 소리를 늘어놓았다. 그 자리에 모인 사람들이 모두 죄인이라고 몰아붙이면서. 신앙고백을 통해 영혼을 맑게 씻지 않으면 멸망의 길에서 벗어날 수 없다고 그는 역설했다. "자 그럼 누가 제일 먼저 나서서 자신의 도둑질, 거짓말, 탐욕, 변절과 기만, 배반, 그리고— 오! 하나님 아버지의 용서를 바라옵니다— 식어버린 믿음의 열정을 고백하시겠습니까?"

그 남자는 짙고 찰랑찰랑한 머리카락 덕분에 얼굴이 마치 천사처럼 준수해 보였다. 위압적인 설교가 나긋나긋하고 매력적인 용모와 대조를 이루어 청중들의 마음을 더욱 강하게 사로잡았다.

"제가 단순히 말만 번지르르하게 늘어놓으려고 여기 왔다고 여깁니까? 제가 설교자여서 의례적으로 이런 질문을 한다고 생각합니까? 여러분 각자 알아서 마음속으로 답하면 그만인 여느 설교자의 질문이 아닙니다. 대신, 여러분의 영혼을 탈바꿈시키고 구원시키고자 하는 질문인 것입니다. 지금 이 자리에서 여러분에 요청합니다. 누가 회개할 준비가 되어 있습니까? 구원에 이르는 길은 하나입니다. 회개하고 여러분의 죄를 드러내어 새로 거듭나는 것 오직 이 한 가지뿐! 지금 이 순간이 여러분의 마음을 활짝 열고 회개할 때인 것입니다!"

이 말을 마치고 그는 청중들을 노려보았다. 마치 청중의 영혼을 하나하나씩 들여다보고 거짓과 속임을 다 알아낼 수 있다는 듯이. 내 가슴도 방망이질을 쳤다. 내 마음 속 깊숙한 비밀을 그 사람이 알아낼까봐 너무나 두려웠기 때문이리라. 나가서 고백을 하고 싶은 충동이 생겼다. 그곳에 모인 수백 명 중에 신앙고백을 할 사람으로 그가 나를 주목하고 있다는 느낌이 들었다. 하지만 무엇을 고백할 것인가? 솔직히 나는 호먼 아가씨의 벨벳 테두리 외투를 탐냈었다. 숱한 영혼들을 구원하지 못하더라도 아버지가 일찍 선교를 마치고 돌아오기를 바라기도 했었다. 한때 브리검 형제를 돼지처럼 뚱뚱하다고 말했던 적도 있다(물론 그의 얼굴에 대고 말한 건 아니지만). 이런 이야기를 호비 장로가 듣고 싶은 것일까?

연단 위에서 그는 앞뒤로 조금씩 움직이며 계속 청중들에게 호소했다. 마침내 우리 이웃인 미튼 부인이 자리에서 벌떡 일어났다. "저는 더 이상 입을 다물고 있을 수가 없어요."

"자매님, 무슨 짓을 저질렀습니까?"

"저는 죄를 지었어요." 탄식 소리가 실내를 가득 메웠다.

"말해보십시오. 무슨 죄를 지었습니까?"

"말하기가 어려워요."

"자매님은 벌써 자리에서 일어났습니다. 우리는 자매님이 죄를 지은 줄 다 알고 있습니다. 지금 우리에게 털어놓아야만 자매님이 속죄하도록 우리가 도울 수 있습니다."

"못하겠어요. 말하면 그 사람들이 절 미워할 거예요."

"누가 말입니까?"

미튼 부인은 손수건을 꼭 쥐었다. 그녀는 과부여서 모임에 혼자 참석했다. 코니라는 의붓딸이 한 명 있지만 밤눈이 어두워 같이 오지 못했던 것이다. 끝내 호비 장로가 추궁에 나섰다.

"거짓말을 했습니까?"

"그게 아니라…."

"물건을 훔쳤습니까?"

"저기 그게…."

"말하십시오, 자매님. 지금 수백 명이 기다리고 있습니다."

"알았어요. 말할게요. 암탉을 훔쳤어요."

"누구의 암탉입니까?"

"내 이웃인 촌시 웹 부인의 것이에요. 처음 이사 왔을 때 그 부인의 암탉이 내 집 마당을 돌아다녔어요. 마침 내 딸 코니의 스무 번째 생일이기도 해서 암탉을 붙잡았어요. 내가 무슨 짓을 하고 있는지 알아차리기도 전에 이미 그 암탉은 솥 안에서 끓고 있었어요. 다른 닭으로 돌려드릴게요. 꼭 돌려드릴게요."

사람들은 충격으로 술렁거렸다. 많은 이들이 연민과 동정을 표하기 위해 내 어머니를 바라보았다. 하지만 일부는, 그냥 내 느낌에, 어머니도 잘못하긴 마찬가지라는 눈치를 보냈다. 어머니는 오랫동안 그 암탉을 궁금해 했다. 솔직히 그리 알을 많이 낳는 닭은 아니었지만. 지금 도적질의 피해자 처지임을 알게 된 어머니는 어떻게 반응해야 좋을지 몰라 내 손만 꽉 잡고 있었다. 어머니에게도 시험이 주어진 것이었을까?

"한 마리뿐입니까, 자매님?" 장로가 물었다.

"딱 한 마리뿐이에요. 그 후론 줄곧 잠도 제대로 못 잤어요."(이 말은 절반만 옳다고 해야 한다. 왜냐면 어제만 해도 미튼 부인의 집 창문을 지날 때 채석장에서 돌을 깨는 듯한 코고는 소리가 들렸기 때문이다.)

"웹 부인, 이 불쌍한 영혼을 용서해줄 수 있는지 말해주십시오."

"만약 주님께서 용서하신다면," 어머니가 말했다. "저도 용서할 수 있습니다."

"아주 훌륭하십니다."라고 장로가 칭찬했다. 그는 만족스러운 듯 우리 앞에 서서 성도들을 자비와 위엄이 섞인 표정으로 내려다보았다. "자 이제 다음엔 누굽니까?"

미튼 부인은 거대한 둑에 난 작은 틈이었을 뿐이었다. 곧이어 숱한 고백이 홍수처럼 쏟아졌다. 형제자매들은 앞 다투어 성도들 앞에 서서 자신들의 죄를 고백했다. 훔친 울타리, 빌렸나가 돌려주시 않은 사다리, 제재소에서 슬쩍 가져온 톱 등등. 어느 인자한 여인, 즉 두 번째 및 세 번째 아내와 함께 그레이트 솔트 레이크에 살고 있는 남편의 첫 번째 아내인 그녀는 억지로 양심을 쥐어짜내 과거에 지은 잘못을 하나 찾아냈다. 그녀가 털어놓은 내용은 고작 이것이었다. "언젠가 수풀 속에서 내 것이 아닌 장미를 한 송이 꺾었어요." 미안한 마음이 가득한 목소리였다. "더구나 전 그 장미를 성경 속에 끼워넣어 지금까지 갖고 있어요."

도둑질과 사기를 쳤다는 고백이 세 시간 동안이나 계속되었다. 급기야 누가 더 큰 죄를 지었는지 대회라도 하는 분위기로 치달았다. 한 형제가 일어나 고작 자기 마음속에 의심이 있다고 고백하자 많은 사람들로부터 야유를 받았다. "그것 말고는 저지른 잘못이 없습니까?" 어떤 사람이 외쳤다. "사실대로 말해보시오."

그런데 뜻밖의 상황이 벌어졌다. 아론 오빠가 일어섰던 것이다. "저도 할 말이 있어요."

호비 장로가 청중들을 막고 나서며 말했다. "형제님, 무슨 짓을 했는지 말해보세요."

"어떤 여자한테 못된 짓을 했습니다."

"계속하세요."

이런 것이 호비 장로가 그날 밤새 캐내려고 혈안이 되어 있던 종류의 고백임이 분명했다. 이제 주제가 도둑질에서 '진실로 부정한 행동'으로 옮겨가자 그곳에 모인 성도들은 새로운 흥분에 휩싸였다.

"그 여자랑 결혼하기로 약속해놓고 지키질 않았습니다."

"앞으로 어떻게 할 겁니까?"

"그 여자도 나를 원한다면 결혼하겠습니다."

아론 오빠는 여태까지 살아오면서 그다지 눈에 띄는 사람이 아니었기에 내 가족을 아는 이들도 오빠가 있다는 사실조차 모르는 이들이 많았다. 오빠는 모든 면에서 지극히 평범했다. 평범한 외모, 평범한 마음, 평범하고 진솔한 인생의 목적의식 등 모든 게 평범 일색이었다. 어떤 가치 판단에 따라 이렇게 쓰는 것이 아니라 그저 사실의 기록일 뿐이

며, 다만 독자 여러분으로 하여금 그 고백이 얼마나 뜻밖이었는지 이해
하도록 돕기 위함이다.

"그 여자 분이 오늘 밤 여기 있습니까?" 호비 장로가 물었다.

"네."

"지금 여기서 청혼을 하겠습니까? 여기 모인 형제자매들 앞에서 그
리고 하나님 앞에서?"

모든 성도들의 눈이 아론 오빠에게 향했다. 오빠는 앞쪽으로 나가더
니 긴 신도 의자 사이로 돌아다녔다. 그러는 동안 호기심이 한껏 증폭
되었다. 모두들 오빠가 누구의 발 앞에 멈추게 될지 궁금한 눈빛이 역
력했다. 맨바닥에 앉아 있는 어느 가족에게로 다가갔을 때, 사람들은
얼굴이 주근깨가 가득한 그 집 여자아이 중 하나가 선택되는 줄 알고
흥분이 고조되었다. 하지만 아론 오빠는 스쳐지나갔다. 오빠는 검은 레
이스 옷을 입은 어느 과부 앞에서 멈추었다. 미주리에 있을 때 남편과
사별한 여자였다. 설마 저 과부가 내 오빠랑 그런 사이였을까? 천만의
말씀! 오빠는 하필이면 코니를 향해 가려고 근처에서 머뭇거리고 있었
던 것이다. 그녀는 귀엽지만 무딘 이웃으로서 자기도 모르는 새 우리
집 암탉으로 스무 번째 생일 파티를 맞았던 바로 그 여자였다.

내 오빠가 코니의 통통한 손을 잡고서 아내가 되어 달라고 말했을 때
그곳에서 일어난 소란을 상상해보시길. 너무나 가냘프고 기어드는 목
소리로 말했기 때문에 어떤 나이든 여자 두 명이 "뭐라는 거야?"라며
투덜댔을 정도다. 사람들은 발을 동동 굴렸고 한쪽 구석의 몇몇 성도들
은 속죄와 하늘나라에 이르는 길을 주제로 한 찬송가를 누가 시키지도
않았는데 부르기 시작했다.

"이제 이 아름다운 한 쌍이 결혼으로 맺어지게 되었습니다." 호비 장로가 선언했다. "고백을 했으니 이제 용서가 이루어졌습니다."

미튼 부인이 털어놓은 도둑질 이야기가 새어나오는 도랑물이라면, 내 오라버니가 드러낸 탐욕은 거대한 파도라고 볼 수 있다. 그것도 너무나 노골적이어서 입에 담기도 힘든 욕정의 파도. 이 정도로 하고 이것 한 가지만 더 말해야겠다. 즉, 최소한 절반가량의 남자 성도들은 그 자리에서 음욕의 탐심이 있다고 고백했다. 남자들의 가슴속에 숨겨둔 비밀들이 한 시간 이상 계속해서 터져나왔다. 자기 마누라가 아닌 여자와 관계를 맺었다는 남자들이 속출했다. 해결책은 오직 결혼시키는 것뿐이었다. 이미 유부남인 남자들인데도 말이다. 호버 장로는 그 자리에서 그런 남자들의 여러 아내들을 불러놓고 물었다. "남편을 용서하고, 남편이 잘못을 저지른 여자들과 남편이, 영원한 저주를 받지 않도록, 결혼하는 것을 허락하겠습니까?" 도대체 그런 상황에서 질문을 받는다면 무슨 다른 답이 있을 수 있겠는가?

이런 장황한 간통 고백담을 늘어놓으면서도, 이미 결혼한 여자와 외간 남자 사이에 일어난 부정에 대해 고백하는 경우는 전혀 없었다. 어떤 남자도 그런 고백을 할 만큼 어리석지는 않았던 것이다. 그런 죄를 저지르고도 고백을 하지 않았을 뿐인지 아니면 페이슨에서는 그런 용서받지 못할 짓과는 거리가 먼지는 내가 말할 입장이 아니다. 어찌 되었든 장장 다섯 시간에 걸친 고백이 끝나자 이제 지겨울 정도로 많은 고백을 들었다. 지친 몸을 이끌고 어머니와 미튼 부인은 어쩔 수 없이 사이좋게 나란히 걸었다. 죄 덕분이지만 어쨌든 사돈으로 맺어진 사이가 아닌가!

4장

The
19th
Wife

유타의 신앙 개혁

——— 그 다음 몇 주 동안 페이슨에 있는 초라한 우리 집에는 엄청난 변화와 혼란이 찾아왔다. 신앙고백 모임이 있은 후로 상상할 수도 없던 온갖 죄들 그리고 이전에는 누구도 가능하리라고 여기지 않았던 죄들이 숱하게 고백되었다. 어떤 날엔 하루 종일 죄 고백만 할 때도 있었다. 내 어머니는 누구보다도 독실한 신도였지만 이런 모임이 초래한 대혼란을 우려했다. "노서히 이해가 안 되는구나. 사람들은 거짓말에 관해 거짓말을 하고 있어." 어머니는 보고 느낀 바를 이렇게 말했다. "죄를 자꾸 드러낸다고 주님께서 특별히 더 관심을 가질 리는 없는데 말이다."

어머니는 다시금 심기가 불편해졌다. 왜냐하면 아론 오빠가 약속을 지켜 봉헌 회관에서 코니 미튼과 결혼을 했기 때문이다. 그 예식은 아무 기쁨도 없었고 참석한 사람도 몇 명뿐이었다. 나는 너무 어려서 예식에 참석하지도 못했다. 예식 후에 어머니는 커스터드 케이크를 새 며느리와 미튼 부인에게 대접했다. 미튼 부인은 자기 먹을 만큼보다 훨씬 많이 먹었기에 어머니는 채 한 숟가락도 먹지 못했다. (이런 것까지 왜 기억하고 있는지 나 스스로도 모르겠지만, 분명 실제로 있었던 일이다!) 저녁을 먹은 후, 아론 오빠는 오두막 집 안에 길게 줄을 치고서 가림막을 삼기 위해 그 위에 이불을 걸쳤다. 코니가 내 침대를 가로챘고 나는 어머니 곁에 자게 되었다. 그 가림막 너머에서 새어나오는 이상한 소리 때문에 몸을 뒤척이고 귀를 틀어막고 자면서, 어머니의 아마포 침대가 마른 강바닥만큼이나 불편하고 딱딱하다는 사실을 알게 된 때가 바로 그 첫날밤이었다. 어머니께선 온갖 불편을 감수하면서 자식들에게는 조금이라도 좋은 침구를 마련해주었던 것이다. 내 어머니는 언제나 그런 모습이었다. 이 지면을 빌어 어머니께 감사의 뜻을 표한다.

그 마을에서 죄의 전지전능한 힘을 알게 된 새신랑 아론 오빠는 속죄를 억지로 시키는 일을 담당하는 조직에 가담했다. 당시 페이슨에는 흉흉한 날들이 이어지고 있었다. 변덕쟁이 여자처럼 마음이 산만했긴 하지만 나는 분위기의 변화를 온전히 파악하고 있었다. 겨울이 끝나고 봄이 온다는 말을 하는 것이 아니다. 1855년의 첫 달 동안에도 고백은 계속되었다. 고백을 거부했거나 고백할 것이 없다고 고백한 사람들은 젊은 사내들, 내 오빠도 포함된 무리들에 의해 모임에 끌려나왔다. 그리고 나서 동료들 앞에서 회개하라는 거센 외침을 들었다. "그대들도 우리들과 조금도 다를 바 없지 않소!" 이 무리들에게는 사람이 올바르게 살아왔기에 드러낼 죄가 없다는 것은 있을 수 없는 일이었다. 호비 장로가 방문하기 전까지는 교회는 오랫동안 죄를 짓지 말고 살라며 우리를 이끌었다. 그런 원칙이 한순간에 뒤집혔음을 굳이 여기서 지적하지는 않겠다.

저녁이면 아론 오빠는 아버지의 장총을 들고나가 죄인들을 끌어모았다. 이런 말을 해서 미안하지만, 코니는 코만 길쭉할 뿐 아무런 활기도 없이 우리 집 한쪽 구석에서 찍찍거리고 있는 생물이나 다름없었다. "언제 돌아오나요?"라는 말을 늘 입에 달고 살았다. 아론 오빠가 나간 후에 나와 어머니가 있는 벽난로 가까이 그녀를 부른 적이 있다. 하지만 그녀는 담요 너머 자기 구역에 있기를 더 좋아했다. 무엇을 하며 시간을 보내는지 알 길이 없었고, 이따금씩 들려오는 자그만 코고는 소리에 어머니와 나는 바느질하는 손을 멈추고 고개를 들곤 했다.

언젠가 오빠가 씩씩대며 문을 열고 들어왔을 때 어디에 갔었냐고 물은 적이 있었다. 오빠는 짐승을 쏘아죽이고 집으로 돌아온 사냥꾼마냥 총을 걸고 나서 말했다. "모든 이들의 구원을 위해서야." 고상한 노력임은 인정하지만, 불과 몇 달 전만 해도 꾀병으로 주일 예배를 빠지던 오빠가 던진 그 말은 내 어리고 미숙한 귀에는 도무지 진솔하게 들리지 않았다.

굳이 여러분께 자세히 말할 것도 없이, 그런 고백의 분위기는 얼마 지나지 않아 실체가 드러났다. 영혼이 정화되긴 했지만 사람들은 간통하는 이들과 도둑들이 바로 옆집에 살고 있음을 금세 알게 되었다. 페이슨에 사는 사람들 중 거의 대부분이 얼마 전까지 가까운 이웃이라고 여기던 사람들이 저지른 범죄의 피해자가 되었다. 이것만으로도 마을을 두터운 의심의 구름으로 뒤덮이기에 충분했다. 죄인들은 물가에서 다시 세례를 받는 동안에도 마음은 여울에 남겨둔 재물 걱정에 사로잡혀 있었다.

"이건 옳지 않아." 어머니는 감탄스러울 정도로 간결하게 결론을 내렸다.

어머니는 선지자에게 편지를 써서, 위선자 호비 장로가 페이슨에서 행한 짓을 고발했다. 어머니는 자신의 옛 친구이자 조언자였던 선지자가 그런 행동을 인정하지는 않으리라 확신했다. 모르몬경 어디에도 집단 고백과 회개에 관한 이야기는 없지 않은가? (글쎄, 어쩌면 어딘가에 그런 구절이 있을지도 모른다. 솔직히 말해, 어릴 때 나는 그 책을 수십 번이나 읽어보려 했지만 불어오는 바람을 잡는 것처럼 뜻을 이해할 수가 없었으니까. 집단 고백이 위선인지를 여러분이 알고 있다면 그렇게 알고 있으면 된다. 하지만, 그렇지 않은 독자 여러분이라면 그 책을 직접 한 번 읽기 시작해 얼마나 오래 버티는지 알려주면 고맙겠다.)

브리검 형제는 내 어머니께 짧은 답장을 보내왔다. 내용은 이랬다. "죄가 있는 사람이라면 자신의 죄를 인정해야 합니다. 그리고 죄가 없는 사람이라면, 나는 기도하노니, 그들은 그러하고 또한 그럴 것입니다." 어머니가 이 답장을 읽고 혼란에 빠지지 않았다고 말할 수는 없다. 다른 성도들이 이런 애매모호한 말을 했으면 어머니는 무시해버렸을 것이다. 하지만 브리검은 오래전에 차가운 물속에서 직접 세례를 함으로써 어머니를 몸소 구원한 사람이지 않는가? 답장을 받고서 어머니는 바로 내게 알려주지는 않았다. 하지만 이 회고록의 발간을 위해 당시 사건들을 재구성하는 중에 여러 사람들이 알려준 바에 따르면, 브리검은 분명 호비 장로를 직접적으로 비난하지는 않았다.

만약 페이슨의 일이 페이슨의 일로만 그쳤더라면 어느 외딴 지역의 종교적 열정에서 기인한 특이한 이야기쯤으로 치부되고 말았을 것이다. 하지만 현재의 역사가 알고 있듯이, 우리 마을을 강타했던 종교재판의 분위기는 유타 개혁으로 알려진 거대한 물결의 전조였을 뿐이다. 이듬해인 1856년 겨울이 되자 브리검 형제를 비롯한 여러 교회 지도자들은 한마음 한뜻이 되어 유타 전역에 걸쳐 개혁을 실시했다. "모두가 죄인이로다! 정화되기 전에는 누구라도 깨끗하지 않느니라!"란 구호가 나돌았다. 이제 공격은 모든 성도들을 향해 퍼부어졌다. 심지어 아무 죄를 짓지 않았어도 소용없었다. 유타 개혁은 페이슨에서 시작된 작은 활동보다 훨씬 대규모로 진행되었다. 브리검은 마치 전쟁을 지휘하는 총사령관처럼 개혁을 이끌었다. 자신의 휘하에 있는 비숍(bishop. 모르몬교의 성직자 계급 중 하나. 옮긴이)과 장로를 비롯한 여러 교회 지도자들에게는 마치 치열한 영혼의 전쟁터에서 싸우는 보병을 대하듯 명령을 내렸다. 그 캠페인의 여러 전술 가운데 하나로 교회는 가정 선교사라고 불리는 비밀경찰을 활용했다. 이들은 각 지역에서 새로 개종한 사람들로 위장하고 있었다. 맡은 임무는 성도들을 염탐하고 브리검의 계획을 은밀히 수행하는 것이었다.

어느 날 오후 아론 오빠는 침울한 분위기를 하고서 집으로 돌아왔다. 나는 오빠가 아버지에 대해서 끔찍한 소식을 듣고 오는 길은 아닐까 걱정이 앞섰다. "가정 전도사로 지명되었어." 오빠는 이렇게 털어놓았다.

"그게 뭐야?" 나는 열한 살짜리 꼬마들만 할 수 있는 말투로 물었다.

"집집마다 돌아다니며 사람들이 올바르게 살고 있나 확인하는 일을 하게 되었단 뜻이야." 오빠는 어머니와 나 그리고 구석에 있는 자기 아내에게 일일이 교리문답을 해야만 한다고 말했다. "그래야 영혼이 순수한지 알 수 있어요."

"아론, 자리에 앉거라." 어머니가 말했다. "뭐 바보 같은 소릴 하고 있니?"

"교리문답을 거부하는 사람은 누구라도 비숍한테 보고해야 해요." 어머니는 말도 안 되는 소리 그만하라고 오빠에게 다그쳤다.

"제가 할게요." 코니가 찍찍거렸다.

"보세요, 제 아내는 전혀 숨길 게 없잖아요." 오빠는 으쓱거리며 말했다.

오빠는 어머니와 나를 문밖으로 내쫓으며 마당에 나가 있으라고 했다. 봄바람에 풀들이 살랑거리던 화창한 봄날이었다. 우리는 미루나무 아래 놓인 통나무 위에 앉아서 기다렸다. 미튼 부인이 유리창으로 몸을 내밀고 아는 체를 했다. "집안 식구들을 마친 다음에 제게 오겠다고 했어요!"

"예전에는 이러지 않았는데." 어머니가 말했다.

"브리검이 왜 이러는 걸까요?" 내가 물었다.

"주변 사람들 때문이야. 옆에서 거짓말을 늘어놓거든. 브리검 선지자만큼 훌륭한 사람들은 이 세상에 없단다."

그런 공공연한 칭찬이 어린 여자 아이의 가슴에 어떤 영향을 줄지 상상해보기 바란다. 물론 그러고 싶은 분에 한해서. 나는 이제 막 어엿한 여자로 변해가던 중이어서 다른 여자들이 어떻게 남자를 평가하는지에 대해 아주 민감했다. 나는 그 당시 어머니를 가장 사랑했다. 만약 어머니가 브리검을 좋게 여긴다면, 비록 그의 말과 행동 때문에 원망하는 마음이 일어나긴 했지만, 내 마음도 자연스레 그를 흠모할 수 있다고 여겼다.

거의 한 시간이 지난 후 아론 오빠와 코니는 마당에 나왔다. 코니는 어리둥절한 표정으로 멍하니 우리를 바라보았다. 마치 짧지만 강한 통증에 시달리다가 회복된 사람 같았다. "언니한테 무슨 일 있었어?"라고 나는 물었다.

"너랑 어머닐 면담하는 동안 내 아내는 장모님을 기다리고 있을 거야. 자 이제 앤 엘리자 너 차례다."

어머니는 아들에게 말하길, 자기를 참석시키지 않으면 날 면담할 수 없다고 했다. 오빠는 신경질을 내며 투덜거렸다. 장가를 가고도 여전히 어린아이 같은 모습이었다. "장로의 명령에 따르면, 교리문답은 한 명씩 혼자 해야 된다고요. 규칙이 그래요."

"나를 빼놓고 엘리자에게 말할 생각은 하지도 마라." 어머니는 팔짱을 꺼서 가슴 위에 얹었다. 이 세상 모든 어머니가 자기 자식에게 '가만히 잠자코 있어라'는 뜻으로 취하는 보편적인 제스처였다.

오빠는 발끈 화를 내고 발을 동동 굴리면서도 기는 한풀 꺾였다. 우리는 오빠를 따라 집안으로 들어갔다. 오빠는 의자 두 개를 마주 놓고서 우리 둘에게 신경질적으로 앉으라고 했다. 자기는 침대 위에 걸터앉았다. "이제부터 아주 중요한 질문을 해야만 해요. 솔직하고 진실한 대답을 하겠다고 둘 다 주님께 맹세해야 해요."

나는 그러겠다고 대답했다.

"좋아, 시작하자." 오빠는 비숍에게서 건네받은 책자를 뒤적였다.

"첫 번째 질문으로, 혹시 남자나 여자 또는 아이를 죽인 적이 있니?"

"그런 어처구니없는 질문이 다 있냐?" 어머니가 쏘아붙였다. "난 방금 전까지 누군가를 죽인다는 것에 대해 생각도 해본 적이 없다."

"어머니, 전 여기 적힌 순서대로 질문해야 한단 말이에요. 엘리자야, 그랬니, 안 그랬니?"

나는 터져나오는 웃음을 참을 수 없었다. "내가 누굴 죽인다는 거야?"

"사실 그대로 예, 아니오로만 대답해."

"안 죽였어."

이런 식으로 교리문답은 계속되었다. 오라버니는 진지한 목소리로, 적어도 내가 브리검 영을 고소하기 전까지는, 내 평생 들었던 것 중에서 가장 우스운 질문들을 쏟아냈다. 나더러 간음을 했느냐고도 물었다. (열한 살짜리 어린애한테!) 또한 맥주, 위스키 내지 포도주를 마셨는지도 물었다.

"이제 다했니?" 어머니가 끼어들었다.

"하나 더 남았어요. 일부다처제를 진리로 인정하나요?"

"나한테만 묻는 거니 아니면 엘리자한테도?"

"둘 다요."

"너희 아버지한테 두 번째 아내가 있잖느냐. 그걸 보면 내 대답은 이미 나온 거란다."

"앤 엘리자? 너는 어떻게 생각해?"

"나도 인정해, 오빠." 아, 이 질문을 다시 주워 삼킬 수만 있다면!

면담이 끝나자 오라버니는, 미리 교육받은 대로, 나더러 어머니 아버지 (비록 그땐 안 계셨지만) 말씀을 잘 들으라고 훈계했다. 또한 나이가 차면 일부다처제 사회의 여자 역할을 올바르게 행하라는 조언도 잊지 않았다. "근데요," 오라버니는 이전처럼 한 집안의 어린 아들 역할로 돌아가서 이렇게 말했다. "저 어땠어요?"

"그런 몹쓸 일에는 딱 제격이더구나." 어머니가 혀를 찼다.

그다지 눈치가 없는 오라버니는 어머니 말 속에 숨겨진 비난을 알아차리지 못하고 자기를 칭찬한다고 여겼다.

그 후로 오라버니는 다른 여러 가정 전도사들과 더불어 이웃과 친구 집들을 찾아다녔다. 선량한 사람들에게 굴욕적인 질문 공세를 퍼붓기 위해서. 대부분의 사람들은 가정 전도사들을 외면하기가 두려웠다. 그랬다가는 아직 알려지지 않은 아주 대단한 죄를 가진 사람으로 몰릴 위험이 있었기 때문이다. 이 시기에 유타 특별구의 모든 성도는 다시 세례를 받았다고 볼 수 있다. 두려움에 떨며 아무리 사소하더라도 다 털어놓음으로써 모든 죄들이 씻겨나갔을 거라고 여기면서. 몇 달 만에 유타의 모든 성도들은 자기들이 이 세상에서 은혜 받은 사람 중에서 가장 깨끗한 영혼의 소유자라고 믿게 되었다. 어머니는 끝내 받아들이지 않았지만, 지금에는 우리 모두 알고 있다. 진실로 이 모든 일이 브리검 영의 명령에 의한 것임을.

5장

*The
19th
Wife*

피의 속죄

────── 이따금씩 나는 어머니를 따라 솔트 레이크 시로 가서 중심가의 번화한 가게에서 장을 보았다. 동부에 사는 젊은 아가씨들은 쇼핑이나 하러 갔으려니 여길지도 모르지만, 사실은 그런 사치스러운 외출이 아니라 생존을 위해 필수품을 사러 가는 길이었다. 페이슨에 있는 가게들은, 그곳을 가게라고 부를 수 있다 쳐도, 너무나 조잡한 물품들만 취급한다. 따라서 어떤 의미로는 그런 물품을 아예 다루지 않는 편이 더 낫다.

한번은 어머니랑 나, 그리고 아론 오빠와 코니 이렇게 넷이서 장을 보러가는 길이었다. 어디서 하룻밤을 묵다가 선지자가 다음 날 아침에 교회당에서 설교를 한다는 소식을 들었다. 그 도시를 방문한 적이 없는 사람들이 보면, 거북의 등을 쏙 빼닮은 높고 둥근 지붕을 지닌 거대한 실내의 교회당이 눈길을 사로잡는다. 그 교회당은 세계에서 가장 큰 건물의 하나이자 하나님의 뜻이 구현된 공간으로서 어리석은 인간사와 초연하게 후대에까지 영원히 빛날 것이다. 안타깝게도 그때는 세계적으로 유명한 거북 등 지붕을 인 교회당이 지어지기 십 년 전이었다. 1856년 그 도시로 장을 보러 가던 때는 유타 개혁이 맹렬하게 실시되고 있었기에 교회당은 좀 더 소박한 모습이었다. (그 소박한 교회당도 유타에 세워진 첫 교회당에 비해서는 굉장히 나아진 건물이다. 첫 교회당은 어느 정자나무 아래의 그늘진 자리에 지나지 않았으니 말이다.) 하지만 건물이 어떠했든지 간에 성도들은 수천 명 단위로 언제나 선지자 브리검 영의 설교를 들으려 몰려왔다.

그 무렵 나는 위대한 사람인지 가늠할 만한 성숙하고 합리적인 판단을 할 수 있는 나이였다. 어린 시절 내내 나는 브리검을 자상하면서도 위엄 있는 할아버지로 보았다. 전능하고 거의 무한한 영향력을 우리 삶에 행사하는 사람, 상냥하면서도 어쩐지 무시무시한 사람, 그리고 해와 달처럼 늘 변함없는 사람이라고 나는 여기고 있었다. 페이슨으로 이사하기 전에는 템플 스퀘어에서 주일에 종종 그를 보곤 했는데, 나를 보면 고개를 살짝 숙이며 인사를 했다. 그처럼 늘 어린아이들에게 다정다감했다. 유타의 모든 아이들은 *그*가 사는 곳, 즉 높은 석벽 뒤에 자리잡은 비하이브 하우스를 알고 있었다. 많은 사람들이 적어도 그의 외모는 자세히 알고 있었다. 그는 굳이 신경을 쓰지 않아도 저절로 기억에 남는 모습이었다. 하지만 금속 색깔의 눈과 전체적으로 사각형 얼굴에다 굳건해 보이는 체구에 그의 인품이 모두 드러난다. 내가 어린 시절의 상상으로는 하나님이란 바로 브리검 할아버지 같은 모습이었다.

이 특별한 주일에 옛 교회당에는 설레는 마음으로 넘쳐났다. 개혁이 유타 특별구를 두어 달 도안 휩쓸면서 자기 성찰, 받아들임 그리고 죄 사함의 열기가 들끓고 있었다. 2천 5백 명의 성도들이 계속적으로 속죄를 행할 수 있는 방법을 알기 위해 선지자의 설교를 들으러 왔다. 정확한 숫자는 알 길이 없지만 일부 성도들은 자기들의 이웃들이 더 효과적으로 속죄할 수 있도록 돕는 방법에 대해서까지 조언을 구하고 있었다. 브리검 형제는 연단에 서서 속죄에 대한 설교를 함으로써 이들에게 풍부한 조언을 아끼지 않았다. 확실히 말하건데, 다른 이의 참회에 대한 이야기만큼 사람들의 마음을 흥분시키는 것은 없다. 엄청나게 격분된 어조로 브리검 영은 선언했다. "가마득한 옛날에 그랬던 것처럼, 재단에서 번제를 드림으로써 사함을 받을 수 있는 죄가 있습니다. 하지만 양이나 송아지 또는 멧비둘기의 피가 아니라 반드시 사람의 피를 통해서만 사해질 수 있는 죄도 있습니다."

요지가 무엇인지 분명치 않았지만 선지자는 말을 이었다. "의로움이 판별되고 올바름이 가늠될 때가 다가오고 있습니다. 큰 칼이 여러분의 목에 겨누어지고 '하나님의 편인가?'란 질문을 받게 될 때 진심으로 주님의 편이 아닌 이들은 베어 쓰러질 것입니다."

이 특별한 날에 들은 이야기인지 기억이 확실치는 않지만 그는 거침없이 계속 말했다. "여러분의 형제자매가 피를 흘려야만 속죄할 수 있는 죄를 갖고 있어도 진심으로 사랑할 것입니까? 피를 흘려야 속죄할 수 있을 만큼 큰 죄를 가진 사람도 사랑할 것입니까? 예수 그리스도의 사랑이 그러했습니다. 이것이 바로 이웃을 나 자신처럼 사랑하는 것입니다. 만약 누군가가 도움을 구하면 도와주어야 하듯, 누군가가 구원을 바란다면 피를 흘리게 해주십시오. 피를 흘려야만 구원이 이루어질 수 있기 때문입니다." (어리둥절해 하고 있는 독자에게 확실히 말하지만, 내 말은 있는 그대로를 옮긴 것이지 말을 적절히 바꾼 것이 아니다. 연단에서 행한 브리검의 설교는 언제나 자세하게 기록되어 널리 배포되어왔다. 유타의 문헌 보관소를 뒤져보면 지금 옮기고 있는 내 말이 조금도 말을 미화하거나 각색하지 않고 들은 그대로임을 알 수 있을 것이다.)

이것이 바로 피의 속죄에 대한 가르침이었다. 교회의 규정이나 교회 지도자들의 말을 믿지 않는 사람은 남자, 여자 또는 어린아이 가릴 것 없이 당연히 칼로 망하게 된다는 뜻이었다. 종교적 열정으로 불타던 성도들은 선지자의 말을 지혜와 진리로 받아들였다. 브리검은 이 새로운 가르침을 확립한 다음 성도들을 신앙의 이름으로 살인을 하러 내보냈다. 너무나 놀라 나는 눈물을 터뜨렸다. 비록 어렸지만 나는 브리검의 의도를 확실히 알 수 있었다.

예배 후에 우리는 도시 중심가로 걸어갔다. 그곳에는 한 컵에 25센트짜리 아이스크림을 파는 가게가 있었다. 물론 어머니의 빠듯한 수입을 훨씬 능가하는 사치스러운 음식이었다. 하지만 나에게 기분전환이 필요하다는 것을 어머니는 알고 있었다. 동그란 아이스크림에 코를 박으면서 어머니께 물었다. "브리검 형제가 왜 살인을 하려고 하나요?"

"그런 뜻으로 한 말이 아냐." 어머니가 말했다. "그런 게 아니라고."

"그런 뜻이었어요." 아론 오빠가 끼어들었다. 오빠는 벌써 자기 아이스크림을 다 먹고 나서 아내인 코니의 것을 뺏어먹고 있었다. "브리검이 말한 그대로예요."

"전체적으로 보자면, 그렇긴 하다." 어머니도 시인을 하면서도 이렇게 덧붙였다. "하지만 이번에 한 말은 비유적인 표현이란다."

아론 오빠는 혼란스러운 표정이었고 코니는 멍하니 머리카락만 쓰다듬고 있었다. 아무리 생각해봐도 하나님께서 특별히 신경을 써 저 부부를 함께 맺어주셨음이 분명하다.

아마 어머니의 판단이 옳았을 것이다. 그렇다 쳐도 선지자의 긴 연설은 나를 비롯한 많은 사람들에게 심대한 영향을 미쳤다. 이곳에서 우리 교회의 지도자이고 우리 땅의 통치자이자, 우리 문명을 이루고 있는 거의 모든 조직의 통솔자인 그가 연단에 서서 영혼을 구하기 위해서라면 살인도 정당화될 수 있다고 선언했다. 내 눈과 귀를 앞에 두고 그는 사람들에게 살인을 하라고 요청했다! 만약 그런 뜻이 아니었다면 달리 말했어야 했다.

이후로 나는 그 사건에 대한 나의 해석에 반대되는 주장들을 줄곧 듣게 되었다. 브리검의 말은 이전부터 해오던 설교의 맥락에서 이해해야 한다거나 (실제로 이전에는 자비와 온정에 관해 자주 설교했음.) 비유로 한 말이라거나(아마도 그날 교회당에서 서둘러 빠져나와 라반(구약 성경에 나오는 인물로서 야곱의 장인. 옮긴이)처럼 칼을 빼든 사람은 물론 없었을 것임.), 당시 격렬하게 독립을 바라던 말일성도들은 미합중국과 거의 전쟁 직전 상태였기에, 피의 속죄는 그 시대의 산물이었다는 해석 (그럴 수도 있다. 그렇다고 해서 살인이 정당화되는가?) 등이 있다. 그나마 이 몇 가지 추측으로 끝난 것이 다행이었다.

내 증언을 어느 쫓겨난 여인의 장광설쯤으로 치부하고 전혀 인정하지 않는 사람이 있다면 이렇게 말하겠다. '당신은 그곳에 있었는가? 증오심이 가득 배어 있는 선지자의 말을 직접 들었는가? 그가 분노하는 모습을 두 눈으로 생생히 보았는가?'라고.

나는 신학자도 철학자도, 더군다나 역사가도 아니다. 다만 들었던 말이나 다른 사람들이 들었음이 거의 확실한 말을 그대로 옮겨놓을 뿐이다. 앞에서 인용한 설교 그 자체는, 내가 아는 한, 논쟁거리가 아니다. 논쟁 대상은 설교의 해석 방법이다. 친애하는 독자 여러분께 맡겨두고서 이제 해석에 대해서는 말을 접고자 한다. 중요한 과제는 이제 여러분의 몫으로 남겨둔다.

마지막으로 한 가지만 묻겠다. 비록 일부의 주장대로, 브리검 영이 피의 속죄를 단지 수사적인 효과를 위해 호소했다손 치더라도, 그런 악의적인 말이 아무런 영향을 미치지 않으리라고는 누구도 믿지 않을 것이다. 분명히 밝히지만, 그가 이 세상을 향해 이러한 호소를 했다는 사실은 의심의 여지가 없다. 독이 우물 속으로 스며들면 반드시 오염이 뒤따르게 마련이다.

소문이란 날아가는 새만큼이나 빠르게 퍼진다. 페이슨에 있는 집으로 돌아와보니 미튼 부인도 선지자의 설교를 이미 들어 알고 있었다.

"만약 브리검이 진리라고 선포했으면, 틀림없이 진리입니다." 아론은 장모에게 그렇게 해석해주었다.

내 사랑스런 올케인 코니는 눈치를 살피며 말했다. "우리가 위험한가요?"

오라버니는 자기 아내의 말은 들은 척도 하지 않고서 이렇게 말했다. "영혼을 깨끗하게 만들려면 해야 할 일이 많겠지."

"만약 브리검이 정말로 깨끗함에 관심이 많다면 우리를 이런 더럽고 낡아빠진 마을로 보내지는 않았을 거야!" 이 논쟁에 내가 보탠 말은 이것뿐이었다. 어떤 대답을 들었는지는 여러분의 상상에 맡기겠다.

그러고 나서 선지자가 한 말의 뜻에 대해 좀 더 일반적인 논의가 이루어졌다. 어머니는 선지자가 비록 극단적인 면도 있지만 살인을 요청하는 뜻은 아니었을 것이라고 진심으로 믿었다. 어머니와 달리 오라버니는 회개하지 않는 죄인을 마주치게 되면 어떻게 행동해야 하는지는 이제 왈가왈부할 것이 아니라고 서슴없이 말했다. 이런 논쟁은 그 후로 몇 날 며칠 동안 유타의 모든 집안에서 거듭되었다. 아직 덜 자란 내가 보기에도, 애매모호해서 어떻게 따라야 할지 모를 폭력적인 지시를 선지자가 자신의 추종자들에게 내린 것은 잘못이었다.

하지만 소수의 성도들은 지시대로 행동하면 그뿐이라고 여겼다. 겨우 일주일이 지났을 뿐인데 존스 부인이란 여자와 아들 제이콥이 믿음이 느슨해졌다는 소문이 나돌기 시작했다. 나는 그 부인과 개인적으로 알고 지내는 사이는 아니었지만 길에서 마주치면 알아볼 수는 있었다. 왜냐하면 그녀는 여자의 체구치고는 아주 키가 크고 정교한 깃털이 달린 보닛을 쓰고 다녔기 때문이다. (개혁 기간 동안 일부 자매들은 너무 좋은 모자를 쓰는 죄를 짓는다고 다른 여자들을 비난했다.) 존스 부인은 과부였고 남편은 윈터 쿼터스에서 잃었다. 하지만 그녀는 일부다처제 사회에 편입되기를 오랫동안 거부해왔다. 숱한 남자들에게 딱지를 놓는 바람에 개혁이 시작될 때부터 그 부인은 천상의 결혼제도에 충성하지 않는다는 의심을 많이 받아오고 있었다. 아들 제이콥은 아론 오빠와 비슷한 나이였지만 여러 가지 면에서 남자다웠고 턱수염을 아주 덥수룩하게 기르고 있었다. 제이콥은 특이하게도 인디언에 대해 관심이 많아 구슬을 꿰어 만든 머리장식품과 목걸이를 수집하고 있었다. 쫓겨난 사람이라고 하면 그 둘에게 너무 심한 말이겠지만, 그 모자는 페이슨 지역 사람들과 함께 어울려 살았다고 할 수는 없었다.

그 둘은 자신들이 할 수 있는 한 최선을 다해 야만적인 개혁의 시기와 투쟁했다. 비록 교회 모임에도 참석하고 십일조도 바쳤지만 공개적인 신앙고백을 거부했고 가정 전도사들을 대문 앞에서 되돌려보냈다. (아론 오빠는 이런 정황을 알려주며 키득거렸다.) 피의 속죄가 공식적인 분위기가 되고 선지자의 말이 폭력에 굶주린 사람들의 귀에 쟁쟁거리게 되자, 이 폭도의 무리들은 겨우 칠 일 만에 사냥감을 포착했던 것이다.

어느 날 밤이 깊은 시각에 집에서 자고 있던 우리 가족은 길에서 들여오는 다툼 소리에 잠이 깼다. 비명 소리와 살려달라는 애원에 이어서 무거운 물체가 부드럽지만 두터운 어떤 것 위로 떨어지는 소리가 들렸다. 마치 밀가루 포대를 내려치는 나무망치 같은 소리가.

코니가 철사 줄에 걸린 담요를 걷어치우며 외쳤다. "남편이 없어졌어요!" 달빛을 받고 서 있는 올케의 모습은 세상에서 가장 불쌍해 보이는 표정을 하고 있었다. 몸은 부들부들 떨렸고 눈물은 마치 촛농이 녹듯 흘러내렸다. "어떤 일이 있어도 침대 속에 꼼짝 말고 있으라고 말하고 나갔어요."

어머니의 얼굴이 순식간에 일그러졌다. "저 무리들과 함께 나가다니!" 어머니가 탄식했다. 그때 상황을 지금 다시 떠올리기도 괴롭지만 분명 어머니는 통곡을 하기 시작했다. 내 적들이 어떤 사건에 대한 내 기억을 숱하게 의심했지만, 만약 그날 밤 어머니의 눈물에 대해 내가 거짓말한다고 비난하는 이가 있다면 결코 가만두지 않겠다.

조금 후에 두 발의 총소리가 한밤중의 고요를 깨뜨렸다. 우리는 온몸이 얼어붙은 채 바들바들 떨고만 있었다. 이내 주변이 쥐죽은 듯 조용해졌다. 무슨 일이 벌어졌는지는 오랫동안 알 수 없었다.

아침이 밝자 존스 부인과 아들이 죽었다는 소식이 들려왔다. 시체는 온통 훼손되어 있었고 특히 얼굴이 짓이겨졌다고 했다. 공식적인 사망 원인은 인디언에 의한 잔혹한 살육이었다. 아론 오빠는 새벽 동이 트기 전에 집으로 돌아와서 이렇게 말했다. "제이콥은 물물교환을 하려고 늘 인디언들과 만나왔대요. 인디언들이 어젯밤에 그를 죽인 거라네요. 깃털장식인가 뭔가를 훔치려다 발각되었다고 들었어요."

"이 어미에게 거짓말을 해선 안 된다." 어머니가 단호히 말했다.

"엄마, 거짓말 아니에요. 비숍한테 가서 물어봐요. 보안관한테 가서 물어보든지요."

아론 오빠는 분명히 밝혔다. 자신은 단지 공식적인 사건 설명을 전달하는 것뿐이라고. 이곳에 정의는 깃들지 않을 것이다. 오후에 일꾼들이 두 구의 시체를 묘지에 묻었다. 시체를 실은 마차가 집 앞을 지나갔지만 어머니는 밖을 내다보려 하지 않았다. 당신의 품에 나를 꼭 끌어안은 채로. 코니 올케가 비명을 지르자 아론 오빠는 올케를 꽉 붙잡았다.

그 마차는 마을 거리를 터벅터벅 지났다. 몇몇 집의 문이 열리자 집 안에 사는 사람들이 죽은 어미와 아들에게 침을 뱉었다. "변절자들!"이라고 욕을 퍼부었다. "인디언과 함께 뒈져라." 어떤 이들은 썩은 과일을 시체에 던졌다. 마차가 묘지에 다다를 즈음에는 상한 사과와 벌레 먹은 호박들 때문에 달그락 소리가 심하게 났다. 하지만 어머니와 나처럼 대부분의 주민들은 집 안에 가만히 있었다. 대부분 내다보거나 폭력을 대놓고 비난하거나 우리 교회를 의심하기에는 너무나 두려움이 앞섰다. 듣기로는, 존스 부인은 폭도들이 문 앞에 들이닥쳤을 때 빵을 굽기 위해 반죽을 하고 있었다고 한다. 몸싸움이 생기자 아들은 어머니를 지키려고 화덕으로 달려갔다.

그런 사실을 알게 된 까닭은 그 둘이 영원히 잠들기 전 마차에 실려 무덤으로 향할 때의 모습을 보아서다. 밀가루 반죽이 그들의 손가락에, 그리고 일부는 머리카락에 잔뜩 묻어 있었기에.

The 19th Wife

10 소명

말일성도교회 문서보관소

특별 보관문서
전기 & 자서전
솔트 레이크 시

열람 제한

열람 청구 기록

이름: 찰스 그린 교수
날짜: 1940년 1월 17일
문서 명칭: 촌시 G. 웹의 자서전
열람 목적: 일부다처제 결혼의 종료에 관한 학술 연구
청구 결과: 문서관리자 C. 보크에 의해 거부됨

이름: 켈리 디
날짜: 2005년 7월 10일
문서 명칭: 촌시 G. 웹의 자서전
열람 목적: 앤 엘리자 영과 일부다처제의 유산에 관한
　　　　　박사학위 논문 삭성에 심고 자료로 촬용
청구 결과: 문서관리자 D. 새비드호퍼에 의해 허락됨

촌시 G. 웹의 자서전

내 딸 앤 엘리자가 『19번째 아내』에서 밝혔듯이, 유타에서 보낸 첫 해는 가족 모두 한마음 한뜻이었다. 한때 서로 경쟁자였던 두 아내는 이제 허물없이 지내는 사이가 되었다. 적어도 내가 보기에는 그랬다. 혹시나 마음에 상처를 키우고 있다는 느낌은 전혀 들지 않았다. 둘 다 그러한 상처를 입으로 말한 적이 없는 걸로 봐서는. 회고록에서 딸은 아버지인 나에 대해, 자기 어머니의 괴로운 심사를 알아차리지 못하는 '남의 속도 모르고 마냥 태평한 남자'라고 일컬었다. 그 애가 그렇게 느꼈든 어쨌든, 사막에서 보낸 처음 몇 해 동안을 떠올려보면, 우리 가족은 구성이 독특하긴 했지만 분명 모든 사람들이 바라마지 않을 정도로 행복하게 지냈다. 적어도 나는 그랬을 것이라고 믿고 싶다.

하지만 우리 가족의 짧은 행복은 브리검 형제가 나와 내 아들 길버트에게 영국 선교를 명하면서 갑작스레 끝나고 말았다. 우리 둘은 1855년 겨울에 집을 나섰다. 세인트루이스를 거쳐, 눅눅한 회색빛 하늘이 드리워진 이른 봄에 마침내 리버풀의 습한 해변에 도착했다. 그곳에서 우리는 콕스 부인이란 젊고 수다스러운 과부 집에 방을 하나 얻었다. 그 여인은 어린 딸 버지니와 함께 좁은 집에서 살고 있었다. 내 딸 앤 엘리자를 닮은 그 아이를 보고 있자니 고향에 두고 온 가족 생각이 더욱 간절했다.

리버풀에 도착한 첫날부터 겨우 며칠 동안에 우리 부자는 금세 사람들의 유형을 파악해냈다. 즉, 세련된 세인트제임스 거리나 그레이트 조지 거리에서 수수한 차림의 낯선 전도사로부터 인사를 받았을 때, 어떤 부류의 사람들이 피해 가버리는지 알아냈단 말이다. 예를 들면 이런 사람들이다. 가족과 보모를 데리고 한가로이 거닐고 있는 신사 양반, 마차를 타고 가며 시시껄렁한 농담이나 주고받는 귀족, 비단과 보석으로 몸을 휘감고 있는 숙녀, 그리고 파티와 패션에 사로잡혀 있는 여자들. 이런 사람들은 우리가 건네는 "안녕하세요?" 또는 "좋은 아침입니다." 란 인사에 반응을 보일 시간도 마음도 없었다. 그 사람들 앞에 서면 나는 유령이 된 느낌이었다. 나를 보고도 본 체를 하지 않았기에.

리버풀에서 하나님의 가장 비참한 백성들은 프린스 도크 근처의 거리에 우글거리고 있었다. 그곳 조선소에서 담벼락 너머로 버린 온갖 쓰레기 더미를 뒤적여 그들은 연명했다. 한쪽 팔이 없는 선원, 이가 다 빠진 늙은 할머니, 그리고 평생 단 한 번도 씻지 않은 것처럼 더러운 고아 등 그곳에서는 가장 슬픈 인간 군상들이 쇠꼬챙이로 쓰레기 더미를 파헤치고 있었다. 빵부스러기나 과일 껍질 그리고 너저분한 무명천 조각 등을 주운 다음 씻어서 푼돈에 팔아보겠다는 희망을 품고서. 매일 정오면 전 세계 각지에서 몰려온 선원들이 선술집으로 향했다. 그중에는 볼

티모어 클리퍼나 유니콘과 같은 당시 유명했던 배의 선원들도 있었다. 소금기에 절은 이 남자들의 무리는 비릿한 바다 냄새를 풍기며 생소하고 상스러운 말을 지껄이면서 그 비참한 사람들을 지나쳐갔다. 가끔씩 어떤 선원이 남은 동전 하나를 거지에게 던져주면 서로 주우려고 한바탕 왁자지껄 소동이 일었다. 그런 모습에 나와 내 아들은 연민이 솟구쳤다. 열댓 명이 한꺼번에 몰려들어 하찮은 동전 하나 주우려고 서로 아귀다툼이라니!

헐벗은 이웃들에게 처음으로 전도를 하러 가는 길에, 우리는 작은 쇠바퀴가 네 개 달린 나무로 만든 탈것 위에 앉아 있는 다리가 없는 아가씨와 마주쳤다. 그녀는 싸구려 녹색 면포로 만든 치마를 입고 있었는데, 더럽고 덕지덕지 기워져 있었다. 하지만 그녀는 치마를 부풀려서 넓게 펼치고 단정하게 앉은 모습이 무언가 고상한 삶의 목표와 희망을 지닌 듯이 보였다. 다리가 없는 처지인데도, 마치 소풍을 가서 자리를 깔고 앉아 있는 모습이었다. 이 당찬 아가씨가 앉아 있는 탈것 앞부분에는 표지판이 하나 달려 있었다. 표지판에는 '탈곡기에 빨려 들어가 두 다리를 잃다.'라고 그녀의 운명이 짧지만 결연한 문장으로 적혀 있었다. 그 아가씨가 앉아 있는 탈것 옆에는 미남의 표본이라고 할 수 있을 정도로 잘생긴 젊은 남자가 쭈그리고 앉아 있었다. 비단결 같은 검은 머리카락과 오똑한 콧날이 인상적인 남자였다. 이 사내의 불행이 자리 잡은 곳은 병이 나서 희뿌옇게 변한 그의 눈이었다. 옆자리엔 뼈만 앙상한 어떤 여자가 굶주린 아기에게 쭈글쭈글 오그라든 자기 젖을 물린 채 웅크리고 있었다. 그 옆에는 오누이 같아 보이는, 기진맥진한 남자애와 여자애가 쭈그리고 앉아 있었다. "제발 부탁드려요. 나흘 동안 아무엇도 먹지 못했어요." 둘은 이렇게 애원했다.

"이런 말을 해도 되겠니?" 내가 말했다. "주님에 대해서 말이다."

"빵 있으면 먼저 좀 주세요. 제발 부탁이에요."

길버트는 콕스 부인이 싸준 버터 샌드위치를 절반으로 나누었다. 그걸 여자애한테 주려는 찰나 아기를 안고 있던 여자가 낚아채서는 우리 눈앞에서 삼켜버렸다.

"이 여자애랑 남자애한테 주려던 것입니다."라고 나는 투덜댔다.

"나랑 내 아기 것인데 뭐 어때요?" 그 여자는 깔깔대며 말했다. 도둑질에 대해 일말의 가책도 느끼지 않는 모습이었다.

길버트가 남은 샌드위치 절반을 여자애한테 주었다. 이번에는 올바른 주인의 손에 내려놓으려고 잔뜩 신경을 썼다. 여자애가 샌드위치를 받아 자기 오빠와 나누어 먹자 주변의 다른 사람들은 자기들 몫도 달라며 아우성을 쳐댔다.

"자, 그럼" 나는 오누이한테 다시 입을 뗐다. "예수 그리스도에 관한 이야기를 해도 되겠니?"

"죄송해요." 여자애는 얼른 대답했다. "전 아무것도 안 믿어요. 더 이상은요."

그 여자애를 나무랄 수는 없었다. 나도 만약 그런 운명을 안고 태어났다면 굳건한 신앙을 장담할 수 없지 않은가? 비참한 운명이 던지는 심오한 의미를 우리가 함부로 가늠할 수는 없다.

이제 나와 내 아들은 나무로 만든 탈것 위에 앉아 있던 아가씨를 향해 물었다. "한 가지 말씀드려도 되겠습니까?"

"동정은 필요 없어요. 필요한 건 일자리예요."

"예수 그리스도에 관해 말씀드려도 되겠습니까?"

"구원은 필요 없어요. 일할 곳이 필요하단 말이에요."

우리는 이제 눈이 희뿌연 잘생긴 남자에게로 다가갔다. "안녕하세요? 잠시 시간을 내주시겠습니까?"

"당신이 동전 하나를 내준다면요."

"그렇게는 못합니다."

"그럼 저도 내줄 시간이 없습니다."

이런 식으로 우리의 노력은 물거품이 되었다. 더욱이 거의 일 년 동안 아무 성과도 없었다.

매일 밤마다 우리는 콕스 부인이 석탄을 때주는 벽난로가 있는 방으로 돌아왔다. 그 방에서 길버트와 나는 무릎을 꿇고서 전도의 성공과 굳건한 마음을 달라고 기도하곤 했다. 틈틈이 촛불 곁에서 두 통의 편지를 썼는데, 각각 첫째와 둘째 아내에게 보내는 것이었다. 나는 종종 두 편지를 서로 다른 내용으로 채우려고 무척 고심을 했다. 두 아내가 서로 편지를 나누어 읽고서 두 편지 내용이 똑같다고 여길까봐 신경이 쓰였기 때문이다. 만약 첫째 아내 엘리자베스에게 '당신의 충실한 남편으로부터'라고 서명을 했다면, 둘째 아내 리디아에게는 좀 더 주의를 기울여 '당신의 가장 진솔한 남편으로부터'라고 서명을 하는 식이었다. 시간이 흐르면서 두 아내에 대한 그리움은 더욱 커져갔고 나는 종종 늦게까지 잠을 이루지 못했다. 잠든 아들 길버트를 옆에 두고서 아내를 보고 싶은 마음을 일기에 적거나 그렇게 될 날을 상상하곤 했다. 아내와 오랫동안 떨어져 살아본 남자라면 누구라도 내 간절했던 마음을 이해할 것이다.

어느 날 밤 함께 무릎을 꿇고 있을 때 아들이 말했다. "아버지, 언제까지 이렇게 지내야 하는 건가요?"

마침 힘겨웠던 한 주를 마감하던 주말이었다. 그날 날씨는 축축했고 도시의 분위기는 엉망이었다. 여우 모피를 휘감은 천박한 젊은 여자 한 명이 길거리에서 우리를 보더니 옆의 친구에게 이렇게 말했던 날이기도 하다. "근사한 젊은 남자가 저게 뭔 시간낭비라니!"

"아버지." 길버트가 말했다. "우리가 뭔가를 제대로 하는 것 같지가 않아요."

아들의 흔들리는 믿음에 깜짝 놀라, 바로 그 자리에서 즉, 콕스 부인의 불타고 있는 벽난로 앞에서 아들에게 약속했다. 자고 나면 내일은 반드시 성공할 것이라고. "누구에게 어떻게 하라고 알려줄 수는 없지만, 분명 네 노력은 보상을 받을 거란다." 불가능한 일을 약속해버린 이유는 단 한 가지, 촛불처럼 흔들리는 내 아들의 믿음을 어떻게든 되살려보겠다는 절박한 마음 때문이었다. 내 아들은 여러모로 이해하기 힘든 청년이었다. 가끔씩 내 아들이 두렵게 느껴졌다. 허영과 위선 등 권세 높은 부자들이 저지르는 온갖 죄를 내가 저지른다고 이 애가 속으로 욕하고 있을 것 같아서였다. 분명 우리의 신앙과 교회 자체에 대한 그의 의문은 외국에 나와 있는 동안 더욱 깊어졌다. 자기 어미를 구원시키고 우리 부부를 맺어준 신앙에 대해 내 아들이 경솔하게 반항하거나 심지어 믿음을 버리고 떠나지나 않을지 걱정스러웠다. 모든 아버지가 그렇듯이 아들의 장래도 걱정이 되었다. 바로 이런 걱정 때문에 정작 나 자신의 믿음이 무너지고 있는 줄은 알아차리지도 못했다. 『19번째 아내』에서 내 딸은 나에 대해 눈먼 신앙의 소유자라고 비난하면서, "부와 권력으로 짠 눈가리개가 내 아버지의 눈을 가리고 있었다."고 말했다. 물론 딸의 공격은 잔인하지만, 그 애가 휘두르는 비난의 칼날은 불순물이 섞이지 않은 진실의 쇳물을 녹여서 만든 것이 아닐까 여기기도 했다.

그 다음 날은 햇빛이 밝고 맑은 날씨였다. 흐렸던 그 전날과는 판이하게 달랐다. 우리는 거의 열두 시간을 넬슨 제독 동상 근처에 있는 시장 구역에서 보냈다. 어디서나 따스한 봄바람을 맞으러 창문을 열어두었다. 멋진 날씨로 인해 선교 활동은 더 어려워질 수 있다. 근사한 날씨가 가져다주는 희망 때문에 사람은 자신의 죄를 더 쉽게 잊어버리기 때문이다. 따라서 그날도 여느 날과 다를 바가 없었다. 젤리 색 비단옷을 입은 어떤 여자를 제외하면 말이다. 그 여자는 우리더러 레이스 한 다발을 훔쳤다고 오해해 다짜고짜 욕을 퍼부었다. 하지만 알고 보니 레이스 다발은 벤치 위에 덩그러니 놓여 있었다.

우리는 지치고 허탈한 마음으로 콕스 부인의 조그만 집으로 돌아왔다. 나는 한 치 앞도 모르면서 허황된 약속을 아들에게 한 것이 내내 부끄러웠다. 그래서인지 여주인과 딸이 건네는 인사에 답을 하기에도 입이 떨어지지 않았다.

"오셨군요. 오늘 하루는 좋았나요?" 콕스 부인이 말했다. "예쁜 버지니야, 아저씨를 귀찮게 하면 못써. 주님을 위해 종일 일하신 분들이란다. 이제 두 분이 좋아하는 방식으로 불을 지피겠어요. 그리고 조금 전에 물주전자도 올려놓았답니다. 들어가서 편히 쉬세요. 제가 비스킷을 가져다 드릴게요. 괜찮으시다면 맥주도 한 잔 드릴게요."

언제나 수다스러운 이 여주인은 내용도 없는 말들을 한정 없이 늘어놓았다. 하지만 이번에는 여느 때와 달리 계단 아래에서 우리를 오랫동안 붙들어 두려는 눈치였다. "이런 말씀을 드려도 될지? 너무 피곤하지 않으시면요." 우리가 무슨 뜻인지 알아듣지 못하자 다시 이렇게 말을 이었다. "두 분이 속한 교회와 모르몬경에 대해서 말이에요. 전 물론 태어날 때부터 영국국교회 신자였어요. 하지만 남편이 죽은 후로는 회의가 생겼답니다."

그때서야 무슨 말인지 이해가 되었다. 내가 이야기를 시작하려고 하는데 내 아들 길버트가 끼어들었다. "아버지, 제가 해도 되죠?"

아들의 갑작스러운 전도 열기에 나는 놀라면서도 한편 대견스러웠다. 그날 저녁은 콕스 부인의 거실에서 보냈는데, 길버트가 이야기를 거의 대부분 주도했다. 버지니는 카펫 위에 앉아 자기 인형에게 옷을 입혔다 벗겼다를 반복하고 있었다. 길버트는 조셉의 계시에서부터 시작해 말일성도들에 대한 이야기를 풀어나갔다. 몇 번인가 중요한 요점을 빠뜨려 내가 추가해준 부분도 있었다. 아들의 능력을 얕잡아 본다는 느낌이 들지 않게 조심조심하면서. 콕스 부인은 침착하게 듣고 있었다. 우리 교회의 초기 역사에 있었던 사건을 들을 때는 기뻐하며 이렇게 말했다. "그래서 그분이 땅속에 묻혀 있는 황금판을 찾았군요. 그렇죠? 다른 사람들이 찾지 않아서 다행이네요. 그랬다면 대부분의 사람들은 그냥 황금을 녹여 돈으로 바꾸었을 테니까요."

"모르몬경을 읽고 싶습니까?" 길버트가 물었다. 벌써 자정이 지났고 콕스 부인 집의 창문 밖 거리는 오래전부터 쥐죽은 듯 고요했다. 버지니는 내 무릎 위에서 잠들어 있었다.

부인은 책을 받더니 가슴에 가까이 가져갔다. "묻고 싶은 게 많지만,

너무 늦은 시각이라 이전부터 묻고 싶었던 질문 한 가지만 물을게요."

나는 콕스 부인에게 무엇이든 알고 싶은 게 있으면 물어보라고 재촉했다.

"모르몬교의 남자는 열댓 명 또는 그 이상의 여자를 아내로 맞이한다는 소문이 있어요. 그런 이야길 들었을 땐 그럴 리가 없을 거라고 여겼죠. 지금 제 집에 모르몬신도가 두 명이나 있으니 정말로 그곳에선 하렘을 거느리고 있는지 알고 싶네요."

영국을 향해 떠나기 전에 브리검은 우리에게 일부다처제의 진실을 숨기라고 이렇게 지시했다. "바다 너머 그 먼 곳의 이방인들은 이곳에 붉은 사막이나 눈 덮인 산의 높은 봉우리, 더군다나 이 거대한 하천분지가 있다고는 상상도 하지 못할 것입니다. 그 무지한 남자와 여자들은 우리 땅의 아름다움을 알 수 없는 것과 마찬가지로 우리의 독특한 가족 제도에 대해서도 이해하지 못할 것입니다. 우리의 외국 형제자매들이 이곳 사막에 도착해서 직접 우리의 붉은 모래바람을 보기 전까지는 일부다처제에 대해서는 말하지 마십시오."

나를 비롯한 대부분의 남자들은 그런 진실을 드러내기보다는 재빨리 그리고 아무렇지도 않은 듯 거짓말을 하게 되는 법이다. 따라서 나도 콕스 부인에게 일부다처제의 진실을 숨겼고 그 후로 평생 거짓말한 것을 후회했다. 나의 잘못인데 누굴 탓할 것인가!

"저도 그런 답을 듣고 싶었어요. 제가 너무 늦게까지 두 분을 붙잡아두었군요. 그렇죠?" 부인은 딸을 안아올리며 진정한 감사와 호감을 우리에게 표했다. 바로 그 자리에서 우리 신앙으로 개종한 첫 번째 성도가 생겼음을 확실히 알 수 있었다.

한편 브리검의 아들인 조셉 영도 선교 임무를 띠고 런던에 머물고 있었다. 그에게 우리의 첫 개종자에 대해 편지로 알렸더니, 콕스 부인에게 세례를 주려고 여덟 시간 걸려 이곳으로 왔다. 우리는 양 떼들이 드문드문 풀을 뜯는 어느 들판에서 만났다. 바로 옆에는 물살이 빠른 냇가가 있었다. 그는 콕스 부인을 냇가로 데려가서 물속으로 들어가게 했다. 그 세례와 함께, 해외선교를 통해 개종한 첫 성도가 생겼다.

콕스 부인이 냇가로 나왔을 때 젖은 옷 속으로 발그레한 장밋빛 속살이 내비쳤다. 그녀의 아름다움을 무시하는 것은 바로 하나님의 권능을 무시하는 짓이리라. 단지 바라보기만 해도 죄의식을 들 것 같았다. 하지만 콕스 부인을 쳐다보지 않을 수 없었다고 털어놓겠다. 햇살 아래 서 있는 그 여인은 고대 그리스의 조각가가 새긴 조각 작품 같았다. 그 조각에서 드러나 있던 매끈한 그녀의 몸 구석구석이 지금까지도 내 눈에 생생하다.

그날 밤 거실에서 축하 파티를 가진 후 길버트와 나는 모르몬경을 읽으며 누워 있었다. 아들은 마음이 심란한 듯했다. 초조한 듯 침대 기둥을 발로 툭툭 차고 있었기 때문이다. 책을 집중해서 읽을 수가 없어 그러지 말라고 하자 부루퉁해 하며 더 이상 그러지 않았다. 무슨 하고 싶은 말이 있냐고 물으니 없다고 딱 삼아삐었다.

나는 이전부터 아들의 얼굴에 드리워지는 침울한 기운을 여러 차례 읽은 적이 있다. 미혼의 젊은 남자의 억눌린 에너지를 느꼈기에 나는 단 한 번도 캐묻지 않았다. 이튿날 아들에게 결혼에 관해 이야기를 꺼내야겠다고 그날 밤 마음을 굳혔다. 리버풀에서는 젊은 아가씨를 만날 가능성이 매우 컸다. 기꺼이 개종을 해서 우리의 성지로 가기를 희망하는 아가씨가 분명 많다고 보았다. 내 아들도 간절히 바랄 대상이 필요하고 그래야만 아들의 근심도 해결할 수 있다는 결론을 내렸다. 적어도 그런 믿음이 생겼다. 나는 마지막으로 석탄을 벽난로에 넣고 등불을 끈 다음 뿌듯한 성취감을 느끼며 이불을 덮었다. 잠자리에 들기에는 아직 이른 시간이었다. 거리에는 죄 많은 도시의 한탄스러운 소음들이 여전히 흘러나왔다. 노래 부르는 주정뱅이, 선원의 품에 안겨 몸을 흐느적대는 매춘부, 그리고 다 헤어진 신발을 신고 자갈길을 뛰어다니는 고아들. 한참을 뒤척인 다음에야 우리의 아늑하고 따뜻한 방 아래 있는 타락한 세상을 마음에서 지우고 편안한 잠으로 빠져들 수 있었다.

거리의 소란이 잦아든 후 그날 밤 늦게 이상한 소리가 들려 잠에서 깼다. 옆을 돌아보니 길버트가 침대에 없었다. 방 안에는 은은한 달빛이 새어들어 벽지에 걸린 분홍 꽃다발을 비추고 있었다. 소리가 나지 않도록 조심스레 방문을 열었다. 복도 맞은편 끝을 올려다 보니, 콕스 부인의 방문 앞에서 내 아들과 부인이 함께 서 있었다. 둘은 너무나 가까이 있어서 성경 한 권도 사이에 낄 수 없을 정도였다. 둘 옆에 있는 창이 살짝 열려 있어 살랑대는 밤바람이 집 안으로 스며들었다. 둘 다 하얀 잠옷이 바람에 나부끼는 바람에 마치 두 굴뚝에서 피어난 연기가 함께 합쳐진 것 같았다.

나는 목을 가다듬으며 말했다. "길버트."

둘은 동시에 내가 있는 쪽을 쳐다보았다. "아버지…"

"일어나셨어요. 길버트 아버님. 우유 좀 드실래요? 갖다드릴게요."

"아버지, 문밖으로 나왔다가 우연히 콕스 아줌마랑 마주쳤는데, 제게 사후세계에 대해 물어보시더라고요."

"맞아요. 저는 수탉처럼 일찍 일어나 앞으로 어떻게 되는지 이런저런 생각을 하고 있었어요. 천국에 가면 죽은 내 남편을 만나게 될지가 특히 궁금했어요. 바로 그때 바깥에서 아드님의 발소리가 들렸답니다. 그래서 문을 열고 물었던 거예요. 아드님한테서 한참 설명을 듣고 있는데 마침 나오셨네요."

"콕스 부인은 우리가 부인의 남편 대신 세례를 받아주길 바라네요." 길버트는 그렇게 해명했다. "저는 부인의 남편을 대신해 기꺼이 세례를 받을 수 있어요."

나는 둘을 의심한 것이 너무나 부끄러워 내 방으로 다시 들어갔다. 하지만 내 귀는 여전히 곤두선 채로 콕스 부인의 방문이 찰칵거리는 소리와 함께 내 아들이 삐걱거리는 계단을 내려오는 발자국 소리에만 신경을 쓰고 있었다. 방문이 삐걱거리며 열리는 소리에 안심이 되었다. 아들이 돌아올 때까지 나는 깨어 있었다. 아들은 나를 넘어 자기 자리에 눕더니 벽을 향해 몸을 돌렸다. 달빛 속에서 보니 아들은 벽지의 찢긴 부분에 한동안 손가락을 찔러넣고 있었다. 나는 서서히 잠이 들었다. 겨우 몇 시간 동안이지만 꿈속에서 나는 고향에 있는 내 사랑스러운 두 아내를 만났다.

1856년 3월, 리버풀을 떠나기로 예정된 날에서 일 년이나 더 빨리 브리검은 고향에서 내가 필요하다는 소식을 보내왔다. 그가 모든 이들 가운데서 유독 나를 선택한 까닭은 이민을 더 빨리 진행시키는 새로운 계획을 맡기기 위해서였다. 그때까지는 유럽에서 뉴욕, 아이오와 시 또는 세인트루이스를 거쳐 그레이트 솔트 레이크로 성도 한 명을 데려오는

데 평균적으로 금화 55달러가 들었다. 배나 기차 또는 마차로 수천 킬로미터나 걸리는 여행이니 그 정도가 들 수밖에 없었다. 하지만 자세한 까닭은 모르겠지만, 브리검은 성도를 외국에서 데려오는 더 값싼 방법이 있다고 믿게 되었다. 브리검은 자신의 조언자들에게 가끔씩 과도한 존경을 표했는데, 바로 이들의 설득을 받아들여 선지자는 '신성한 계획'이란 프로젝트를 확신하게 되었다. 『19번째 아내』에서 내 딸 앤 엘리자는 그 계획을 음모라고 불렀다. 안타깝지만 내 딸이 제대로 꿰뚫어본 것이다.

여행 경비 중 가장 큰 비중을 차지하는 것은 많은 황소들이었다. 아이오와 시에서 유타까지의 거의 2천 킬로미터나 마차들을 끌고 와야 했으니 비용이 많이 들었다. 그래서 브리검의 조언자들은 이동 수단에서 황소를 빼버리자고 결론을 내렸다. 이민 온 성도들은 모두 그들의 재산을 손수레에 싣고서 드넓은 평야와 험난한 산들을 지나와야 할 판이었다.

나는 브리검의 아들 조셉 영에게 그 계획이 실현가능성이 없다고 불평했다. 하지만 그는 내 근심을 다음 말로 일축했다. "선지자께서 형제님을 선택했으니, 주님의 명령인 셈입니다. 당장 영국을 떠날 준비를 하세요."

떠나기 며칠 전에 나는 장래에 관해 결정을 내렸다. 콕스 부인을 내 아내로 맞이하고 싶었던 것이다. 만약 다른 사내 같았으면, 여러모로 기질이 나와 다른 사내 말이다, 나도 어쩌면 하숙집에서 곧바로 그녀를 안을 수 있고 그녀도 내 키스를 받아줄 수 있다고 여겼을지도 모른다. 하지만 난 그런 사내가 아니다. 이미 내 두 아내에게 바람을 피우지 않겠다고 약속했기에 여태 한 번도 그런 적이 없고 앞으로도 그럴 것이다.

"부인도 딸을 데리고 함께 우리의 성지로 가시겠습니까?" 영국을 떠나기 며칠 전 어느 날 저녁에 부인의 의향을 물어보았다. 그레이트 솔트 레이크에 있는 내 집에서 한 식구처럼 살 수 있다고도 알려주었다.

한참 동안 콕스 부인은 입을 다물고 있었다. 고향을 떠나 바다 건너 머나먼 타국으로 데려가기도 전에 내 아내가 되어달라고 요구함으로써 이 여인을 속이고 싶지 않았다. 외국 여자들에게 그리고 심지어 열넷, 열다섯 어린 여자애에게까지 그렇게 하는 성도들도 보긴 했지만. 그런 짓은 브리검이 절대 하지 말라고 했던 혐오스러운 행동이다. 내 마음은 그렇지 않았지만, 나의 사랑스러운 첫째 아내 엘리자베스와 먼저 상의하기 전에는 콕스 부인에게 결혼에 관해 솔직히 털어놓을 수는 없었다.

"어떻게 할지 결정내리기 전에 오늘 밤 생각을 한 번 해보고 내일 아침에 알려드릴게요."

심지어 지금도 그때를 되돌아보면 중년의 나이에 첫사랑과 같은 충동적인 느낌을 받았다는 사실이 의아스럽기만 하다. 하지만 내 이야기를 전부 다 솔직히 털어놓기로 독자 여러분께 약속했기에 솔직히 밝히겠다. 그때 내 가슴이 얼마나 두근거렸는지를! 나는 당장이라도 대문을 박차고 나가서 길거리에서 외치고 싶었다. 나는 그녀가 유타로 가시 내 첫째 아내만 허락해준다면 그녀와 결혼할 것이라는 사실을 말이다. 그리고 내 마음속에서는 벌써 몇 달을 앞질러가서 결혼 첫날밤을 맞아 이 사랑스러운 여인의 몸을 더듬으며 한 몸이 되는 상상을 하고 있었다.

하지만 우리의 이별은 어색했다. 마차가 와서 짐을 실었다. 말들이 진창에서 놀고 있는 동안에 우리는 콕스 부인과 헤어졌다. 길버트, 콕스 부인 그리고 나는 대문에 서 있었는데, 저마다 여러 가지 의미를 띤 야릇한 미소를 짓고 있었다. 길버트와 내가 마차에 오르자 콕스 부인은 마차 창문에 얼굴을 갖다대며 말했다. "우린 다시 만날 거예요. 딸이랑 다음 달에 뒤따라갈게요."

"부인이 도착하면 성도들이 반가이 맞이할 겁니다." 나는 약속했다.

"그건 제가 보장할게요." 내 아들도 거들었다.

마차가 앞으로 나아갔다. 우리 부자는 콕스 부인에게 마지막 인사를 했다. 부인이 선 대문 위로 담쟁이가 벽을 타고 있었다. 갓 피어난 울긋불긋한 이파리들이 바람에 팔랑이면서 부인의 목과 뺨을 간질이고 있었다.

부인이 시야에서 사라졌을 즈음에 길버트가 진지하게 말했다. "아버지, 저 부인이랑 결혼할 거예요."

아들의 느닷없는 발표에 깜짝 놀라 애써 시샘을 억눌러야만 했다. "콕스 부인과 결혼한다고? 도대체 무슨 소릴 하는 거냐?"

"부인이 유타에 도착하면 결혼하겠다고요."

"콕스 부인과 이야기가 끝난 거니?"

"아뇨. 하지만 부인은 저를 받아들일 거예요."

"확실하냐?"

"물론이에요. 두고 보세요."

내 마음의 우리 속에 살고 있는 수사자의 자존심이 꿈틀거렸다. 당장이라도 수사자처럼 으르렁대며 그 여자는 조금만 지나면 내 것이라고 항변하고 싶었다. 하지만 그런 식으로 아들에게 맞서서는 안 될 일이다. 나는 아들도 사랑하지 않는가! 콕스 부인은 틀림없이 내 여자가 되겠지만, 너무 드러내놓고 밝히게 되면 아들은 마음에 씻을 수 없는 상처를 입을 수 있고, 그 바람에 어쩌면 다른 여자들에게도 주눅이 들까 염려가 되었다. 내 아들은 곧 장가를 가야 할 테니 내가 도와야 했다. 하지만 내가 점찍어둔 여자랑은 어림도 없는 소리다. 『19번째 아내』에서 내 딸 앤 엘리자는 이렇게 묻는다. "이미 두 명의 아내가 있는 내 아버지가 또 한 명의 아내를 탐내다니, 스스로 이기적이라고 여기지도 않았단 말인가?"

이 질문이 지금까지도 나를 짓누르고 있다.

아이오와 시에 도착해보니, 매우 안타깝게도 우리에겐 손수레를 만들 재료도, 조립을 할 도구도, 선지자의 계획을 실현해줄 포부와 기술로 제작 과정을 이끌어줄 인물도 없었다. 설상가상으로 우리가 도착한 지 며칠 만에 유럽에서 여러 성도들이 몰려왔다. 런던, 글래스고우, 코펜하겐 그리고 스톡홀름 등에서 건너온 이들은 짐을 묶어서 등에 진 채 기차에서 방금 내린 상태였다. 이들은 무엇보다도 보금자리와 먹을 것이 필요했지만 브리검이 보낸 사람들은 전혀 아무런 준비가 없었다. 그들은 야영장이나 음식과 물을 파는 가게도 전혀 마련해놓지 않았다. 초여름까지 수천 명이나 모여든 유럽인들은 들판에다 아마포를 펼치고 잠을 잤다. 비라도 내리면 막대기들을 땅에 박아놓고 외투나 방수천을 걸쳐 간이 텐트를 만들었다. 아이오와 시의 선량한 사람들은 식료품 창고를 열어 이민자들에게 빵, 감자 그리고 치즈 덩이를 건네기도 했다. 하지만 돼지를 누가 기부하거나 훔쳐오지 않으면 고기 맛은 볼 수 없었다. 물은 단 한군데 있는 뭔가 께름칙한 우물에서 조달했다.

그러다 보니 이들이 머무는 곳은 금세 더러워졌다. 피난민 캠프에서 나는 악취는 어느 누구라도 영원히 잊을 수 없을 정도로 지독했다. 나는 종종 그 가엾은 사람들 속에서 콕스 부인을 찾아다녔지만 그런 열악한 상황에 처한 부인을 발견하지 않은 것은 그나마 다행이었다.

이민자들의 낙담한 눈에는 언제나 단 한 가지 질문, 즉 '왜 이러고 있어야 하는가?'란 의문이 이글거리고 있었다. 구원을 약속하고서 여행 경비를 거두어갔던 교회가 왜 그들을 성지에서 수천 킬로미터 떨어진 들판에 내버려두고 있는가?라는 질문 말이다. 솔트 레이크에서 온 사도들, 이들의 자세한 이름은 여기서 거론하지 않겠지만 아무튼 이들은 굶주리고 환멸에 가득 찬 이민자들에게 이렇게 말했다. 참지 못하고 조바심을 내기라도 하면 하나님에 대한 불신으로 해석하겠노라고 하면서 "여러분은 하나님이 제기한 시험을 치르고 있습니다. 오직 믿음이 있는 자만이 시험에 통과할 것입니다."라고 엄포를 놓았다. 이민자들이 이런 주장을 곧이곧대로 믿었던지 아니면 반항하기에는 너무나 지쳐 있었던지는 내가 말할 입장이 아니다.

유월이 되자 온갖 노력 끝에 일차로 제작된 손수레들이 준비가 되었다. 엉성한 기술과 재료로 만든 조잡한 수레여서 나는 전혀 자랑하고 싶은 마음이 들지 않았다. 하나의 수레는 가족의 짐을 나를 수 있었는데, 한 사람당 실을 수 있는 짐은 겨우 7~8킬로그램의 옷과 침구류뿐이었다. 그 '신성한 계획' 프로젝트는 원래 남자 한 명이 수레를 끌고 아내와 자식들은 걸어가도록 준비되었다. 하지만 실제로는 혈혈단신으로 참여한 젊은 여자들 그리고 갓난아기를 업은 과부들이 무리 중에 많이 있었다. 이 연약한 사람들은 원래는 자신들의 재산을 수레에 실어 끌며 대초원과 로키 산맥을 넘어가지 않아야 했다. 하지만 우리들은 이들에게 그렇게 하라고 시킬 수밖에 없었다.

준비 상황이 엉성하고 수레 재료가 늦게 공급되었기에 나는 브리검이 보낸 사람들에게 조언을 하나 했다. 마지막 출발 팀은 늦어도 유월 말까지 떠나야 하며, 다른 사람들은 다음 해 봄까지 아이오와 시에서 머물러야 한다고 말이다. 하지만 조직을 이끌 역량이 부족한 이 종교적 결사단원들은 내 조언에 별로 귀를 기울이지 않았다. 내 부탁과 달리 마지막 손수레 출발 팀은 팔월 중순에 길을 나섰다. 죽으러 가는 것임은 불을 보듯 뻔했다. 이민자들은 그들을 기다리고 있던 우리의 기후나 산악지대의 지형을 전혀 모르고 있었다. 설상가상으로, 여행길에 이민자들을 천사처럼 돌봐주겠다고 약속했던 이들이 보내온 것이라곤 쥐꼬리만큼의 식량뿐이었다. 성인 남자와 여자에게 배급되는 양은 하루에 약 300그램의 메밀가루와 약간의 쌀이 고작이었다. 내 짐작으로는 남성의 하루 평균 소비 열량의 약 3분의 1밖에 안 되는 양이었다. 그리고 아이들에게는 약 150그램의 메밀가루뿐 쌀은 전혀 없었다. 대부분의 이민자들은 북유럽 및 스웨덴과 노르웨이의 추운 항구 도시에서 온 이들이어서 영어를 거의 못했다. 당연히 부족한 식량에 관해 불평 한마디 제대로 하지 못했다. 초췌한 성도들을 위해 길을 따라 드문드문 세워진 푯말 아래에 갈색 설탕, 절인 돼지고기 그리고 매우 묽은 커피 등이 마련되어 있었다. 그 보급품들은 뚱뚱하고 아쉬울 것 없는 종교지도자들이 이주민들에게 할당한 것이었다. 그 정도 양으로는 수천 킬로미터의 길을 자기 짐을 끌며 가는 사람들에게는 턱없이 부족하다는 사실은 누가 보아도 자명했다. 브리검이 보낸 사람들에게 성도들이 얼어 죽을 뿐 아니라 굶어 죽게 생겼다고 하소연했다. 그러자 한 사도는 이렇게 대답했다. "이것은 브리검 선지자의 뜻입니다. 불평을 하려면 그분께 하십시오." 만약 선지자가 몇 천 킬로미터 떨어진 곳이 아니라 바로 그 자리에 있었다면 나도 그에게 직접 호소했을 것이다. 그럴 수 없는 형편이라, 어쩔 수 없이 선지자의 부하들 귀에 대고 떠들어 보았지만 무슨 소용이 있었겠는가. 그 후에 일어난 비극은 여러 사람들의 잘못 때문이었다. 물론 나도 그중 한 명이다.

마지막 이민자 팀이 출발한 후 우리들도 떠날 준비를 했다. 우리는 대부분 유럽에서 전도를 마치고 귀국하는 스물 대여섯 명의 남자로 이루어져 있었다. 여기에는 조셉 영도 끼어 있었는데 그는 분명 외국에 나가 있는 동안 어엿한 어른이 되어 있었다. 그도 물론 이민자들이 처한 위험을 알아차리고 불평을 제기했다. 하지만 선지자의 아들조차도 선지자의 명령에 따라 행동하는 이들을 어찌할 수는 없었다. 우리는 준비를 든든히 하고서 아이오와 시를 떠났다. 황소와 노새 무리가 이끄는 여러 마차에는 밀가루와 쌀, 커피와 설탕, 말린 쇠고기와 돼지고기, 닭고기 등이 실려 있었고 살아 있는 돼지도 다섯 명당 한 마리씩이었다. 게다가 젖소도 한 마리 끌고 갔다. 우리는 시키는 대로 준비한 것뿐이지만 나와 길버트는 곧 뼈저린 양심의 가책을 느꼈다. 손수레를 끌고 가는 마지막 이민자 팀을 따라잡았을 때였다. 그들은 우리가 마차에 편하게 앉아 있거나 갈대로 소를 슬쩍 건드리는 모습을 보았고 닭장 속에서 닭이 구구대는 소리도 들었다. 분명히 자신들은 왜 그처럼 제대로 갖춘 것이 없는지 의아하게 여겼을 것이다.

플랫 강의 노스 포크(네브래스카 주의 한 곳으로 사우스 플랫 강과 노스 플랫

강이 만나는 지점. 옮긴이)에서 우리는 하룻밤 동안 야영하는 이민자들과 합류했다. 그들은 여러 군데 모닥불을 피워놓고 성인 남녀와 아이들이 옷과 밀가루 꾸러미 위에 한꺼번에 널브러져 있었다. 너무 지쳐서 야영 장비조차 제대로 설치하지 못한 채로. 많은 이들이 생가죽 끈으로 묶은 신발을 신고 있었다. "겨울이 오면 어쩌죠?" 아들의 물음에 나는 아무 대답도 할 수 없었다. 입에 담기에는 너무나 끔찍한 겨울의 상황이 떠올랐기 때문이다.

나와 아들 길버트 그리고 우리 팀의 다른 사람들은 우리에게 남은 음식을 그들에게 최대한 많이 나누어 주었다. 또한 너무 나약해서 걸을 수 없는 환자들을 위해 나귀 두 마리도 넘겨주었다. 또한 솔트 레이크 계곡에 도착하는 대로 지원 인력을 보내기로 약속했다. 이튿날 아침 동쪽에서 막 해가 뜰 무렵 우리는 길을 떠났다. 모두들 우리의 성지에 최대한 빨리 도착해야겠다는 마음뿐이었다. 가엾은 사람들을 구할 방법은 오직 그것뿐이었기에.

그레이트 솔트 레이크에 도착하자 우리는 안도의 한숨을 내쉬었다. 우리가 없는 동안에 도시는 부쩍 커졌다. 만약 교회에 전할 다급할 소식이 없었다면 우리는 그 발전한 모습에 마냥 넋을 놓고만 있었을 것이다. 하지만 한가롭게 둘러보며 기뻐할 시간이 없었다. 나와 내 아들은 즉시 고향으로 향했고 조셉 영은 자기 아버지에게 직접 이야기를 하러 갔다.

손수레를 이용한 이동에 관해서 내 딸이 회고록에서 밝힌 내용은 내 설명과 다르다. 브리검이 그 순진한 이민자들에게 닥쳐올 위험에 관해 들었을 때 그는 분통을 터뜨렸다. 자신의 대리인인 그의 부하들에게 자신의 뜻을 잘못 해석했다며 호되게 꾸짖었다. 선지자는 분명 이민자들을 저렴한 비용으로 데려오길 원했지만 위험을 무릅쓰라는 뜻은 결코 아니었다. 앤 엘리자는 선지자의 진심을 의심하며 이민자들이 마주칠 모든 위험과 비참한 상황을 그가 미리 다 알고 있었다고 주장한다. 하지만 실상은 그렇지 않다. 왜냐하면 그 주 주일에 선지자는 예배에서 모든 성도들에게 이민자들을 구조하기 위해 모든 노력을 아끼지 말라고 당부했기 때문이다. 또한 자신의 이름으로 그러한 무책임한 결정을 내린 사람들을 나무랐다. 그는 이민자들에게 닥친 위험이 하나님의 시험이라는 주장을 받아들이지 않았다. 대신 사람의 불완전함과 무관심 때문에 생긴 일이라고 말했다. 그가 설교를 할 때 목구멍에서 피가 끓는 듯했다. 그의 목소리는 솔트 레이크 계곡을 가득 울렸다. 적어도 그렇게 들렸다. 그의 분노에 담긴 진정성을 부인할 수는 결코 없었다.

손수레를 끌고 온 이민자들에 대한 내용은 잠시 접고 내가 집으로 돌아간 이야기부터 하겠다. 물론 돌아갈 집은 두 군데였다. 리디아는 그레이트 솔트 레이크에서 다이언서와 함께 살았고 엘리자베스는 페이슨에서 앤 엘리자와 아론과 함께 살았다. 아론은 이웃집 여자와 결혼해서 살고 있다고 들었다. 나는 그레이트 솔트 레이크에 먼저 도착했기에 그곳에서 두 번째 아내 리디아와 함께 귀향 첫날 밤을 보냈다. 리디아는 내게 포옹, 삶은 쇠고기, 깨끗하게 청소한 집, 그리고 따뜻한 침실로 반가이 맞아주었다. 오랫동안 아내와 떨어져 지내본 사내라면 누구라도 오랜만에 느껴보는 아내의 감촉이 얼마나 반가운지 알리라.

솔직히 리디아와 하루 종일, 여름 내내 그리고 겨울까지 함께 지내고 싶었다. 하지만 페이슨으로 가지 않을 수는 없었다. 소문이 빠르게 퍼지는 곳이지 않는가. 내가 도착했다는 소식을 첫째 아내 엘리자베스가 듣지 않았을 리가 없다. 서로 오랫동안 떨어져 지내는 것은 남자보다 여자에게 더 가혹한 법인지라, 리디아는 다만 몇 시간이라도 더 자기의 남편과 함께 지내고 싶은 눈치였다. "조금이라도 더 오래 당신을 내 곁에만 두고 싶어요."라며 그녀는 한숨지었다. 이기적인 투정이 아니라 단지 외로운 마음의 진실한 표현일 뿐이었다. 그녀를 남겨두고 떠나야 하는 내 처지가 가슴 아팠다. 내 아내에게 작별 키스를 한 후 길을 나섰다. 또 다른 내 아내를 만나러.

페이슨에 있는 집으로 돌아왔건만 그다지 즐겁지 않았다. 그새 엘리자베스는 부쩍 삭아보였다. 포옹으로 애써 아내를 기쁘게 해주려고 했다. 하지만 아내에게 키스하는 순간 푸석푸석한 입술의 감촉에 내 마음은 차갑게 식어가고 있었다. 그런데도 능청스럽게 말했다. "얼마나 당신이 보고 싶었는지 모르오."

길버트와 나는 이민자들이 처한 곤경을 이야기하며 이들을 돕기 위해 곧 떠나야 한다고 말했다. 그 후 새삼 엘리자베스에 대한 옛정이 되살아났다. 왜냐하면 동료 성도들을 걱정하는 그녀의 마음이 너무나 절절했기 때문이다. "아, 불쌍한 사람들! 음식이나 담요 등 무엇이든 필요한 걸 갖다 주세요." 아내는 이렇게 말하더니 곧바로 바구니에 구조 물품들을 담기 시작했다. 아내의 따뜻한 마음씨에 내 마음은 다시 훈훈해졌다. 그래서일까? 그날 밤 아내 곁에서 정말 꿀맛 같은 잠을 잘 수 있었다.

아침이 밝자, 구조 활동을 돕기 위해 그레이트 솔트 레이크로 갈 채

비를 했다. 착한 내 아내는 이렇게 말했다. "마지막 사람을 구조할 때까지 전 빵을 굽겠어요." 아내의 이런 천사 같은 마음 때문에 더더욱 딸 앤 엘리자의 갑작스런 투정이 밉게 보였다.

"우리 집에 있겠다고 약속하셨잖아요!" 딸은 이렇게 투덜댔다.

딸을 안아주려 했지만 몸을 비틀며 나를 거부했다. 딸도 벌써 열두 살이었다. 막 성숙한 티가 나기 시작하는 딸에게는 이미 알 수 없는 어떤 장막이 드리워져 있었다. 눈물은 아이의 것이었지만 속상한 마음은 어른의 것이었다. 솔직히 말해 어떻게 딸을 달래야 할지 나는 자신이 없었다.

"그 사람들을 도와야만 한단다. 돕지 않으면 그 사람들은 죽고 말아. 이번에 갔다 오면 절대 집을 떠나지 않으마. 약속할게."

이후로 나는 이 말을 두고두고 후회했다. 내가 약속한 돌아옴의 뜻과 딸이 이해한 뜻이 달랐으니까.

떠날 시간이 되자 아내에게 마차가 있는 데까지 따라와 달라고 부탁했다. 부엌 문틀에 서서 앤 엘리자는 우리 둘을 유심히 쳐다보고 있었다. 우리가 하는 말을 듣는 줄은 짐작도 못했는데, 나중에 딸의 회고록을 보니 우리가 나눈 대화가 그대로 적혀 있었다.

"떠나기 전에 이야기하고 싶은 게 하나 있소."

"말씀하세요."

"결혼 문제에 관해서인데…."

엘리자베스가 움찔했다. 거의 알아차리지 못할 정도이긴 했지만. "뭐라고요?"

"리버풀에 여자가 한 명 있는데 아마 이민자들 중에 끼어 있을 거요."

"그 여자가 뭘 어쨌다는 거예요?"

"그 여인을 다시 만나게 되면, 그러니까…."

남편이 아내에게 이 이상 어떻게 더 자세히 말할 수 있단 말인가?

"그 여인이 이곳으로 오게 되면, 나랑 그 여인이…."

"네?"

곧 아내는 말귀를 알아들었다. "아, 이 양반이 또! 이제 막 집에 돌아와 놓고선!"

"미안하오. 하지만 그 여인도 살 집이 필요하잖소. 그 여인을 찾으며 여기로 데려올 테니 잘 대해…."

엘리자베스는 손을 치켜들고 내 말을 막았다. "그 여자랑 잘 생각이 군요."

"여보, 제발."

"그 여자를 원하니 같이 자겠다는 거겠죠. 더 이상 무슨 말이 필요하죠?"

"당신이 그 여인을 알고 인정해주었으면 좋겠소."

"쥐꼬리만큼도 알고 싶지 않아요."

"그렇다면 나도 그 여인과 결혼하지 않겠소."

"무슨 말씀을! 마음대로 하실 거면서."

"아직 그 여인이 도착했는지도 확실하지 않소. 다시 보지 못할 수도 있고. 난 다만 그럴 수도 있다는 말을 하고 싶을 뿐이오. 여보, 괜찮은 거요?"

"전 괜찮아요. 괜찮아야 하고 말고요."

안으려 했지만 아내는 나를 거세게 밀쳐냈다.

나는 씁쓸한 마음을 안고 그레이트 솔트 레이크로 돌아갔다. 짐을 푼 지 반나절도 지나지 않았는데 마침 첫 번째 손수레 출발 팀이 그곳에 도착했다. 이들은 유월에 아이오와 시를 출발했던 선발대였는데, 구월 말이 다 되어서야 이곳 성지에 다다랐던 것이다. 리버풀의 부둣가에서도 그처럼 초라한 몰골들은 본 적이 없었다. 남자들은 손바닥이 온통 물집 투성이였다. 여자들은 영양부족으로 머리카락이 많이 빠져 있었다. 아기들은 공기만 빨아먹었는지 입술이 메마르고 푸르죽죽했다. 좀비 같은 눈을 한 아이들은 힘이 빠져 흐느적거렸다. 그 이민자들은 거의 2천 킬로미터를 걸었다. 짐이 실린 손수레를 끌고서 미시시피와 워새치 산맥 사이에 있는 모든 강을 다 건넜고, 곡식이 바닥난 후로는 긴 풀과 흙을 먹으면서 겨우 연명했다.

그들은 거의 기다시피 하여 템플 스퀘어 입구에 다다랐다. 군중들이 모여들어 이들이 도착하는 모습을 지켜보았다. 위풍당당한 개선 행진이라도 구경할 생각이었는지 많은 사람들이 화사한 옷을 입고 있었다. 먼 길을 온 이들에게 줄 장미꽃 바구니를 든 채로. 충격에 빠져 할 말을 잃고 있는 군중들의 얼굴은 오직 이 한 가지를 말하고 있었다. 즉, 브리검의 계획에 의해 하나님께 선택받은 백성들이 어떻게 그처럼 처참한 신세가 될 수 있는지 다들 이해할 수가 없다는 표정이었다.

브리검이 비하이브 하우스의 자기 집무실에서 나와 그곳으로 왔다. "저 분들을 여러분 집으로 들이십시오!" 그는 이렇게 지시했다. "몸을 씻겨주십시오! 먹을 것을 주십시오! 옷도 입혀주십시오! 우리 성지에 찾아온 분들을 환영해주십시오!"

즉시 성도들은 이민자들에게 달려갔다. 낯선 이들에게 베푸는 자비로움은 우리의 오랜 전통이다. 그때의 감동적인 모습을 떠올리면 지금도 가슴이 뜨거워진다. 나도 힘을 보탰다. 군중들 속으로 헤치며, 밥 한 끼를 대접하러 리디아의 오두막에 데려갈 사람 한두 명을 찾았다. 바로 그때, "선생님, 죄송합니다만," 누군가 다급한 목소리로 외쳤다. "제 언니가 아픕니다."

내 옷소매를 끄는 손이 하나 있었다. 고개를 돌려보니 열다섯 살쯤 됨직한 여자애가 손수레 옆에 서 있었다. 그 애는 손으로 다른 여자애를 가리켰다. 대충 한두 살쯤 많아 보이는 그 애의 언니는 거의 다 죽어가는 모습으로 손수레에 기대 있었다.

"제 언니는 일주일 전부터 힘겨워했어요. 포기하고 싶다는 언니를 제가 끌다시피 해서 같이 왔답니다. 곡식도 바닥나 먹을 게 하나도 없어지자 우린 구두를 뜯어 먹었어요."

두 자매의 발은 석탄처럼 새카맸다.

"날 따라오렴." 손수레는 내가 직접 끌며 둘을 도시 외곽에 있는 리디아의 오두막으로 데려갔다.

"제 이름은 마가렛이에요. 언니는 엘레너고요. 마가렛 오크스와 엘레너 오크스랍니다."

"어디에서 왔니?"

"런던에서요. 우리는 웰링햄 부인 집의 하녀로 일할 때 선지자의 아들이 하는 설교를 들었어요. 그 후 전 언니에게 '미국으로 가자.'고 말했어요. 언니는 처음에는 싫다고 했어요. 얼마 후 우리의 처지가 바뀌어서 더 이상 웰링햄 부인 집에서 일할 수가 없게 되었답니다. 두 번째로 조셉 영 씨를 만났을 땐 잠을 잘 방도 없는 신세였어요. 전 언니에게

'번개는 같은 곳에 두 번 치지 않는다.'고 말했어요. 똑같은 불행이 연이어 오진 않는다는 영국 속담 말이에요."

비참한 자매를 보자 내 아내는 옷가지를 꺼내고 족발 햄과 라이머 콩으로 식사를 준비했다. 아내는 마가렛과 엘레너한테 있고 싶을 때까지 집에 머물러도 좋다고 말했다. "정착할 수 있도록 도와드릴게요."라는 말도 있지 않았다. 불쌍한 사람을 반가이 맞아주는 착한 내 아내가 고마웠다. 아내는 작은 오두막집에 버는 수입도 거의 없었는데도 마가렛과 엘레너에게 할 수 있는 모든 걸, 심지어 그 이상 해주었다. "당신은 내게 너무 과분한 여자야." 나중에 아내와 단 둘이 있을 때 이렇게 말해주었다.

"설마요?" 아내의 대답이었다.

나는 집안일은 아내에게 맡겨두고 구조 활동에 참여하러 나갔다. 저녁에 집에 돌아와 보니 눈부시게 환한 아가씨 두 명이 있었다. 둘의 얼굴은 영국인들의 전형적인 색조인 연노란 장밋빛을 띠고 있었다. 넝마깔개에 앉아 내 딸 다이언서에게 인형 옷 입히는 방법을 보여주며 놀고 있었다. 다이언서도 이미 마가렛과 엘레너를 마치 친언니처럼 따랐다. 내 딸은 둘의 복숭아 같은 뺨에 각각 뽀뽀도 해주었다.

음식과 물을 먹고 나자 엘레너는 다시 기력을 차렸다. 나를 보자마자 달려와 포옹을 해주었다. "고마워요, 웹 아저씨. 제 생명의 은인이세요!" 내 품에 안긴 그녀의 몸은 부드러우면서도 탱탱했다.

이어서 마가렛도 다가와 내 이마에 입을 맞추었다. 잠시 내 이마에 촉촉한 느낌이 머물렀다.

두 여자로부터 동시에 너무 과분한 관심을 받은 나는 애서 태연한 척했다. 내가 구레나룻을 기르지 않았다면 둘 다 빨개진 내 뺨을 보았을 것이다. "우릴 믿어줘서 오히려 고맙다." 나는 겨우 이렇게 말했다.

마가렛과 엘레너는 넝마 깔개로 돌아가 내 딸이 그림조각을 맞추는 걸 도왔다. 리디아는 흔들의자에 앉아 바느질을 시작했다. 나도 질세라 의자에 앉아 어머니가 읽던 성경책을 펼쳤다. 하지만 아름다운 아가씨를 앞에 두고 있자니 성경 말씀이 눈에 들어오지 않았다. 안경도 쓰지 않고 책을 읽는 느낌이었다. 내 마음은 금세 이리저리 떠다녔다. 어디 있을지 모를 콕스 부인이 떠올랐다가 곧 흔들의자에 앉아 있는 어여쁜 리디아에게 마음이 갔다. 나우부에 있던 우리 집에 들어왔을 때는 어린 여자애였는데 그 후론 어엿한 여인으로 바뀌지 않았던가! 곧이어 페이슨에 있는 엘리자베스가 생각났다. 처음엔 어느 누구보다 더 사랑한 여자지만, 그 사랑은 세월이 갈수록 차츰 로맨스에서 존경으로 바뀌어갔다. 남자와 여자가 오래 살다보면 으레 예상되는 당연한 변화였다.

이런저런 생각을 하면서도, 내 마음을 가장 크게 차지했던 것은 깔개에 앉아 있는 두 아가씨, 접혀 있는 날씬한 종아리가 매혹적인 두 소녀였다. 엘레너는 동생보다 목이 살짝 더 길었다. 마가렛은 더 어리긴 하지만 가슴이 벌써 풍만했다. 내가 곰곰이 추측해보니 마가렛은 런던에 있을 때 무슨 문제에 휘말렸을 것 같았다. 그런 까닭에 웰링헴 부인은 둘을 쫓아냈던 것이리라. 그녀의 신세를 깊이 생각할수록 참을 수 없는 욕정이 나를 휘감았다. 아버지가 자식을 대하듯 그 여자애들을 대할 수 있었다면 얼마나 좋았겠는가! 원래는 그런 마음으로 둘을 내 아내의 오두막으로 데려온 것이 아니었던가! 하지만 내 마음은 어느새 주체할 길 없는 욕정으로 타오르고 있었다.

"그만 자러 가야겠다."

"어, 아저씨! 이렇게 일찍요?" 엘레너가 외쳤다.

두 자매는 망아지가 짚더미에서 몸을 일으키듯 접힌 다리를 풀고 일어나서 내게 입을 맞추었다. 구레나룻 양쪽에 각각 입술의 감촉이 느껴졌다. 느낌이 너무 짜릿해서 내 몸이 의자에 딱 들러붙는 것만 같았다. 몇 분이 지나서야 제정신을 차렸다. 그때서야 미간을 찌푸리며 나를 노려보는 리디아의 얼굴이 눈에 들어왔다. "한참 전에 자러 들어가신다고 하지 않았나요?" 마침내 아내는 이렇게 쏘아붙였다.

하지만 난 잠을 잘 수가 없었다. 내 귀는 두 자매에게서 나는 소리에 온통 쏠려 있었다. 그림조각을 다 맞추었을 때 기뻐서 환호하는 소리, 마룻바닥 위를 걷는 소리, 몸을 씻는 물소리, 그리고 잠자리에 든 채 아무도 안 듣겠지 하며 소곤대는 소리에. 둘이 무슨 이야길 했던 걸까? 혹시 나에 관한 이야기가 아니었을까?

이튿날 날이 밝자 나는 페이슨으로 향했다. 엘리자베스가 사는 집으로 들어서자 내 늙은 심장이 마구 두근거렸다. 목을 가다듬으며 아내에게 막 할 말을 꺼내려는데 아내가 가로막았다. 나의 엘리자베스! 언제나 진솔하고 선량한 내 아내의 얼굴! 단 한 번도 자기 마음을 숨긴 적이 없는 여인! 언제나 꾸밈없는 마음을 지닌 여인! 하지만 난 그녀가 자기 마음을 속일 수밖에 없게 될 부탁을 하려던 참이었다.

"그 여자가 영국에서 왔던가요?" 아내는 물었다.

"그렇기도 하고 아니기도 하오. 콕스 부인은 보이지 않았다오. 무슨 일이 있는지 걱정이 되는구려. 아, 여보, 어제 도착했던 불쌍한 사람들을 당신도 보았어야 했소. 간신히 목숨만 붙어 있는 그 사람들을. 살아 도착한 사람들 뒤에는 얼마나 많은 사람들이 도중에 죽었을지 헤아릴 수가 없소. 정말 끔찍한 하루였다오."

연민의 마음이 아내의 눈에 어렸다. "당신은 여기 나랑 있으면 안 돼서요. 가서 한 명이라도 더 도와주세요."

"곧 그리하리다. 그 전에 할 말이 있소. 뭐냐면…."

아내는 내 눈을 뚫어지게 바라보며 이리저리 살피더니 곧 탐욕과 욕정을 읽어냈다. 내 마음을 알아차리자 금세 얼굴이 비통한 표정으로 일그러졌다. "또 여자가 한 명 생겼나요?"

"아니, 또 한 명이 아니라. 아니 그게 아니라, 콕스 부인 대신에."

"여보, 무슨 횡설수설이에요?"

"알겠소. 내가 이런 말을 해야 한다는 걸 스스로도 믿기가 힘들지만 어떤 일이 생겼다오. 이 일을 말하지 않을 수 없소."

"또 어떤 여자예요?"

"당신도 그 모습을 한 번 봤어야 했소. 부랑아라오! 고아나 마찬가지요."

"여보. 앞으로 얼마나 많은 여자를 더 데려올 건가요?" 내 아내는 등을 돌리더니 어깨를 들썩이며 울먹였다. "당신이 이런 사람인 줄은 미처 몰랐어요."

"내 도움이 필요한 여자요. 살 집도 필요하고."

"여보, 언제까지 이래야 하는 거죠?"

"엘리자베스, 하나님에 대한 의무란 걸 당신도 잘 알잖소."

나는 아내의 가장 약한 부분을 건드렸다. 선지자가 이런 의무를 분명히 밝혔음을 그녀도 부인할 수 없었다. 아내의 신앙은 언제나 순수했던 반면 내 신앙에는 욕심을 채우기 위한 방편이 덧씌워져 있었다. 나는 지금도 부끄러운 게 많다. 하지만 그때 하나님의 이름으로 내 탐욕을 가렸던 것보다 더 큰 부끄러움은 없다.

"그 여자 이름이 뭐예요?"

"이름?"

"모르세요?"

"오크스 양."

"오크스? 그건 성이잖아요. 결혼하려면 성 말고 이름을 먼저 알아보도록 하세요."

아내는 허드렛일을 하러 부엌으로 갔다. 이런 상황에서 입을 꾹 다무는 모습은 예전보다 더 존경스러웠다. 내가 욕심에 눈이 멀지 않았더라면, 그녀의 고상한 행동을 봐서라도 다음에 할 일을 다시 한 번 생각해 보았을 터인데.

우리 내외가 이야기하는 동안 앤 엘리자가 커튼 뒤에서 듣고 있는지 미처 알지 못했음을 여기서 밝혀야겠다. 후에 딸은 그 대화를 들었다고 내게 말했지만 나는 그 말을 믿지 않았다. 딸이 내 마음을 이리저리 흔들어대려고 없는 이야기를 꾸민 적이 한두 번이 아니었으니까. 하지만 앤 엘리자가 『19번째 아내』에서 기록해놓은 그때의 대화 장면은 내 기억과 거의 일치했다. 딸에 의하면, 그때 자기 어머니의 아픔은 뾰족한 삽으로 심장을 도려내는 느낌이었다고 한다.

한 가지 의문이 생겼다. 둘 중 누구랑 결혼해야 하는가? 나를 웨비 아저씨라고 부르는 애교 만점의 엘레너와 할까? 아니면, 차분한 목소리에서 잘 드러나듯이 세상 이치를 잘 알고 총명함이 엿보이는 마가렛으로 할까? 둘 다 각자 독특한 장점과 매력을 가지고 있었다.

나는 템플 스퀘어를 함께 산책하자며 언니인 엘레너를 초대했다. 그녀는 리디아의 가장 화사한 외출복을 입고 약속 장소에 나타났다. 부채꼴로 움푹 팬 목선 속으로 젊은 여자의 하얀 살결이 엿보여 눈을 뗄 수가 없었다. 이런 싱싱한 여자가 하마터면 기나긴 이민 길에서 죽을 뻔했다니!

"혹시 천상의 결혼이라고 들어봤니?"

"일부다처제 말씀인가요?"

나는 고개를 끄덕였다.

"성경에 나온 대로인가요?"

"맞아. 아브라함 시대의 옛 선조들처럼."

"영국에 있을 때 조셉 영 형제가 모임에서 그런 질문을 받았어요. 그때 영 형제는 아니라고 했어요. 그곳에 모인 백여 명에게 그런 제도는 존재하지 않는다, 자기 아버지의 교회에선 그런 일은 절대 없다고 했어요. 그 말을 듣고 대부분 믿었어요. 하지만 전 믿지 않았죠. 동생에게 이렇게 말했죠. '저 사람들은 이 여자 저 여자 가리시 않고 딕치는 대로 건드린대. 그런 짓이 자기들의 원칙이래나 뭐래나.' 동생이 '사실이야?'라고 묻기에 저는 대답했죠. '그래. 몇몇 여자들이 그런 말을 하는 걸 들은 적 있어. 그 여자들 말로는 별로 나쁘진 않대. 부엌에선 손 네 개가 두 개보다 더 낫다면서. 그런 말을 하고들 있더라고.' 내 말을 듣고 동생은 '언니, 어이없는 소리 마.'라고 했죠. 하지만 난 분명히 이렇게 말했어요. '만약 그게 사실이라면 정말 어이없는 짓이지.'라고요."

"그렇게 알고 있는 거니?"

"네. 대충 그렇게 알고 있어요. 한 남자가 아내를 얻고 나서 또 한 명 더 얻는다고 알고 있어요. 그런 뜻인 거 맞죠?"

"그래. 우린 그걸 천상의 결혼이라고 부르지."

"아저씨도 그래요? 결국 여기저기 바람을 피겠다는 건데 이름은 참 거창하네요."

그 애가 이 문제를 어떻게 여기는지 파악하기 힘들어 정확히 어떤 말을 해야 할지 판단이 서지 않았다. "주님께서 이 진리를 조셉 스미스에게 계시하셨어."

"주님께서요? 그렇다면 분명 진리겠네요. 아저씬 어때요? 아내가 몇 명이죠?"

"두 명 있어."

"이곳에 있는 리디아 자매군요. 몇 번째예요? 첫 번째 아니면 두 번째?"

"두 번째란다."

"첫 번째는 어디에 있어요?"

"여기서 남쪽에 있단다."

"첫 번째 아내는 남편을 그렇게 나누는 걸 싫어하지 않나요?"

"구원을 얻기 위한 과정의 일부란 걸 그녀도 알아. 첫째 아내인 엘리자베스는 아주 독실한 여자란다."

"질투를 하진 않나요?"

"그런 건 전혀 없을걸."

"두 아내 말고 또 있나요?"

"아직은 없지."

엘레너는 킬킬거리며 내 가슴을 푹 찔렀다. "왜요, 웨비 아저씨! 하나 더 얻을 계획이죠? 그런 거 아니에요? 절 세 번째 아내로 맞고 싶으시죠? 그래서 산책을 같이하자고 한 거잖아요? 아, 웹 아저씨, 정말 능구렁이 같으시다. 그쵸?"

여자가 나를 그처럼 순식간에 화들짝 떨리게 만든 적은 처음이었다. 만약 내가 젊은 나이였다면, 그녀의 아름다운 구석구석, 예를 들면 눈, 입, 그리고 오뚝 선 작은 코를 황홀하게 찬미하는 서정시를 지어 바쳤으리라. 하지만 그런 재주는 시인들한테나 어울릴 것이다.

"내 말 맞죠?" 엘레너는 다그쳤다. "부끄러워 마세요. 어떤 마음인지 말해보세요." 그녀가 졸라댔지만 나는 말을 할 수가 없었다. "어머나, 웨비 아저씨! 얼굴이 홍당무처럼 붉어지셨네."

머릿속에 무슨 생각이 들었는지 엘레너의 얼굴이 갑자기 어두워졌다. "혹시 제 동생 마가렛인가요? 절 여기까지 데려와 놓고선 제 동생에 대해 물으려는 거였나요?"

"어떻게 말을 시작해야 할지 모르겠다." 나는 머뭇거렸다.

그때까지 나는 내 진짜 속마음을 애써 감추었다. 그제야 내가 둘 다를 원하고 있음이 분명해졌다.

언니와 동생 모두! 어떻게 그런 생각에 사로잡혔는지는 나도 모르겠다. 아마 오랫동안의 선교 활동으로 여자에 대한 그리움을 주체할 수 없게 되었던 것인지도. 어쩌면 리버풀에 있을 때 내 속의 어떤 것이 소진되어버린 까닭에 일종의 영양분을 많이 빨아들여야 하는 것인지도 몰랐다. 마치 너무나 지친 이민자들이 빵을 한정 없이 집어삼키고 또 집어삼키듯이.

나는 애써 욕심을 꾹꾹 참으며 이렇게 말했다. "결혼하고 싶은 사람은 너란다."

엘레너는 내 팔을 잡더니 자기 가슴으로 이끌었다. "저도 좋아요. 그리고 말일성도의 어엿한 구성원이 되고 싶기도 하고요."

엘레나를 리디아 집에 맡겨둔 다음 결혼에 대해 논의하러 비숍을 찾아갔다. 세상 모든 행정당국과 마찬가지로 교회 지도자들에게도 어느 정도 행정상의 태만과 게으름이 깃들어 있었다. 하지만 천상의 결혼에 관해서만은 그렇지 않았다. 몇 시간 만에 결혼할 준비가 갖추어졌다. 브리검 선지자가 그날 오후 예식을 직접 주관했다. "다른 아내와 똑같이 대하도록 하십시오." 그가 내게 건넨 충고였다.

엘레너와 나는 브리검의 호텔에서 첫날밤을 보냈다. 그녀는 내 아내가 된 지 채 열두 시간도 안 되어 재단사와 여성용 모자 만드는 이를 불렀다. 또한 지체 없이 장래에 살게 될 집에 필요한 물품 명단을 작성했다. 스테인드글라스 유리창 하나, 손님맞이용 긴 등받이 의자 하나, 그리고 수정 샹들리에 하나를 우선 적었다. 시간이 갈수록 명단은 길어졌다. 세 번째 아내를 맞은 지 하루 만에 나는 거의 빈털터리 신세가 될 처지였다.

하지만 나는 세 집 살림에 드는 비용이나 엘레너의 지나친 살림살이 구입으로 엘리자베스와 리디아의 마음에 깃들게 될 시샘 따위는 안중에도 없었다. 대신 내 걱정은 허영심 많은 젊은 사내가 품을 만한 다음과 같은 것이었다. 엘레너가 나를 매력적으로 여길까? 내 체취를 싫어지 않을까? 옷을 벗은 내 모습이 엘레너에게 어떻게 보일까? 사춘기 소년처럼 그런 생각을 하고 있던 내가 안쓰럽기만 하다. 하지만 그땐 어쩔 수 없었다.

내 어리석은 걱정은 그 후로도 계속되었다. 그날 하루만으로 끝났다면 얼마나 좋았겠는가!

혼례를 치른 다음 날 마가렛이 호텔로 우릴 찾아왔다. 엘레너는 자기 동생에게 수놓은 리본을 보여주었다. 잡아당기면 호텔 서비스 직원을 불러오도록 하기 위한 리본이었다. 또한 재단사가 남겨둔 자투리 천들을 소파 위에 가득 펼쳐놓았다. 두 자매는 살림 세간 목록으로 관심을 돌렸다. 동생의 도움 덕분에 목록은 두 배로 늘어났다.

"너도 우리랑 같이 살래? 안 그럴래?" 엘레너가 물었다.

"웹 아저씨에게 폐를 끼치긴 싫어."

엘레너는 성큼 다가오더니 내 품에 안겼다. "폐는 무슨! 아무 걱정 마. 웨비 아저씬 전혀 신경 쓰지 않으셔."

이젠 분명해졌다. 내 재산만 탕진하고 내 생각은 안중에도 없는 천박한 여자를 아내로 맞이했다는 사실이. 분명 내 실수였다. 두 자매 가운데 나는 잘못된 선택을 했다. 내 탓일 뿐 누굴 탓하랴. 곧 엘리자베스와 리디아도 내가 수정 샹들리에를 사주기로 했다는 사실을 알게 될 것이다. 둘 다 당당히 자기 것도 사내라고 할 것이다. 집안 살림살이를 갖추는데 쓸 돈을 버느라 늙어죽을 때까지 마차 만드는 일만 하고 살아야 할 것이다. 내가 무슨 짓을 했단 말인가? 도대체 왜 그랬던가? 나는 여러 가게에서 배달된 물건 꾸러미를 펼쳐보라며 두 자매에게 건네주었다. 어찌나 야단스레 포장지를 풀고 있던지 둘은 내가 방을 나가는 소리도 듣지 못했다.

페이슨에 갔더니 엘리자베스는 놀라서 입을 다물지 못했다. "새 마누라를 또?"

"그게 아니라 두 자매야. 둘 다 함께 살게 될 거야."

아내는 얼른 마당으로 나가더니 바닥 깔개를 사정없이 털어댔다. 앤 엘리자는 근처 나무에 매달린 그네를 타고 있었다. "당신이 허락하지 않으면 결혼하지 않겠소."

"내 마음은 전혀 관심 없잖아요."

"그건 오해요."

엘리자베스는 계속 깔개를 털며 외쳤다. "이건 하나님의 뜻이 아니에요. 주님께서 이렇게 하길 바라실 리가 없다고요."

"내가 어떻게 하면 좋겠소? 말해주시오. 하라는 대로 하리다. 당신이 첫째 마누라이니 언제나 당신 뜻이 우선이오."

"제 집에서 당장 나가주세요."

"그 여자랑 결혼해도 좋단 뜻이오?"

"무슨 짓을 하든 알아서 하세요." 깔개를 더 사정없이 내리치자 내 얼굴에까지 먼지가 나부꼈다. 앤 엘리자는 한심한 자기 아버질 비웃고 있었다.

"당신이 허락을 하지 않으면 난 당장 이 문제를 없던 걸로 하리다."

"헛소리 그만하세요." 엘리자베스는 기진맥진한 채 집 벽에 기댔다. 살갗엔 먼지가 가득 덮여 있었고 얼굴은 지치고 어두워 보였다. "늘 당신 마음대로 해왔잖아요. 새삼스레 뭘 제게 묻는다는 거죠?"

"선지자는 당신의 결정에 달렸다고 말했소."

"선지자는 무슨!"

아내가 선지자에 대해 이렇게 쓴소리를 내뱉는 것은 처음 보았다.

"엘리자베스, 내가 어떻게 하면 좋겠소?"

"그 여자랑 결혼하세요. 난 신경 안 쓸 테니."

"여보!"

"나가요. 제발 제 집에서 떠나라고요." 다시 한 번 이야길 해보려 했지만 아내는 나를 바깥으로 떠다밀었다.

집을 나설 때 앤 엘리자가 마차까지 나를 따라왔다. "어머닐 갈아치우고 싶은 거죠?"

"아니, 아니, 아냐. 절대 그런 게 아니란다."

"그럼 도대체 왜 이러시는 거죠?"

설명을 하려 했지만 입이 떨어지지 않아 겨우 이 한마디만 했다. "언젠가 너도 이해할 거다."

"그럴 것 같진 않는데요."

내게 등을 돌린 딸 때문에 마음 한 구석이 늘 아리다. 앤 엘리자의 회고록을 읽으면서, 내가 어린 딸의 마음에 미움을 심어주었음을 알게 된 것이 나에겐 가장 큰 고통이었나.

마가렛은 내 청혼을 받아들였다. 그런 다음에 나는 언니 엘레너에게 그 사실을 알렸다. 엘레너는 내가 자기를 속였다며 분통을 터뜨리며 이렇게 말했다. "동생과 결혼한다고 해서 제게 샹들리에를 사주지 않을 셈이라면, 다시 한 번 생각하세요." 그녀는 칭얼댔다. "그리고 제 샹들리에는 3층으로 된 큰 걸로 해주셔야 해요." 샹들리에는 반드시 사주겠다고 다짐을 했다.

그날 저녁 선지자는 마가렛과 나를 결혼시켰다. 우리는 엘레너의 호텔방 바로 아래층 방에서 첫날밤을 보냈다. 다시 새 아내를 얻었지만 들어간 비용이 도대체 얼마였던가. 다음 날 아침 마가렛은 엘레너의 방으로 옮겼다. 둘은 이제 자매이자 동서 사이가 되었고, 나는 둘의 호구 신세로 전락했다.

그 다음에 일어난 사건과 이런 결혼의 어리석은 종말이 어떠했는지는 주님이 자신의 뜻을 잘못 해석한 이들을 어떻게 벌하는지에 관한 산 증거가 되었다. 불과 일주일 만에 내 아내는 둘에서 넷으로 늘었다. 어느 성도가 보더라도 이것은 주님께서 계시에서 나타내신 뜻과는 거리가 멀었다. 나 스스로도 내 행동에 놀랐을 정도였으니. 앤 엘리자가 『19번째 아내』에서 기록했듯이, 이웃과 지인들도 뭐라 말이 많았다. 사도나 가장 힘 있는 장로가 가진 열댓 명 이상의 아내들과 브리검이 자신의 저택에 두고 있는 수많은 여자들에 비하면 아내 넷은 적은 수였다. 하지만 셋째, 넷째 아내와 번갯불에 콩 구워 먹듯 치른 혼사는 많은 이들에게 혀를 나불댈 빌미를 주고 말았다.

내가 젊은 여자를 아내로 맞느라 정신이 없던 며칠 동안 나보다 헌신적인 이들은 도중에 낙오된 이민자들을 계속 구조하고 있었다. 날마다 많은 이들이 구호물품을 싣고 그레이트 솔트 레이크를 출발했다. 브리검은 손수 구조 계획을 이끌었다. 그의 집무실에는 큰 지도가 걸려 있었는데, 유타와 아이오와 사이에 이민자들이 도움을 기다리는 곳은 빨간 점으로 표시되어 있었다. 그는 마치 전장의 군 지휘관처럼 작전을 이끌었다. 그의 신속 과감한 결정으로 이후 숱한 목숨이 구조되었다. 로키 리지 근처 스위트워터에서 야영하고 있는 이민자 열댓 명은 이미 절망적인 상태에 처해 있었다(로키 리지Rocky Ridge는 유타 주의 한 지명이고, 스위트워터Sweetwater는 텍사스 주의 한 고장. 옮긴이). 음식은 바닥났고 죽음이 이민자들을 차례차례 앗아갔다. 남은 이들은 살기 위해 마지막 발버둥을 쳤지만, 지친 나머지 거대한 무덤이나 파야 할 처지였다. 하지만 음식물이 도착하자 생존자들의 고통은 끝이 났다. 브리검의 노력이 마침내 생명을 살려냈던 것이다.

이민 길 내내 그런 일이 거듭되었다. 구조자들이 손수레를 끌고 산맥을 넘어 그레이트 솔트 레이크 계곡으로 넘어왔다. 구원에 감사하며 도착한 이민자들도 있었고 자신들을 배신했다고 화가 단단히 난 이민자들도 있었다. 말일성도 사회에 정착한 이들도 있고, 일단 건강이 회복되자 자신들을 그 먼 곳으로 데려온 지도자를 버리고 캘리포니아로 떠나버린 이들도 있었다. 가을 내내 이민자들은 계속 도착했다. 일주일에 한두 번 그들은 이민자들의 협곡이란 곳의 입구에 모습을 드러냈다. 지친 몸으로 줄지어 그 협곡을 내려와서 템플 스퀘어에 도착했다. 엘레너와 마가렛이 도착한 지 한 달이 지나서였다.

11월이 되자 마지막 팀이 도착했다. 이들은 누구보다도 더 비참했다. 다들 코와 귀 그리고 손가락이 동상에 걸려 시커멓게 변해 있었다. 죽은 아이의 어미들은 아기 시체를 가슴에 품고 이리저리 돌아다녔다. 기진맥진한 남자들도 울먹이고 있었다. 끔찍한 광경이었지만 어쨌든 손수레 참극은 이것으로 끝이 났다.

템플 스퀘어에 선 채 나는 이 마지막 이민자들이 우리의 사랑스런 도시로 비틀비틀 걸어오는 모습을 바라보았다. 내 옆에는 가장 근래에 아내로 맞이한 마가렛이 있었다. 고맙게도 마가렛은 언니처럼 사치스런 옷에 그다지 큰 관심을 보이진 않았다. 그녀는 자신의 고생이 아직도 생생한지 동료 이민자들의 고통에 흐느껴 울었다. 아내는 그들에게 하얀 국화꽃을 선물로 주었다. 그들의 모습을 보니, 굶주림과 결핍이 사람의 개성을 앗아가버린다는 사실을 깨닫고 나는 너무나 놀랐다. 전부 다 비슷한 모습이었다. 눈은 해골바가지 같은 얼굴 속으로 쑥 들어가고, 광대뼈는 툭 불거졌으며 입술은 파리한 잿빛이었다. 마지막 이민자가 우리 앞을 지나가는 모습을 보면서 나는 아내의 팔을 꽉 잡았다. 다들 말문이 막혀 바라만 보고 있었다. 들리는 거라곤 손수레 바퀴의 삐걱거리는 소리뿐. 삐걱거리는 쇠바퀴 소리는 죽을 때까지 잊히지 않으리라. 그 죽어가는 이민자들 무리 속에서 누군가의 외침이 내게로 날아들었다. "버지니, 저 봐. 웹 아저씨야!"

순식간에 콕스 부인과 딸 버지니는 비참한 이민자 행렬을 뛰쳐나와 내 품에 와락 안겼다. 그녀는 다른 비참한 몰골들과 다를 바 없는 모습이었지만, 솔직히 유독 더 처참해 보였다. 이전의 모습이 아름다워서 더욱 그렇게 보였으리라. "콕스 부인, 오고 있는 줄은 몰랐습니다. 정말 전 몰랐습니다."

놀라서 더 이상 아무 말도 못하고 나는 콕스 부인과 딸을 리디아의 오두막으로 데려갔다. 다시 한 번 내 두 번째 아내는 낯선 이들을 자기 집으로 반가이 맞이했다. 그날 저녁에 리디아가 손님에게 따뜻한 대접을 하느라 바쁜 와중에도 이따금씩 슬쩍 나를 노려보았다. 눈에 담긴 뜻은 분명했다. '또 장가를 가시겠다고요?' 나는 리디아를 밖으로 데리고 나갔다. "당신이 생각하는 그런 게 아니오."라고 나는 말했다.

"제가 무슨 생각을 했다는 거예요?"

"저 여인을 다음 아내로 삼으려고 데려왔다고 생각하잖소. 그런 게 아니오."

"전 넷이면 충분하다고 보는데요."

나도 맞장구를 치며 리디아를 안심시켰다. "콕스 부인에게는 다른 계획이 있소. 나중에 알게 될 거요."

이전에는 콕스 부인에게 연정을 느꼈지만, 리버풀에서 생겼던 감정은 지금 나의 처지 때문에 눈 녹듯 사라져버렸다. 내 계획은 콕스 부인을 아들 길버트와 결혼시켜 페이슨에 살게 하려는 것이었다. 내 아들이 그녀를 약혼자로 받아들인다면 얼마나 기쁠 것인가. 아들도 원했던 일이 아니었던가. 엘리자베스도 둘의 관계를 존중해줄 것이다. "페이슨이 무척 마음에 들 겁니다." 나는 남쪽으로 향하며 부인에게 이렇게 말했다. "내 아들 길버트도 부인을 만나면 무척 반가워할 테고요."

콕스 부인과 버지니를 엘리자베스의 집에 맡겼다. 리디아가 싫은 내색을 표시했듯이, 엘리자베스도 주저 없이 자기 감정을 드러냈다. 아내는 나를 마구간으로 데려갔다. 앤 엘리자는 거기서 말에게 물을 주고 있었다. "설마 또 신붓감을 데려온 건 아니죠?"

"아니오, 절대 아니오. 오해한 것이오. 저 여인과 결혼하고 싶은 사람은 길버트라오. 길버트는 오랫동안 저 여인을 마음에 품어왔소. 과부이긴 하지만 갓 서른을 넘겼을 뿐이오. 딸을 한 명 데려오긴 했지만, 내 짐작에, 재산도 충분히 갖고 왔을 테니 우리가 보태지 않아도 아들이 한밑천 잡도록 도와줄테고."

엘리자베스는 누그러졌다. "저 여자가 와 있는지 길버트도 아나요?"

"막 길버트를 찾으려던 참이었소."

나는 가까스로 위기를 모면한 사람의 심정을 느끼며 아내에게서 벗어나 마차 제작 공장에 있는 아들을 찾아냈다. "그 부인이 왔다."

"누가요?"

"콕스 부인."

길버트는 나무망치를 떨어뜨렸다. "콕스 부인요? 무사하던가요? 버지니도?"

"지쳐 있지만 건강은 이상 없다. 딸아이도 마찬가지고. 이전과 똑같더라. 네 어미 집에서 널 기다리는 중이다."

아들이 콕스 부인과 만난 자리에 난 끼지 않았다. 하지만 결과가 어땠는지는 알았다. 그날 저녁 내 아들은 어느 선술집에서 위스키를 들이키고 있었다. 집으로 데려가려고 옷깃을 들어올리는데 아들이 말했다. "아버지세요?"

"그래, 아비다. 널 집에 데려가려고 왔다."

아들은 나를 밀쳐내더니 비틀거리다 간신히 기둥을 잡고서 몸을 바로 세웠다. "그런 뜻이 아니라고요. 그 부인이 원하는 사람은 아버지란 말이에요."

"취했구나."

"아무리 취했어도 부인이 아버지랑 결혼하려고 그 먼 길을 왔다는 건 알아요."

술에 취하긴 했지만 아들의 말은 사실이었다. 콕스 부인은 내 아내가 되려고 그 먼 길을 나섰던 것이다. 나는 분명 그 부인이 알아차릴 만큼 충분한 신호를 보냈었다. 지키겠다는 약속도 했었다.

"그 부인이 마지막일 거요." 나는 엘리자베스에게 애원했다. "꼭 해야만 하오."

"한 달에 세 명씩이나." 아내는 거칠게 쏘아붙였다. "세 명씩!"

"더 이상은 없을 거요. 내 약속하리다."

"당신의 일방적인 약속일 뿐이죠."

"약속하오."

"그 여자랑 결혼할 거라면 다시는 나랑 같이 살 생각은 말아요."

이야기는 끝났다. 나는 솔트 레이크에서 콕스 부인과 결혼해서 어느 집에다 그녀를 정착시켰다. 리디아의 집과 마갸렛, 엘레너 자매가 함께 사는 집의 가운데 있는 오두막이었다. 나는 오랜 세월 동안 이들 집을 오가며 지냈다. 이 기간만큼 짐승처럼 살았던 적은 평생에 없었다. 사람의 행실이 아니라 개나 하는 짓을 하며 살았다. 삼 주에 세 번의 결혼, 아, 과도한 복에는 대가가 따르는 법인 것을!

하지만 내 결혼생활을 후회한다면 내가 그 여인들을 알게 된 것도 함께 후회한다는 뜻이 된다. 오직 엘레너만 그랬다. 다른 아내는 저마다 마음씨가 고와 다들 꾹꾹 참고 살았다. 나는 아내 모두에게 다시는 더 결혼하지 않겠다고 맹세했다. 나는 이 약속을 지킨 것이다. 이미 내 몫보다 훨씬 많은 아내를 두었다. 나는 엘리자베스에게 사과하려고 했지만 그녀는 내 마음을 받아주지 않았다. "이미 지난 일은 지난 일이에요."라면서. 다시 용서를 빌고 싶었지만 나를 세워 둔 채 문을 닫아버렸다. 세 번째로 용서를 빌려는데 나직이 체념의 말투로 이렇게 말했다. "오래전에 당신을 용서했어요."

거센 슬픔의 물결은 그때 정점에 이르렀다가 지금은 많이 가라앉았다. 내 가족은 나름대로 오랜 세월 잘 살아왔다. 앤 엘리자에 대해서도 이렇게 말할 수만 있다면! 내 딸이 우리 신앙에 등을 지도록 만든 사람이 바로 내가 아닌지 종종 자책감이 생긴다. 나 때문이 아니라면 딸의 미움과 분노가 그처럼 뿌리 깊을 리가 없다.

여기 내 책상 옆에는 딸의 책이 펼쳐져 있다. 전국에서 얼마나 많은 사람들이 이 책, 『19번째 아내』를 손에 들고 있을까? 얼마나 많은 독자들이 이 회고록 속에서 나를 만날 것인가? 그런데 지금 내 기억을 적어 놓고 내 영혼의 우물을 깊이 들여다보고 나니, 딸이 내 모습을 정확히 그려냈음을 알겠다. 딸의 회고록이 날 처참하게 무너뜨린 까닭은 그 글이 진실이기 때문이다. 딸은 나를 오랫동안 보고 느낀 소감을 이렇게 결론지었다. "결국, 내가 느낀 가장 큰 실망은 내 아버지가, 이전의 조셉이나 브리검과 마찬가지로, 자신의 욕심을 종교의 덮개로 가리려고 했다는 사실이다. 아버지는 하나님을 들먹이며 자신의 간음을 정당화했다. 이제껏 아버지는 자신의 위선을 인정한 적이 결코 없었다."

하지만 어떤 진리는 너무 늦게 찾아온다.

이제야 깨닫는다. 나도 욕정에 눈먼 사내일 뿐임을.

The

19th Wife

11

서부의 사기꾼

다시
회색막대 모텔(graybar motel. 감옥을 뜻하는 속어. 옮긴이)에서

 "이 사진을 보세요." 나는 허버 변호사에게 말했다. "어머니의 지문이 빅 보이 권총에 묻게 된 이유가 여기 나와 있어요."

변호사는 사진을 보려고 책상에 앉은 채 상체를 앞으로 내밀었다. "이 사진을 어디서 구했습니까?"

알렉산드라와 만난 일이며 그 여자가 아버지와 나눈 채팅에 대해 자세히 설명해주었다.

"허, 참. 기가 막히는군요." 그는 혀를 차더니 전화기의 버튼을 눌렀다. "모린 씨, 여기로 와주시겠습니까? 이 보세요, 조던 씨. 이 사진엔 날짜가 찍혀 있지 않습니다. 당연히 법정에선 거들떠보지도 않습니다. 누가 봐도 아무런 쓸모가 없는 사진입니다." 문이 삐걱 열렸다. "모린 씨, 이 사진 한 장 복사해주시겠습니까?"

그녀도 사진을 쳐다보았다. "조던 씨 아버지?"

"왜 그렇게만 여기시죠?" 내가 반박했다. "만약 아버지가 살해되기 직전에 이 사진을 받은 여자를 찾는다면 전혀 다른 이야기가 됩니다."

변호사는 아무 대답도 없었다. "안 그런가요?" 여전히 그는 묵묵부답이었다. "변호사님, 제 말이 뜬구름 잡는 소린가요? 네?"

"아무리 생각해봐도 검사는 이 사진을 그냥 찢어버리고 말 겁니다. 더 확실한 것이 필요합니다."

"하지만 지금은 이것뿐이지 않습니까?"

지금껏 상세히 서술한 이 대화는 실은 아주 급하게 진행되었다. 나는 허버 변호사의 얼굴을 빤히 쳐다보았다. 매끈매끈한 머릿기름을 바른 데다 짙푸른 눈을 가진 그였지만, 무의미한 색과 모양의 집합체일 뿐 사람 같아 보이지가 않았다. 이 사람은 그 속을 도무지 알 수 없는 것이 꼭 능구렁이 같았다.

여러분도 정신이 멍한 상태로 엉뚱한 데에 마음이 가 있으면, 어떤 책을 펼쳐서 글자를 보기는 하지만 전혀 의미 파악이 되지 않을 때가 있지 않은가? 그럴 땐, 모든 글자가 중국의 한자어 같지 않던가? 변호사의 반응이 그런 식이었다. 나는 감옥에 있는 어머니를 생각했다. 어머니라면 이런 상황을 나보다 더 잘 이해할까?

"조던 씨, 제가 조언을 하나 하겠습니다. 조던 씨가 어떤 단서를 찾으면 그것을 거듭거듭 이모저모 따져보아야 합니다. 어떤 결정을 내리기 전에 모든 각도에서 그 단서를 살펴보아야 힙니다. 그런 식으로 사건을 대해야 합니다. 이 사진이 조던 씨 어머니에게 별 도움이 되지 않을 수 있는 온갖 이유를 생각해보십시오. 그런 다음에도 어떤 가치가 있다고 판단되면 뭔가 희망이 조금이나마 있는 겁니다. 모린 씨에게 물어보십시오. 전문가니까 말입니다."

"아뇨, 전 전문가가 아닌데요." 그녀가 말했다.

"변호사님, 제 말 좀 들어보세요. 저는 유타에, 얼마냐면, 닷새 동안 머물면서 적어도 한 가지는 찾아냈어요. 세상에 완벽한 증거는 없다고요. 아니, '완벽한 진실'이라도 내놓으란 건가요? 어떤 법률 용어를 즐겨 쓰시는진 모르겠지만."

허버 변호사와 모린 씨가 날 쳐다보았다. 둘 다 눈동자를 굴리지 않으려고 애를 썼다. 대수롭지 않은 내 말치고는 너무 진지한 반응들이었다.

"어제 조던 씨 어머닐 만나러 갔습니다." 변호사가 말했다.

"그래서요?"

"그랬더니 제게 꼭 해야 할 말을 하지 않더군요."

"어떤 말을요?"

"그날 밤 조던 씨 어머니의 행적을 들어보니 여전히 뒤죽박죽이었습니다. 전혀 사건 해결에 도움될 게 아니었습니다. 이야길 듣는 내내 조던 씨 어머니가 제게 뭔가를 숨기는 것 같았습니다."

"모린 씨에게는 제 어머니도 털어놓을 것 같은데요."

"아닙니다. 조던 씨에게만 털어놓을 겁니다. 조던 씨 가서 어머닐 만나보세요. 뭘 숨기고 있는지 찾아내보십시오."

"유타를 떠난 줄 알았다." 어머닌 노란색 수화기를 어깨와 턱 사이에 괴면서 말했다.

"남기로 했어요. 저 이젠 엄마를 믿어요."

어머니가 고개를 들었다. 유리판에 어머니의 눈이 확대되어 보였다.

"어머니한테 온통 불리한 증거뿐이긴 하지만 그래도 어머닐 믿어요."

그날 감옥의 풍경은 이전과 똑같았다. 케인 교도관, 오줌냄새를 없애기 위한 암모니아, 칸막이마다 노란색 수화기를 들고 울먹이는 여인들, 그리고 어미 없이 자랄 자식에게 뭐라고들 웅얼대는 소리. 나는 종종 롤랜드에게 메사데일에서 사는 것이 마치 감옥생활 같다고 말하곤 했다. 하지만 그게 아니었다. 감옥에 실제로 갇혀 사는 것이야말로 진짜 감옥생활이었다.

나는 사진을 들어 유리판에 댔다. "이 사진 기억나세요?"

"그렇고 말고. 지난주에 찍은 거지. 기념으로 찍은 사진이란다."

"두 분의 결혼기념일요?"

"그래. 아버지랑 사진을 한 장 찍고 싶었어. 나도 옷을 차려입고 네 아버지한테도 넥타이를 매라고 했단다. 그러고 나서 지하실로 내려가서 사진을 찍었지."

"누가 찍었나요?"

"따로 찍은 사람은 없어. 자동 촬영 버튼을 이용한 거지." 나는 어머니께 그 사진을 얻은 경위를 설명했다. 그 사진을 낯선 여자들에게 전송했다는 말을 듣고 어머닌 기분이 상했지만, 그게 오히려 무죄를 증명할 실마리가 될 수 있음을 알아차렸다.

"하지만 이걸로는 부족해요." 나는 말을 이었다. "어머니가 지하실에서 올라오는 모습을 봤다고 리타 자매가 말한 까닭을 알아내야 해요."

"본 대로 말했을 뿐이야. 네 아버지가 날 보자고 해서 잠시 지하실에서 이야길 했어. 끝나고 올라가는 길에 리타 자매와 마주쳤든 거고."

"아버지와 무슨 이야길 나누셨어요?"

"부부 사이에 하는 그저 그런 이야기였을 뿐이란다."

"어머니, 제가 뭐 아는 게 있어야 어머닐 돕든지 말든지 하죠."

"그냥, 네 아버지가 나와 함께 보낸 시간이 얼마인지 그런 시간이 얼마나 부족했는지와 같은 이야기였을 뿐이야."

어떤 사실은 듣지 않는 편이 더 낫다. 바로 이런 것이 그런 사실에 속한다. 그런 사실은 아내의 질투나 이끌어낼 뿐이다.

"다투셨나요?"

"난 다투진 않아. 너희 아버지랑 난 단 한 번도 다툰 적이 없어. 단지 그런 문제를 함께 이야기했을 뿐이야. 내가 어떤 심정인지도 네 아버지한테 말했지."

"어떤 심정이셨는데요?"

"네 아버진 내 남편이니, 가끔씩이라도 내 남편과 함께 시간을 보내고 싶다. 이 말이 다였어. 그러고 나서 위층으로 올라갔지. 그러고 나서…." 어머닌 아래쪽을 바라보았다. 특별히 뭔가를 보는 게 아니라 단지 눈길을 피했을 뿐이다.

"그것이 네 아버지와의 마지막이었어. 그게 가장 마음이 아프단다. 난 네 아버지와 백년해로할 줄 알았어." 어머닌 잠시 마음을 추슬렀다. "지난번에 네가 떠난 후에 케인 교도관이 뭐라고 했는지 아니? 네가 돌아올 거라는 거야. 나는 그럴 리가 없다고 했는데, 케인 교도관은 네 눈빛에서 그런 느낌을 받았다고 하더라." 어머니로부터 몇 발자국 뒤에 케인 교도관은 멀뚱멀뚱 서 있었다. 자신은 우리 이야기에 끼고 싶지 않다는 듯이.

낯선 사람이 우리에게 전해주는 사소한 선물이 때론 감동적이지 않는가? 지혜의 말 한마디, 사소한 온정의 손길 한 번, 그리고 자그마한 배려의 마음 한 자락. 감옥을 나올 때 그런 생각이 들었다. 하지만 내가 더 확실한 증거를 찾아내지 못하면 열두 명의 낯선 배심원들이 내 어머니의 운명을 결정해버린다는 생각이 나를 엄습했다. 그런 생각만으로도 끔찍했지만, 언제나 일어나는 일이지 않는가.

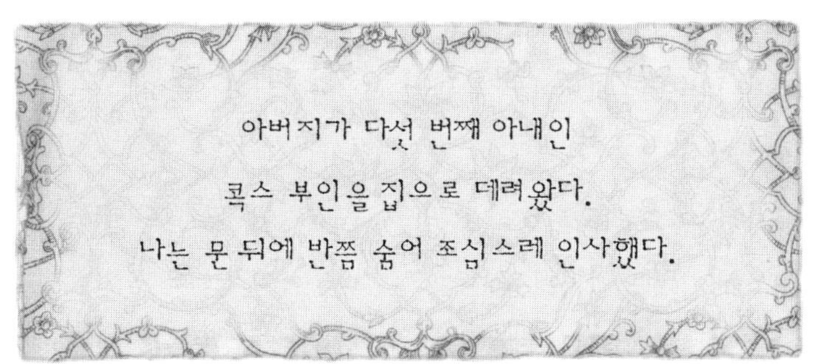

여자와
어린이가 우선

 모린 씨에게 전화를 걸었다. "어려운 부탁이 하나 있어요."

"뭐든 말해보세요."

"아니, 정말로 죄송스러운 부탁이에요. 저와 조니를 차로 메사데일까지 데려다주셨으면 해요. 그것도 지금 당장. 어려우시다면 어쩔 수 없지만요…." 간신히 말을 마쳤다. 모린 씨는 흔쾌히 응하며 삼십 분 후 인터넷 카페에서 만나자고 했다.

카페에 도착해보니, 고스 스타일 여점원이랑 조니는 비디오 게임에 한창이고 엘렉트라는 카우치에서 자고 있었다. "어떻게 됐어, 형?" 조니가 물었다.

"어머니가 살던 집에서 뭔가 단서를 찾아야겠어."

"어떤 단서?"

"정확히는 나도 몰라."

"어떻게 집에 들어가려고 그래?"

"지금 방법을 궁리하는 중이야."

"형이 거기 다시 간다는 계획은 왠지 불길해." 조니는 내게 줄 컵케이크를 집으러 카운터 뒤로 갔다. 마치 자기가 카페 주인이기라도 한 듯이. "자, 이거. 뭘 좀 먹으면 생각이 날 거야."

바로 그때 아이디어가 하나 떠올랐다.

모린 씨가 카페로 들어왔을 때 조니가 물었다. "저 분이 여긴 무슨 일이야?"

"궁금한 것도 많네. 작전상 꼭 필요해서 데려온 분이야."

메사데일로 가는 동안 나는 어떻게 해야 할지 줄곧 생각했다. 조니는 내가 어떻게 할 것인지 확실히 계획이 섰냐고 계속 물어댔고 나도 번번이 그렇다고 대답했다. 조니가 앞에 탔고 나는 엘렉트라와 뒷좌석에 앉아 있었다. 뒷좌석에는 세탁해놓은 옷이 몇 벌 걸려 있었다. 조니가 차창을 조금 열기라도 할 때면 옷이 날려 내 얼굴을 덮었다. 엘렉트라는 모린 씨의 통통한 펭귄 인형을 장난감으로 여기고서 자기 코로 계속 찔러댔다. 하지 말라고 해도 들은 척도 하지 않았다. 엘렉트라는 늘 그런 식이긴 하지만.

이전에 보았던, 총알 자국이 가득한 표지판을 지나며 조니가 말했다. "전혀 다른 세상으로 들어갈 준비들 하세요."

"거기 가면 전 뭘 해야 하는가요?" 모린 씨기 물었다.

"저도 계속 그걸 생각 중이에요."

"형, 생각을 빨리 좀 해봐." 조니가 불쑥 끼어들었다.

"모린 씨, 이 옷은 남편 건가요?"

"아뇨, 변호사님 거예요. 늘 저보고 자기 옷을 빨아오라 하시죠. 거절해도 되지만 군이 그런 걸로 다투고 말고 할 것까진 없지 싶어서요." 비닐 커버 안에 있는 옷은 느슨한 회색 바지 두 벌과 흰 와이셔츠 두 벌이었다.

"제가 이 옷을 빌려 입으면 변호사가 싫어할 것 같나요?"

"뭐하려고요?"

"조금 다르게 입고 싶어서요. 왠지 조금 덜…."

"조금 덜 게이처럼 보이려고?" 조니가 끼어들었다.

"조금 덜 LA 사람처럼 보이려는 거야."

"입으세요. 다시 세탁기에 넣으면 돼요. 변호사님은 전혀 눈치 채지 못할 거예요."

"죄송하지만 여기서 갈아입을게요." 뒷좌석에서 웅크린 채 나는 내 옷을 벗고 허버 변호사의 옷을 입었다. 입어보니 아주 이상했다. 와이셔츠는 맞았지만 바지가 너무 헐렁헐렁했다.

"자, 받아요." 모린 씨가 도움을 주었다. "옷핀이에요." 그녀는 내게 금빛 옷핀이 든 플라스틱 상자를 건넸다. 나는 잽싸게 옷핀을 끼워 바지를 줄였다.

"어때요?"

"형, 아주 어벙해보여." 조니가 또 끼어들었다.

"좋기만 하구만. 이게 바로 내가 찾던 옷차림이야. 만사 오케이, 이제 다 와 가네. 조니, 조금 후에 모린 씨에게 진입로가 어딘지 좀 알려주겠니?"

"그러지 뭐. 그런데 왜 나한테 시켜?"

나는 뒷좌석에서 길게 모로 누워버렸다. 엘렉트라는 애무를 받을 시간이라고 여겼는지 내 겨드랑이 사이로 파고들었다. "왜냐면, 마을로 들어갈 때 누구한테도 들키고 싶지 않아서야. 너도 마찬가지야. 일단 진입로를 확인하고 나면, 조니 너도 자리에 비스듬히 눕도록 해."

"형, 진입로가 보여."

"모린 씨도 진입로가 보이나요?"

"네."

"좋아요. 거기서 차를 틀어요. 조니, 너도 몸을 숙여. 모린 씨, 계속 6 킬로미터쯤 가다보면 왼편에 우체국이 보일 거예요. 그때 제게 알려주면 모린 씨가 할 일을 알려드릴게요."

모린 씨가 차를 트는 소리가 들렸고 조니는 조수석에서 내 쪽을 향해 몸을 웅크리고 있었다. 웅크린 채 내게 엄지손가락을 치켜들고는 이렇게 소곤댔다. "형, 아주 스릴 만점인데!" 차가 아스팔트 도로를 벗어나자 모든 것이 심하게 달그락거리기 시작했다. "이 길로 계속 가주세요." 나는 모린 씨에게 말했다. 누운 채로 그녀의 옆모습을 바라보았다. 입을 굳게 다문 그녀는 매우 듬직해 보였다. 착한 사람이거나 좋은 비서여서가 아니라 옳은 일이라고 여겼기 때문에 우릴 도와준다는 느낌이 들었다.

"우체국이 보여요."

"꺾어서 주차장으로 가세요. 오른편 맨 끝에다 주차하세요."

"그 자리엔 차가 있어요."

"그럼 옆자리예요."

차는 속도를 줄이며 회전하더니 멈추었다.

"모두들 조용히 제 말을 잘 들어주세요. 모린 씨, 우체국 안으로 들어가세요. 여직원 이름은 카렌 자매예요. 누가 뭐래도 그 여자 분만큼은 믿을 만해요. 그분께 가서 우체국 안에서 절 만나기로 했다고 말하세요. 그럼 기다리고 계시라고 말할 거예요. 어쩌면 아무도 모린 씨를 보지 못하게 구석진 데로 안내할 수도 있어요. 설령 누가 보더라도 괜찮아요. 모린 씨가 이 마을에 왜 왔는지 아무도 모를 테니까요."

"형, 우린 뭐해?"

"모린 씨가 우체국에 들어간 지 5분쯤 지난 후에 우린 차에서 빠져나와 어머니가 살던 집으로 갈 거야."

"엘렉트라는 어쩌고?"

제기랄! 엘렉트라를 깜박했다.

"인터넷 카페 여점원에게 맡기고 왔어야 했는데." 조니가 투덜댔다.

"걱정 마. 모린 씨, 엘렉트라를 데려가 주셔야겠어요."

"카렌 자매를 정말로 믿을 수 있다면," 그녀는 다시 말을 이었다. "그럼 잠시만 기다려요. 곧 돌아올게요."

몇 분 후에 운전석 옆문이 열렸다. 카렌 자매였다. "엘렉트라는 물품 보관실에 몰래 넣어둘게요. 그럼 아무도 모를 거예요." 그러고 난 뒤 그녀가 우체국으로 되돌아 가자 조니와 나만 남았다.

"이제 어떡하지?"

"걸어가야지. 차에서 살며시 빠져나가 몸을 낮추고 우체국의 저쪽 모퉁이로 달려가. 나도 뒤따라갈게." 조니는 내가 시키는 대로 척척 알아서 했다. 잠시 후 우리는 우체국 서쪽 벽의 뜨거운 콘크리트 담벼락에 기대 서 있었다. 도로에서는 보이지 않는 곳이었다. "이제부터 갓길을 골라 걸어가야 해. 잘만 하면 아무한테도 들키지 않을 수 있어."

우리는 걷기 시작했다. 섭씨 40도를 훌쩍 넘는 날씨여서 내려쬐는 햇볕에 얼굴이 후끈거릴 정도였다. 근본주의 모르몬교도들이 그렇게 오랫동안 고립되어 산 까닭도 바로 이 때문이리라. 마치 뜨거운 화성 표면 위를 걷는 것 같았다. 이런 땅을 어느 누가 찾겠는가.

"아직까진 아무 이상 없어." 내가 말했다. 우리가 택한 길은 조용했고 큰 집이 몇 채, 빈 마당이 몇 군데 있었다. 지나가는 차도 별로 없었다. 누가 보더라도 우리 둘은 협동조합에서 집으로 돌아가는 어린아이로 여겨졌을 것이다.

"형, 그런데 계획이란 게 도대체 뭐야?" 조니가 물었다.

"말해주면 나더러 미쳤다고 할걸."

"이제 와서 뭘 어쩌겠어."

"너, 칼 가지고 있지?"

"응, 근데 왜?"

"잠깐 나한테 줘봐."

마당 뒤편에 가서 나는 관목 가지를 자르기 시작했다. "가지를 부러뜨려 작고 얇게 만들어. 이쑤시개처럼 말이야. 우린 불을 지필 거야."

"우리라고?"

"사실은 네가 할 일이지."

조니는 눈을 부라렸다. "완선 형 마음내로잖아."

"잔말 말고 나뭇가지나 부러뜨려. 불을 피워야 한단 말이야. 이런 말을 하게 될 줄은 미처 몰랐지만, 어쨌든 사막 한가운데인 점을 하나님께 감사드리고 싶네. 나무가 바짝 말라 있으니까."

꽤 넉넉하게 나뭇가지를 모아놓은 다음 내가 말했다. "자, 이제 불을 붙여야 해. 혹시 주머니에 헝겊 조각 같은 거 있니?" 조니는 휴지 조각을 몇 개 꺼내더니 나뭇가지 더미 위에 조심스레 올려놓았다.

나는 허버 변호사의 바지 주머니를 뒤져보았다. 한쪽 주머니에서 하얀 천 조각 두 개, 그리고 반대편 주머니에서 드라이클리닝을 당한 지폐 두 장이 나왔다. "자, 이것도 넣어."

"돈도 태울 작정이야?"

"까짓것 태워버려." 삼십 센티미터쯤 되는 막대기를 주워서 양 끝에 홈을 하나씩 팠다. 그 다음에 허리를 굽혀 신발 끈을 풀었다.

"형, 뭐하는 거야?"

"활을 만들고 있어." 활송곳이란 도구를 이용해 불을 피우는 방법을 조니에게 간략히 설명해주었다.

"어디서 이런 걸 다 배웠어?"

"내가 오랫동안 혼자 살아왔다는 걸 벌써 잊었구나." 조니에게 나뭇가지 몇 개를 준 다음 오랫동안 문지르라고 했다. "나뭇가지를 꼭 붙잡고 계속 문지른 다음 타기 쉬운 것을 올려놓는 방법이야. 시간이 좀 걸리겠지만 계속 하다보면 반드시 불이 붙어."

"내가 왜 이걸 하고 있어야 되는데?"

"왜냐면 난 옥수수 밭으로 몰래 숨어 들어가야 하거든. 그런 다음 킴벌리 자매의 오두막 뒤편으로 갈 거야. 난 그곳에서 기다리고 있을게. 넌 일단 불이 붙기 시작하면 나뭇가지를 최대한 많이 집어넣어. 그런 다음에 우체국으로 돌아가. 뛰지 말고 그냥 이 마을 사람인 것처럼 느긋하게 걸어. 메사데일의 좋은 점은 바로 애들이 너무 많아서 다들 애들을 잘 몰라본다는 거야."

"형은 뭐할 건데?"

"일단 불이 붙기 시작하면, 분명 모두들 집 밖으로 뛰쳐나오겠지. 그 틈을 이용해 집 안으로 숨어들려고."

"형, 미쳐도 단단히 미쳤어."

"나도 알아. 하지만 이렇게 하면 반드시 성공할 거야."

나는 킴벌리 자매의 오두막 뒤편으로 가서 거의 한 시간 가까이 기다 렸다. 그제야 흰 연기가 솟아오르는 모습이 보였다. 연기는 처음엔 회 색에서 차츰 검은 색으로 변해갔고 곧이어 불꽃이 치솟았다. 큰 집에서 비명소리가 한 번 들렸고 이어서 비명소리가 줄을 이었다. 이내 모든 여자들이 고함을 질러댔다. 소란이 일어나자 사람들이 집 밖으로 뛰쳐 나갔고 아기들이 울기 시작했으며 여자와 아이들은 물동이를 들고서 마당 뒤쪽으로 달려갔다. 순식간에 마당 뒤에는 적어도 75명 정도가 모 였다. 여자들은 시골 아낙네 차림이었고 아이들은 죄다 되물려입는 낡 은 옷차림이었다.

나는 달리지 않았다. 곧장 옆문으로 걸어가서 안으로 들어갔다. 실내 엔 아무도 없었다. 하지만 계단 위에서 두 여자가 겁을 잔뜩 집어먹은 채 나누는 이야기가 들렸다. 아래로 내려다보면 날 볼 수 있을 테지만, 창밖으로 보이는 불 때문에 정신이 없는 모양이었다. 지하실로 향하는 문으로 다가갔지만 소그만 냉꽁이 자물쇠가 채워져 있었다.

계단 위의 두 여자는 자신들도 집 밖으로 나가야 할지 말아야 할지를 이야기하고 있었다. 한 명은 나가야 한다고 말했고 다른 한 명은 아기 들과 함께 있을 사람이 필요하다고 말했다. 바로 그때 아기 한 명이 우 는 소리가 들렸다. 한 여자가 다른 여자에게 우는 아기를 살펴보라면서 자기는 다른 아기들을 돌보겠다고 했다.

맹꽁이 자물쇠는 마치 인형에 달려 있는 자물쇠처럼 쉬 열릴 것 같았
다. 조니의 칼로 자물쇠를 찔러보았다. 딱 두 번만에 자물쇠가 딸칵 열
렸다. 위에 있던 한 여자가 "저 소리 들었어?"라고 묻자 다른 한 명이
말했다. "티미가 내는 소리야. 방 안에서 장난감 던지는 소리라고."

나는 발끝을 세우고 지하실 계단을 내려갔다. 계단 밑에 다다르니 출
입금지라는 글자가 새겨진 문이 나왔다. 살며시 문을 밀어 열었다. 그
곳에 들어가 본 적은 처음이었다. 내 아버지는 그곳을 자신의 성소라고
불렀다. 메사데일을 떠난 이후로 줄곧 나는 그곳을 아버지의 무덤이라
고 여겼다.

살해의 흔적 같은 것은 전혀 보이지 않았다. 핏자국은 깨끗이 씻겼
고, 아버지가 방금 전에 자리를 떴다가 조금 후에 돌아올 것처럼 아무
런 이상한 점도 엿보이지 않았다. 심지어 의자에 난 총알구멍도 아무렇
지 않게 보였다. 하지만 아무리 그래도 사람이 죽었던 곳은 티가 난다.
무슨 추잡한 일이 벌어졌는지 잘 모르지만, 왠지 께름칙한 분위기가 느
껴졌다. 잠시 동안 서서 그런 느낌을 느끼고 있었다. 바로 그때 어디를
살펴봐야 할지가 떠올랐다. 바로 빅 보이가 걸려 있던 총 거치 선반 위
였다. 컴퓨터용 의자를 옆으로 밀쳐낸 다음 선반 위로 올라갔다. 옆으
로 세워져 있는 모르몬경이 눈에 들어왔다. 하지만 책 속은 모르몬경이
아니었다. 그 속의 글자들은 조립라인에서 작업반장이 업무시간과 작
업결과를 기록해놓은 작업일지 같았다. R, K, S, S_1, P_3 등의 이니셜이
가로로 길게 적혀 있었고 세로줄에는 요일이 적혀 있었다. 선반에서 내
려와 의자를 다시 책상 앞으로 밀어놓았다. 밖에는 소방대원들이 도착
하는 소리, 사람들의 고함소리, 여러 대의 트럭이 오가는 소리, 그리고

디젤 펌프 소리가 들렸다.

의자를 다시 윈도 웰(window well. 지하실에서 창을 내기 위해 지상에서 지하실 쪽으로 파낸 공간. 옮긴이)로 밀고 갔다. 창을 열고 의자 위로 올라갔다. 그 윈도 웰에는 바깥 흙이 들어오지 못하도록 반원통형 철판을 두른 후에 창을 달아놓았다. 바로 그때 전혀 상상도 하지 못한 일이 생겼다. 차 두 대가 끼익 소리를 내며 멈춘 후 차문이 쾅 열린 다음 지금도 생생한 목소리가 들렸다. "자매님들, 무서워할 것 없습니다."

그 윈도 웰은 웅크리고 들어갈 만큼 충분히 넓었다. 맨 위쪽은 지상에서 10센티미터 정도 솟아 있어서 아주 조심조심 몸을 일으켜 땅 위를 살펴볼 수 있었다. 나는 그 집의 옆쪽에 있었고 사람들은 모두 집 뒤쪽에 있었다. 하지만 그을린 유리창과 방탄장갑을 한 선지자의 스테이션 웨건(지붕이 차 끝부분까지 나 있으며, 뒷부분에 화물을 실을 수 있는 유형의 차. 옮긴이)이 눈에 들어왔다. 선지자의 경호원 한 명이 차 주변을 돌며 주위을 살피고 있었다. 그 경호원은 특이하게도 선교사와 용병의 모습이 반반쯤 섞여 있었다. 정장 바지에 짧은 소매의 와이셔츠에다 군인처럼 스포츠형 머리모양, 그리고 허리띠에는 9밀리미터 반자동 소총 한 정을 차고 있었다.

남자들이 필사적으로 불을 *끄고* 있는 동인 선지지는 여자들과 어린 아이들을 불러 모았다. "걱정할 게 하나도 없습니다." 선지가가 입을 열었다. "형제님들이 즉시 불을 끌 것입니다. 자매님들 이리 가까이 오십시오. 무슨 일인지 제가 설명하겠습니다. 제가 알고 있는 내용을 여러분께 알려드리겠습니다. 두려움이 깃든 여러분들의 모습을 보니 제게 설명을 바란다는 걸 알겠습니다. 오늘 여기서 갑자기 생긴 화재는 두 가지로 설명할 수 있습니다. 첫째, 햇볕이 너무 뜨거워서 자연 발화되었다고 볼 수 있습니다. 우리는 지금 한여름의 사막 한가운데서 극심한 가뭄을 겪고 있습니다. 그래서 태양의 열기로 인해 불이 붙은 것입니다. 전혀 이상할 게 없습니다. 여러분이 그렇게 믿고 싶으면 그것으로 끝입니다. 하지만 이 불이 하나님의 메시지라고 말하는 사람도 있을 겁니다. 마치 하나님이 모세에게 덤불을 태워서 메시지를 전했던 것처럼 말입니다. 두 가지 중 어떻게 볼지는 여러분께 맡기겠습니다. 저는 어떻게 믿는지에 대해서도 말하지 않겠습니다. 하지만 자매님들, 현명하게 생각해주십시오. 왜냐하면 여러분은 믿는 바대로 심판을 받을 것이기 때문입니다. 지금도 그렇거니와 앞으로 여러분들이 천국의 문에서 하나님 아버지를 볼 그날에도 마찬가지일 것입니다."

여기저기서 여자들과 아이들이 울부짖자 선지자가 말했다. "무엇이 두렵습니까? 여러분이 순종하는 삶을 산다면 주님께서 보호해주실 겁니다. 오직 순종하는 삶이냐 아니냐에 따라 여러분은 심판을 받게 됩니다. 여러분의 남편을 사랑하고 그에게 순종한다면, 그리고 여러분과 자녀들이 아비를 사랑하고 그에게 순종한다면, 또한 여러분 모두가 하나님을 사랑하고 그분께 순종한다면, 그렇다면 여러분은 보살핌을 받을 것입니다. 이 세상에서나 저 하늘나라에서나. 두려워하지 마십시오." 두려워하지 말라고 외칠 때 그의 말은 거의 절규에 가까웠다. 선지자 주변에는 다른 사람들도 많이 있었다. 이웃들, 사도들, 그리고 불과 사도를 함께 보러온 사람들이 전부 마당 뒤편에 모여 있었다. 지금이 위험에서 벗어날 절호의 기회였다. 선지자가 다시 설교를 시작하는 틈을 타서 나는 그 윈도 웰에서 지상으로 기어오르기 시작했다. "여러분께 그리고 이 집에 앞으로 무슨 일이 생길지, 그리고 어떻게 집안을 이끌어갈지 다들 걱정하고 있다는 걸 잘 압니다. 남편이 없는 처지로 어떻게 아내 역할을 할지 답답해 하는 것도 잘 압니다. 남편 없이 매일매일 살아가려니 막막한 것도, 그리고 남편 없이 이 세상을 떠나면 하늘나라에 어떻게 들어갈 수 있을지 걱정하는 것도 잘 압니다. 하지만 걱정하지 마십시오. 내일 여러분들께로 와서 제가 여러분 모두의 남편이 되어드리겠습니다. 그리고 이 집은 저의 집이 될 것입니다. 여러분은 제 아내가 될 것이기에 여러분이 천국에 가서 하나님이 어떤 남편의 아내인지 묻게 되면 여러분은 선지자의 남편이라고 답하면 됩니다. 그렇게만 말하면 하나님 아버지께서 여러분을 천국으로 들이실 겁니다."

　여자들은 환호성을 질렀다. 동시에 흐느껴 울기도 했다. 개들이 짖어댔고 아기들은 까르르 웃어댔다. 경호원이 다시 스테이션 웨건 주변을 살펴보았다. 경호원이 떠난 후에 나는 윈도 웰에서 빠져나왔다. 살금살금 걸어서 도로로 나가 그 집에서 멀어졌다. 주변에 다른 사람들이 많았지만 나는 모르몬경을 끼고 가는 평범한 아이일 뿐이었다. 어깨 너머로 뒤를 한번 돌아보았다. 불길은 잦아들었고 연기는 가늘어졌다. 남자들은 불 끄는 장비를 트럭으로 다시 끌고 갔으며 여자와 아이들은 집으로 돌아가고 있었다. 선지자는 어디에도 보이지 않았다.

말일성도 예수 그리스도 교회 문서보관소

2005년 9월 12일

84111 유타 주 솔트 레이크 시
이스트 노스 템플 50번지
말일성도 예수 그리스도 교회
선지자 겸 총재 고든 힝클리 귀하

———

친애하는 힝클리 선지자께

선지자께 켈리 디라는 BYU 대학의 전도유망한 젊은 학자 한 명을 소개드리고 싶습니다.

켈리는 박사과정 논문을 준비 중인데, 그 연구는 성도들로 하여금 교회 역사를 더 잘 이해하도록 도울 것으로 보입니다. 그녀는 진실하고 근면하며 신앙심이 깊습니다. 그런데도 이 젊은 연구자는 교회 문서보관소에 소장된 문서 열람에 여러모로 어려움을 겪고 있습니다. 그 까닭은 논문 주제가 바로 앤 엘리자 영, 즉 브리검의 악명 높은 19번째 아내에 관한 것이기 때문입니다. 1930년대 후반에 찰스 그린이라는 말일성도 신학자는 앤 엘리자에 관한 권위 있는 해설서를 쓰려고 했지만 번번이 교회 당국의 방해를 받았습니다. 저는 켈리가 그와 똑같은 운명에 처하지 않기를 진심으로 바랍니다.

선지자께 이처럼 개인적으로 편지를 보내는 까닭은 그 연구자가 수행하는 연구의 중요성 때문입니다. 저는 앤 엘리자 영을 결코 영웅으로 여기지도 않고, 그녀의 오류 투성이 회고록이 말일성도 교회 전반에, 특히나 브리검의 명성에 상당한 해를 입혔음도 분명합니다. 그렇다고 하더라도 진지한 탐구와 비판적인 학문연구는 언제나 권장되어야 하며 가치 있게 여겨져야 합니다. 교회 구성원으로서나 하나님의 자녀로서 그런 연구는 우리 활동의 중심입니다.

교회의 모든 동료들이 켈리가 수행하는 연구에 필요한 사항들을 지속적으로 도와주도록 선지자께서 힘써주시기 바랍니다. 진리를 향한 그녀의 탐구는 오늘뿐 아니라 영원히 우리에게 이로움을 줄 것입니다.

안녕히 계십시오.

교회 문서관리자

데이브 새비드호퍼

힘내,
조던

 나는 우체국의 우편 수하물실 문에 노크했다. 반응이 없어
다시 한 번 문을 두드렸다. "카렌 자매, 저예요."

모린과 조니는 텍사스 홀덤 게임을 하고 있었다. 엘렉트라는 빈 우편
수거함 위에서 웅크리고 있었다. 나를 쳐다보더니 놀란 모습이었다. 마
치 내가 다시는 돌아오지 못하리라고 여겼다는 듯이.

"지금, 뭐해요?" 내가 물었다.

"불은?" 모린 씨가 말했다. "솔직히 말해주세요."

"그 사람들이 껐어요."

"불이 얼마나 크게 났어?" 조니가 물었다.

"그건 중요치 않아요." 모린 씨가 조니의 질문을 잘랐다. "우린 가야
해요." 그녀는 벌떡 일어나더니 엉덩이에서 먼지를 털었다. 그 후미진
방은 WIC 수표들로 가득 차 있었다(WIC는 Women, Infant and Children
의 약자로서 미국에서 시행하는 저소득층의 여성, 유아 및 어린이에 대한 영양 지원
프로그램을 말함. 옮긴이). 봉투에 적힌 대리석 무늬의 분홍색 종이를 보고

서 그 수표인 줄 알 수 있었다. 메사데일에서는 이 수표가 도착하는 날은 언제나 특별한 날이었다.

카렌 자매는 그 집에 아무 문제가 없었는지 물었다. 나는 선지자가 와서 여러 아내들에게 한 말을 알려주었다. 그녀는 눈살을 찌푸렸다. "그는 여자들 전부랑 결혼하진 않을 거야."

"결혼할 거라고 말했는걸요."

"나도 알아. 하지만 여자들을 골라서 취할 거야. 말만 그렇게 할 뿐이지. 예쁜 여자들과 젊은 여자들만 얻고서 나머지는 농장으로 보낼 거라고. 아주 구역질 나는 짓이지."

"저기요." 모린 씨가 말했다. "전 이제 떠나야 해요."

"요즘 여러 아내들이 소근 대고 있는 걸 선지자는 아직 잘 모르고 있는 것 같아. 요즘 상당히 많은 말들이 오가고 있거든."

"저기요." 모린 씨가 재촉했다.

"잠깐만요, 모린 씨." 나는 카렌 자매의 이야기가 더 궁금했다. "무슨 이야기인데요?"

"네 아버지가 죽은 이후로 여자들은 여러 경쟁파벌로 분열되고 있어. 리타 자매가 그들 중 일부를 이끌고 있고 그 외의 많은 여자들은 킴벌리 자매를 따르고 있지. 내가 장남하건데, 신지자는 리타 자매와 결혼하진 않아. 따라서 그 여자는 자기 곁에 많은 여자들을 두려는 거지. 만약 열 명이나 열두 명의 여자들을 자기 곁에 두면 복지수표가 열 배에서 열두 배로 는다는 뜻이니, 가벼이 무시할 수 있는 일이 아니야. 하지만 선지자가 킴벌리 자매와 결혼하고 싶어하는 것이 확실하니까, 다른 여자들은 대부분 그 여자 밑에 줄을 서려는 거지."

"지금 농담하시는 거죠?" 모린 씨가 끼어들었다. "그 사람들 완전 미쳤군요."

"모린 씨가 믿는 이런저런 것에 비하면 덜 미친 짓이죠."

모르몬교도로서 모욕을 받았다고 여겼는지 모린 씨는 움찔했다. 마치 누군가가 자기 몸에 무례하게 손을 대기라도 한 듯이.

"죄송해요." 내가 사과했다. "그냥 말이 잘못 튀어나온 것뿐이에요."

"형, 입에다 발을 쑤셔넣는 것 같은 소리는 앞으로는 하지 말라고." 조니도 덩달아 타박을 주었다.

모린 씨는 핸드백을 어깨에 휙 걸쳤다. "나가서 차를 타야겠어요. 너무 오래 있었어요. 집에 가야 해요."

"조니, 모린 씨를 따라갈 거지? 나는 조금 있다가 간다고 알려줘라. 그리고 차 안에서 몸을 숙이는 거 잊지 말고." 조니가 떠나자 외로움이 나를 감쌌다. 아직 끝나지 않은 일을 혼자서 해치워야 했으니 말이다. 나는 내일 그 집 상황이 어떨 것 같은지 카렌 자매에게 물었다.

"아, 선지자는 그 집 여자들 중 몇몇과 분명 결혼할 거야. 하지만 문제는 남은 여자들이 어떻게 되느냐지. 벌써 한 명은 사라져버렸어."

"누가요?"

"세리 자매. 아마 누군지 모를 거야. 최근에 네 아버지에게 다시 배정된 여자라서. 이전에는 에릭 형제에게 시집갔다가 남편이 어떤 문제로 선지자에게 대드는 바람에 소통 종료를 당했거든. 그 형제에겐 아내가 넷 있었어. 선지자는 제일 젊은 아내만 취하고 나머지는 여기저기 뿔뿔이 다시 시집을 보냈지. 그래서 세리가 네 아버지한테로 가게 된 거야. 하지만 사라져버린 지 벌써 며칠 째야."

"그 자매가 어떻게 됐다고 생각하세요?"

"낸들 알겠니? 도망갔을 수도 있고, 하지만 모를 일이지." 카렌 자매는 날 빤히 보더니 속내를 털어놓았다. "이러면 안 되는데."라면서 서랍을 열고 위가 트인 작은 상자를 꺼내더니 자기 머리 위로 번쩍 들어올렸다. 봉투 하나가 상자 밑바닥에 테이프로 붙어 있었다. "에릭 형제가 소통 종료를 당한 후에 세리 자매가 여기로 날 찾아와서 이걸 주었어. 자기에게 무슨 일이 생기면 이 봉투 속의 주소로 연락을 해달라면서." 그러고 나서 그 봉투를 상자 바닥에서 떼어낸 다음 열었다. 덴버 시(미국 콜로라도 주의 수도. 옮긴이)의 주소가 적힌 종이 한 장이 나왔다. 이름도 전화번호도 없고 달랑 주소만. 덴버 시 앳우드 가 43번지.

"세리 자매가 여기로 갔을까요?"

"그럴지도 모르지만 잘 모르겠어. 조던, 내 짐작에 아무래도 세리 자매가 뭔가를 알고 있는 듯해. 이 주소를 적어줄까?"

"안 그러셔도 돼요. 벌써 외웠어요. 이제 가봐야 해요."

카렌 자매는 우편 수하물실 문 밖으로 머리를 빠끔히 내밀고서 주변을 살폈다.

"지금 아무도 없어." 엘렉트라와 나는 차로 뛰어가서 뒷좌석에 누웠다. 모린 씨에게 왔던 길 그대로 나기면 된다고 알려주며 말했다. "그저 담담히 운전하면 돼요." 조니는 나와 재잘대고 싶어했지만 국도로 나가기 전까지 입을 꾹 다물고 있으라고 했다. 모린 씨가 붉은 먼지투성이 길 위로 차를 몰자 먼지가 우리 뒤로 가득 피어올랐다. 차가 흔들렸다. 돌부리가 차 바닥에 걸렸기 때문이리라.

국도로 접어들자 차는 조용해졌다. 포장도로 위를 구르는 차바퀴 소리만이 상쾌하게 들려왔다. "혹시 차가 보이나요?" 내가 물었다.

"한 대도 안 보여요."

"앞쪽이나 뒤쪽 모두요?"

"네."

"조니, 이제 됐다." 우리 둘은 함께 일어나 앉았다.

"형, 정말 힘들었어."

나는 허버 변호사의 옷을 벗고 내 옷으로 갈아입었다. "세탁은 제가 할게요."

"아뇨, 제가 하면 돼요." 모린 씨와 잠시 실랑이를 벌였지만 모린 씨는 끝내 자기가 맡겠다고 했다.

카렌 자매와 나눈 이야기며, 세리 자매가 덴버로 사라졌다는 이야기를 둘에게 해주었다.

"덴버라고?" 조니가 말했다. "나도 거기 몇 달 전에 있었어. 괜찮은 곳이야."

"카렌 자매 말로는 그녀가 뭔가를 알고 있을 것 같대."

"왜 그렇게 여기는 건데?" 조니가 물었다.

"실제론 그렇게 생각 안 할 거야. 나더러 덴버까지 가서 거기 있지도 않는 누군가와 이야기해보라고 하잖아."

"형, 지금 무슨 소릴 하는 거야?"

"그녀를 믿을 수 없다는 거야."

"카렌 자매 말이야? 하지만 우릴 크게 도와줬잖아?"

"그건 그래, 하지만 우리를 마을에서 내보내고 싶어했어. 무슨 일이 생길 조짐이니까 내가 메사데일 근처에서 얼쩡거리는 게 부담되었던 거라고."

"형, 신경증에 걸린 사람처럼 왜 이래?"

"신경증에 걸리든 말든 상관 안 해."

"형, 24라는 티브이 드라마 본 적 있어?"(24는 2001년에 텔레비전에 처음 방송된 미국의 인기 스릴러 연재 드라마. 이 드라마 속의 주인공이 범인을 잡기 위해 지나치게 과민하게 변하는 모습을 조던에게 빗대서 하는 말로 여겨짐. 옮긴이)

오후 늦은 시간이어서 햇살이 차에 낮은 각도로 비치고 있었다. 우리 앞에는 은은한 황금빛 석양이 길게 펼쳐져 있었다. 가끔씩 유타 주의 후미진 도로를 달리고 있노라면 이런 생각이 든다. 즉, 만약 하나님이 존재한다면 그분은 아마 이런 풍경을 만들어낸 존재가 아닌가 하는 생각 말이다. 정말 끝내주게 아름다웠다.

"모린 씨," 내가 말했다. "이거 누구 거죠?"

"누구라뇨?"

나는 백미러에 달린 기념품을 가리켰다. 기념품 한쪽 편에는 '시온 2006'이라고 적혀 있었고 다른 쪽에는 사진이 한 장 붙어 있었다. 아가씨 두 명이 그 유명한, 고독한 나무 앞에 서 있는 사진이었다. 그 고독한 나무는 층층이 쌓인 붉은 사암으로 된 바위 위에 뿌리를 박고서 아래로 휘어진 소나무였다. 독자 여러분도 이 사진을 본 적이 있을 것이다. 세상에서 꽤나 유명한 나무가 아닌가.

"내 손녀 제시와 제시의 가장 친한 친구의 사진이에요."

"누나들이 예쁘네." 조니가 또 끼어들었다. "몇 살이에요?"

"23살."

"결혼했나요?" 조니가 캐물었다.

"아니, 둘 다 대학원에 다닌단다. 정말 열심히 공부하는 학생들이지."

전공이 무언지 내가 물었다. "제시는 영양학 석사 학위를 준비하고 있고, 제시 친구 켈리는 역사를 연구해요. 아마 그럴 거예요."

"역사요?"

"참 따분한 거 하네." 조니가 투덜댔다.

"그런데 그 집에서 뭘 찾았나요?" 모린 씨가 내게 물었다.

"아버지의 오입질 공책요."

"아버지의 뭐요?"

"아, 이런!" 조니가 신이 났다. "아버지의 오입질 공책을 찾았다고? 이리 줘봐."

조니는 노트를 낚아채더니 뒤적이기 시작했다. "오호, 진짜네!"

"조던 씨, 그게 뭐예요?"

"좀 더 고상한 용어로 말하면 결혼관리 노트쯤 되겠네요. 아버지는 각 아내와 함께 보낸 시간을 이 공책에 매번 적어놓았어요. 누구랑 언제 식사를 했는지, 누구와 얼마나 오래 이야길 했는지 그런 거요."

"응, 그리고 누구랑 언제 그 짓을 했는지도."

"조니!"

"형, 난 그냥 있는 그대로를 말하는 거라고."

조니 말이 맞았다. 바로 그런 까닭에 메사데일 아이들은 오입질 공책이라고 불렀다. 거의 모든 성인 남성은 하나씩 갖고 있는 노트였기에, 메사데일의 사내아이들은 이 공책을 찾아내 읽는 걸 가장 재미있어 했다. 내 아버지의 노트에는 해독 불가능한 표시, 문자, 숫자 그리고 휘갈겨 쓴 글자 등이 많았다.

"형, 그건 암호야. 침대 속에 있을 때 여자들이 어떤지를 표시한 암호 말이야. 남자 한 명이 그 많은 걸 전부 기억할 수는 없으니까."

"뭔 소리야? 아버지가 그 정도로 세심했을 리가 없어."

"형, 내 말 들어봐. 내 아버지도 그런 걸 갖고 있었는데, 우리 아이들이 암호를 해독해냈다고."

"조던 씨," 모린 씨도 목소리를 냈다. "그건 훔친 거예요. 훔친 건 증거로 쓸 수 없어요."

"저도 알아요."라고 나도 말했다. 하지만 실제로 나는 그런 생각을 못 하고 있었다. "하지만 중요한 정보가 들어 있다면요?"

"보고 자시고 할 것 없이 당장 내다버려요."

"예외는 없나요? 이 속에 정말 유용한 내용이 있는 경우라면요."

"예외는 없어요."

정말, 어처구니없는 규정이다. 공책의 마지막 장에 아버지는 자신이 죽던 그날 밤 리타 자매의 방에서 그녀와 단 둘이서 한 시간을 보냈다고 적어 놓았는데도.

모린 씨는 우리를 인터넷 카페의 주차장에 내려주었다. 작별인사를 하는데도 그녀는 단지 손을 살짝 들었을 뿐이다. 아무래도 우체국에서 그녀의 신앙에 대해 내가 불쑥 던진 말 때문에 받은 상처가 여태껏 남았기 때문이리라. 종교란 게 그렇다. 사람들은 믿고 싶은 것만 믿는다. 무슨 말인지 잘 이해되지 않아도 그만이다. 사람들은 따지지 말고 그냥 믿는 게 최고라고 한다. 하지만 이제는 그런 것이 통하지 않는 시대다. 특히나 자기들끼리는 모두 뭐가 옳은지 그런지 따지면서 여러분만 그러지 못하게 한다면 더더욱 무작정 믿을 수 없지 않는가!

금요일 저녁이었기에 다음 날 아침이면 파사데나로 돌아가야 했다. 언제 다시 모린 씨를 만날 수 있을지 몰랐다. 여태껏 많은 도움을 준 모린 씨에게 고마움을 전하고 싶었지만 그녀가 내 말을 막았다. "변호사님께 알려드릴게요. 조던 씨가 그 공책 건으로 만나고 싶어한다는 것을요." 이 말을 끝으로 차를 출발시켰다. 주차장을 빠져나가는 차 안에서 펭귄 인형이 이리저리 흔들렸다.

"형이 일을 완전히 망쳤단 말이야." 조니가 투덜댔다.

"한번만 입 다물고 있어 줄래?"

샐쭉해진 조니는 내 밴으로 올라타며 말했다. "왜 나한테 시비야."

나는 뒷 범퍼에 걸터앉아 롤랜드에게 전화를 걸었다. 신호가 계속 울렸지만 받지 않았다. 음성녹음을 남기라는 안내 멘트가 들렸다. "응, 나야. 며칠 동안 한참 정신이 없었어. 어쨌든 곧 집으로 돌아갈게. 아마 내일 도착할 거야. 그런데 이 메시지 받거든…." 녹음 시간이 다 되어 끊기는 바람에 나머지 말들은 먹통 전화기 속으로 사라져버렸다.

엘렉트라를 인터넷 카페의 여점원에게 맡긴 다음 조니와 난 수영장으로 차를 몰았다. 우리 둘 다 몸을 씻어야 했고 나는 생각을 정리할 시간이 필요했다. 물속으로 뛰어들어 이리저리 헤엄치던 조니는 십대 여자애 둘에게 살금살금 다가갔다. 그 여자애들은 마지막 남은 한 줄기 햇살을 쬐려고 풀장 밖 잔디밭 위에 누워 있었다. "형, 몸에 선탠로션 발라줄 남자를 찾는 여자가 있으면 나한테 알려줘야 해, 알았지?"

"헛소리 말고 꺼져." 난 조니를 쫓아냈다.

"바보 멍청이." 조니는 이렇게 쏘아붙이더니 그 둘에게 말을 붙였다.

"예쁜 누나들, 만나서 반가워."

"뭐야, 저 꼴통은?" 딸기 모양 비키니를 입고 드러누워 있던 여자애가 말했다. 탱탱한 허벅지에는 오일이 발라져 윤이 나고 있었다. 그러니 조니가 환장할 수밖에.

"제 소개를 할게요. 전 조니예요. 보기는 이래 뵈도 알고 보면 멋진 남자랍니다."

이 말 한마디에 두 번째 여자애가 미소를 띠었다. 곧바로 읽고 있던 추리소설을 내려놓더니 말했다. "난 젠이야. 얘는 내 친구 로라."

조니는 젠이 깔아놓은 수건의 조그만 모서리에 앉는 데 성공했다. 조니의 활약은 이제부터였다. 15분이 지나자 수건의 절반을 차지했다. 셋 다 즐겁게 웃고들 있었다. 조니가 내 쪽을 가리키자 여자애들은 호기심 가득한 눈으로 날 쳐다보았다. 바람이 이리저리 불어대서 목소리가 분명하게 들리지 않았다. 하지만 귀에 들어온 몇 마디에는 이런 내용이 있었다. "저 형은 아주 좋은 사람이야. 하지만 난 형의 개가 더 좋아."

내 처지가 그런 상태였다. 수영장 가장자리에 앉아 두 다리를 물속에 넣고 있는 나. 그리고 내 곁에는 여전히 감옥에 갇혀 있는 어머니, 화가 나 있는 모린 씨, 내게 빈정대기나 하는 조니, 멀리서 단 걸 먹느라 정신없는 엘렉트라, 어디 있는지 아무도 모르는 롤랜드. 그리고 죽어서 말이 없는 내 아버지. 그날은 금요일 저녁이었다. 월요일에 탁아소 공사 일을 하려면 바로 짐을 싸야 했다.

"조던 형! 그만 이리로 와!"

조니는 여자애들에게 날 소개하면서 이렇게 말했다. "내가 말했던 그 형이야." 그러고 나서 목소리가 어두워졌다. "형, 우리 셋은 젠의 집으로 갈 거야. 나중에 형을 따라갈게."

"나중에라니?"

"지금이 아니라 나중 말이야. 바보같이 왜 그래?"

"널 데리러 어디로 가야 하니?"

"형, 오늘 무슨 일 있어?"

낮게 비치는 햇살이 물에 얼룩을 지게 했다. 주변에는 달리거나 수영장으로 뛰어드는 아이들이 몇몇 있었다. 십대 남자아이들 한 무리가 말보로 담배 한 갑을 나눠 피우고 있었다. 나이든 여자 둘은 얕은 물에서 놀고 있었다. "아무 일도 없어." 내가 말했다.

"그럼 나중에 형한테 전화할게." 조니가 몸을 굴리자 좁은 등이 드러났다. 가냘프지만 강한 체구였다. 젠이란 여자애의 콜라 캔을 집으려고 손을 뻗자 조니의 어깨뼈는 더욱 날카롭게 보였다. 지금과 다른 삶을 살았다면 조니는 학교 성적이 고만고만한 고등학교 레슬링 선수가 되었을 수도 있었을 것이다. 지금은 비록 못된 꼬마 녀석일 뿐이지만.

The

19th

Wife

12 여배우

6장

*The
19th
Wife*

신앙의 비밀

──── 나는 열여섯 살이 된 지 얼마 후에 지금껏 원인이 밝혀지지 않은 어떤 병을 앓게 되었다. 온몸은 땀으로 흠뻑 젖었고 고열이 심해 자리에 누워 지냈다. 병이 걸린 지 사흘이 되자 어머니는 아버지에게 내 소식을 알렸다. 아버지가 4년 전에 연거푸 결혼 소동을 벌인 이후로 두 분은 서로 떨어져 지냈다. 아버지는 솔트 레이크에서 번갈아가며 여러 아내와 즐겼고 어머니와 나는 솔트 레이크 시에서 남쪽으로 약 20킬로미터쯤 떨어진 사우스 커튼우드에서 작지만 수확이 제법 좋은 농장을 일구며 지냈다.

아버지는 내 상태를 확인하고서 의사를 부르지 않았다며 어머니를 나무랐다. 두 분은 내 침대 앞에서 날 어떻게 치료할지를 놓고 잠시 말다툼을 했다. 마침내 어머니는 자신이 쓸 데 없이 오래 기도만 하고 있었다고 털어놓은 다음 내 병을 고칠 만하다고 믿는 사람, 즉 브리검 영을 불러왔다. 브리검은 내가 권능 수여식(Endowment ceremony. 모르몬교에서 행하는 특별한 의식으로서, 천국을 지키는 천사의 시험을 통과하는 데 필요한 말과 징표를 모르몬 성직자로부터 받음. 옮긴이)을 받아야 한다고 결정했다. 브리검 자신의 직계 자녀 외에는 좀처럼 주어지지 않는 거룩한 명예였다. 내가 병이 든 후 처음으로 어머니의 얼굴은 기쁨으로 활짝 피어났다. 어머니처럼 신앙심이 깊은 여자에게 그 의식은 지상에서 바랄 수 있는 가장 큰 영광이었다.

권능 수여식은 너무나 은밀한 의식이어서 만약 그 내용을 공개하는 성도는 교회로부터 내쫓기거나 심지어 죽음의 위험을 무릅써야 했다. 또한 너무나 소중한 의식이어서 성도들은 천국에 가기로 약속받은 것 다음으로 이 의식을 영광스럽게 여겼다. 그때까지 나는 신학적 진리에 대해 깊이 생각해본 적이 없었다. 하나님, 그리스도, 조셉과 그의 계시, 그리고 브리검의 신성한 권위에 관해서 들은 대로 모든 걸 받아들였다. 왜냐하면 내가 좋아하는 사람들이 모두 참이라고 말했기 때문이다. 만약 여러분이 그 나이의 나더러 독실하냐고 물었다면 나는 너무나 자신 있게 그렇다고 답했을 것이다. 나는 늘 기도했고 주일예배에 참석했으며 열심히 찬송가를 불렀을 뿐 아니라 교리에 합당하게 살려고 애썼으며 브리검이 주일날 설교에서 가르쳤던 모든 지혜로운 말들을 실천하려고 노력했다. 나는 그때까지 나 자신이나 브리검의 교회 조직에 관해 형이상학적인 고민을 해본 적도 없었다. 있는 그대로 모든 걸 받아들였으니 신학적인 문제에 관해 생각하고 말고 할 것이 전혀 없었다. 따라서 나는 권능 수여식을 소녀로서의 내 신앙생활의 하이라이트가 될 것으로 여겼다. 하지만 오랜 세월이 흐른 지금에는 분명히 알고 있다. 내가 그 모든 것을 믿은 까닭은 단지 그렇다고 들었기 때문임을.

이튿날 아침 일곱 시, 여전히 열이 펄펄 나는 중에 나는 권능 수여식 회관으로 들어갔다. 당시에 그곳은 그레이트 솔트 레이크를 통틀어 가장 신성한 장소였고 아울러 가장 은밀하기도 했다. 그곳으로 들어가 본 사람은 안에서 보고 들은 내용을 일체 발설할 수 없었다. 그처럼 은밀한 곳이어서 온갖 소문의 온상이 되었다. 어떤 이에 의하면 그 내부는 천국이 그대로 실현된 모습이라고 하고 또 어떤 이는 토굴처럼 어둡고 칙칙한 곳이 아니겠냐고 짐작했다. 권능 수여식 회관은 프리메이슨 사원의 건축 양식을 따온 것이라고 했다. 젊었을 때 조셉은 프리메이슨 단원과 만나서 아마도 비밀 지부에 가입했을 것이다. 따라서 그의 반대자들은 권능 수여식을 프리메이슨 의식을 모방한 것이라고 단언했다. 두 의식 모두 비밀 손잡이와 암호, 그리고 개인별 등급에 바탕을 둔 위계질서와 아울러 기타 상징적인 몸짓과 신호를 사용한다. 하지만 프리메이슨 조직에 대한 지식이 부족한 나로서는 그러한 주장을 검증할 수 없다. 그래도 모르몬교의 권능 수여식 회관의 특이한 점 가운데 한 가지만은 밝히겠다. 바로 유달리 욕조가 많았다는 사실!

일단 여러 개의 문을 지나자 나는 엘리자 R. 스노 자매를 만났다. 한때 조셉의 여러 아내 중 한 명이었다가 그가 순교한 직후 브리검과 결혼했던 여자다. 스노 자매는 나를 큰 목욕탕으로 데리고 갔다. 아연 욕조 여러 개가 일렬로 줄지어 있었지만 녹색 커튼이 길게 처져 있어 욕조들이 있는 쪽을 전부 가리고 있었다. 그곳에는 나만 있는 게 아니었다. 열두 명의 여자가 서 있었는데 전부 처음 보는 이들이었다. 대부분

육십 세는 넘어 보였다. 그들이 왜 늘어서 있었는지 전혀 알 길이 없었다. 단추를 가지런히 채운 검은 옷차림의 늙은 여자들은 나를 유심히 쳐다보았다. 내가 옷을 벗을 시간이 되었는데도 다들 전혀 눈을 다른 데로 돌리지 않았다.

"우선 널 깨끗이 씻겨야 한다." 스노 자매는 이렇게 말하며 내가 옷 벗는 걸 도와주었다. 스노 자매가 급하게 서두는 바람에 난 김이 서린 탕 속으로 부랴부랴 들어가 몸을 웅크려야 했다. 스노 자매의 외모는 한마디로 둔중하면서 축 늘어진 몸매를 가졌다. 뺨에 붙은 살가죽은 통째로 아래로 흘러내릴 것 같았다. 그 늙은 여자는 마치 말의 옆구리 살을 문질러대듯 온 정성을 다해 내 몸을 씻겼다. 그런 취급을 당하는 것은 수치스러웠다. 특히나 다른 사람들이 보고 있는데서. 하지만 그런 상황에서는 그 늙은 여자가 거칠고 붉은 손으로 정체불명의 내 병을 씻어낸다고 믿을, 어쩌면 그렇게 바랄 수밖에 없었다.

나를 씻긴 다음 스노 자매는 내 머리 위로 뿔을 하나 들어올리면서, 풍요로움을 상징하는 뿔이라고 엄숙히 선언했다. 올리브 기름을 그 뿔에다 부은 다음 그녀는 내 머리를 뒤로 잡아당겼다. 마치 백정이 돼지 목을 딸 때처럼 재빠른 몸짓이었다. 내가 입을 벌린 채 어리둥절해 있자 그녀는 내 이마에 올리브 기름을 떨어뜨리며 "자매어, 그대의 머리에 영광을 선사하노라." 기름은 내 눈과 귀로 흘러들어 갔지만 그 엄숙한 순간을 차마 깨뜨릴 수가 없었다. 실제로는 양념을 바르고 오븐에 들어갈 준비를 하는 고기 덩어리가 된 기분이긴 했지만. "자매여, 그대의 입에도 기름을 붓노라." 그녀는 내 입술 주변에 기름을 부었다. "자매여, 그대의 가슴에도 기름을 붓노라." 기름은 내 가슴 위로 떨어지더니 젖가슴 속으로 미끄러져 내렸다.

스노 자매의 기름 붓기는 계속되었다. 배로, 허벅지로 그리고 내 음부에까지! 나는 금세 온몸이 기름으로 미끈거렸다. 비참한 기분이었다. 내 인생의 가장 위대한 날이 될 줄 알았건만 전혀 예상과 달랐다. 예수 그리스도의 뜻이 이런 것인지 묻고 싶었다. 하지만 그럴 엄두가 나지 않았다. 스노 자매는 무슨 일을 하던 확신에 가득 차 있었다. 내가 품은 의심은 올바르지 못하다고 나는 여겼다. 곧 나는 미끈미끈한 황금빛 알몸으로 일어섰다. 줄지어 선 늙은 여자들은 추파를 던지며 기도했다. 이 의식에 함께 참가한 나처럼 발가벗은 다른 여자들을 힐긋 쳐다보았더니 다들 눈을 꼭 감고 있었다.

길게 처진 녹색 커튼 너머에는 어떤 일이 벌어지고 있을지 추측해보았다. 아마 여러 명의 형제들이 기름 붓기 의식을 치르고 있을 것이다. 남자들이 욕조에서 물을 첨벙이는 소리와 더불어 입에 부어졌던 기름이 상상하기조차 끔찍한 남자들의 은밀한 부위로 줄줄 흘러내려가는 소리가 들렸다. 독자 여러분, 나는 그때 열여섯 살이었다. 늙고 뚱뚱한 남자들이 돼지처럼 온몸에 기름을 잔뜩 바르고 있는 모습을 상상하며 웃지 않을 그 나이 또래 소녀가 어디 있겠는가!

목욕과 기름 부음을 받음으로써 나는 의식용 예복을 입을 준비가 되었다. 스노 자매는 내게 평범한 모슬린 천(면사를 촘촘하게 짜서 표백하지 않은 흰색 직물. 옮긴이)으로 짠 속옷 두 벌을 건넸다. 첫 번째 속옷은 잠옷처럼 생겼는데 상의와 하의가 하나로 된 원피스 형이었다. 스노 자매는 내가 무덤에 들어갈 때까지 절대 그 옷을 벗으면 안 된다고 알려주었다. "그 옷이 널 안전하게 해줄 거란다." 그녀는 말했다. "그리고 적의 총탄으로부터 널 보호할 거다. 만약 조셉 선지자가 카시지 감옥에서 이 옷만 입었어도."

두 번째 속옷은 첫 번째와 똑같은 여벌의 옷이었다. 몸을 씻어야 할 때면 첫 번째 옷을 반쯤 벗은 다음 두 번째 옷으로 내 몸을 가린 후에야 첫 번째 옷의 나머지 절반을 벗을 수 있다는 것이다. 그렇게 하면 평생 발가벗을 일은 절대 없었다. 젊은 남자 모르몬신도들이 교회가 금하는 규칙인 술과 담배를 함으로써 반항한다면, 젊은 여자 신도들은 그 신성한 속옷을 통해 반항했다. 자기 속옷에 레이스나 공단 리본 등의 여러 장식을 붙여서 은밀히 고친 젊은 여자들을 나는 많이 알고 있다. 아, 만약 브리검이 이런 비밀을 알게 된다면 화를 낼까 아니면 기뻐할까?

이런 불편하기 그지없는 속옷 위에다 나는 하얀 드레스와 발목까지 치렁치렁 내려온 하얀 보조 치마를 입었고 부드러운 리넨 천으로 만든 슬리퍼를 신었다. 그리고 린넨 천으로 만든 띠가 둘러쳐진 불룩한 교회 예복을 걸쳤다. 모자를 씌울 셈으로 스노 자매는 스위스 산 모슬린 천을 내 머리에 둘렀다. 내 차림새는 소녀 미인대회에 출전하는 여학생 같은 모습 그대로였다. 나는 우스꽝스러운 느낌과 아울러 아주 어린 여자애 취급을 당하는 기분이었다. 내 주변에 있는 여자들은 아무도 내 기분을 알아주는 것 같지 않았다. 그 여자들이 나를 비롯한 자매들의 옷을 입히는 모양새는 마치 매장을 준비하는 시체들을 염하는 모습과 흡사했다. (실제로 그 옷은, 죽음의 순간이 오게 되면 언제라도, 땅에 묻힐 때 입게 될 옷이기도 했다.) 그 여자들은 나보다 나이가 많으니 분명 더 지혜로울 것이다. 내 영혼의 무게가 그들보다 가벼운 것이 못내 부끄러웠다. 나는 스스로를 부끄러이 여기지 말자고 마음속으로 다짐했다. 또한 그 엄숙한 예식의 위대함을 알게 해달라고 하나님께 기도도 올렸다.

곧이어 목욕탕을 나누고 있던 긴 녹색 커튼이 아주 극적으로 걷혔다. 극장 무대의 커튼이 순식간에 걷히면서 다음 장면이 시작되는 것과 비슷한 느낌이었다. 맞은편에는 여섯 명의 남자들이 흰 예복과 모자를 쓰고 서 있었다. 남자들은 대개 불편한 자리에서 참는 능력이 부족해서 의식 내내 몸을 이리저리 비틀거나 발아래를 내려다보았다. 한눈에 보아도, 그 남자들은 이웃이자 아는 사람들 앞에서 인형에게나 어울릴 차림새로 서 있기가 무척 곤혹스러운 듯했다.

우리는 실내의 빈방으로 안내를 받아 이동했다. 위쪽에서 들려오는 두 남자의 목소리만이 그곳의 정적을 깨고 있었다. 둘이서 무슨 이야길 하는지 처음엔 알아들을 수가 없었지만 두 남자가 실내로 가까이 다가오자 무슨 말인지가 분명해졌다. 엘로힘이 여호와와 이야길 하고 있었던 것이다(모르몬교에서 엘로힘은 성부를 뜻하고 여호와는 성자 즉, 그리스도를 뜻함. 옮긴이). 여호와는 잔뜩 들뜬 목소리로 점점 더 공을 들여가며 세상의 기원에 대한 이야기를 늘어놓았다. 아마도 여호와의 목소리를 연기하는 사람은 알란 형제인 것 같았다. 사도인 알란은 길버트 오빠가 들르는 이발소를 운영하고 있으며 음색이 굵직한 바리톤이었다. 다른 이들처럼 그 가공의 이야기 속으로 빠져들어야 했다. 믿으려면 이야기에 몰입해야 한다고 스스로 다그쳤다. 하지만 여러분도 분명 아실 테지만 어떻게 믿음을 강요할 수 있단 말인가. 그런데도 그 후 두 시간 동안이나 안간힘을 써서 그런 노력을 하고 또 했다.

알란 형제, 즉 여호와는 하나님이 이 세상을 어떻게 창조했는지 그리고 바다와 짐승과 나무들을 어떻게 만들어냈는지 설명했다. 우리 뒤로 커튼이 열리더니 무대가 드러났다. 창세기의 장면들이 무대 배경과 당시 옷차림의 형태로 재현되었다. 진지한 모습이긴 했지만 돈만 있으면 만들 수 있는 무대작품일 뿐이었다. 어떤 젊은 남자, 나는 이 남자가 아담 역할을 하는지 제대로 알아차리지 못했지만, 아무튼 이 남자 뒤를 이브가 쫓고 있었다. 이브 역을 하는 사람은 매리 제인 콥 자매였다. 이 자매는 최근에 브리검과 결혼했다고 한다. 브리검 선지자는 그 자매가 자기 아내라고 밝히지 않았지만 여러 해가 지난 후에 그녀와 나는 서로 친밀한 사이가 되었다. 우리 둘은 브리검에 대해서라면 오직 한 남편의 아내만이 알 수 있는 세세한 것까지 서로 나누는 사이가 되었다.

우리들 앞에서 아담과 이브는 익히 알려진 내용을 연기했다. 아무튼 별반 놀라울 것도 없는 그 진부한 이야기가 청중들을 새삼 두렵게 만들었다. 다들 넋을 잃은 모습이었는데, 특히 두 여자는 뱀이 나오는 장면에서 기겁을 하며 숨까지 헐떡였다. 한 남자가 검은 꼬리를 달고 몸에 붙는 바지에다 가면을 쓴 모습으로 양손엔 숯을 까맣게 바른 채 무대 위로 슬금슬금 기어나왔던 것이다. 또 다시 혼자서만 의아하게 그 장면을 바라보던 나는 스스로를 책망했다. 인간의 타락을 묘사한 그 장면이 전혀 두렵지 않는 메마른 영혼의 소유자라니! 하지만 그 연극 내내 난 무덤덤한 상태였다. 병은 가장 고독한 상태라고 어떤 저명한 의사가 말한 적이 있는데, 내 생각에는 그런 주장에 어울리는 상태는 바로 의심이다.

잠시 후, 닫혀 있던 커튼이 다시 젖혀 열리면서 악마가 나타났다. 악마 연기를 하는 사람이 누군지는 몰랐지만 날씬하고 호리호리한 몸매를 지닌 남자였다. 악마는 붉은 자줏빛 줄무늬가 그려진 꽉 끼는 검은 양복 상의에다 다리에 착 붙는 바지를 입고 있었다. 또한 사람들을 놀라게 하려고 가면을 썼는데, 가면에 달린 작은 뿔 두 개는 양의 머리에 얹힌 보풀 매듭 같았다.

우리 교회에 실망을 느꼈다. 천상의 지혜가 가득한 곳이라면 악마를 좀 더 독창적인 모습으로 표현할 수도 있을 텐데…. 악마는 이리저리 춤을 추며, 비참한 연기엔 전혀 재능이 없는 아담과 이브를 괴롭혔다. 그러더니 악마는 관객으로 있던 남자와 여자들 사이로 뛰어들었다. 사실 악마 연기는 누구나 재미있어 한다. 그곳의 관객들도 예외가 아니었다. 사람들은 불꽃놀이를 구경하는 이들처럼 소리를 질렀다. 한편 나는 지쳐서 어질어질한 상태라 의자를 찾아 앉았다.

"어서 일어나! 어서!" 스노 자매는 거칠게 쏘아붙이며 나를 다시 일으켜 세웠다. 그 작고 인정머리 없는 여자가 자신의 팔로 나를 부축해 주었다. 어디서 그런 힘이 나온단 말인가?

그 후 우리는 무대로 불려나갔다. 악마는 여전히 활개를 치며 춤을 추고 있었다. 그런 가면을 쓰게 되면 누구라도 신나게 날고 있는 벌떼 마냥 미친 듯이 춤을 추고 싶은 은밀한 욕망을 갖게 될 것이다. 그 다음 에는 줄줄이 방문자들이 찾아왔는데 각자 퀘어커교, 감리교, 침례교 및 가톨릭 등 기독교의 많은 종파를 상징하는 존재들이었다. 각 대표자는 자기 종파야말로 그리스도의 길을 따르노라고 주장했다. 그들이 우리 를 둘러싸고 자신들의 교리를 한참 시끄럽게 떠들어대는데, 갑자기 크 고 둔탁한 어떤 소리가 우리를 덮치자 여러 명이 손으로 귀를 틀어막았 다. 그 큰소리란 다름 아닌 '내 종파만이 진리다!'라는 외침이었다. 이

극적인 부분이 전체 연극의 클라이맥스임을 단번에 직감할 수 있었다. 왜냐하면 하나님께 이르는 길은 오직 하나뿐이라는 이 고집스러운 주장이야말로 지난 2천 년 동안 끝내 버리지 못한 인간의 영원한 주제이자 결론이 아니었던가.

악마는 인간들의 의견 다툼에 껄껄 웃음을 터뜨렸다. "오호, 인간들이 내가 쳐놓은 덫에 걸렸구나!" 나는 작가도 아니고 이 회고록은 단지 내 삶의 한 단면을 글로 옮겨놓은 것뿐이다. 이처럼 글재주도 없고 견문도 없는 나지만 그때 악마가 내뱉은 말을 멋지게 바꿀 정도는 된다.

그 후에 사도들은 우리가 멜키세덱 계열의 여러 성직자 등급(죽은 후에 천국에 들어가기 위해 필요하다고 하는 모르몬교의 성직자 등급. 옮긴이)을 통과할 때 필요한 많은 암호들을 가르쳐주었다. 또한 죽은 후에 우리가 참된 성도임을 증명해줄 손잡기, 즉 악수하는 법도 여러 가지 가르쳐주었다. 그 다음에 스노 자매는 내 귀에다 몸을 기울였다. 그녀는 양손을 둥글게 맞대고 자기 입에 가까이 대더니 내게 가만히 속삭였다. "하늘 왕국에 들어갈 때는 네 자신을 사라라고 불러야 한다. 왜냐하면 사라라는 비밀 이름을 써야만 천국에 입장이 가능하기 때문이란다. 이 이름은 결혼할 때 네 남편 외에는 누구에게도 발설해서는 안 된다. 남편 말고는 죽을 때까지 혼자만 알고 있어야 한다. 내 말 알겠니?" 나는 마음속으로 이 새로운 이름 사라(!)를 여러 번 되뇌어보았다. 성경 속에서 이 이름의 위상을 생각하니 마음이 뿌듯해졌다(사라는 아브라함의 아내 이름임. 옮긴이). 나는 평생 그 이름을 지켜주겠다고 다짐했다. 마치 그 이름이 내가 낳은 자식이어서 내가 돌보지 않으면 생명을 부지할 수 없기라도 한 것처럼.

내 곁에 있던 여자는 얼굴이 쪼글쪼글하고 등이 휜 늙은이였다. 누가 보더라도 얼마 안 있어 자신의 비밀 이름을 실제로 써야 할 처지임이 분명했다. 스노 자매는 그 늙은 여인의 귀에다 몸을 기울였다.

"이런, 뭐라고 소곤대는 건지 원." 그 늙은이가 투덜댔다.

스노 자매는 조금 더 큰소리로 다시 한 번 알려주었다.

내가 얼핏 듣기에 이번에도 비밀 이름이 사라였다. 그래서는 절대 안 되는 일이었는데 말이다. 스노 자매의 말을 내가 잘못 들었으려니 여겼다. 그런 일로 신경 쓰지 말자고도 다짐했다. 하지만 나는 이후로도 늘 그때 스노 자매가 그 늙은 여자에게도 사라라고 말했는지가 궁금했다. 만약 권능 수여식 회관에서 각 여자가 똑같은 비밀 이름을 받게 되면 그 이름의 신성한 가치가 너무 남발되어 빛을 잃을 것만 같았다. 언젠 가 브리검과 결혼한 후에 이 문제에 대해 그에게 물은 적이 있었다. 그 는 잠시 어리둥절해 하다가 금세 웃음을 터뜨렸다. "당신의 어떤 점이 매력적인지 아시오? 바로 풍부한 상상력이라오. 세상에! 부인, 당신은 이런저런 생각이 늘 끊이지 않는단 말이오."

비밀 이름을 알려준 후엔 장장 두 시간에 걸쳐 조셉 스미스의 일생, 모로니 천사가 그의 침실을 찾은 일, 황금판의 발견 등등에 관한 장면 이 이어졌다. 마지막 장면은 스미스가 카시지 감옥에서 살해당하는 모 습과 모르몬신도들이 선지자, 즉 자신들의 지도자 없이 방황하는 모습 이었다. 하지만 모든 신도들이 길을 잃고 헤매고 있을 때 사도들이 무 대에 나타나 악마를 불구덩이 속으로 쫓아내버린 다음 이렇게 선포했 다. 브리검 영이 새로운 선지자가 되리라. 그가 성도들을 시온 땅과 속 죄의 길로 이끌 것이니라. 또한 미국의 황량한 붉은 사막에서 구원이 성취되리라.

드디어 끝.

하지만 끝이라고 여긴 건 나의 속단이었을 뿐이었다. 사도들은 원래 사도 역할에 맞게 우리를 원형으로 서게 한 다음 무릎을 꿇게 한 후 우리로 하여금 약속과 선서를 하도록 이끌었다. 우리는 손을 허공으로 치켜올렸다. 여자들은 남편에게 절대 복종하겠다고 맹세했다. 남자들은 교회의 허락 없이는 결코 여자를 아내로 맞이하지 않겠다고 맹세했다. 우리는 함께 교회의 권위에 전적으로 복종하겠다고 약속했다. 또한 조셉 스미스의 복수를 할 것이며 설령 피를 흘리는 한이 있더라도 브리검 영의 생명을 지킬 것을 맹세했다. 끝으로 우리는 권능 수여식의 비밀을 결코 누설하지 않겠다는 맹세도 했다. 이 맹세를 어기면 배를 가르고 혀와 심장을 몸에서 떼어내 불태울 것이라고 했다. 사도들이 너무나 험악한 분위기로 맹세를 어기면 참혹한 벌을 가할 것이라고 하는 바람에 우리는 저마다 두려움에 몸을 부들부들 떨었다.

오후 세 시가 되자 드디어 의식이 끝났다. 다른 사람들은 울음을 터뜨렸지만 나는 그저 지치고 허탈한 심경으로 의자 위에 앉아 있었다. 내 기대와는 완전히 다른 느낌이었다. 하지만 확실히 내 병은 무덤을 준비하시 않아도 될 징도로 나아져 있었다.

그날 밤 어머니와 나는 리디아의 오두막에서 잤다. 나는 쉬 잠이 오지 않아 침대에 누워만 있었는데 어머니는 곁에서 곤히 잠들어 있었다. 숨을 쉴 때마다 어머니는 조그맣게 그르렁 소리를 냈고 꿈을 꾸는지 눈두덩이 파르르 떨렸다. 어머니의 평화로운 마음과 신앙에 대한 확신이 마냥 부러웠다. 나는 어머니의 지혜를 물려받아 그 속에서 평온을 누리

기를 간절히 바랐다. 권능 수여식 회관에서 보낸 긴 하루에 대해 생각
해보았다. 나는 왜 다른 성도들, 즉 열린 마음을 지닌 모든 선량한 영혼
들과 달랐을까? 내 의심은 어디서 온 것일까? 애써 잠을 청해보아도 내
마음속엔 낮에 보았던 영상들이 어지럽게 되살아나기만 했다. 이브가
아름다운 머릿결을 뽐내고 있었고 악마는 외발로 폴짝폴짝 뛰고 있었
다. 낮에 있었던 일을 세세히 떠올려볼 때마다 내 마음속에선 진지하지
도 진실하지도 않은 비판이 툭툭 튀어나왔다. 이브는 왜 말총머리 가발
을 썼을까? 악마가 스코틀랜드 지그(jig. 빠르고 경쾌한 춤. 옮긴이)를 알 줄
은 몰랐다. 아무리 생각해도 내 영혼이 사악한 것이 틀림없었다. 나 혼
자만 타락한 영혼을 가졌다. 나는 곧 죽을 테고 그건 전적으로 내 탓이
라고 결론을 내렸다.

잠시 후에 아버지와 리디아가 침실에서 이야기하는 소리가 들렸다.
둘은 다이언서의 학교 성적에 대해 이야기를 나누고 있었다. "다이언서
가 신앙교리서를 줄줄 외울 줄 알아요." 차츰 목소리가 잦아들더니 이
내 조용해졌다. 곧이어 익히 들어오던 침대 삐걱거리는 소리, 그리고
둘이 한 몸으로 어우러지면서 깃털로 만든 매트리스에서 바람 새는 소
리가 났다. 잠시 후 아무 소리도 들리지 않았다. 여러 아내가 사는 집에
서 늘 그렇듯이 애써 참아서 생긴 정적만이 감돌고 있었다.

나는 침대에서 일어나 밖으로 나갔다. 청명한 밤이었다. 담장 가에는
연기나무(꽃이 핀 모습이 연기처럼 보이는 서양 나무. 옮긴이)가 어렴풋이 윤
곽을 드러내고 있었다. 굴뚝에서 나는 하얀 연기가 청량한 밤공기 속으
로 피어올랐다. 검은 산들이 협곡 너머로 우뚝 솟아 있었고 그믐을 향
해 가는 반달이 온 누리에 은빛 그물을 드리우고 있었다. 나는 우물 옆

나무 그루터기에 앉아 리디아의 조그만 오두막을 뒤돌아보았다. 양초 한 자루가 리디아의 방에서 빛나고 있었다. 얼마 후 아버지가 창가에 모습을 드러내더니, 집 주변의 이곳저곳을 두리번거렸다. 나를 보지 못한 건 분명했다. 달빛에 내 잠옷이 하얗게 빛나고 있는데도 말이다. 아버지는 마음속에 어두운 근심이라도 있는 듯이 오랫동안 서 있었다. 그러더니 손가락을 혀에 갖다 댄 다음 내가 알 수 없는 몸짓으로 촛불을 껐다. 방 안이 어두워졌다. 오두막집은 이제 어둠에 잠겼고 얼마 후엔 굴뚝에서 나는 연기도 차츰 가늘어지더니 사라지고 말았다. 시인이 그 풍경을 보았다면, '세상이 종말을 고하고 다만 한 줄기 바람만이 어린 나뭇잎을 흔든다.'라고 읊었으리라.

아침에 깨어보니 내 병은 멀찍이 물러나 있었다. 어찌된 까닭인지 알 길은 없었다. 여러 사람들의 이런저런 추측만이 무성했을 뿐.

The 19th Wife

7장

선지자와의 인연

──── 병이 나은 뒤 얼마 후 내게 첫 애인이 생겼다. 파인리 프리는 섬세하고 미적 감각이 뛰어난 젊은 남자로, 어머니 집 뜰에서 내 모습을 스케치하길 좋아했다. 그는 브리검의 총애를 받던 한 아내인 에멜린의 남동생이었다. 에멜린은 공식적으로는 브리검의 열 번째 아내였지만, 사실 내가 보기에 그것은 몇 명을 뺀 숫자였다. 브리검과 결혼했다가 아무도 모를 이유로 금세 버림받은 여자들이 있었으니까.

우리 사이의 연정이 이제 막 피어나기 시작하고 있던 어느 날이었다. 브리검이 내 어머니를 자신의 저택인 비하이브 하우스의 집무실로 불렀다. 교회의 수장이자 선지자이며 아울러 유타 특별구의 지도자로서 그는 참으로 바쁜 사람이었다. 어머니는 아주 중대한 일을 상의하려나 보다고 막연히 짐작했을 뿐이다. 하지만 어머니가 브리검의 책상 맞은

편에 앉자 브리검은 내 어머니에게 나와 파인리 사이의 관계를 끊게 해달라고 청했다. 그것도 참견이라기보다는 엄숙한 판결을 내리는 듯한 심각한 목소리로.

어머니는 나를 감싸고 나섰다. "그 남자가 하는 거라곤 울타리에 앉은 내 딸을 스케치하는 것뿐인데요."

"자매님, 제 말을 믿으십시오. 그 애는 영혼이 나약한 녀석입니다."

웬만해선 남의 일에 간섭하지 않는 브리검이 그처럼 절실한 목소리로 말하는 터라, 어머니는 브리검의 말에 어떤 근거가 충분히 있을 거라고 여길 수밖에 없었다. 어머니에게서 그 말을 전해 듣자 나도 무척 당혹스러웠다. 브리검은 여러 가지 측면을 지닌 사람이지만 결코 거짓말쟁이는 아니라고 알고 있었기에.

이튿날 나는 시내 중심가의 고다드 씨 제과점에서 친구 세 명을 만났다. 캐서린과 루신다를 만나 케이크를 먹으며 이야기꽃을 피운 지가 불과 사흘 전이긴 했지만, 우리 인생을 판가름할 중대사를 두고 장시간 머리를 맞대야 할 시기가 다시 찾아왔던 것이다. 내 문제는 두말할 것도 없이 선지자에 관한 것이었다.

"난 늘 파인리를 마음에 두고 있었어." 캐서린이 먼저 입을 열었다. 그 애는 미용에 재능이 있다고 소문난 친구였다. 머리 미용에 대한 캐서린의 관심은 자신의 노란 머리카락에서 시작되었다. 늘 자기 머리카락을 어루만지거나 길게 땋거나 하면서 시간을 보냈다. "브리검이 왜 파인리로부터 널 지켜주고 싶은 걸까?"

"뻔하지 뭐." 루신다가 나섰다. "샘이 나서라고."

"샘이 나다니?" 캐서린이 외쳤다. "앤 엘리자 애한테?"

"바보같은 소리하네. 당연히 파인리한테지." 루신다는 완벽한 기억력을 자랑하는 똑똑한 애였다. 열두 살 때부터 내가 주말 예배에 입었던 옷을 전부 다 기억할 정도였다.

"선지자가 파인리 프리한테 샘낼 까닭이 뭐야? 자기도 그림을 그리고 싶어서?"

"캐서린, 넌 좋은 친구이긴 하지만 가끔씩 네 머릿속엔 뭐가 들어 있는지 궁금할 정도야. 앤 엘리자, 네가 설명해줘." 루신다는 내 쪽으로 고개를 돌리더니 손바닥을 위로 뒤집었다. 캐서린에게 말을 해주라는 신호였다.

"한 가지 짐작 가는 건, 권능 수여식에서 내가 마음속으로 몇 가지 의문을 품었음을 그가 어찌어찌해서 알아냈나 봐."

"답답한 계집애들! 언제까지 어리벙벙한 소리만 하고 있을 거니?" 루신다는 나와 캐서린을 번갈아 째려보았다. 루신다의 회색 눈에는 거울의 은빛 색조가 어른거렸다. 또한 반사된 내 눈도 루신다의 눈 속에 비쳐 보였다. "그는 젊은 남자가 네 주변에 얼쩡거리는 것이 못마땅한 거라고."

"뭔 소리야?"

"아니, 너희들도 생각이란 걸 좀 하고 살 수는 없는 거야? 그가 너랑 결혼하고 싶은 거라고!"

"나랑 결혼을?"

"그렇다고 볼 수밖에."

그때부터 여자들의 기나긴 수다가 시작되었다. 브리검이 어떻게 청혼을 할지, 내가 몇 번째 아내가 될지, 그가 총애하는 다른 아내들처럼 내게 따로 집을 마련해줄지 아니면 라이온 하우스(Lion House. 브리검 영의 집무실이 있는 비하이브 하우스 근처에 세워진 집으로 그의 수많은 아내와 자식들이 살았음. 옮긴이)에 머물게 할지 등등 이야기는 끝이 없었다.

"말도 안 되는 소리야. 만약 그가 내게 청혼한다고 해도, 물론 그럴리가 없겠지만, 설사 그렇더라도 나는 매우 고맙지만 사양하겠다고 할거야. 난 단 한 여자만 바라보고 사는 남자에게 시집갈 거란 말이야."

"행운을 빌어." 루신다가 말했다.

캐서린도 나름 나를 도운다고 이렇게 말했다. "브리검 영에게 노(No)라고 말할 수 있는 사람은 아무도 없어."

바로 며칠 후에 저녁에 집으로 돌아가는 길이었다. 선지자의 전용마차가 느닷없이 나타나더니 내 옆에 멈추어섰다. 갑작스러운 출현에 너무나 놀라 운전석에 브리검이 앉아 있는 모습을 거의 알아보지 못할 뻔했다. "자매님, 집까지는 한참 멀었으니 집까지 바래다줘도 되겠소?"

선지자가 혼자서 마차를 모는 일은 드물었다. 보통은 그가 존경하는 마부이며 이전에는 조셉 스미스의 하인이었던 이삭이 모는 마차를 타고 다녔다. 그 제안을 뿌리치고 내 갈 길을 가리라는 속마음과는 달리 그가 내민 손을 잡고서 가죽이 깔린, 그의 옆자리에 털썩 올라앉고 말았다.

마차를 타고 가는 도중에 그는 이런 말을 건넸다. "듣자하니 나한테는 시집오지 않을 거라고 이리저리 이야기하며 다닌다지요. 그 말을 듣고 내가 얼마나 상처를 받았는지 꿈에도 모를 거예요."

브리검 영처럼 바쁜 사람이 여자들의 잡담이나 캐묻고 다닐 정신이

나 여유가 있겠냐고 의아해 하는 독자가 있다면, 그가 유타 특별구에 행사하는 강력한 지배력을 내가 제대로 설명하지 않아서다. 그는 사람들이 모이는 장소에 첩자들을 널리 퍼뜨려 교리와 맞지 않거나 적대적인 의견들을 몰래 엿듣게 했다. 분명 누군가가 고다드 제과점 근처에 있다가 급히 비하이브 하우스에 기별을 전했을 것이다.

"말해주시오. 그게 사실인지?"

우리가 듣는 대부분의 이야기에선 이때가 바로 영웅이 용감하게 행동할 기회다. 하지만 나는 브리검 영에게 대들 준비가 되어 있지 않았다. "사실이 아니에요." 난 거짓말을 했다.

"앤 엘리자 자매? 지금 얼굴이 붉어진 거요?"

"네."

"나 때문이오?"

브리검은 미소를 머금었다. 자기를 좋아해서 내 뺨이 발그레해진 줄 여겼던 것이다. 그토록 총명한 사람이 어떻게 그런 걸 모를 수 있단 말인가? 마차를 타고 가는 내내 그는 아주 순박한 사람처럼 마냥 즐거워했고, 맑은 날씨에 한껏 기쁨을 감추지 못했다. 지나가는 들판에 핀 꽃들에 대해 말하며 자기는 장미를 좋아한다고 했다. 그는 내게 결코 몸을 기대지도 않았으며 단지 나와 함께 있다는 사실에 존경과 기쁨을 표시했다. 조금 전에 내가 자기를 싫어하는 게 사실이냐며 다그칠 때와는 완전히 다른 모습이었다. 우리 집 대문 앞에 이르자 그는 땅에 뛰어내려 나를 부축해주었다. "주일에 만납시다." 자기 모자에 손을 대더니 정중히 고개를 숙였다.

"주일… 네, 주일에 뵈어요." 나는 주섬주섬 대답했다.

마차는 먼지를 한바탕 일으키더니 오던 길을 되돌아갔다. 선지자를 훔쳐보려고 식구들이 창문으로 머리를 내밀었다. 그가 가고 나자 어머니와 코니는 내게 달려들어 브리검 영과 함께 집으로 돌아온 거냐고 질문공세를 퍼부었다.

마차 사건 이후 브리검은 내 인생에서 사라져버렸다. 날 부르지도 않았고 기별을 전하지도, 심지어 주일 예배에서 내게 인사를 건네지도 않았다. 나는 다시금 그가 지배하는 오만 명의 성도 중 한 명일뿐이었다. 내가 무례하게 그를 대했다고 어머닌 나무랐다. "네가 뭐라도 대꾸를 했어야지. 브리검은 그렇게 불쑥 나타났다가 가버릴 사람이 아니다."

그 무렵 나는 파인리 프리에 대해선 관심이 시들고 있었다. 낮에 늘 담장 울타리에만 앉아 있는 것도 지겨워졌다. "평생 저를 앉혀놓고 스케치만 할 건가요?" 나는 투덜댔다. "하고 싶은 말은 없나요?" 그는 목탄 막대를 내려놓고 내 손을 잡긴 했지만, 이내 우리 둘은 함께 나눌 말이 없다는 사실을 서로 확인할 뿐이었다. 우린 서로 애정을 이어갈 끈을 찾으려고 애써보았지만 그는 그림에만 미쳐 있었고 나는 그 나이 또래의 여자답게 세상만사에 관심이 많았다.

"그 남자에게 관심이 없어진 이유를 알려줄게." 무신다가 말했다. "브리검이 마음속에 자리 잡고 있어서야."

"터무니없는 소리 마." 정작 그렇게 답했지만 마차를 태워준 이후로 통 소식이 없는 이유가 궁금한 건 어쩔 수 없었다.

"아마 브리검도 네가 파인리랑 시들시들한 사이란 걸 지금쯤 알고 있을 거야." 캐서린이 끼어들었다.

"이런 바보." 루신다가 혀를 찼다. "유타에 언제부터 살았니?"

"기억할 수 있는 어린 시절부터 줄곧."

"그런데도 상황 파악이 안 되니? 한심하기는, 정말 한심해. 앤 엘리자라면 알고 있을 거야."

나는 아는 척했지만 실제로는 아무것도 몰랐다. 도무지 나한테 무슨 일이 생길지 알 길이 없었다.

그러던 어느 날 집무실로 브리검을 만나러 오라는 초청이 날아들었다. 어머니와 나는 선지자의 저택에 약속 시간보다 삼십 분쯤 일찍 도착해서 담 너머에서 기다렸다. 심심하던 차에 라이온 하우스를 살펴보았다. 그 집은 브리검의 저택 옆에 있는 작은 마당 건너편에 자리 잡고 있었다. 그의 아내 중 상당수와 자식들이 사는 그 집은 작은 방들이 빽빽하게 붙어 있었다. 물품 창고 같은 데서 볼 수 있는 그런 방들이었다. 여러 여자들이 드나드는 정문 위에는 유명한 돌사자 조각이 얹혀 있었다. 그 여자들 중 몇몇은 내 나이 또래였다. 다들 그 철에 즐겨 입던 화사한 자두색과 블루베리 색 비단옷을 입고 있었다. 자기들끼리 뭐라고 소곤소곤 대는 모습이 마치 내가 루신다와 캐서린과 함께 깔깔대는 모습과 비슷했다. 저 여자들은 브리검의 아내일까 아니면 딸일까? 아니면 둘 다일까? (브리검이 두 명 이상의 의붓딸을 신부로 맞이한 사실이 이미 알려져 있었다.) 그처럼 우리 모녀가 브리검을 만나려고 서 있는데, 순박한 옷차림의 한 여자가 길을 따라 걸어오더니 우릴 지나쳤다. 옷깃은 목을 조르고 있는 듯 보였고 입은 사납게 비틀려 있었다. 마치 뺨의 안쪽 부분을 쉴 새 없이 물어뜯고 있는 것처럼 보였다. 그 여자는 대문을 지나 라이온 하우스 안으로 들어갔다. 오래전에 브리검에게 시집온 사람임이 분명했다. 우리 앞에 서 있던 뚱뚱하고 땀을 뻘뻘 흘리던 여자가 함께 있던 다른 여자에게 말했다. "십중팔구 나우부에 있을 때부터 한 번도 저 여잘 찾은 적이 없을 거야."

"나우부?" 옆에 있던 여자가 말했다. "나우부는 고사하고 커틀랜드에 있을 때부터 그랬을걸."

어머니는 그런 상스러운 입방아를 듣고도 담담히 서 있었다.

정각 네 시에 브리검은 자기 집무실 문 앞에서 우리를 맞았다. 가을이었지만 날씨는 유난히 더웠기에 그는 사막 지역에서 흔히 입는 여름 복장을 하고 있었다. 프루넬라 양복 상의와 빳빳한 흰 와이셔츠에 나비 넥타이를 맸다(프루넬라는 예전에 변호사가 입는 가운 등에 쓰이던 모직물의 일종. 옮긴이). 빨래를 맡아 하는 그의 딸 클레어 덕분에 언제나 처음 만든 그대로인 옷들이었다. 그가 즐겨 쓰는 챙이 넓은 파나마 모자가 문 옆의 모자걸이에 걸려 있었다. 그도 이제 나이가 육십에 가까운지라 좋은 시절은 다 지난 사람의 분위기를 물씬 풍겼다. 넓은 이마는 두껍고 주름이 자글자글했으며 둔중한 턱에는 수염이 덥수룩했다. 비대한 몸통은 의자에 꽉 낄 정도로 풍만했고 일부 뱃살은 의자 밖으로 비집고 나올 정도였다. 그런데도 매력이 전혀 없다고 할 수는 없었다. 반짝이는 눈빛은 젊었을 때나 다름없이 광채를 발하고 있었다.

"자매님께 한 가지 제안이 있습니다." 그가 입을 열었다.

곧바로 어머니는 꼿꼿이 앉은 자세로 준비해둔, 그런 준비를 했으리라곤 나는 상상도 못한 말을 거침없이 쏟아냈다. "브리검 선지자님, 제가 어느 누구보다도 선지자님을 존경한다는 건 알고 계실 거예요. 하지만 제 딸을 정중하게 대해 주시면 좋겠네요. 제 딸은 이제 막 여자 티가 나는지라 앞으로 살아갈 날이 구만리랍니다. 제 딸의 행복도 신중하게 생각해주세요. 선지자님의 행복만 생각지 마시고요."

"엘리자베스 자매님, 제가 염려하는 것도 따님의 행복입니다. 먼저 저의 제안을 들어본 다음에 판단해보시기 바랍니다. 아시다시피 우리 극장은 지난 3월, 성황리에 첫 공연을 시작했습니다. 두 번째 공연 시즌은 올 크리스마스부터 시작됩니다. 따님이 극장에서 일하면 좋겠습니다. 배우로서 말입니다."

그는 불가사의한 눈빛으로 나를 쳐다보았기에 도무지 무슨 뜻인지 알 수가 없었다. "전 배우가 아닌데요." 나는 간신히 말했다.

"제 딸을 무대에 세우고 싶지 않습니다." 어머니는 단호했다.

"물론 아닙니다. 그럴 필요는 없습니다. 다른 무대엔 결코 서지 않아도 됩니다. 단지 제가 준비하는 무대에만 서면 됩니다. 우린 결코 사악한 것을 무대에 올리지 않습니다. 따님 앤 엘리자의 재능을 펼치기에 이 이상 더 완벽한 기회는 없을 겁니다."

배교한 이후 브리검은 내가 늘 관객의 사랑을 쫓아다녔다며 공개적으로 비난을 퍼부었다. 여러 신문 기사에서도 그는 내가 무대에 서게 해달라고 자신에게 간청했다고 밝혔다. 하지만 이것은 진실과는 거리가 멀어도 한참 멀다! 나는 여러 날 동안 그의 제안을 심사숙고 한 끝에 거절하는 쪽으로 가닥을 잡았다. 하지만 어머니는 내가 브리검의 명령을 따르기를 바라는 눈치였다. 그리고 솔직히 나도 조명을 받으며 무대 위에 서는 느낌이 어떨지 약간의 호기심이 있는 나이 대의 젊은 여자였다. 그래서 나도 껄끄럽긴 했지만 브리검의 제안을 받아들여 그가 운영하는 공연단에 들어갔다.

첫 데뷔작으로 1862년 크리스마스 날에 개봉된 아일랜드 풍자극인 『패디 마일즈 보이Paddy Miles' Boy』에서 제인 피젯이라는 가벼운 역할을 맡았다. 첫 무대이자 연습도 부족해서 무대에 오른 시간이 너무 짧은 것에 대해서는 굳이 불평하지 않았다. 그 다음엔 『더 투 폴츠The Two Polts』에서 우스꽝스러운 여걸 역을 맡았다. 이 역 다음에 맡은 역할은 『올드 필즈 버스데이Old Phil's Birthday』에서 순진한 소녀 역이었다. 신체적인 조건이나 성격 면에서 나에게 좀 더 어울리는 역할이었다. 일주일 만에 나는 신출내기에서 전문 배우로 거듭났다. 한 달이 지나자 비평가들, 심지어 저 멀리 캘리포니아에 있는 비평가들까지 자신들이 쓰는 칼럼에서 언급하는 연기자가 되었다. 비평가들 말이 옳다면 나의 연기 재능은 자연스럽고 타고 난 자질이었다. 어느 비평가는 이렇게 썼다. "웹 양은 최근 유타에서 만난 여인 중에서 최고의 타고난 미인이다." 왜 유독 이 비평 문구를 기억하는지는 나도 모른다.

1월이 되자 공연단의 일원으로 확실히 자리를 잡고 매주 정기 공연에도 고정적으로 참여하게 되었다. 따라서 사우스 커튼우드에서 장거리를 통근하기가 더 이상 불가능해졌다. 내가 택할 수 있는 가장 현실적인 방법은 라이온 하우스로 거처를 옮기는 것이었다.

당시에 라이온 하우스는 미국 진역에서 가징 악명 높은 개인 지택이었다. 많은 이들이 그 내부에서 무슨 일이 벌어지고 있는지 궁금해 했다. 캘리포니아로 가는 길에 솔트 레이크를 방문하는 많은 비모르몬교도들은 어김없이 그곳에 들렀다. 담벼락 앞에 선 채 크림색 회반죽 벽과 녹색 대문을 뚫어져라 쳐다보고들 있었다. 혹시 그 집 안에서 벌어질지 모를 음탕한 일을 두 눈으로 직접 볼 수 있을까 하는 바람에서였

다. 브리검을 싫어하는 편집자들이 있는 신문에서는 그에 관한 만화를
여러 편 실었다. 브리검이 라이온 하우스의 침실에서 양쪽으로 열 명씩
총 스무 명의 아내를 두고 침대에 드러눕는 내용이었다. 그 집을 부르
는 이름도 브리검의 하렘, 브리검의 궁전 또는 암탉들의 집 등 가지각
색이었다. 한편 브리검의 지지자들은 그 집을 '서부의 마운트 버논'이
라고 일컬었다(마운트 버논Mount Vernon은 미국 초대 대통령 조지 워싱턴의 옛집
이름. 옮긴이). 그 집 안에서 무슨 일이 벌어지는지 심지어 유타 내에서
가장 소식에 밝은 성도에게 대답을 하지 못했다. 불가사의한 복도며 악
명 높은 지붕창에서 무슨 일이 생기는지 사람들은 온갖 추측을 해대느
라 입에 불이 날 지경이었다. 그런 까닭에 내가 배교한 이후 전국 각지
의 사람들은 라이온 하우스 안에서 무슨 일이 일어나고 있는지 내게 알
고 싶어했다.

내가 그곳으로 이사한 때는 저녁 식사 전의 어느 오후였다. 권능 수
여식에서 만났던 늙은 여인인 스노 자매가 거울이 달린 현관에서 날 맞
아주었다. 그녀의 안내를 따라 계단을 올라가니 복도가 나왔다. 꼭대기
층의 복도엔 양쪽으로 문이 각각 열 개씩 길게 늘어서 있었다. 복도를
지나면서 여섯 명의 아이와 여러 명의 여자를 지나쳤지만 다들 내가 모
르는 사람이었다. 아이들은 마치 내가 그 자리에 없는 사람인 듯 나를
본체만체 신나게 뛰면서 지나쳐갔다. 여자만 많고 남자가 극히 적은 환
경에서 살다보니 삐뚤어져서 그런 것처럼. 여자들은 모두 브리검의 아
내였지만 자기들끼리는 서로 '아주머니'라고 불렀다. 다들 나를 가만히
쳐다만 볼 뿐이었다.

복도 끝에서 스노 자매가 어느 문을 열자 해바라기 벽지로 도배된 작

은 방이 나왔다. 벽지는 더러웠고 그림이 몇 점 걸려 있었다. 침대와 옷장 그리고 아주 작은 난로가 하나씩 있었다. "저 때문에 누군가가 이 방에서 쫓겨난 건 아니겠죠?"

"그럴 리가 있나. 괜한 신경 안 써도 돼. 저녁은 네 시 반이야. 조금 있다 아래층에서 보자고." 스노 자매는 당장 쓰러져 죽을 사람 같으면서도 실제론 누구보다도 오래 살 것 같은 인상을 내게 늘 주었다.

저녁 식사는 50명이 참가하는 큰 행사로서 자식이 없는 트위스 아주머니가 주관했다. 나우부에서 젊은 과부로 살고 있을 때 브리검이 그녀의 남다른 살림 솜씨를 간파했다고 한다. 유별나게 부지런하다보니 다른 여자들은 자기들끼리 뒤에서 숙덕거렸다. 마치 그녀에게 개인적으로 해코지라도 당하기라도 한 것처럼. 일주일에 한 번씩 트위스 아주머니는 밤새 자신의 난로를 문질러 닦았다. 다음 날 아침 햇살을 받아 윤이 반짝반짝 나도록 하기 위해서였다. 이 정도로 부지런하니까 샘이 나서 미워하는 여자들도 있었다. 그녀의 청소하는 방식을 갖고도 말들이 많았다. 무릎을 꿇은 채 걸레로 방의 이쪽 구석에서 저쪽 구석까지 오가며 청소를 했기 때문이다. 다른 여자들이야 그런 철저한 집안 살림 때문에 화가 났을지 모르지만 그런 능력을 보고 아내로 맞이한 브리검은 아주 흡족해 했다. 둘은 1846년 나우부를 떠나기 며칠 전에 결혼식을 올렸다.

저녁 식사를 위한 큰 방은 지하실 서쪽에 있었다. 처음 그 방에 들어서자 트위스 아주머니는 나를 어느 식탁의 끝자리에 앉혔다. 빅 텐(Big Ten)이라는 열 명의 젊은 여자들이 모여 있는 식탁이었다. 이들은 화려한 옷과 장신구를 좋아해서 온 도시에 소문이 자자하던 브리검의 철부지 딸들이었다. 트위스 아주머니는 내 의자를 가리키며 말했다. "계란을 좋아하나 몰라." 그녀는 쌀쌀맞지도 다정스럽지도 않았고, 단지 효율적인 살림살이에 관한 충동적인 욕구에 사로잡혀 있을 뿐이었다. 이마는 무겁고 둔중한 느낌이었고 얼굴은 일을 많이 해서 그런지 불그레하게 달아올라 있었다. 얼마 후에 서로 다른 네 명에게서 들어보니, 브리검은 이곳에 온 후로 결코 그녀의 침실을 찾은 적이 없고 앞으로도 절대 그럴 일이 없을 거라고 했다. "하지만 그 아주머닌 매일 밤 예쁜 잠자리용 보닛을 쓰고 침대에 반듯이 앉아 있대. 마치 남편이 곧 오기라도 할 것처럼!" 빅 텐 중 한 명이 내 귀에다 대고 키득거리며 이렇게 말해주었다.

그 방은 여자와 아이들로 소란스러웠지만 정확히 네 시 반에 브리검이 도착했다. 도착 즉시 모든 사람들은 입을 다물었다. 다만 아이들 몇 명이 쫑알대다가 뒤통수를 곧바로 쥐어박혔다. 브리검이 음식에 축복을 내린 후에 계란과 시금치로 만든 가벼운 저녁 식사를 했고 이어서 차가 나왔다. 브리검은 식탁 머리에 앉아 있었고 그 오른편에 스노 자매가, 그리고 왼편에 트위스 아주머니가 자리 잡았다. 슬쩍 내 눈에 들어온 그들의 음식은 비둘기 요리, 고기 수프, 빵과 버터, 복숭아 잼 그리고 한 바구니에 담긴 딸기와 산딸기 등이었다.

식사를 하는 내내 여자들은 브리검에게 다가가 자신들의 가정사에 대해 의논했다. 나중에 알게 된 바에 따르면, 어떤 여자들에게는 오직 그 시간만이 남편과 이야길 나눌 수 있는 유일한 기회였다. 보통의 가정에선 늘 남편과 아내가 식탁에 앉아서 이런저런 대화를 나누는데 말이다. 브리검은 여러 아내에게 조언을 하느라 음식을 먹을 기회가 거의 없었다. 그렇다고 다른 데서 두 번째 (혹은 세 번째?) 식사를 하는 것 같지는 않았다. 여러 아내들이 그의 등 뒤에 줄을 서 있었다. 일이 분 정도의 짧은 시간이지만 자기 차례가 오면 각 아내는 급히 자신의 이야기를 꺼냈고 그러면 모두들, 경쟁자를 포함하여, 그 아내의 이야기를 듣고 있었다.

"새 주전자가 하나 필요해요."

"내 손거울이 클라라 자매의 방에서 나왔어요."

"제 딸 수잔나가 글을 제대로 못 읽어요."

"6월이 또 다가올 거예요."

상황이 아무리 심각하든 사소하든 간에 오직 이때만이 대부분의 아내가 남편과 자신의 문제를 이야기할 기회였다.

가끔씩 아이 하나가, 57명 가운데 한 명이 그의 다리 위를 기어 올라와, 아내와 이야기하고 있는 아버지의 팔에 매달려 그네를 탔다. 그 아이는 늘 신나게 뛰어놀며 '투룰루룰루올루'란 노래를 부르거나 주머니에서 건포도를 꺼내보았다. 분명히 브리검은 자기 아이들을 사랑했고 아이들이 잘 크는지 관심이 많았다. 또한 아이들의 양육 문제에 관해 아내들에게 이런저런 방침을 제시해주었다. 하지만 그렇게 열심이긴 했지만 57명의 아이들이 모두 아버지의 온정을 함께 나누이가질 수는 없었다.

식사 시간 동안 빅 텐은 구석에 모여 앉아서 그 나이 또래의 모든 여자들이 가장 시급하다고 여기는 주제를 이야기하고 있었다. 나는 그 낯선 세계에서 외로움을 느꼈고 앞으로 따돌림을 당할 것만 같았다.

혼자 그런 생각을 골똘히 하고 있는데 누군가가 불쑥 내 손목을 만졌다. "혹시 배우 아닌가요?"

고개를 돌려보니 나보다 몇 살쯤 많아 보이는 날씬한 여자가 손을 다정히 내밀며 인사를 청했다. 그 여자는 자신의 초록빛 눈만큼이나 짙푸른 유리 포도가 장식된 브로치를 가슴에 달고 있었다. "난 메이브 쿠퍼라고 해요."

"브리검 선지자의 따님인가요?"

"의붓딸이죠. 내 어머닌 아멜리아 쿠퍼예요." 그러더니 방의 저쪽 구석을 가리켰다. "내 어머닌 34번째죠."

"34번째 뭐라고요?"

메이브는 턱을 위로 추켜올리며 밝게 웃었다. "여기 처음이죠, 그렇죠?"

"어머니가 34번째 아내라는 뜻인가요?"

"걱정 말아요. 요즘엔 그도 기력이 많이 떨어졌어요." 그녀는 턱을 괴더니 잠시 무언가를 생각했다. "50이라고 말해야겠네."

"50이라고요?"

"조금 전에 브리검의 아내가 모두 몇 명인지 내게 물으려고 하지 않았나요?"

나는 금세 메이브가 마음에 들었고 라이온 하우스에서 내 편이 될 사람이라고 점찍었다. 그녀가 어렸을 때 자기 어머니가 그 선지자와 결혼했다고 말했다. "하지만 아마 그는 날 잘 모를 거예요." 그녀가 말을 이었다. "아마 내 이름도 모를 게 분명해요. 그래도 괜찮아요." 그녀는 약삭빠르고 위험해 보였다. 우리는 첫 만남에서 곧바로 든든한 친구 사이가 되었다.

"네가 알아야 할 것이 있어. 저녁 식사에 늦지 말 것. 밤에 제일 늦게 잠들지 말 것. 그랬다간 저녁부터 새벽까지 다림질을 해야 해. 그리고 브리검에게 직접 말을 걸려고 하지 말 것. 필요한 것이 있으면 트위스 아주머니나 해리엇 쿡 아주머니와 친해지면 다 얻을 수 있어. 트위스 아주머닌 아마 스물다섯 번째나 사십 번째 사이일 거야. 정확히는 나도 몰라. 그리고 해리엇 아주머닌 아마 네 번째나 다섯 번째쯤 될 거야. 굳이 네게 그 아주머니가 얼마나 여기서 오래 살았는지 알려주지 않아도 대충 짐작이 갈 거야. 어쨌든 겉보기엔 우중충한 아주머니들이지만 알고 보면 아주 좋은 분들이지."

저녁을 먹은 후 우리는 계단을 올라가 거실로 갔다. 기도실이라고도 불리는 그곳에서 여자들은 둥글게 모여 앉아 뜨개질을 하거나 노래를 부르면서 저녁 내내 이야길 나누었다. 창밖을 바라보니, 주일 밤이어서 극장은 불이 꺼져 있었다. 거실에는 열 명 남짓의 아내들과 더불어 그들의 딸과 친구들이 앉아 있었다. 모두들 나를 유심히 쳐다보는 것 같았다. "나는 별로 신경 안 쓸 거야." 나는 새로 생긴 친구에게 말했다. "이번 공연 시즌이 끝나고 나면 너나 저기 모인 여자들 모두 내가 짐 가방을 싸서 이사 나가는 모습을 보게 될 거야. 그러니 저 여자들이 나한테 샘을 낼 이유가 없어."

"엘자도 너랑 똑같은 말을 했었지."

"엘자?"

"신경 쓰지 마. 극장 이야기 좀 해줘봐. 내일 밤엔 뭐가 상연되니?"

"아니, 메이브. 그 전에 엘자가 누군지 말해줘."

그제야 메이브는 자신이 보기에 '47번째나 48번째 아내'라고 여기는

그 여자에 관한 이야길 꺼냈다. 그 여자는 콜로라투라 소프라노인데 폴
란드의 와도비츠에서 데려왔다고 했다. 그곳의 여자들은 아름답긴 한
데 피부가 검고 성격이 쌀쌀맞다고 했다. 메이브의 말에 따르면, 그 여
자는 검붉은 머리카락에 몸매가 늘씬한 여자인데, 앨러배스터 돌(하얀
색 돌의 일종. 옮긴이)로 만든 받침대에 한쪽 팔을 걸치고 노래를 부른다
고 했다. 브리검은 그 여자를 사적인 자리에서 노래를 시키려고 사왔기
에, 이탈리아 오페라의 벨칸토 창법으로 그가 좋아하는 노래들을 부르
라고 명령했다고 했다. "그 여자는 네 방 맞은편 방에서 살았어." 메이
브가 이야길 시작했다. "그러다가 브리검에게 시집을 간 거야. 물론 원
하지 않는 결혼이었지만 그 여자가 뭘 어쩌겠어? 그녀는 너무 외로웠
어. 또한 브리검한테서 돈을 받는 처지였으니까. 게다가 영어도 거의
하지 못했어. 혼자 어떻게 유타를 떠날 수 있었겠니? 다른 아내들이 그
여자의 삶을 비참하게 만들어버렸어."

"무슨 일이 생겼는데?"

"그 여자가 사라져버렸어. 아마 달아났을 거야. 하지만 캘리포니아로
건너가긴 쉽지 않아. 나도 확실히 알아. 브리검의 똘마니들이 그 여잘
쫓아가서 사막에서 죽였다는 말도 있어. 여기서 육칠십 킬로미터 떨어
진 사막 옆 길가에 흰 뼈 무더기가 있는데 그게 엘자 거라는 소문도 있
어. 해골의 눈 속으로 바람이 휭 지나가면 마치 그 여자가 음정을 맞추
어 가며 노래하는 듯한 소리가 난대."

"그럴 리가 없어. 난 안 믿을테야."

"나도 안 믿었어. 정말 처음엔 안 믿었지. 하지만 그 여자가 어느 날
밤 여기 왔다가 그 다음 날 사라진 건 틀림없는 사실이야. 만약 네가 브

리검에게 그 여자 이야길 했다간, 절대 그러지 않았으면 좋겠지만, 그는 얼굴이 홍당무처럼 빨개져 방을 휙 나가버릴 거야. 몇몇 여자들은 그 여자가 진짜로 사라졌단 걸 알고는 그 여자 방에 뛰어 들어가 비단옷을 서로 차지하겠다고 난투극을 벌이기도 했어."

"그런 말도 안 되는 일이!"

"네 말대로 사실이 아닐 수도 있어. 하지만 그 여자에게 무슨 일이 생겼는지 아무도 설명할 길이 없어."

다음 날 밤 극장에서 내 정신은 딴 데 팔려 있었다. 연기를 제대로 못할까봐 걱정이었지만 다행히도 관객들이 눈감아주었다. 객석을 바라보니 수천 명의 눈이 어둠 속에서 반짝이고 있었다. 나 자신에게 이렇게 묻지 않을 수가 없었다. "난 앞으로 어떻게 되는 걸까?"

8장

The
19th
Wife

결혼 그리고 그 이후

―――― 그 후 세 달 동안 나는 연극에만 몰두했다. 무대에 더 자주 오르게 될수록 마음이 더 편안해졌으며 아무래도 내 재능도 더 깊어지는 것 같았다. 이제는 사람들의 기억에서 사라진 가벼운 연극 몇 편에서 순진한 여자나 소녀 역을 맡았다. 『댓 블리시드 베이비That Blessed Baby』나 『더 굿 포 낫싱The Good-for-Nothing』 등의 작품이었다. 나를 비롯한 연기자들은 좀 더 진지한 작품을 하고 싶었지만 브리검은 비극 작품은 금지시켰다. "여자와 아이들이 여기서 두려움에 떨게 되어 밤에 잠을 이룰 수 없게 만들진 않겠다."고 그는 말했다. (그는 후에 이런 정책을 고치게 된다. 『맥베스』의 마지막 장면을 해피엔딩으로 각색해놓으니, 비모르몬교 여배우를 단 한 명도 데려올 수 없게 되자 취한 조치였다.) 한때는 일부다처제 사회의 사랑을 미화하는 멜로 작품도 금지된

적이 있었다. 어느 날 저녁 공연에서 70세쯤 되어 보이는 한 성도가 자리에서 일어나 큰소리로 투덜댔다. "한 남자가 한 여자를 갖고서 온갖 난리를 피우는 작품은 도저히 참고 봐줄 수가 없구먼!" 그러고 나서 스물네 명의 자기 아내들을 향해, "일어나!"라고 고함쳤다. 총 스물다섯 명이 우루루 소란을 피우며 극장을 빠져나가 버렸다. 자기 나름의 예술성을 추구하는 배우라면 브리검의 극장은 결코 이상적인 곳이라고 할 수 없었다.

여러 가지 제약에도 불구하고 내게는 극장이 라이온 하우스에서 벗어날 수 있는 피난처였다. 나는 대부분의 시간을 극장에서 보냈다. 아침 일찍 도착해서 무대 커튼이 내려간 지 한참 후까지 극장에 있었다. 라이온 하우스는 단지 숙소 이상은 아니었다. 따라서 난 그곳에 틀어박혀 살고 있는 여자들의 고된 삶을 생각해볼 필요가 없었다. 여러 주 동안 브리검을 만날 일은 무대 위에서, 아니면 공연단장의 특별석을 살펴볼 때뿐이었다. 그는 종종 예닐곱 명의 아내와 수많은 아이들에 둘러싸인 채 벨벳 천이 덮인 흔들의자에 앉아 넋을 놓고 무대를 바라보고 있었다.

한 작품이 끝나고 나면 나는 의상실 탁자에 앉아 있었는데, 의상실 문을 두드리는 소리가 들릴 때마다 내 심장은 두근거렸다. 하지만 언제나 나타나는 사람들은 그날 저녁 공연의 성공에 대해 기쁨을 함께 나누려는 동료들이나 아니면 내 연기에 대한 조언을 해주려고 나타난 감독이었다. 어느 날 밤, 『더 아트풀 다저The Artful Dodger』란 작품에서 에밀리 월튼 역을 맡아 무대에서 연기하고 있었을 때, 브리검이 지팡이를 앞으로 기울인 채 내게 의미심장한 눈길을 던지고 있음을 알아차렸다.

감독은 브리검의 지정석에 아주 가까운 쪽의 무대에 날 올려두었기에 내 몸을 훑고 있는 그의 눈길을 생생히 느낄 수 있었다. 이 때문에 마지막 장면을 연기할 때는 대사가 기억나지 않았다. 오랫동안, 아마 내 인생에서 최대로 긴 시간 동안 나는 어떻게 해야 할지 어쩔 줄을 몰랐다. 주변을 둘러보았지만 동료 연기자는 아무런 도움도 주지 못했다. 내 실수 때문에 그 동료 연기자도 당황해서 제정신이 아니었기 때문이었다. 나는 고개를 돌려 브리검의 지정석을 살피고 있었다. 브리검은 입 모양으로 '나는 반드시⋯.'라고 알려주었다. 바로 그때 보이지 않는 손이 내게 닿아 내 기억 장치를 다시 작동시켰다. 덕분에 나는 마지막까지 혼신을 다해 연기를 펼쳤고 브리검을 비롯한 관객들은 기립박수로 화답했다.

연극이 끝난 후 나는 의상실 탁자에 앉아 기어이 오고야 말 사람을 기다리고 있었다. 브리검이 그날 밤 올 것이 확실했다. 도움을 주어서 고맙다는 말을 준비해놓고 있었다. 그때까지 나는 나를 바라보는 그의 은근한 눈길을 애써 외면해왔다. 하지만 이번 일로 모든 것이 분명해졌다. 나는 그의 극장에서 일하고 그의 집에서 살았다. 그는 나의 정신적인 지도자였다. 게다가 그날 밤 내게 대사까지 알려주지 않았는가!

바로 그때 문을 두드리는 소리가 들렸다. '브리검 형제⋯.'

하지만 문을 열어보니 캔디 상자를 든 낯선 사람이 내게 인사를 건넸다. "팬으로서 당신의 연기에 대해 칭찬을 좀 드려도 되겠습니까?" 그 남자는 영국식 억양을 썼고 얼굴은 거친 인상이었으며 회반죽이 묻은 장화를 신고 있었다. 이름은 제임스 디라고 했다. 우리는 한 시간 동안 극장의 이런저런 일에 대해 이야길 나누었다. 그는 셰익스피어 작품을 얼마나 하고 싶은지 그리고 브리검이 비극을 금지한 것은 한심한 처사라는 말도 했다. "당신이 오필리아(『햄릿』의 여주인공. 옮긴이) 역을 맡게된다면 얼마나 아름다울지!" 그는 나를 한껏 치켜 올렸다. 디 씨는 통나무 오두막집에 회반죽을 칠하는 일을 하는 사람이었다. 알고 보니 꽤수입이 좋은 직업이었다. 템플 스퀘어에서 그리 멀지 않은 곳에 방이여섯 개 딸린 근사한 집을 한 채 갖고 있다고 했다. "당신의 연기 경력에 대해 제가 말을 너무 했나 봅니다."

"디 씨, 경력이라고 할 것도 없어요. 무대에 선 지 이제 고작 몇 달째인걸요."

"그렇긴 하지만 벌써 동료들보다 출중한 재능을 펼치고 계십니다."

칭찬이 과하다고 그를 살짝 나무란 다음 그때야말로 캔디 상자를 열어보기에 좋은 기회인 것 같았다. 사탕 몇 개를 골라낸 다음 아쉽게도헤어져야 했다.

"안녕, 아가씨!" 그가 외쳤다. "그대의 재능은 내가 갖기엔 너무나 사랑스러워라."

문지방에서 셰익스피어의 싯구를 읊조리는 남자보다 더 경계해야 할대상은 없으리라. 하지만 친애하는 독자여, 내 나이 그때 열여덟이었음을 상기해주기 바란다. 오랫동안 브리검의 수수께끼 같은 관심을 끈질기게 막아내고 있던 터에 디 씨가 불쑥 내 마음속에 찾아든 것이다. 그는 다음 날 밤 다시 찾아오겠다고 약속했고, 실제로 약속을 지켰다. 노란 장미를 선물하겠노라고 말한 대로, 긴 초록색 줄기 위에 달린 탐스러운 장미꽃을 들고 의상실로 찾아왔다. 또한 『십이야十二夜』(Twelfth Night. 셰익스피어의 대표적인 희극 작품. 옮긴이)를 큰소리로 읽어주겠다고 약속한 대로 실제로 읽어주었다. 알게 된 지 일주일 동안 그는 매번 약속을 지켰다. 어머니 집 천장의 갈라진 부분을 수리하는 것을 도와주겠다고 했는데, 정확히 약속한 시간에 도착했다. 그가 사다리 꼭대기에서 균형을 잡고 있는 동안 어머니와 마침 찾아온 아버지의 다른 아내들이 흥미롭게 그를 지켜보았다. "그런데 저 남자가 누구지?" 엘레너가 묻더니, "어떤 남자가 내게도 캔디 상자를 가져다주면 좋을 텐데."라며 샘을 냈다.

디 씨는 만난 지는 얼마 되지 않았지만 그토록 멋진 모습을 보여주었기에 나는 마음이 움직이지 않을 수가 없었다. 만난 지 7일째 되던 날 우리는 사랑에 빠졌고 결혼을 약속했다.

"약혼?" 어머니가 소리쳤다. "넌 남자에 대해서 아무것도 몰라."

아버지와 결혼할 때 어머니도 아무것도 몰랐지 않았냐고 내가 반문했다. "네가 아무리 그래도 난 이 말만은 해야겠다. 그 사람을 믿을 수가 없어."

"어쩜 그렇게 말하실 수 있어요? 그 사람이 천장도 고쳐주었는데!"

"제임스 디 같은 남자들을 내가 잘 알아."

어머니에게 대드는 여느 젊은 딸과 마찬가지로 나도 문을 쾅 닫고 나가버렸다.

라이온 하우스에서 나의 우군인 메이브를 찾았다. "내 소식을 듣고 너도 기뻐하는 거 맞지?" 나는 애원하듯 말했다.

"그럴 수 있으면 좋으련만."

"역시나 너도? 이유가 뭐야?"

"디 씨의 평판을 알고 있으니까." 우리는 다른 여자들이 엿들을 수 없도록 거실 구석으로 자리를 옮겼다. "많은 여자들과 놀아난다고 소문난 남자야."

"난 못 믿겠어." 우리는 계속 언성을 높이다가 급기야는 뜨개질을 하는 여자들을 방해할 정도가 되자 멈추었다. 그 여자들은 아주 궁금하다는 듯 우리 쪽을 쳐다보았다. 그중 적어도 한 명은 우리가 다투는 대화 주제가 무엇인지 알기 전에는 눈길을 거두지 않을 것 같았다. 일부다처제는 한때는 사려 깊었던 여자들에게 남의 일을 미치도록 알고 싶게 만든다. 하지만 내가 감출 게 뭐가 있는가? 곧 디 씨가 나를 라이온 하우스에서 데리고 나갈 텐데 말이다. 그러면 밤마다 이상한 눈빛으로 나를 뚫어지게 바라보는 열댓 명의 외로운 여인들 때문에 괴로워할 일이 더 이상 없지 않는가!

알고 보니, 새로 생긴 친구 메이브도 내가 믿었던 만큼 진실로 나와 가까운 사이는 아니었다. 내 짐작에 그녀가 기분이 나쁜 까닭은 샘이 나서였다. 메이브를 탓하기보다는 일부다처제가 가져온 삐뚤어진 정서이려니 여겼다. 일부다처제 가정의 딸들도 뒤틀린 마음에서 벗어날 수는 없었다.

위안을 받으려고 나는 내 오랜 친구인 루신다와 개시린을 찾았다.

"이번에 만나는 사람은 어떤지 이야기해봐." 루신다가 보챘다.

"자상한 사람이야?" 캐서린도 물었다.

옛 친구란 한동안 못 보고 지냈어도 늘 변함없다는 걸 알게 되면 큰 위안이 된다. 둘 다 디 씨에 대해선 아무것도 몰랐다. 둘 다 내 판단을 의심할 리가 없었다. 하지만 루신다는 고다드 씨의 제과점을 떠날 때 이렇게 말했다. "네 어머니가 그 남잘 싫어하는 이유가 궁금해."

그때 내가 가장 아끼던 친구의 귀띔을 내가 무시한 까닭이 뭐였을까? 여러 가지로 그 이유를 설명할 수 있겠지만 무엇보다도 브리검 영의 사슬에서 벗어나고 싶었던 마음이 제일 컸다.

"말해줘요." 어느 날 저녁 내 약혼자에게 말을 꺼냈다. "일부다처제에 대해 어떻게 생각하세요?"

"추악한 제도죠."

"천국에 가기 위한 가장 확실한 길인대도요?"

"굳이 물으니, 우리 교회가 안고 있는 큰 오점이라고 말할 수밖에요. 그 제도 때문에 우리가 몰락할 것만 같아 걱정입니다."

나는 너무나 안심이 되어서 풀썩 주저앉을 뻔했다. 그의 올곧은 비판을 내 가슴속에 품은 채 제임스 디와 나는 1863년 4월 4일 권능 수여식 회관에서 결혼했다. 조촐한 하객들이 모인 자리에서 브리검이 결혼식을 주관했다. 어머니는 이 결혼을 반기지 않는 속내를 굳은 얼굴 표정을 통해 드러냈다. 신부 드레스로 나는 큼직한 예복에다 맵시 없는 녹색 앞치마를 선택했다. 드레스 속에는 가슴과 배꼽 그리고 무릎 부분에 불가사의한 무늬가 수놓인 신성한 속옷을 입었다. 브리검의 권유로 메이브도 결혼식에 왔다. 이젠 더 이상 가까운 사이는 아니었지만 특별한 날이다 보니 옛정이 다시 살아났다.

결혼식 날 밤에 『더 아트풀 도저』에 출연하기로 되어 있었다. 브리검은 내 대역배우에게 연기를 맡기고 싶은지 물었다. "아뇨 전혀!" 나는 직업배우였기에 내 몫을 해내야 했다. 그래서 새색시인데도 무대에 올랐다. 그날 낮에 내가 결혼식을 올렸다는 소문이 이미 퍼졌다. 내가 등장하자 관객들은 축하의 환호성을 보냈다. 무대 양옆에서 나타날 때마다 그리고 그날 공연을 끝날 때도 박수갈채가 계속 터져나왔다. 그날 밤 늦게 브리검의 호텔의 빌린 방으로 남편과 함께 돌아갈 때 나는 승리감에 도취되어 있었다. 내 결혼생활 중 가장 위대한 순간이었다. 하지만 그날 밤 이후로는 기쁨의 순간은 아주 드물었다.

금세 첫 번째 문제가 생겼다. 남편이 내 어머니 집으로 거처를 옮기자고 했던 것이다. "당신 집은 어쩌고요?" 내가 물었다.

"세를 내주었는데 세 든 사람들이 지금쯤이면 나갈 줄 알았소. 그런데 계획이 바뀌었다고 하오. 사랑스러운 성도 가족인 가발 제작자 집 말이오. 말총꼬리를 다루는 솜씨가 아주 훌륭한 사람이라오. 아내라곤 스웨덴 출신의 참한 여자 한 명뿐이기도 하고. 기간을 더 연장해달라고 했소. 게다가 건강이 좋지 않은 아이도 한 명 있고. 내가 무슨 말을 할 수 있었겠소?"

독자 여러분, 그 자리에서 나는 뭐라고 말할 수 있었겠는가? 잠시 돈이 궁색해져서 아버지도 근래에 네 가정을 따로 부양할 형편이 못 되었다. 그래서 내가 결혼하기 몇 달 전에 리디아 자매와 다이언서가 내 어머니의 집으로 들어왔고, 콕스 부인과 버지니도 이어서 들어와 있는 상태였다. 어머니 집에는 식구가 많아 비좁아 지내기 불편할 거라고 남편에게 말했다.

"고작 한두 달이면 되오."

"전 여자들이 북적대는 집에 살고 싶지 않아요."

"여보, 무슨 말을 해야 할지 모르겠소. 정 안 되면 텐트라도 치고 삽시다."

　어머닌 아무 불평도 없이 '진즉에 이렇게 될 거라고 내 말하지 않았더냐?'와 같은 비꼼도 없이 우릴 받아주었다. 어머니는 남편의 회반죽 기술을 매우 고맙게 여겼다. 실은 벽에 생긴 숱한 큰 균열과 미세한 가는 금을 고칠 생각 때문이긴 했지만. 남편은 장모를 기쁘게 해주는 데 소질이 있어서, 부탁받은 것이면 회반죽 칠하기든 다른 일이든 가리지 않고 척척 해주었다. 심지어 마개를 적당한 크기로 잘라 난로 뒤의 쥐구멍을 막아주기도 했다. "어머닐 도와주는 건 참 잘하는 일이에요." 한 달쯤 어머니 집에서 산 다음 남편에게 그렇게 말했다.

　"도와주지 않을 도리가 있소?"

　"당신이 그렇게 느낀다면 다음번엔 안 하겠다고 하세요."

　"허, 참. 여보, 순진한 소리 마시오. 인생은 그리 단순치가 않소. 장모님 말씀을 거부할 순 없소."

　"구실만 있다면 당연히 거부할 거잖아요?"

　"당신은 완전 어린애 같은 말을 하고 있소. 안 그렇소?"

　"내게 그렇게 말하지 마세요."

　"전혀 무슨 말인지 알아듣질 못하는군. 당신 어머닌 남자에게 상관 노릇을 하고 싶어 안달이 난 사람이오. 당신 아버지가 여기 말고 다른 데서 사는 것도 장모님이 기가 세서라오."

　"당신이 제 어머니에 대해 뭘 안다고 그러시나요?"

　"이 집에 들어와 주기로 했을 때 당신이 내 편을 들어줄지 알았소. 하지만 그게 내 실수였군."

　"여기에 들어와 주기로 했다고요?"

아, 여러분은 그 다음에 어떤 말들이 오갔을지 상상할 수 있을 것이다. 다투다 지쳐 침대에 누웠지만 너무 흥분되어 잠이 오지 않았다. 그날 밤 내내 잠을 이루지 못하고 새벽이 오기만을 기다렸다. 우리의 결혼에 대한 남편의 솔직한 심경을 물어보고 싶어서였다. 하지만 그럴 필요가 없어졌다. 다음 날 남편의 실체가 더 선명히 드러나자 그에 대한 애정이 깡그리 사라졌으니 말이다. 우리는 시내 중심가를 산책하던 중에 우연히 메이브와 마주쳤다. 조금 긴 편이지만 아름다운 메이브의 얼굴에 섬세하게 짠 면사포가 드리워져 있었다. 내 친구를 남편에게 소개시켰다. 별다를 것 없는 짧은 만남이었다. 메이브와 헤어진 다음 남편이 "어떤 친구요?"라고 묻기 전까지는.

친애하는 여성 독자 여러분께 묻고 싶다. 이보다 더 마음을 짓뭉개는 질문이 어디 있는가? 남편의 입에서 튀어나온 다섯 자로 된 단순한 그 한마디는, 며칠 후에 밝혀지겠지만, 오로지 배신과 기만의 표현이었다. 적어도 남자가 변덕만 부리면 새 아내를 데려올 수 있는 모르몬 사회에서는. "결혼식 때 만났던 내 친구잖아요."

"아, 이제 기억이 나오. 큰 브로치, 아마 포도송이 브로치가 달린 푸른색 옷을 입었던 분, 그렇지 않소? 맞아. 전부 생각이 나는군. 푸른 옷에 포도 브로치가 가슴 쪽에 달려 있었소. 정말로."

"당신을 조심하라고 일러준 친구예요."

"여보, 에두르지 말고 속마음을 있는 그대로 털어놓아 보시오."

내 남편에 대한 소문을 늘어놓아 봤자 내 기분만 상할 것 같았다. 누워서 침 뱉기일 뿐이었다. 그래서 사실과 약간 다르게 소문을 바꾸어 말했다. "당신은 믿음이 부족한 사람이란 소문이 좀 나돌더군요." 아,

정직하지 않는 말은 얼마나 큰 실수인가!

"내 믿음이 부족하다고! 그 친구는 내가 하나님의 자손이란 걸 모른단 말이오? 훌륭한 내 가족에 대해서는 아무것도 모르는 친구 같으니. 나는 신앙을 위해서 영국을 떠난 사람이오. 그 친군 내가 그 먼 길을 오면서 얼마나 힘들었는지 아무것도 모르오. 대서양이 얼마나 큰지 아시오. 더군다나 12월 그 추운 계절에. 친구 한 명 없고 연락할 데도 없이 오로지 회반죽용 흙손 하나랑 믿음만 갖고 왔소. 내 독실한 믿음 말이오. 그런데 지금 그 친구가 어째서 내 믿음이 진실하니 마니 왈가왈부한단 말이오? 내가 열다섯 명의 아내를 두지 않아서 그런 거요? 여기 남자들은 참된 모르몬신도가 되려면 자기 하렘을 거느려야 한다고 다들 믿는 거요? 만약 그렇다면, 만약 그런 까닭으로 내 평판이 깎인다면 나도 그런 점에 대해 무슨 조치를 취할 수밖에." 그걸로 남편의 말이 끝났다면 굳이 그 다음 거친 말을 독자 여러분께 전할 일도 없었을 텐데. 남편은 다음과 같은 혼잣말로 대화를 끝냈다. "나는 교회를 사랑하오. 그러니 어쩔 수 없이 내 사랑을 증명해 보일 것이오."

여러분도 분명 알다시피, 분노를 이끌어내는 데는 거짓 경건을 흠집내기만 한 것이 없다. 그 공격으로 발끈하고 나면 진솔하지 못한 사람은 어떻게 해서라도 자신의 독실함을 증명해야만 한다. 남자 속에는 이런 짐승 같은 속성이 깃들어 있다. 즉, 할퀴고 으르렁대고 자기 영역을 표시하는 행위 말이다. 이것이 내 남편이 이후에 한 행동을 나타내기에 적절한 표현이다. 며칠 후 남편은 이렇게 말했다. "메이브 자매를 보았소. 우연히 철공소에 들렀는데 거기서 만났소. 당신 안부를 묻더군."

"제발 내게 이러지 말아요."

"이러지 말라니, 뭘 말이오? 그런데 메이브는 라이온 하우스에 산다고 하지 않았소?"

"그래요. 계단 위층 복도 왼편에서 일곱 번째 방이에요. 메이브에게 내 안부를 전해줘요. 그런데 라이온 하우스에 갈 거라면 브리검의 딸을 만나보지 그래요? 분명 빅 텐은 당신 마음에 들 테니까요."

"여보, 초조해 할 것 없소. 메이브는 매력적인 여자요. 초록색 눈도 황홀할 정도요. 전통적인 기준의 미인은 아니지만, 당신 생각은 어떻소? … 여보, 어디 심기가 불편하오? 지금 어딜 가는 거요?"

나는 남편을 남겨두고 집 밖으로 나가버렸다.

결혼한 지 채 몇 달도 안 되어 나는 남편과 줄곧 다투었다. 그는 어떻게 하면 날 괴롭히는지 알았고 기회가 있을 때마다 날 물고 늘어졌다. "두 번째 아내를 둘까 생각 중이오." 틈만 나면 그런 소리로 나를 격분하게 만들었다. 그는 분노 때문에 품위를 스스로 떨어뜨리는 내 모습을 보는 데서 즐거움을 느꼈음이 틀림없다. 다른 여자를 맞이하겠다는 협박으로 나는 마음의 평정과 자기 만족감을 잃어갔다. 또한 그런 추잡한 위협 때문에 어리석게도 절망감에 휩싸여갔다. 그 시기 동안 브리검의 극장에서는 시월부터 시작되는 공연 시즌에 맞춰 연습을 하고 있었다. 결혼생활이 무너져가면서 직장에서도 점점 더 일거리가 줄었다. 가정생활의 혼란으로 내 삶은 피폐해져만 갔다. 공연 시즌 첫날을 위해 무대의상을 입고 진행되는 리허설에 들어갈 무렵 나는 극장에서 쫓겨났고 다시는 무대에 서지 못했다.

독자 여러분, 이제 알겠는가! 이것이 일부다처제 사회임을! 미소가 가득한 깨끗한 얼굴을 한, 소박하면서도 자부심이 가득한, 사십 명의 아내들과 아이들로 이루어진 가족이란 존재하지 않는다. 남편과 결혼하기 전에 나는 합리적이고 자신감이 넘치는 여성이었다. 어떤 사람의 말 한마디로 자존심에 상처를 받던 사람이 결코 아니었다. 나이는 열여덟에 불과했지만 브리검 영도 거들떠보지 않았던 나였다! 하지만 불과 몇 달 만에 한없이 가엾은 사람으로 전락하고 말았다. 남편의 관심을 구걸하고 혼자 남게 되면 눈물이나 질질 짜는 여자로. 요즘 나를 아는 사람들은 그 시기 동안의 내 모습을 나라고 인정하지 않을 것이다. 물론 나는 그때의 내 모습이 자랑스럽지 않다. 하지만 이 책을 통해 전하고자 하는 진실은, 만약 나 자신을 늘 강하고 언제나 꿋꿋하며 한결 같이 확신에 찬 사람으로만 그려낸다면, 제대로 빛을 발할 수 없을 것이다. 일부다처제는 가장 굳건한 사람마저도 나약하게 만든다.

남편이 나를 그처럼 초라하게 만들고 있던 바로 그 무렵, 나는 첫 아기를 임신한 사실을 알게 되었다.

9장

*The
19th
Wife*

브리검이 나를 구해내다

──── 그 후 2년 동안 지속된 불만족스러운 결혼생활에 대한 세세한 이야기는 그만하도록 하겠다. 우리의 부부싸움은 언제나 똑같은 패턴의 반복이었다. 남편은 어떤 젊은 여자를 들먹이며 끊임없이 그 여자의 미모에 대해 떠든 다음 그 여자와 둘이 시내를 함께 산책했노라고 말했다. 불성실한 사람답게 하는 이야기도 매번 너무나 판에 박힌 소리였다!

남편은 종종 메이브와 시간을 보냈다는 이야길 하곤 했다. 나는 메이브가 남편의 두 번째 아내가 되는 상황이 가장 두려웠다. 2년 동안 그런 짓눌림 속에서 살다 보니 어머니를 빼고 나면 위안을 받을 데라곤 내 두 아들뿐이었다. 첫째 아들은 제임스 에드워드였는데 나중에 아버지의 기억을 완전히 지워버리기 위해 성은 빼고 에디라고만 불렀다. 둘째 아이는 1865년에 태어난 로렌조 레오나드였다.

최근 내가 이곳저곳 다니며 내 개인사에 대해서 이야기하면 청중석에 있던 여자들은 이런 질문을 많이 했다.

"부인, 어째서 그처럼 끔찍한 남편 앞에서 묵묵히 참고만 있었나요?"

정말 왜 그랬단 말인가? 여러 가지 이유를 댈 수는 있지만 그 어느 것도 감동적이거나 당찬 여인에게서 기대할 수 있는 내용은 아니다. 나는 어렸다. 또한 두 아기의 엄마이기도 했다. 당시에는 주변에 이혼하는 여자가 없었기에 내게 그런 선택은 너무나 생소했다. 마침내 나는 내 자신의 잘못이 아니라는 확신이 들었다. 그런 식의 '자기 탓'은 흔히 우리 발목을 잡는 것이지만, 실은 자기의 솔직한 마음을 반영하고 있기도 하다. 진솔한 독자들이여, 여러분의 마음속을 가만히 들여다보면 내 말을 이해하게 될 것이다.

그럼 다시 1865년 가을날 어느 저녁에 있었던 이야기로 돌아가겠다. 그날 남편은 어머니 집의 거실에 앉아 평온한 시간을 보내던 나를 이런 말로 흔들어댔다.

"여보, 당신의 오랜 친구인 메이브와 만났다고 내가 말했던가?"

아이 둘은 카펫 위 내 발치에서 나무 블록 쌓기 놀이를 하고 있었다. 윤이 반질반질한 머리를 숙인 채 집 모양을 만드느라 열심이었다. 맏이인 제임스는 훨씬 큰 집을 만들어 동생에게 보여주고 있었다. 비참한 내 결혼생활과 달리 두 아이는 너무나 순수하고 천진난만했다. 두 아이도 언제까지나 저런 모습이지는 않을 거라 생각하니 더욱 한탄스러웠다. 애들도 이 사막 도시에서 자랄 것이다. 갑자기 내 아이들이 커서 젊은 남자가 되는 상상이 들었다. 여자들과 차례차례 결혼하면서 탐욕스러운 속도로 쾌락만을 쫓을 것이고, 아무 죄도 없는 여자들을 나름의 방식으로 지배하는 폭군으로 변해갈 것이다. 내 아이들도 결국엔 제 아버지처럼 될 것이다.

"여보, 내 말 듣고 있소? 메이브를 봤다니까."

"듣고 있어요."

"당신 속을 뒤집고 싶지는 않지만, 어쩔 수 없이 말해야겠소. 메이브한테 결혼해달라고 부탁했소."

"그래, 뭐라고 답하던 가요?"

"아주 솔직히 말해서, 메이브에게 부탁한 건 이번이 처음이 아니오. 여러 달 동안 계속 졸랐다오. 하지만 이제야 당신께 말하는 이유는, 아, 그러니까, 이번에 드디어 메이브가 '브리검과 상의해볼게요.'라고 말했기 때문이오."

"알았어요. 만약 브리검이 허락한다면 어쩌시려고요?"

"가능한 한 빨리 결혼식을 올릴 것이오."

"그럼 메이브는 어디서 살게 되는가요? 여기로 들어오려 하진 않을 텐데요."

"물론 그렇소, 마침 시기가 딱 맞아 떨어졌소. 내 집에 세 들어 살던 사람이 나갔다오. 세인트조지로 떠났소. 오, 하나님 이들에게 축복을! 이제 내 집은 비어 있소. 아주 큰 집도 아닌데다 난로도 낡았소. 게다가 계단을 타고 위층으로 올라가려면 고개를 푹 숙여야 할 거요. 하지만 메이브는 내겐 그런 점에 대해 전혀 개의치 않을 여자로 보인다오."

"전혀 개의치 않을 거예요."

"제발 그런 식으로 말하지 마시오. 메이브는 당신에 대해 단 한마디도 나쁘게 말한 적이 없소. 당신을 친 자매처럼 아낀단 말이오.”

“도대체 이런 이야길 죄다 늘어놓는 까닭이 뭐죠?”

“당신은 늘 성격이 급하오. 그렇지 않소? 뭐, 그래도 괜찮소. 본론으로 들어가서, 알다시피 당신의 허락이 없으면 난 결혼할 수가 없소. 그래서 부탁을 하려는 거요. 단 한 번만 내 부탁을 들어주시오. 두 번 다시는 이런 일 없을 거요.”

다음 날 나는 라이온 하우스를 찾아갔다. 그곳에서 산 지 2년이 훌쩍 지났지만 달라진 데는 거의 없었다. 사실은 새로운 아내와 손님들과 더불어 그 자식들 그리고 과부가 된 어미 등이 들어오긴 했지만. 하지만 집안 분위기는 내가 떠날 때와 다름없었다. 여전히 어두운 실내, 계단에서 끊임없이 들려오는 발소리, 그리고 책을 펼쳐 얼굴을 가린 채 소곤대는 여자애들. 메이브의 방으로 가는 중에 트위스 아주머니와 만났다.

“얼마나 보고 싶었는데.” 아주머니는 빨래 바구니를 내려놓으며 나를 반겼다.

곧바로 메이브와 마주쳤다. “내 남편과 만났다며?” 내가 물었다.

“그래, 네 남편이 한 달 동안 아래층에 회반죽 칠을 하러 왔었거든. 네 남편에게 진심어린 답장을 보냈는데, 남편이 너한테도 알려줬니?”

“보내다니, 뭘?”

“남편이 내게 건넨 제안에 대한 답변 말이야.”

“어떤 제안?” 그러자 메이브도 눈치를 챘는지 눈이 화들짝 커졌다. “아, 앤 엘리자. 너 아무래도….” 메이브는 일어나서 문을 잠갔다. “네 짐작과는 달라.”

"내 남편이 네게 청혼을 했다는 게 사실이니?"

"내 말 좀 들어봐. 넌 어떻게 된 건지 모르고 있어. 네 남편이 지금껏 예닐곱 번이나 청혼을 했어. 난 그때마다 거절했어. 하지만 계속 날 조르고 있어."

"네가 무슨 빌미를 주니까 조르는 거겠지."

"네 남편이 그렇게 생겨먹은 남자라서 그러는 거야. 성격은 꼭 회반죽만큼이나 질겨."

"그런데 왜 브리검한테 가서 상의해본다고 했는데?"

"하도 거머리처럼 달려드니까 지친 나머지 브리검한테 말하면 네 남편을 쫓아내 줄 것 같아서. 앤 엘리자, 이 말은 비밀로 해줘. 알았지?" 맑은 아침이어서 창에서 비쳐든 이른 햇살이 메이브 위로 가득 쏟아지고 있었다. "사실 난 브리검의 아내야. 이건 아무한테도 말하면 안 돼."

"뭐라고?"

"아마 50번째 아내쯤 될 거야. 결혼한 지 벌써 6년이 지났어."

"왜 내게 말하지 않았니?"

"브리검이 비밀로 하고 싶어하니까. 사람들이 자기 아내들에 관해 이러쿵저러쿵하는 걸 알게 되자 더 이상 구설수에 휘말리기 싫은 거야."

"넌 왜 결혼을 수락한 거니?"

"브리검인데 뭘 어쩌겠어? 감히 누가 그 앞에서 아니라고 말하겠니?"

"하지만 지금은 브리검을 떠나면 되잖아. 왜 못 떠나는 건데?"

"아, 그 문제 때문에 널 만나고 싶었던 거야." 메이브는 잠시 말을 멈추더니 내 볼에 입을 맞췄다. "그래, 왜 떠나지 못하냐고? 이유는 천 가지도 넘어. 난 돈도 없어. 그리고 모르몬 사회 바깥엔 아는 사람이라곤 한 명도 없어. 여길 떠나면 어머니 곁도 떠나는 거고. 간다 해도 어디로 가? 거기까지 어떻게 가고? 여기서 캘리포니아 사이에 뭐가 있지? 하얀 뼈다귀만 널려 있는 사막뿐인데."

"분명 방법이 있을 거야."

"있기야 하겠지. 하지만 그 다음엔? 나중에 죽은 이후에는 어떻게 하고?"

모르몬교를 버리게 되면 천국의 문 앞에서 거부당하게 된다고 우리는 철석같이 믿고 있었다. 그러니, 모르몬 사회를 떠나라고 한다면 친구의 영혼을 구원에서 멀어지게 하는 무책임하기 짝이 없는 말이 되고 만다. "그럴 수는 없어." 메이브는 말했다.

"네 어머닌 뭐라고 하셨니? 자기 남편인 브리검이 자기 딸과 결혼했다는 말을 듣고 나서."

"어머닌 삼중으로 상처를 받으셨지. 남편과 교회, 그리고 딸이 한통속이 되어 어머닐 배신했으니까."

나는 메이브를 안아주었다. 이런 안타까운 이야길 나누면서 우리의 오랜 우정은 다시 살아났다. 한 시간 동안 메이브와 함께 있다가 작별의 키스를 나누었다. 그날 저녁 남편과 나는 내 어머니 집의 거실에 앉아 있었다. 남편은 신문 보느라 바빴고 나는 바느질을 하고 있었다. 아이들은 카펫 위에서 노란 공을 굴리며 놀고 있었다.

"제임스야." 남편은 신문을 접으며 말했다.

"이제 너도 많이 컸으니 일어나서 아빠한테 사전을 좀 가져다 다오."

내가 대신 가져다주겠다고 했더니, "아니. 아이가 하도록 내버려 두시오."

"너무 높은 데 있어요."

"의자 위에 서게 하면 되오."

"그러다가 떨어질 거예요."

"조심하면 괜찮소."

제임스는 아버지를 기쁘게 하고 싶은 마음에 의자를 책장 앞으로 끌고 가서 그 위에 올라서려고 애를 썼다.

"제임스," 내가 말했다.

"내려오너라." 하지만 아이는 결심을 굳혔다.

"여보, 저러다 떨어지겠어요."

"그냥 놓아두시오. 당신은 애를 너무 물렁하게 키우는 게 문제요."

우리가 조금 더 실랑이를 벌이고 있는 사이, 아직 세 살도 되지 않은 조그만 제임스가 자기 키보다 훨씬 높은 곳에 있는 사전을 집으려고 안간힘을 쓰자 마침내 의자가 간당간당 흔들렸다. 어처구니없는 일이었다!

나는 일어나 아이를 의자에서 내렸다. 남편이 달려와 내게서 아이를 낚아챘다. "놔두라니깐!" 어린 아기를 사이에 놓고 우리는 줄다리기를 했다. 남편이 아이 다리를 거칠게 잡아당기자 제임스는 드디어 울음을 터뜨렸다.

하필 그날 밤 아버지가 집에 와 있었다. 집안 살림 문제를 논의할 게 있어서 마침 어머니와 옆방에 계셨던 것이다.

"무슨 소리냐?" 아버지가 급히 달려왔고 어머니도 그 뒤에 서 있었다. 아버지가 내 남편의 어깨를 떠밀자 남편은 카펫 위로 넘어졌다. 너무 심하게 넘어지는 바람에 노란 공이 뻥하고 터지자 어린 로렌조는 한 바탕 웃음을 터뜨렸다.

"아이들한테 거칠게 대하면 가만두지 않겠네. 내 집에서 이게 무슨 짓인가?" 아버지는 호통을 쳤다.

결혼한 지 2년 반이 지난 그때, 이제 더 이상 결혼생활의 실상을 숨길 수가 없었다. 부모님께 비참한 결혼생활을 죄다 털어놓았더니 부모님은 남편에게 한 시간 안에 집을 떠나라고 했다. 남편은 자신의 여러 가지 권리를 주장하며 버텼지만 아버지는 그를 밖으로 끌고 나가 마차에 태워 솔트 레이크로 싣고 가서 길거리에 내동댕이쳤다.

이튿날 아침 아버지와 나는 브리검을 만나러 갔다. 나는 시종 침착한 태도로 세세한 부부생활 전반을 선지자에게 말했다. 내 이야기를 듣는 내내 브리검은 동정의 눈길을 보냈다. 가장 가슴 아픈 부분에선 얼굴을 찡그렸고 입술은 진실하고 깊은 공감으로 일그러졌다.

"자매님, 정말 짐승보다도 못한 취급을 받았군요. 그와 이혼하는 것이 마땅합니다."

"하지만 어떻게요?"

"이렇게 하면 됩니다." 브리검은 남편에게서 벗어날 수 있는 합법적인 전략을 펼쳐보였다. 교회 지도자의 권능으로 그는 이혼 문제를 단번에 해결했다. 하지만 아이들의 친권을 확보할 목적으로 브리검은 내게 그레이트 솔트 레이크 카운티 가정법원에 이혼 소송을 제기하라고 조언했다.

"이 일을 신속히 마무리 짓도록 최선을 다하겠습니다. 판사에게도 개인적으로 편지를 보내겠습니다. 증인으로도 나서고요. 제가 약속드리죠." 이 말을 할 때 그의 회색 눈동자가 내 마음 깊은 곳을 건드렸다.

"크리스마스 전에 남편의 손아귀에서 꼭 벗어날 수 있도록 하겠습니다."

12월 23일, 나는 법정에 나가 진술했다. 남편은 출석하지 않았다. 약식 명령으로 나는 남편과 이혼했고 아이들에 대한 양육권도 전부 가졌다. 브리검은 자기가 한 약속을 철두철미하게 지켰기에 나는 크리스마스 날 하나님께 두 가지 감사의 기도를 올렸다. 예수 그리스도의 탄생과 더불어 선지자가 우리를 지혜롭게 인도하는 것에 대한 감사의 기도였다. 그 영광스러운 날에 브리검에게 나보다 더 은혜를 입은 성도는 모든 모르몬신도 중에 아무도 없었다.

| 2권에서 계속 |

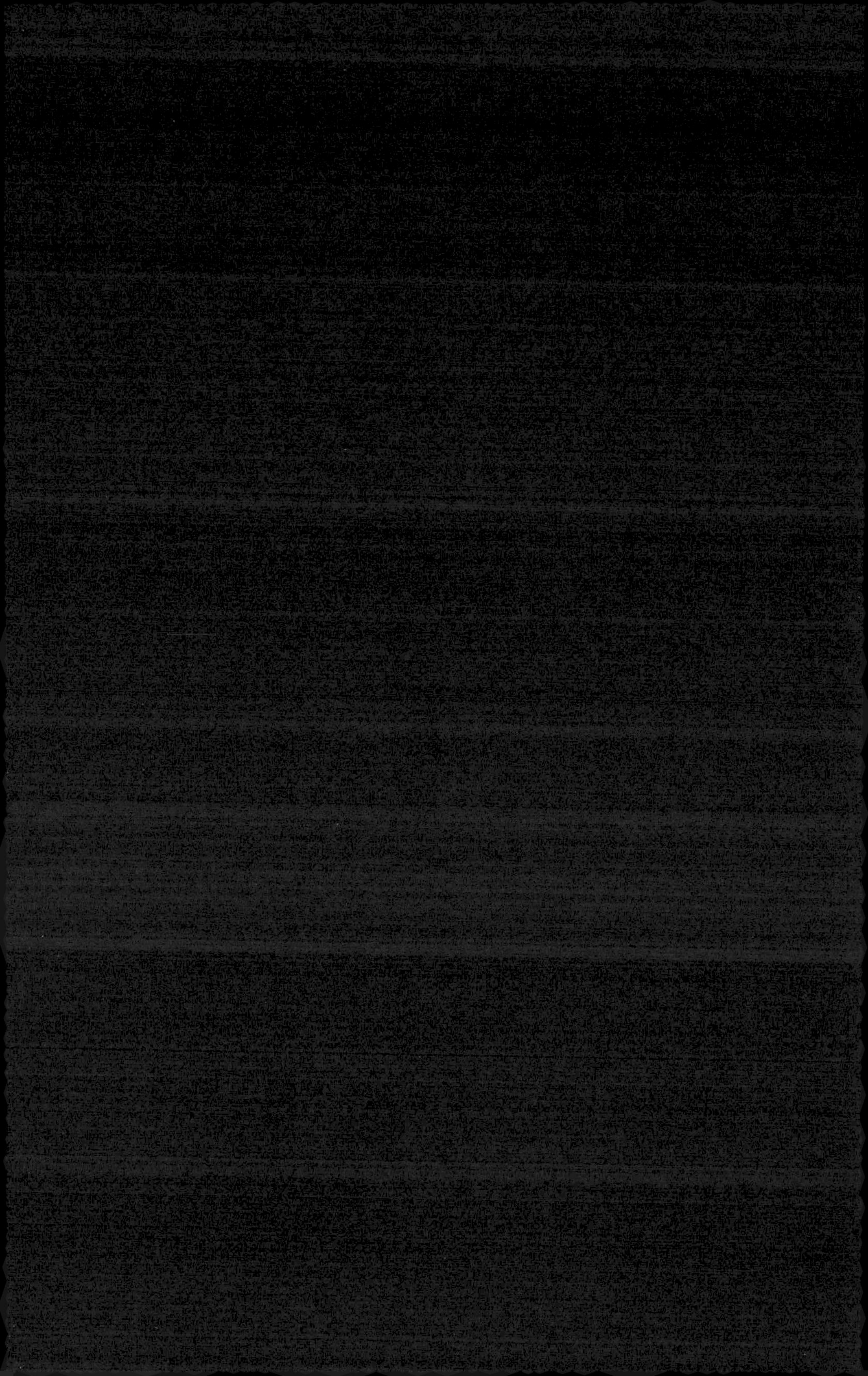